KB080000

일러두기

1. 『신악서총람』은 장정일이 *2015*년부터 *2022*년 현시점까지 일간지, 주간지, 음악전문 매거진 등 다양한 지면에 기고해 온 음악 관련 서평들을 모아 정리한 책입니다.

2. 서지사항은 판본을 따로 구별하지 않고 현재 유통되고 있는 정보를 우선시했으며, 여러 판본이 유통되는 경우 장정일이 살펴본 판본으로 명기했습니다.

3. 서평의 대상이 되는 책의 외래어 표기와 국립국어원의 표기법이 다를 경우, 본문은 국립국어원을 따랐고 책 제목 등 서지사항 정보는 검색을 고려해 출간된 정보를 우선했습니다.

4. 노래 제목은 ' '(작은따옴표)로, 앨범과 표제 음악 제목은 「」(홑낫표)로, 책 제목과 신문은 『』(겹낫표)로 표기했고, 직접 인용은 **회전체**로 표기했습니다.

신악서총람

장정일

마티

『신악서총람』을 엮으며

"내 나이 열아홉 살, 그때 내가 가장 가지고 싶었던 것은 타자기와 뭉크 화집과 카세트 라디오에 연결하여 레코드를 들을 수 있게 하는 턴테이블이었다."

『아담이 눈뜰 때』의 첫 문장이다. 자신만의 턴테이블을 갖고 싶었던 비슷한 또래들에게 '장정일은 곧 음악'과 다르지 않았다. 많은 이들의 짐작대로 장정일은 실제로 책을 사고 버리는 만큼 음반을 모으고 처분하며, 글을 읽는 만큼 음악을 듣는다. 그러나 수십 년 동안(그사이 카세트테이프, 콤팩트디스크, 엠피3, 스트리밍이 저물고 턴테이블이 돌아왔다) 그는 자신의 취향을 겉으로 좀처럼 드러내지 않았다. 모은 레코드를 소개하지도 작곡가의 에피소드를 전하는 유의 글을 쓰지도 않는다. 대신 음악 장르, 글의 종류, 출판사나 필자를 가리지 않고 '악서'를 집요하게 읽고 오선지를 원고지로 옮겼다. 그에게 음악은 듣는 것만큼이나 읽는 것이다. 음악책을 모두 모았다, 라는 뜻의 책 제목이 큰 과장은 아닐 것이다.

이 책은 2015년에 출간된 『악서총람』 이후 그가 들은 음악책의 기록이다. 주제와 장르가 넘나들고 책을 집어 든 이유 또한 분방하여 별다른 분류법이 유효하지 않아, 책은 글을 쓴 날짜대로 진행된다. 그러므로 독자의 편리를 위해 어떤 책들을 거론하고 평했는지 쉬이 찾아볼 수 있도록 두 방식(이름으로 찾기, 책으로 찾기)으로 색인을 붙였다.

쉽게 드러나지 않던 책들, 훌륭한 연구서이나 절판되어 희귀해진 책들, 책들 사이의 연결고리가 되는 주제어들도 새롭다. 몰각과 자각의 양극단의 읽기를 무람하게 즐기며 "독서는 순수한 쾌락"이라고 독백하는 장정일의 독후감들을 편집자의 청탁으로 세상에 선보인다.

2022 여름
마티 편집부

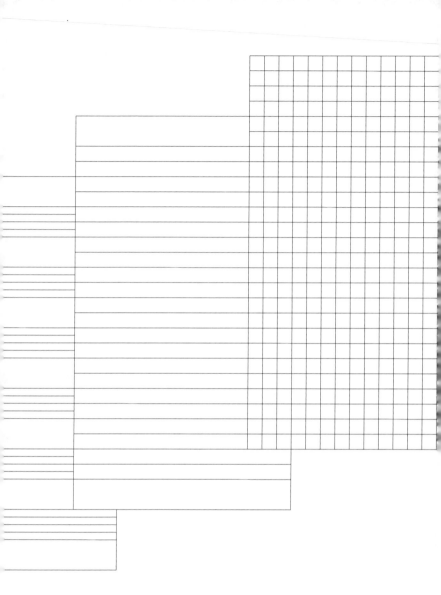

2016   MAR

		1	2	3	4	5
6	7	8	9	10	11	12
13	14	15	16	17	18	19
20	21	22	23	24	25	26
(27)	28	29	30	31		

1882년 상트페테르부르크 부근 휴양도시 오라니엔바움에서 태어나, *1971*년 뉴욕에서 심장마비로 타계한 이고르 스트라빈스키. 그런데 그의 묘지는 러시아도 미국도 아닌 이탈리아 베네치아의 산 미켈레 섬에 있다. 같은 공동묘지에 러시아 발레단의 천재 안무가 세르게이 댜길레프 *(1872~1929)*도 안장되어 있다. 두 사람의 최후 안식처가 먼 타국에 마련된 이유는 러시아 혁명*(1917)*과 스탈린주의로 치달은 소비에트의 예술 정책과 무관하지 않다.

스트라빈스키의 아버지는 법대를 다녔으나 가수로 전업해 마린스키 극장의 유명한 베이스 가수가 되었다. 가수가 된 뒤에도 법조계에 미련이 남았던지 그는 아들이 음악하는 것에 반대하며 상트페테르부르크대학교 법대에 진학시켰다. 공교롭게도 같은 법대 동기 가운데 '러시아 5인조' 중 한 명인 니콜라이 림스키코르사코프의 아들이 있었다. 상트페테르부르크를 중심으로 활약한 러시아 5인조*(*림스키코르사코프, 밀리 발라키레프, 모데스트 무소륵스키, 알렉산드르 보로딘, 세자르 큐이*)*의 원래 명칭은 '모구차야 쿠치카'*(Moguchaya Kuchka*, 힘센 무리*)*였으나, 러시아 5인조라는 새 명칭이 더 유명해졌다. 그들 가운데 가장 체계

13

적으로 음악공부를 한 림스키코르사코프는 교육에도 헌신해 훌륭한 제자를 많이 배출했는데, '러시아의 브람스'라는 별칭을 얻은 알렉산드르 글라주노프와 아나톨리 랴도프가 대표적이다. 스트라빈스키는 그에게 작곡 개인 지도를 받았다.

1908년 스트라빈스키는 자신이 1번이라고 붙인 교향곡 E플랫 장조를 초연하고 관현악곡 「불꽃놀이」를 완성했다. 「불꽃놀이」에 깊은 인상을 받은 댜길레프는 1910년 발레곡 「불새」를 의뢰하는데 이 작품이 파리에서 크게 성공한다. 이어 「페트루슈카」(1911)로 파리지앵을 거듭 열광시킨 그는 「봄의 제전」(1913) 초연으로 공연사에 길이 기록될 커다란 논쟁을 일으킨다. 작품이 연주되는 동안 낯설고 불쾌한 소리를 견디지 못한 관객과 이 작품의 새로움을 옹호하는 관객들 사이에 번진 말싸움으로 공연이 난장판이 된 것이다. 이 에피소드는 줄곧 스트라빈스키를 따라다니면서 그에게 과격하고 혁신적인 음악가라는 후광을 안긴다.

2차 세계대전 발발 시점부터 미국을 거점으로 삼은 그가 1939년도에 하버드대학교에서 한 여섯 차례의 강의를 모은 『음악의 시학』은 그런 선입견이 그저 오해였을 뿐이라고 쓴다. **나는 졸지에 본의 아니게 혁명가가 되었지요**라는 항변에서 감지할 수 있듯, 그는 호들갑을 물리치려고 번번이 해명하지 않으면 안 되었다. 이 책의 핵심은 오롯이 그 해명에 바쳐져 있다 해도 과언이 아니다. 「봄의 제전」 같은 작품에서 **오만한 자세를 느낄 수는 있습니다. 이 작품이 구사하는 언어가 새로**

운 탓에 무례하게 보일 수도 있겠지요. 그러나 이 작품은 가장 전복적이라는 의미에서 혁명적이라는 지적은 가당치도 않습니다. 어떤 습속을 깨뜨리는 것만으로 혁명가라는 딱지가 붙을 수 있다면 뭔가 할 말이 있는 음악가, 그 말을 하기 위해 기존 관습에서 벗어난 음악가는 전부 혁명가 소리를 들어야겠네요.

그는 오늘날에는 으레 예술가들에게 혁명적이라는 평가가 찬사의 뜻으로 따라붙곤 한다면서 자신은 그런 찬사가 당혹스럽다고 말한다. 통상적으로 받아들여지는 의미에서 혁명은 과격하고 소란스러운 상태를 가리킬 뿐인데, 독창성을 지칭하고 싶다면 다른 단어들도 많이 있잖습니까? 예술은 본질상 구성적입니다. 혁명은 균형의 파괴를 뜻합니다. 혁명을 말한다는 것은 일시적인 혼돈을 말하는 거예요. 그런데 예술은 혼돈의 정반대입니다. 혼돈에 자신을 내맡길 때에는 반드시 그 사람의 살아 있는 작품들, 그 자신의 삶 자체에도 즉각적인 위협이 닥치게 마련입니다.

예술과 혁명에 대한 이처럼 깔끔한 대비를 우리는 의심해봐야 한다. 특히 그가 음악의 특성을 인간의 의식적인 활동이라고 간주한 바에야, 인간의 또 다른 의식적 활동인 혁명과 음악이 정반대라고 할 수는 없기 때문이다. 오히려 혁명과 예술은 파괴와 혼돈을 반복하면서 질서와 규율을 찾아가는 것이 아닌가! 예컨대 스트라빈스키 그 자신이 고전주의와 낭만주의 문법을 깨트린 「봄의 제전」으로 원시주의의 정점에 올랐다가, *1916*년에 발표한 「병사 이야기」를 시작으로 신고전주의를 만들어갔듯이.

『음악의 시학』을 읽는 독자는 하버드대학교에서 한 여섯 번의 강의가 미국에 거주하기 위한 스트라빈스키 나름의 신고식(?)이었다는 것을 감안하길 바란다. 그가 하버드대학교 강의실에서 혁명은 파괴와 혼돈이고 예술은 잘 건사되고 지속된 **전통**이라고 강조했을 때, 미국 청중과 언론은 그것을 단순히 「봄의 제전」에 대한 해명으로만 받아들이지 않았을 것이다. 겉으로는 자신의 음악을 이야기하면서 속뜻은 문자 그대로 '러시아 혁명'에 대한 비판이었을 테니. 당시 강연장에 모였던 미국 청중들은 그가 역설하는 '예술의 혁명'을 곧바로 '러시아 혁명'으로 알아들었을 것이다. 러시아 혁명으로 재산을 모두 잃은 스트라빈스키는 한때 생계를 위해 직업 피아니스트가 되려 했을 뿐 아니라, *1945*년 미국으로 귀화한 이후 미소 문화교류 형식으로 조국 땅을 다시 밟는 *1962*년까지 러시아 입국을 금지당했다.

이런 정치적 독해도 있을 수 있다는 것을 염두에 두면서 '나는 *(음악계의)* 혁명가가 아니다'라는 스트라빈스키의 주장에 재차 귀 기울여보자.

대개의 서양음악사는 전기 낭만주의 이후를 '브람스 *vs* 바그너'라는 대립 구도로 설명한다. 전자와 후자는 '고전-낭만주의/낭만주의 후기'라는 대별적인 양식 대립 아래 '온음계/반음계', '절대음악/표제음악' 같은 특징을 갖는다. 그런데 스트라빈스키는 '브람스 *vs* 바그너' 대신 '베르디 *vs* 바그너'라는 그만의 대립 구도를 제시한다. 그가 바그너의 악극이나 베를리오즈와 같은 교향시 주창자를 가리켜 **예술적**

반역자, 불모의 절충주의라고 부르는 까닭은 그들이 음악 외적인 요소에 기꺼이 좌우되려고 하기 때문이다. 매우 놀랍게도 스트라빈스키가 음악에서 가장 중요한 요소로 꼽는 것은 '멜로디'다.

주지주의(主知主義)의 영향으로, 음악 계보에 멜로디를 얕잡아보는 이상한 진화가 생겨났다고 말하는 스트라빈스키는 노래의 쇠퇴만큼이나 바그너와 그가 풀어놓은 질풍노도(Sturm und Drang)의 위력을 더 분명하게 보여주는 것은 없습니다. 바그너가 죽은 지 50년이 됐지만 아직도 우리는 악극의 소음과 잡동사니에 깔려 힘을 못 쓰고 있습니다. 종합예술론의 위엄은 여전히 서슬 퍼렇게 살아 있으니까요.

브람스의 자리에 베르디가 들어간 근거는 베르디가 대표하는 이탈리아 음악이야말로 멜로디를 잘 살려내는 음악이기 때문이다.

스트라빈스키의 해석에 따르면 러시아 민속 음악에 이탈리아 음악을 결합해 탄생한 것이 러시아 5인조 음악이고, 러시아 민족주의 음악과 거리를 두고자 했던 차이코프스키는 유독 독일 음악의 영향을 받았다는 것이다.

└ 음악의 시학 이고르 스트라빈스키 지음 이세진 옮김 민음사
  2015

호텔 편지지, 휴지 조각, 담뱃갑, 냅킨 등등 그는 손에 잡히는 모든 것에 글을 썼다. 지미 헨드릭스*(1942~ 1970)*는 강박적으로 글을 쓴 사람이다. 특히 집중적으로 주목을 받았던 마지막 *4*년간 끊임없이 인터뷰에 응했는데, 그가 남긴 방대한 메모와 육성을 연대기적으로 편집한 것이 『지미 헨드릭스: 새로운 록의 신화를 쓴 뮤지션의 자서전』이다. 이 책을 편집한 피터 닐은 연대기의 고리가 필요한 대목에서 신문기사를 이용하는 정도의 간섭 말고는 지미 헨드릭스가 남긴 원 자료만을 독자에게 제시하고자 노력했다.

솔직히 말해, 록스타의 청소년 시절은 거개가 거기서 거기다. 특히 아프리카계 미국인이라면 더 그렇다. 지미의 가계에 체로키족의 피가 섞였다지만 그렇다 해서 달라질 게 있겠나. 워싱턴주 시애틀에서 태어난 가난한 흑인이 그 지역의 흑인 구역에서 자랐다면, 지미는 브리티시컬럼비아주 밴쿠버에 있는 인디언 보호구역에서 인디언 할머니와 함께 어린 시절을 보냈다. 부모가 여덟 살에 이혼한 후 지미는 전기공이자 정원사였던 홀아버지의 손에서 자랐다.

시애틀의 가필드 고등학교에 다니던 시절에 그는 많은 시를 썼고 그림 그리기를 좋아했다. 반면 음악 성적은 별로였다. 『로큰롤의 유산을 찾아서』에 이런 대목이 있다. 그가 다닌 제임스 가필드 고등학교 도서관에는 그의 흉상이 세워져 있다. 헨드릭스 가족이 기증했다. 헨드릭스는 사실 이 고등학교를 졸업하지는 못했다. 물론 사후에 그에게 명예졸업장을 수여했지만. 헨드릭스가 이 학교에 재학 중일 때 음악 과목에서 F 학점을 받아 낙제한 사실은 로큰롤 세계에서 가장 널리 회자되는 에피소드 중 하나다.

지미는 열일곱에 학교에서 쫓겨났다. '기차가 오는 소리가 들리네'(Hear My Train a Comin')는 그 경험을 이렇게 노래한다. 그들이 나를 점잖게 학교에서 내쫓던 때가 생각나/ 그들이 말했지, 나쁜 뜻은 전혀 없다고/ 난 참으로 자랑스러웠기에 이렇게 크게 외쳤어!/ 지옥에나 가버려, 한물간 학교 따위!/ 너는 기다리고 기다리지만/ 너를 이 운명에서 구원해줄 수 있는 건 오지 않아/ 천사처럼 살아간다는 이 따분한 운명/ 너는 언제나 옳은 일만 해/ 싸운 적도 없고, 첫발을 내디디려는/ 욕망도 결코 없지/ 바로 코앞인데

학교에서 쫓겨난 지미는 많은 소년들이 거칠게 산다면서, 나는 바르게 살지 않는 소년이었다고 고백한 바로 그런 청소년기를 보냈다. 소년원에만 가지 않았을 뿐 유치장을 들락거리는 위기 청소년이었다. 그를 비행의 구덩이에서 헤어 나오게 한 것은 모든 록스타의 전기에서 빠지지 않는 '뮤즈'다. 지미는 어렸을 때부터 부모들이 아랫방에서 파티를 하며 틀어 놓은 머디 워터스·엘모어 제임스·하울링 울프·레이 찰스의 음반을 들으며 자랐다. 내가 처음 알아본 기타리스트는 머디 워터스였다. 꼬마였을 때 그의 음반을 하나 들었는데, 거기서 나오는 소리를 듣고 무서워 죽을 것 같았다. 와우! 대체 이

게 다 뭐지? 정말 굉장했다. 지미의 첫 악기는 네 살 때부터 불었던 하모니카였고, 다음은 바이올린이었다.

　지미 헨드릭스를 얘기할 때마다 나오는 전설 가운데 하나는 그가 처음으로 기타를 갖게 된 경위다. 지미의 청소년 시절, 그의 방 벽에 소중히 세워져 있는 빗자루를 본 그의 아버지가 **빗자루를 왜 여기 세워 두었냐?**고 물었다. 그러자 지미가 **그건 내 연습용 기타예요**라고 대답했다나. 그걸 듣고 아버지가 기타를 사주었다는 이 얘기는, 내가 스무 살 때부터 알던 얘기다. 그런데 자서전은 다르게 말한다. **어느 날 밤 아버지의 친구가 술에 취해서는 내게 기타를 5달러에 팔았다**는 것이다. 대신 『로큰롤의 유산을 찾아서』에는 **빗자루를 기타 삼아 놀던 지미는**이라는 구절이 분명히 나온다. 지미가 처음 가진 일렉트릭 기타의 모델은 책마다 다르지만, 열일곱 살 무렵 그에게 첫 일렉트릭 기타를 사준 것은 아버지가 맞다. **아마 악기값을 치르기 위해 아버지는 오랫동안 힘들게 일했을 것이다.**

　열여덟에는 훔친 차를 타고 다닌 죄목으로 일주일을 유치장에서 지냈고, 그때 이 생활을 청산해야겠다고 결심하고 공수부대에 자원입대한다. 낙하 훈련까지 받고 켄터키에 배치된 그는 점프 중 부상으로 *15*개월 복무를 마치고 제대한다. 이후 음악대행사에 고용되어 악사로 연주 생활을 시작하는데, 어쩌다 내슈빌까지 흘러가게 되었고 그곳에서 **내가 진짜로 연주하는 법을 배운 곳은 거기다**라고 할 만큼 기타 실력이 부쩍 늘었다. 자신감을 얻고 뉴욕으로 간 그는 지미 제임스라는 이름으로 샘 쿡, 리틀 리처드 등의 백업 밴드로 활동하다가 블루 플레임스(Blue Flames)라는 첫 번째 그룹을 결성한다. 이때 미국 공연을 온 애니멀스의 베이시스트 채스 챈들러가 지미의 연주를 듣고선 그를 영국으로 불러들인다.

1966년 9월 영국으로 건너간 그는 곧바로 노엘 레딩(베이스)과 미치 미첼(드럼)을 규합하여 지미 헨드릭스 익스피리언스(The Jimi Hendrix Experience)를 결성한다. 그리고 이듬해 1967년 5월 영국에서 발매된 데뷔 앨범「경험하셨나요?」(Are You Experienced?)는 록 역사상 가장 충격적인 데뷔 앨범이자 걸작으로 꼽힌다. 영국에서 첫 앨범을 낸 지미는 같은 해 6월 캘리포니아 몬터레이 팝 페스티벌의 스타가 된다. 지미를 브리티시 인베이션의 일원으로 꼽는 평론가는 없지만, 블루스에 기반한 록 뮤지션이 미국에서 성공하지 못하고 영국을 경유해서야 스타가 된 행로는 많은 영국 출신 록 뮤지션이 블루스로 무장하고 미국 음악팬을 파고들었던 과정과 동일하다.

지미 헨드릭스는 일렉트릭 기타의 기술적 가능성과 노이즈를 포함한 전기 음향의 극대화를 실험한 선구자다. 그가 전자 음향에 물상애와 같은 애정을 쏟은 이유는 짜릿하고 새로운 소리를 통해 구습을 타파하고, 사람들의 영혼을 시험하고 씻어내고 싶어서였다. 소리의 벽, 느낌의 벽에 둘러싸이면서 발생한 진공상태 속에서 영성과 영적인 것을 추구하고자 했던 그는 자신의 음악을 일렉트릭 교회 음악이라고도 하고 일렉트릭 종교라고도 칭했다. 실제로 스톡홀름 콘서트(1969)에서 사회자는 그의 음악을 일렉트릭 처치 뮤직이라고 소개한다.

└   지미 헨드릭스: 새로운 록의 신화를 쓴 뮤지션의 자서전   지미
    헨드릭스 지음   최민우 옮김   마음산책   2016
└   로큰롤의 유산을 찾아서   조현진 지음   안나푸르나   2015

2016   MAY

1   2   3   4   5   6   7
8   9   10 11 12 13 14
15 16 17 18 19 20 21
22 23 24 25 26 27 (28)
29 30 31

팬덤은 광적인 사람을 뜻하는 *fanatic*의 *fan*과 영지나 나라를 뜻하는 접미사 *dom*의 합성어로 특정한 인물이나 분야에 몰입해 그 속에 빠져드는 사람을 가리키는 말이다. 한국 대중음악사에서 팬덤이 형성된 것은 서태지와 아이들이 시초라고들 하지만 반쯤만 맞는 말이다. 기원에는 항상 기원의 기원이 있다. 예컨대 비틀마니아에 앞서 광적인 *10*대 소녀 팬을 몰고 다녔던 프랭크 시나트라가 있었고, 서태지와아이들의 광팬에 앞서 조용필의 오빠부대가 있었다. 조사를 더 해보면 시나트라와 조용필에 앞선 또 다른 팬덤 무리를 발견할 수 있을 것이다. 예컨대 조선시대엔 황진이의 팬덤이 있었지 않나.

대중음악이 생겨나면서 자연히 따라 생긴 현상이 팬덤이지만, 그 존재 방식은 시대에 따라 조금씩 달라져 왔다. 이 주제에 대한 선구적인 분석으로 박은경의 『*god* 스타덤과 팬덤』이 있으나 한동안 연구가 중단되었다가, 이민희의 『팬덤이거나 빠순이거나: *H.O.T.* 이후 아이돌 팬덤의 *ABC*』와 홍종윤의 『팬덤 문화』가 연이어 나왔다.

이민희는 오늘날의 팬덤 현상과 이전의 팬덤 현상을 가르는 특징으로 한류와 인터넷의 결합을 든다. 이 기준에 따르면 한류의 개척자인 조용필의 팬덤은 인터넷 이전의 모델이고, 서태지와아이들의 팬덤은 초보적인 인터넷(PC통신)을 활용하긴 했으나 한류와는 무관하다. 한류와 인터넷을 바탕으로 출범한 최초의 팬덤은 1996년에 탄생한 H.O.T. 팬덤이다. 한류와 인터넷이 결합되면서 팬은 **가수의 소속사 이상으로 가수의 팬덤을 확장하는 일**에 기여하는 대중음악 산업의 일부가 되었다. 하지만 소속사가 관리하는 공식 팬클럽이든 그렇지 않은 비공식 팬클럽이든, 오늘날의 팬덤 현상에서 가장 특징적인 것은 **자발적 체계성**이다. 『팬덤이거나 빠순이거나』는 팬덤의 자발적인 체계성이 '직찍'이나 '직캠'과 같은 콘텐츠를 생산하고 '팬픽'(fan fiction) 같은 새로운 장르를 만들어 내는 과정에 주목한다. 팬덤은 수동적인 소비자가 아니라 적극적인 문화 생산자이다.

'팬덤'하면 곧바로 '빠순이'를 연상하게 된 것은 H.O.T. 잭스키스(1997), 신화(1998), god(1999), 동방신기(2004), 슈퍼주니어(2005), 빅뱅(2006), JYJ(2010) 등의 그룹이 남성 아이돌 그룹이었던 것에서 연유한다. 나의 아이돌을 부르는 가장 고전적인 용어는 '오빠'다. 사실 많은 팬이 이미 확실한 '누나'로 살아간다. 하지만 이들에게도 아이돌은 영원한 오빠다. 나이 차이와 무관하게 그들은 내가 우러러볼 수 없는 대상이기 때문이다. 이렇게 해서 만들어진 용어가 '빠순이'로, 오빠를 좋아하는 사람들을 비하하는 표현이다. 하지만 '팬덤＝빠순이' 공식은 2007년 원더걸스와 소녀시대 등의 걸그룹이 등장하면서 '팬덤＝삼촌팬(빠돌이)'으로 바뀌었다.

오늘날의 아이돌 시장은 빠순이로만 구동되지 않는다. 매력적인 남자 아이돌 말고도 매력적인 여자 아이돌이 있으며, 남자 아이돌의 팬덤은 여성이 대다수이지만 여성 아이돌 팬덤은 그럭저럭 남녀 성비가 유지된다. 그리고 여기서 삼촌팬 혹은 오빠팬이 나온다. 사귀고 싶은 여자 후배로, 혹은 영원히 지켜주고 싶은 여동생으로 여자 아이돌을 인식하면서 강한 애정을 쏟는 무리들이다.

오빠 혹은 삼촌이라고 불리는 '빠돌이'의 등장은 '팬덤＝빠순이'에 대한 조롱조의 사회적 인식을 누그러뜨렸다. 가수에 대한 팬의 열광이 철없는 빠순이들의 유난이 아니라 이제는 삼촌팬과 오빠팬으로 대변되는 성인 남성과도 무관하지 않은 화두가 됐기 때문이다. 막말로 함부로 '깔 수 없는' 처지가 된 것이다. 이민희는 팬덤 문화의 양성화라는 점에서 삼촌팬(빠돌이)의 등장을 긍정적으로 보고 있지만, 이미 일찍부터 이들을 '소녀적 여성성'(롤리타 콤플렉스)에 매료된 '시각 성애자'(관음증 환자)로 비판하는 목소리도 많았다. 한국여성연구소가 엮은『젠더와 사회』에 실린 김예란의 글이 그렇다.

현재 걸 아이돌의 팬덤에서 나타나는 독특한 현상은 30~40대 삼촌 팬덤이다. 혈연관계인 삼촌이라는 설정은 아저씨와 여자 조카 사이라는 일종의 공모적 가족관계 안에서 안전성을 보장받는다. 삼촌이라는 이름으로, 소녀를 향한 남성의 시각적 욕망은 그 성적 함의를 부인하면서 천진하고 귀여운 아이를 위한 순수한 것으로 주장될 수 있다. 문화 산업이 발명한 소녀를, 가부장적 가족구조에 위치 지우고 성애화된 소녀 육체를 가부장적 관계 안에 투입함으로써, 이 둘의 공모적 메커니즘 안에서 성인 남성은 안전하고도 은밀하게 소녀 육체 이미지를 향유할 수 있다. 전적으로 천진

무구하거나 과잉으로 성애화된 여성적 섹슈얼리티보다 모호성으로 구축된 소녀적 섹슈얼리티는 남성의 자기모순적인 응시를 정당화하기에 더욱 적절하고 유용하다.

한편 김성윤의 『덕후감』은 미국의 사회 심리학자이자 상징적 상호작용론의 창시자인 M. 미드의 '일반화된 타자' 개념을 빌려와, '피터팬적 퇴행'과 '롤리타 콤플렉스의 발현'으로 지탄받고 있는 삼촌팬에 대한 편향적 시각을 교정하고자 한다. 사람은 자신이 속한 사회의 가치와 문화에 따라 행동하는데, 이때 자아에 반영된 일반적인 타인의 모습을 일반화된 타자라고 한다. 이를테면 팬덤은 남녀노소 불문하고 자신의 내면적 문화 소비 욕구와 철들라는 외부로부터의 사회적 요구 사이에서 갈등을 겪으면서, 팬이 아닌 척하는 '일반인 코스프레'를 하기도 한다. 사정이 이렇다면, 엄숙주의적인 남성성을 강요받는 남성팬은 여성팬들보다 자기 본심을 드러내는 것이 얼마나 더 어려울까? 이런 상황에서 삼촌팬 현상은 세대적 퇴행이 아니라 세대적이고 젠더적으로 주어진 동일성을 거부·왜곡하는 방식으로 새로운 남성성이 출현한 것이라는 게 이 책의 핵심이다. 즉 삼촌팬은 권위주의적 남성성에서 유쾌하게 감성을 드러내는 남성성으로의 변화를 드러낸다는 것이다.

삼촌팬이 일반적인 사회 규범의 눈치를 보면서 성금을 모아 기부를 하고 팬 커뮤니티를 통해 봉사활동을 벌이는 '사회지향적 팬질'이라는 새로운 팬덤 문화가 생겼다. 하지만 삼촌팬의 사회지향적 팬질 또한 남성의 초자아적 외설을 은닉하기 위한 전략적 위장일 수 있으며, 이들의 사회지향이 사회적 약자의 복지를 국가가 아니라 (사회 책임경영 형태로) 기업이나 (자원봉사 형태로) 시민사회가 맡는 그런 사회를 지향하는 한 사회적으로 퇴행하지 않았다뿐이지 정치적으로는 (퇴행 내지) 답보 상황에 있는 것이라고 할 수 있다. 지은이는 삼촌팬 현상이 세대적 퇴행인 것 같으면서도 세대적 퇴행은 아니고, 또 아닌 것처럼 보이면서도 퇴행으로 여겨지는 것은 바로 이런 이유 때문이라고 결론지었다.

└ god 스타덤과 팬덤   박은경 지음   한울   2003
└ 팬덤이거나 빠순이거나   이민희 지음   알마   2013
└ 팬덤 문화   홍종윤 지음   커뮤니케이션북스   2014
└ 덕후감   김성윤 지음   북인더갭   2016

2016   JUN

              1   2   3   4
5   6   7   8   9   10 11
12 13 14 15 16 17 18
19 20 21 22 23 24 25
26 27 (28) 29 30

미국의 지배 문화와 대결했던 반문화와 청년 문화를 얘기할 때 반드시 호출되는 것이 히피(히피 문화)다. 히피 문화와 히피는 미국 문화의 어느 시대를 이야기할 때도 빠지지 않고 거론되지만 한국어로 번역된 연구서는 아직 나오지 않았다. 미국인이 쓴 것이 아니어서 아쉽기는 하지만 크리스티안 생-장-폴랭의 『히피와 반문화: 60년대, 잃어버린 유토피아의 추억』은 그간 피상적으로만 알려진 히피의 사고와 행동 양식을 구체적으로 파악할 수 있게 해준다.

1960년대 미국은 자신의 성립 기반을 전반적으로 재검토해야 하는 위기를 맞이했다. 대표적으로 민권운동과 베트남 전쟁이 안팎에서 미국적 가치와 국민적 단합에 금을 내면서, 젊은이와 학생들로 하여금 미국의 주류적 사고방식과 상반되는 정치적 견해와 대안적 생활 양식을 추구하도록 만들었다. 지은이는 미국의 60년대 반문화 운동을 바깥과 행동을 지향하는 정치적인 쪽(신좌파, 반체제론자)과 내면과 감각을 지향하는 히피적인 쪽으로 나눈다.

첫 번째는 빈곤층을 겨냥한 정치적 경향으로 이른바 '신좌파'라는 이름으로 부활한 좌파적 경향이다. 사회적 불평등, 베트남 전쟁, 정치 체제를 뒤범벅해 거부하는 이 투사들과 그들의 대학교는 모든 형태의 권위에 맞서 궐기하는 시위를 우선적인 행동 수단으로 삼았다. 둘째는 그 후에 나타난 히피들의 경향인데, 이 경향은 보다 사적인 표현을 지향한다. 그들 역시 동지들과 함께 미국 사회에 반항하지만, 그들의 비판은 정치적인 문제보다도 주로 중산층의 생활 양식을 겨냥한다. 비주류를 선택한 이 긴 머리의 젊은이들은 자신들이 창조한 대안적 스타일 속에서 개화하려 한다. 그래서 개별적으로나 공동체 안에서나 무엇보다도 자기 자신을 위해 싸운다. 록 음악을 기반으로 한 성적인 사이키델릭 혁명이 가장 단적인 사례다. 그러나 히피 운동은 곧 대도시를 떠나 시골로 이주해버린다.

얼핏 보기에 신좌파 혹은 반체제론자들로 지칭되는 전자와 히피로 지칭되는 후자 사이에 커다란 감수성의 대립이 있는 듯 보이지만, 사실상 차이는 크지 않다. 반체제론자들처럼 히피들은 물질주의로 규정되는 부르주아 사회와의 불화를 확신하며 그 번영의 표시를 거부한다. 노동, 질서, 그리고 가족을 우선시하는 윤리보다 무질서(심지어 무정부 상태)와 아주 다양한 형태의 쾌락주의를 선호한다. 사실 자본주의와 제국주의에 대한 저항이든 참을 수 없는 구속에서 벗어나려는 개인의 반항이든, 근본적인 것은 해방이라는 개념이다.

제목이 명시하듯 이 책은 두 가지 반문화 조류 가운데 후자에 집중한다. 어쩌다 윌리엄 버로스, 게리 스나이더, 앨런 긴즈버그, 잭 케루악 같은 시인이나 작가를 히피로 묘사하는 경우를 간혹 볼 수 있는데, 엄밀히 말해 이들 비트 세대

작가들은 히피가 탄생하기 10여 년 전인 1950년대에 반문화의 전위 구실을 한 선구자들이다. **반문화 출현 이전 시기에 비순응적인 소수의 전통은 지식인들 사이에서 전개되었다.** 잭 케루악의『길 위에서』(1957)가 잘 보여주듯 비트 작가들은 스스로를 참을 수 없는 삶의 안정성과 절연하고 모험을 찾아가는 떠돌이라고 여겼다. 특히 비트 세대에서 가장 영향력 있고 반체제적인 히피 운동에 가장 적합한 인물이었던 앨런 긴즈버그는 장시『울부짖음』(1953)에 마약과 성적 쾌락에 대한 기호를 동반한 정치적 반항이라는 주제를 담았다. **나는 공산주의자다**라고 선언하기도 한 그는 생필품 구입을 위한 화폐를 전면 폐지할 것을 주장했는데, 이것은 나중에 히피들의 프리샵으로 현실화된다. 앨런 긴즈버그와 같은 예외가 있기는 했지만 **주로 예술가와 작가인 비트닉들은 자신들의 반항을 정치적으로 표현하는 것을 꺼렸다.** 반문화 특히 히피 운동이 비트 세대에게 빚지고 있는 것은 맞지만, 분명히 다른 지점이 있다. **'비트 세대'의 창조력이 본질적으로 문학적인 반면 반문화는 특히 음악 지향적이라는 점이다.** 바로 이 때문에 비록 많은 지면이 할애되지는 않지만, 이 책에서 록 음악은 중요한 자리를 차지한다.

숱한 지류를 가진 록 음악 가운데서도 1965년경 캘리포니아에서 탄생한 애시드 록·사이키델릭 록은 **음악과 마약, 섹스가 혼합된 여행의 끝에 도달하게 되는 어떤 '다른 곳'을 표현**하려고 한다는 점에서 히피의 이상을 음악적으로 구현했다고 할 수 있겠다. 지은이는 이 음악의 선구자로 1969년 8월

15일부터 18일까지 열렸던 우드스탁 페스티벌에서 처음으로 존재를 알렸던 '산타나'를 꼽는다. 당시 산타나는 음반도 없는 무명이었으나, 미국 공연계의 큰 손 빌 그레이엄이 자신이 발굴한 카를로스 산타나를 출연시키기 위해, 그레이트풀 데드 등 자신이 영향력을 미칠 수 있는 대형 아티스트의 출연을 막겠다고 주최측을 협박했다. 옥신각신 끝에 출연한 산타나는 우드스탁 출연진 중 가장 낮은 1,500달러를 받았다. 『로큰롤의 유산을 찾아서』에 따르면 산타나가 무대에 오를 때 그를 알고 있던 사람은 아무도 없었다. 그러나 열정적인 30여 분간의 연주를 마치고 무대를 내려올 때 산타나는 차세대 로큰롤의 스타 자리를 확보해놓은 상태였다. 우드스탁은 어쩌면 산타나를 위한 무대였는지도 모른다.

특이하게도 지은이는 록을 젊은 베이비붐 세대의 쾌락주의적인 산물이 아니라, 미국의 민중적 전통, 이른바 워블리 송(wobble song: 노동 투쟁가. 워블리는 IWW로 약칭되는 세계산업노동자조합의 조합원을 가리킨다)과 연관 있다고 본다. 워블리 송은 좌파의 투쟁과 연관이 있었고, 빈곤 계층의 싸움, 파시즘과의 투쟁, 흑인 권리 쟁취 투쟁, 그리고 전쟁이 자본주의의 결과물이라는 믿음 속에 닻을 내린 평화주의 등의 주제를 싣고 있었다. 이런 면에서 록은 미국 투쟁가요의 전통을 잇고 있다.

록 음악은 여러모로 모순적이다. 우선 이 음악은 워블리 송의 전통을 잇고 있다면서 현실에 환멸을 느끼고 노동을 거부하는 히피들의 영성체 역할을 한다. 또 록은 체제 순응주의와 물질주의, 전통적인 가치관을 고발하지만, 그 자체로 대중문화의 산물이며 상업적인 목적을 띤 쇼 비즈니스의 생산품이기도 하다. 반항을 상업적으로 둔갑시키면서 록은 반문화의 모순과 동시에 미국 사회의 총체적인 모순을 증거하고 있다.

미국의 60년대 반문화의 기원을 쫓고자 지은이는 아주 멀리까지 시간을 거슬러 올랐다. 반문화는 정치적, 사회적, 윤리적 거부의 표현이지만, 자유방임이 휩쓰는 미국적 전통에서 직접 나온 가치들과 사고방식의 상속자이기도 하다. 무엇보다도 전적인 해방을 열망하고 강렬한 독립 욕구를 표현함으로써 반문화는 건국 선조들이 이룩한 영광된 과거의 적자임을 주장한다. 게다가 반문화가 표출하는 개인주의 역시 집단적 사고방식에 굳건히 닻을 내린 채 자유를 요구하던 옛 투쟁의 다른 얼굴이 아닌가. 여러 다른 관점에서도 반문화는 근대사회가 이러한 전통을 저버렸다는 생각 속에서 그것을 되살리고자 했다. 자연에서의 고된 생활과 공동체의 결성은 이미 오랜 미국적 유산의 일부인 데다가 새로운 경험을 향한 끊임없는 탐색은 개척자들이 억압의 양식을 버리고 신세계를 찾아 떠나는 스스로도 허황되다고 여겼던 그 기세를 연상시킨다.

ㄴ 히피와 반문화   크리스티안 생-장-폴랭 지음   성기완 옮김
   문학과지성사   2015
ㄴ 로큰롤의 유산을 찾아서   조현진 지음   안나푸르나   2015

대중문화 유산에 대한 광범하고 치밀한 기록인 『로큰롤의 유산을 찾아서』를 보며 새삼 부러웠다. 미국 전역에 산재한 대중음악 관련 기념물과 명소들이 미국에서 차지하는 대중음악의 비중과 존중의 크기가 대단하다는 점을 드러내고 있었기 때문이다. 특히 시애틀에 있는 *EMP* 박물관(*Experience Music Projects*)의 경우 폴 앨런 한 사람의 집념으로 시작했음에도 저렇듯 멋진 박물관으로 우뚝 설 수 있었던 데는 대중음악을 고유의 문화로 인식하고 존중하는 기반의 힘이 컸을 것이다.

대중문화 유산의 *1*차 기록과 보존이라는 점에서 평전은 어쩌면 기념물이나 박물관 이상으로 귀중한 가치를 가진다. 장유정의 『황금심』이 바로 그런 책이다. *100*쪽이 채 되지 않는 얇은 책이지만, 이런 세밀한 작업이 한껏 모인 끝에 한국 대중가요사도 완벽해질 것이다. 지은이의 말을 들어보자.

사실상 이제까지 한국 대중음악사에서 광복 이전의 대중음악에 대한 관심은 그다지 많지 않았다. 광복 이전에 나온 대중음악은 대중음악사의 초창기를 장식하는 중요한 음악임에도 불구하고 이에 대한 관심이 적었던 것이다. 하지만 어떤 사물의 첫 모습을 사실 그대로 아는 일은 그 대상의 전모를 파악하고 전체를 제대로 이해하는 데 큰 도움이 될 수 있다. 따라서 초창기 대중음악을 이해하기 위해서 당시의 대중가요뿐만 아니라 이를 노래한 가수에 대한 관심과 이해는 필수적이라 할 수 있다.

　황금심은 1922년 종로구 관수동에서 태어났다. 기존의 자료들이나 인터넷에서 그녀의 고향을 '부산 동래'로 잘못 적기도 하는데, 부산 동래는 황금심의 남편이자 일제강점기부터 이름을 날렸던 가수 고복수와 관련이 있다. 울산 병영에서 태어난 고복수는 부산 동래구 수안동에서 자랐고, 실제로 부산 동래를 자신의 본적으로 삼았다. 황금동(黃今童)이 본명이었던 그녀는 1938년 빅타 음반회사에서 음반을 내면서 황금심(黃琴心)이라는 예명을 사용했고, 거의 동시에 오케 음반회사에서 음반을 낼 때는 황금자(黃金子)라는 예명을 사용했다. 두 개의 예명은 이중 계약을 피하기 위한 편법이 아니었나 생각된다. 재미있게도 그녀가 황금심이라는 이름으로 유명해지고 나서, 세 명이나 되는 사람이 그 예명을 지어준 작명가라고 주장했다. 작곡가 박노홍(이부풍)과 전수린 그리고 빅타의 문예부장이었던 유영국이 그들이다. 이 책의 지은이는 본명인 황금동을 표기하면서 '이제 금'(今)을 썼으나, 다음 백과사전에서는 '쇠 금'(金)이다.

　대중가수를 얘기할 때 어떤 방식으로 데뷔했는지 따지는 것은 그 시대를 살필 중요한 단서가 된다. 황금심은 고복수의 팬이었던 언니를 따라 부민관(현재 서울시의회 의사당)에서 그의 공연을 본 뒤, 가수가 될 결심을 한다. 그때부터 황금심은 축음기를 켜놓고 노래연습을 했고, 같은 동네에 살던 유명 작곡가 이면상이 그녀의 구성진 노래를 듣고 동료 작곡가와 음반사 여기저기에 소문을 냈다. 당연하게도 저 시대에 가수가 되는 것은 오늘처럼 철저히 준비된 기획과는 거리가 멀었다. 그처럼 주먹구구였기에 황금심은 각기 다른 사람의 소개와 각기 다른 이름으로 오케와 빅타에 이중 계약을 하고 데뷔 음반을 동시에 발매한 것이다.

1938년 정월 신보로 발매된 황금심의 빅타 데뷔 음반에는 트로트 곡인 '알뜰한 당신'(조명암 작사, 전수린 작곡)과 신민요로 분류될 '한양은 천리원정'(조명암 작사, 이면상 작곡)이 녹음됐다. 두 곡 가운데 '알뜰한 당신'이 크게 히트하면서, 열여섯 살 난 황금심은 같은 해에 「나는 열일곱 살」을 취입한 박단마와 함께 빅타 음반의 돈줄이 되었다. '알뜰한 당신'은 1959년 동아일보에서 조사한 '백만 인에게 불린 흘러간 옛 노래'에서 가장 많이 불린 대중가요 20곡 가운데 한 곡으로 선정되었다. 선정된 20곡 안에 고복수의 '타향(살이)'(금릉인 작사, 손목인 작곡)도 들었는데, 황금심이 데뷔하기 몇 해 전인 1934년에 발표된 노래다. 고복수는 당대의 오디션 프로그램이던 '전국 음악 콩쿠르' 출신이다. 장유정의 음악산문집 『노래풍경』에 따르면 조선에서 최초로 열린 대중가요 가수 선발대회는 1933년 10월 콜럼비아 음반사가 전국을 순회하면서 열었던 대회다. 콜롬비아사가 주최하고 조선일보가 후원한 이 대회는 서울·평양·신의주·함흥·원주·부산·대구·군산·청주 등 열 개 도시에서 지역별로 세 명의 가수를 선발한 뒤, 이듬해 2월 17일 소공동 하세가와공회당(현재 서울상공회의소)에서 최종결선을 치렀다. 이 대회에서 1등은 전남 대표 정일경, 2등은 경남 대표 고복수, 3등은 함북 대표로 간도에서 온 조금자였다. 고복수 와 황금심은 10살이라는 나이 차이와 집안의 반대에도 불구 하고 1941년에 결혼해서 금슬 좋게 살았다.

장유정은 서병기와 함께 쓴 『한국 대중음악사 개론』에 서 신민요가 '충족 의식'에 바탕하는 반면 트로트는 '상실 의식'을 바탕으로 한다면서, '타향(살이)'는 임의 상실과 고향 상실로 크게 나뉘는 트로트의 상실 의식 가운데 후자 를 대표한다고 말한다. 그렇다면 황금심의 '알뜰한 당신'은 정확하게 전자를 대표한다고 할 수 있을 것이다. 사전에서 알뜰이라는 명사는 생활비를 아끼며 규모 있는 살림을 함을 가 리키며, 형용사 알뜰하다는 ①일이나 살림을 정성스럽고 규모 있게 하여 빈틈이 없다. ②다른 사람을 아끼고 위하는 마음이 참 되고 지극하다라는 두 가지 뜻이다. 요즘은 주로 ①의 뜻으로 쓰고 있지만, 황금심의 '알뜰한 당신'이나 2004년 문학 계 간지 『시인세계』가 100명의 시인들에게 물었던 '시인들이 좋아하는 대중가요 노랫말'에서 1위를 차지했던 '봄날은 간 다'(손로원 작사, 박시춘 작곡)에 나오는 '알뜰한 그 맹세' 는 모두 ②를 의미한다.

조선 태조로부터 철종에 이르기까지 25대 472년간의 역사를 연월일 순서에 따라 편년체로 기록한 『조선왕조실 록』은 전 세계에서 유례가 없는 기록물이다. 이런 걸 보면, 한국인이 기록에 등한했다는 비판은 사실이 아니다(기록은 철저했으나, '널리 읽힌다'는 목적의 출판에는 생각이 미치지 못했다). 대중문화 유산에 대한 기록이나 기념이 현저히 모자란 것은 무엇보다 대중문화를 하찮게 여겼던 유교 문화의 영향일 것이다. 거기에 더해 한국 대중가요의 기원에 일본에서 건너온 트로트가 있었으며, 트로트는 곧 왜색이라는 시선이 우리의 대중음악 유산을 업신여긴 또 다른 이유다.

ㄴ 황금심 장유정 지음 북페리타 2014
ㄴ 한국 대중음악사 개론 장유정, 서병기 지음 성안당 2015

2016   AUG

          1   2   3   4   5   6
7   8   9   10 11 12 13
14 15 16 17 18 19 20
21 22 23 24 25 (26) 27
28 29 30 31

이병주는 1961년 5·16쿠데타 직후 부산지구 계엄사무소로부터 쿠데타를 지지하는 사설을 쓰라는 종용을 받았다. 부산 국제신보의 편집국장이자 주필이었던 그는 '이왕 일어난 것이니 더 불행한 일이 없도록 어서 헌정을 회복했으면 좋겠다'라는 요지의 글을 썼다. 그 일로 체포된 그는 군부가 만든 혁명재판소에서 10년 형을 언도 받고 복역하던 중 2년 7개월 만에 대통령 특사로 풀려났다. 감옥을 나선 그는 몇 군데 대학에서 강의를 하다가 1965년 『소설·알렉산드리아』를 발표하고 소설가가 되었다. 이병주는 논설가에서 소설가로의 변신에 생과 자존심을 걸었다. 자신의 메시지를 소설적 우회로 재탄생시켜 생을 보전하고, 논설가로서 패배했던 괴물(권력)과의 싸움을 소설가가 되어 다시 치르겠다는 글쓰는 자로서의 자존심이었다.

어느 평론가는 『소설·알렉산드리아』의 줄거리가 **실로 단순하여 놀랍다**라고 말했지만 꼭 그렇지만은 않다. 이 작품은 향후 21년 동안 80여 권이나 되는 다양한 길이의 소설을 쏟아냈던 이병주 문학의 모든 모티프가 저장되어 있다는 의미에서, 비록 중편소설에 지나지 않지만 비유적으로는 대하소설이라 불러야 할 정도다. 이 소설에 내장된 이병주 문학의 모티프를 모조리 끄집어내자면 책 한 권이 필요하다. 그래서 여기서는 이인화(二人化) 모티프 하나만 거론하겠다.

　『소설·알렉산드리아』의 주인공은 이름 없는 '형'과 '동생'이다. 어려서부터 수재였던 형은 동경 유학 시절 중에 공산주의와 민족주의 사상은 물론 무정부주의 사상까지 섭렵해 사변적인 자유주의자가 되었다. 해방 후 언론인이 된 작중의 형은 작가 본인과 똑같은 필화사건으로 10년 형을 언도 받는다. 한편 5년 아래의 동생은 어린 시절부터 공부와 담을 쌓은 채 피리 불기에만 열중했었다. 마을 사람들이 막대기도 네 입만 대면 소리가 난다고 할 정도였던 동생은 고향의 중학교 입학시험에서 떨어지고 동경으로 건너가 형과 합류하면서 처음으로 플루트와 클라리넷을 접하게 된다. 이후 그는 온갖 관악기에 정통한 악사가 되었다.

　형은 어렸을 때부터 부모가 피리 따위나 불고 있는 동생을 푸대접할 때 일기일예(一技一藝)에 뛰어나면 그로써 도를 통하고 입신할 수도 있는 세상이니 과히 걱정 마시라며 부모를 달랬다. 그러면서 동생에게 내가 만 권의 책을 읽고도 이루지 못하는 것을, 너는 한 자루의 피리를 통해서 이룰 수 있을 것이라고 격려한다. 형이 이처럼 동생을 아끼며 지원한 것과 달리, 동생은 형이 암시한 그 어떤 입신이나 출세는 물론 장래니 미래니 하는 것에 관심이 없었다. 그는 신기에 가까운 클라리넷과 플루트 솜씨에도 불구하고, 지방 도시의 카바레 악사로 만족했다. 동생은 형을 미워했다.

　사상이란 것을 미워한다. 사상이란 무엇이냐? 정과 부정을 가려내는 가치관이 아닌가. 선과 악을 판별하는 판단력이 아닌가. 그러나 자연의 작용에 정·부정이 있고 선과 악이 있는가. 사람은 자연의 일부가 아닌가. 자연의 일부인 사람은 자연 그대로 살면 될 것이 아닌가. 사상이란 자연 속에서 벗어져 나오려는 노력이 아닌가. 그렇다면 사상이란 인간을 부자연하게, 그러니까 불행하게 만드는 작용 이상도 이하도 아닌 것이 아닌가. 강한 힘이 누르면 움츠려들 일이다. 폭력이 덤비면 당하고 있을 일이다. 죽이면 죽을 따름이다. 내겐 최후의 순간까지 피리와 피리를 불 수 있는 장소만 있으면 그만이다.

동생이 보기에 사상이란 사람을 진흙(현실) 속에 뒹굴게 하는 환각 중의 환각이다. 그런 그는 현실을 초월하는 음악이라는 또 다른 환각에 투신한다. 전자의 환각이 아폴론적인 것이면, 후자의 환각은 디오니소스적이다. 이때 『소설·알렉산드리아』는 아폴론적인 환각과 디오니소스적인 환각의 소유자들이 벌이는 대립으로 요약된다. 하지만, 이어지는 이병주의 다른 작품은 이런 대립이 허구라고 말한다.

1983년에 발표된 『그 테러리스트를 위한 만사』에는 『소설·알렉산드리아』에 나오는 동생에 뒤지지 않는 솜씨를 지닌 신기의 퉁소 명인 동정람이 나온다. 칠십 노인의 즉흥 연주에는 바흐, 헨델, 하이든, 모차르트, 슈베르트, 그리그가 모조리 녹아 있다. 작중의 설명에 따르면 세계 일류라는 장피에르 랑팔의 플루트 소리가 천재의 그것이라면 정람의 피리 소리는 신의 그것이다. 음악대학을 졸업하고 프랑스 유학을 준비 중이던 스물아홉 살의 작곡가 지망생 임영숙은 우연히 동정람의 소문을 듣고 그를 찾아와 연주를 들은 끝에 유학을 포기한다.

아폴론 대 디오니소스라는『소설·알렉산드리아』의 논법대로라면, 통소 명인 동정람은 그 어떤 사상이나 현실로부터 초월해 있어야 한다. 하지만 동정람은 그렇지 않다. 젊은 시절 유라시아 대륙을 휩쓸고 다니면서 모스크바까지 가서 레닌을 직접 만나기도 했던 그는, 친일파 중에서도 가장 악질 친일파만 골라서 암살했던 무정부주의 테러리스트다. 그는 해방 후에도 친일파 척결을 멈추지 않았는데, 그가 단독으로 처리했던 친일파 국회의원과 명사들은 자동차 사고나 강도 살인으로 감쪽같이 위장되었다. 동정람은 나이가 칠십인 현재도, 은거 중인 악질 친일파에 대한 정보가 들어오면 5분 대기조인양 출동한다. 여기에 무슨 아폴론과 디오니소스의 대립이 있는가. 그 둘은 일체다.

1972년에 발표된『예낭 풍물지』의 주인공 '나' 역시 국가에 대죄를 얻어 10년 형을 받고 징역살이를 하던 중 결핵이 도져 5년 만에 석방된 이력을 가졌다는 점에서 작가 이병주의 분신이라 할 수 있다. 흥미롭게도 이 주인공 또한 '진짜 나는 감옥에 있고, 결핵과 결핵에 걸린 병자만 나왔다'는 해리성 장애를 겪고 있다. 이병주 문학에서 반복되는 모티프인 '둘로 나뉜 한 사람'은, 쿠데타 정권이 그에게 남겼던 트라우마가 문학적 형식으로 발현된 것이다. 이 지면에서 다 말할 수 없지만, 저 트라우마는 그를 문학으로 인도한 것에 그치지 않고 그의 비판적 지성을 종료시켰다.

세 전직 대동령에 대한 평전인『대통령의 초상』(서당, 1991)에서 그는 박정희를 단죄하는 것으로 뼈에 사무쳤던

분풀이를 했으나, 이승만을 옹호하고 전두환을 예찬하는 것
으로 독자를 아연하게 만들었다.

ㄴ   소설·알렉산드리아   이병주 지음   한길사   2006
ㄴ   소설·알렉산드리아   이병주 지음   이병주기념사업회 엮음
      바이북스   2020
ㄴ   그 테러리스트를 위한 만사   이병주 지음   한길사   2006
ㄴ   그 테러리스트를 위한 만사   이병주 지음   김윤식, 김종희 엮음
      바이북스   2011

2016   SEP

                    1   2   3
4   5   6   7   8   9   10
11 12 13 14 15 16 17
18 19 20 21 22 23 24
25 (26) 27 28 29 30

한(恨)은 한국 문학 내지 한국 문화를 운운할 때, 또는 한국의 정신이나 한국인의 정체성을 이야기하는 자리에 자주 주제로 오르는 단어다. 한은 한국의 문학, 민요, 판소리를 감상하거나 평할 때 없으면 안 되는 용어였고, 실제로 한국의 문학이나 예술은 한을 중요한 재료로 삼아왔다. 한국인의 독특한 정서로 간주되어 왔지만, 한의 실체에 대해서는 아직 모호한 것이 많다.

『한의 구조 연구』가 나왔을 때 나는 버릇처럼 재깍 이 책을 샀지만 읽지는 않았다. 이 책이 나왔던 1993년이 어떤 때였던가. 이 책이 나오기 전인 1980년대에 민족 문학이 재정립되고 민중 미학이 각광을 받았다. 오래 전부터 한국 전통의 정서나 미학으로 추인되어 왔던 한이, 80년에서 90년대 초반에 이르는 그 십여 년간 일본 학자들에 의해 외삽된 일제 잔재로 철저하게 터부시되었다. 뿐인가. 1993년은 전통과 기원을 의심하는 것이 곧 진리였던 포스트모더니즘 광풍이 일던 때다. 이래저래 『한의 구조 연구』는 읽을 필요가 없는 책이었다.

나는 이 책을 2016년 추석 연휴에야 읽었다.

매우 역설적이지만, 한국인의 정서나 미학적 본질을 밝혀줄 단서로 한국인이 한을 본격적으로 논하기 시작한 역사는 매우 짧다. 이 역사는 *1948*년 소설가 김동리가 김소월론을 쓰면서부터 시작되었다. 김동리는 '임의 상실'을 문학적 모티프로 자주 애용했던 김소월의 정서를 임을 즐기는 편이라기보다는 본질적으로 그리워하는(구하는) 편에 서 있다면서, 이 아무것으로도 영원히 메꿀 수 없는 그리움의 감정을 정한(情恨)으로 규정했다. 간절한 그리움 끝에 오는 한탄, 또는 애절한 설움이 한이라는 것이다.

하지만 이런 규정은 논의의 끝이 아니라 시작이다. 한이란, 한마디로 말해서 멋(김소희), 설움의 덩이(서정주), 지독한 원망, 발악적인 청승(유종호), 세계의 고통을 감미로운 슬픔으로 해소(김우창)하는 것, 한국적 전통의 허무주의(김윤식), 영원불멸에의 애끓는 희구이자 숙명과 대결하는 인간의 가장 근원적인 심오한 심경(이동주), 원(怨)이 타인에 대한, 또는 자기 외부의 어떤 것에 대한 감정이라면 '한'은 오히려 자기 내부로 침전(沈澱)하여 쌓이는 정(情)의 덩어리(이어령), 소원성취의 염원(김종은), 목 놓아 울고 싶어 하면서도 그것을 참는 역설적 감정(오세영), 민중 존재 깊숙이 뿌리내린 좌절의 복합체이자 절망에서 희망으로 가는 관문(한완상, 김성기), 하느님이 우리를 만나주는 자리요, 우리의 새 삶이 출발하는 기점(문동환), 한은 역사 전환의 원동력(조정래) 등등.

마치 흑인 음악가들이나 재즈 팬들이 소울이나 스윙을 각자의 느낌으로 설명하는 것처럼 각양각색이지 않은가. 딱히 학자가 아니더라도 한국인이라면 누구나 한 마디씩 거들 수 있는 것이 '한'에 대한 정의라고 해도 틀리지 않을 것이다.『한의 구조 연구』라는 제목에는 이처럼 중구난방으로 말해지는 한의 객관적 구조를 정립해보겠다는 지은이의 야심이 깃들어 있다.

지은이가 정립한 한의 구조를 파악하기 위해 반드시 알아두어야 할 네 개의 개념은 원(怨: 원망), 탄(嘆: 한탄), 정(情: 정감), 원(願: 소망)이다. 이 가운데 앞의 두 글자가 한의 상위 개념이다. 한이 외향적이고 대타적 공격성을 띠게 될 때 원망이 되고(공격적), 좌절이나 상실을 당하여 무력한 자신을 공격하게 될 때 한탄이 된다(퇴영적). 한의 어두운 면을 표상하는 이 두 가지는 '주신구라'(忠臣藏)로 대표되는 일본문화 속의 복수 감정이나, 니체가 말하는 르상티망(ressentiment: 원한 감정)과 크게 다르지 않다. 한이 복수 감정이나 원한 감정과 구별되는 것은 뒤의 두 개념 때문이다. 한은 원수를 껴안는 정감과 꿈을 비는 소망을 밝은 면으로 가지고 있다.

한국적 한은 어둡고 부정적인 두 속성(怨·嘆)에서 출발하여 끊임없이 밝고 긍정적인 두 측면(情·願)으로 질적 변화를 지속해 간다. 하지만 부정적 속성에서 긍정적 측면으로의 질적 변화는 그냥 이루어지는 게 아니다. 두 쌍의 개념 사이에는 커다란 단절이 있어서, 질적 도약을 가능하게 하는 가치 생성 기능이 따로 있어야 한다. 한이란 누구에게나 어느 민족에게나 있을 수 있다. 문제는 그 한을 초극하는 과정에 있어서 어떤 사람(또는 민족)은 분풀이나 원수풀이로써 이를 표현할 수도 있고, 어떤 사람(또는 민족)은 이를 '삭이면서' 새로운 삶의 지평을 열어가기도 한다. 한국 사람의 경우는 후자에 속한다는 것이 필자의 관점이다. 판소리 명창을 판별하는 '시김새'의 어원은 '삭임'에서 나왔으며 판소리는 삭임의 예술이라고 말하는 지은이는 「심청가」와 「춘향가」에서 한국적 한의 고유한 특징인 삭임의 윤리적 가치를 추출한다. 심청과 춘향은 원(怨)·탄(嘆)을 삭여 정(情)·원(願)으로 나간다.

김소월론으로부터 한이 논해졌던 바, '진달래꽃'에 대한 이색적인 해석 한 편을 소개하고 싶다.

김일성 우상화에 다름 아닌 주체사상이 판을 치기 이전, 북한의 문학비평은 철저히 사실주의적이고 계급주의적인 관점을 취했다. 이때 나온 엄호석의 『김소월론』(평양: 조선작가동맹출판사, 1958)은 '진달래꽃'의 시적 상황을, 조혼을 했다가 남편에게 버림받는 아내가 남편을 고이 보내주는 것으로 설정했다. 이런 상황 설정은 '진달래꽃'을 미혼남녀 사이의 이별로만 상상했던 우리의 고정관념을 깨끗이 씻어준다.

보는 바와 같이 여기에서 우리는 봉건적 유습으로 말미암아 강요된 조혼의 결과 당연하게 일으켜진 사랑의 파탄 앞에 선 녀성의 비극적 운명이, 필 사이도 없이 지는 진달래꽃의 흩어지는 운명으로 강조되어 있음을 감촉한다. 그럼에도 불구하고 우리는 여기에서 동시에 자기를 역겨워 갈라지는 남편을 오히려 고이 보내는 고요하고 아름다운 인간성, 평생을 비바람에 시달리는 진달래꽃의 시련처럼 감당하면서 살아나가려는 용감성과 생활 긍정적 의욕, 남편을 생의 벗으로 깊이 신뢰하는 인간적 동등성의 자각, 이 모든

조선 녀성의 넋 속에 깊이 잠재한 정신적 미의 발로와 그 표상을 감
촉하게 된다.

한이 끼어들 틈을 주지 않는 신선한 해석이다.

└ 한의 구조 연구   천이두 지음   문학과지성사   1993

2016   OCT

1
2 3 4 5 6 7 8
9 10 11 12 13 14 15
16 17 18 19 20 21 22
(23) 24 25 26 27 28 29
30 31

2014년 8월 9일이었다. 미주리주 퍼거슨에서 열여덟 살 흑인 소년 마이클 브라운이 편의점에서 엽궐련 몇 갑을 훔친 뒤 신고를 받고 출동한 백인 경찰관과 실랑이를 벌이다 총에 맞아 사망했다. 비무장 상태의 소년에게 열두 발을 발사한 경찰에 대한 항의 시위는 보름간 계속되었고 후에 퍼거슨 사태로 불리게 되었다. 미국의 흑인 작가 타네하시 코츠는 마이클 브라운을 쏜 경찰관이 처벌될 거라고 기대도 하지 않았다. 그러나 그의 열네 살 난 아들 사모리는 기소 여부가 발표되는 밤 11시까지 자지 않고 있다가 아무도 기소되지 않았다는 뉴스를 보고 나서 자기 방으로 들어가 흐느꼈다. 그는 아들에게 주기 위해 『세상과 나 사이』를 썼다.

저자가 아들에게 읽히고자 썼던 이 책의 핵심은 **검은 몸을 하고 '꿈' 속을 헤매는 나라에서 어떻게 살 것인가**라는 질문에 압축되어 있는데, 이 문장의 열쇳말은 '검은 몸'과 '꿈'이다. 모두 알다시피, 미국은 스스로를 **지금껏 지상에서 존재했던 가장 위대하고 고귀한 국가**라고 믿는다. 이것이 미국의 꿈이다. 하지만 이 꿈은 오로지 백인의, 백인에 의한, 백인을 위한 꿈이다. 여기에 흑인이 들어설 자리는 없을 뿐 아니라, 백인의 꿈은 흑인의 희생 위에 건설된다.

'화이트 아메리카'는 우리 몸뚱이를 지배하고 통제하는 그들의 배타적 권력을 보호하기 위해 구성된 연합체란다. 때로 이 권력은 직접적이지만(린치), 때로는 교활하지(빨간 줄긋기). 그러나 그것이 어떻게 나타나든지 간에, 지배와 배제의 힘은 자신이 백인이라는 믿음에 중심을 두고 있고, 만약 그 힘이 사라진다면 '백인'은 그 존재 근거를 잃고 말 거야. 아들아, 네가 없다면 그들도 없다. 네 몸을 부러뜨릴 권리가 없다면 그들은 필연코 산에서 떨어질 수밖에 없고, 그 신성을 잃고 '꿈'에서 굴러떨어질 수밖에 없다.

타네하시 코츠는 마이클 브라운의 죽음을 백인 경찰관의 일회적인 업무상 실수가 아니라, 흑인의 신체를 파괴해온 미국의 전통이며 문화유산이라고 말한다. 이 전통과 문화유산은 국가 권력이나 백인 우월주의자들이 흑인을 문자 그대로 살해해왔던 역사에 국한되지 않는다. 예를 들어 대공황 극복과 경제 안정, 하층 계급 원조를 목표로 했던 뉴딜 정책이 그렇다. 루스벨트 정부는 노동 시간 축소, 최저 임금 인상, 퇴직 연금, 실업 보험 보장, 주택 보급 계획 등을 시행했으나 그 혜택은 모두 백인 실업 노동자에게 돌아갔다. 흑인은 대부분이 소작농, 농장 일꾼, 임시직 노동자였기 때문에 혜택을 받을 수 없었다.

1964년 미연방 정부는 인종차별을 금지하는 민권법을 통과시켰다. 하지만 미국의 여러 대도시에서 벌어지고 있는 빨간 줄긋기(redlining)는 인종 분리가 여전히 정부 정책에 의해 버젓이 설계되고 있다는 것을 말한다. 빨간 줄긋기는 흑인 빈곤층 거주 지역을 빨간 펜으로 지도 위에 표시하면서 생긴 말로, 이렇게 표시된 경계 지역은 대출이나 투자, 보험 등의 금융 서비스가 정책적으로 제한된다. 그 결과 흑인 빈곤층 거주지는 더욱 열악한 빈민화가 가속화된다. 게토는 인종주의의 우아한 행동이자 연방 정책에 의해 입안된 킬링필드라고 말하는 지은이는, 이런 게토 안에서 벌어지는 '흑인에 대한 흑인의 범죄'라는 말은 허튼소리라고 일축한다.

시카고의 킬링필드, 볼티모어의 킬링필드, 디트로이트의 킬링필드는 '몽상가들'의 정책으로 탄생했지만, 그 무게, 그 오명은 온전히 그 안에서 죽어 가는 사람들에게만 지워지지. 여기에는 엄청난 속임수가 있어. '흑-흑 범죄'를 외친다는 건 총으로 사람을 쏘고는 그가 피를 흘린다며 창피를 주는 짓이야.

2012년 11월 23일, 플로리다 잭슨빌의 한 주유소에서 당시 고등학생이던 흑인 조던 데이비스는 자동차에서 틀어 놓은 음악이 너무 크다며 시비를 걸어온 45세의 소프트웨어 개발자 마이클 데이비드 던과 말다툼을 벌이던 중, 던의 총에 맞아 사망했다. 살인자는 총탄을 다 비우고 나서 여자 친구를 차에 태우고 호텔로 갔다. 그러고는 다음 날 한가한 시간에 자수했다. 그는 조던의 엽총을 보았으며 자신의 목숨이 위태로웠기 때문에 정당방위를 했다고 주장했으나 엽총은 발견되지 않았다. 지루한 재판 끝에 백인 살인자는 일급 살인죄를 모면했다. 『세상과 나 사이』에는 이런 예가 수두룩하다.

흑인 아버지는 아들에게 그들에게 검은 몸을 파괴한 것쯤은 얼마든지 허용할 수 있는 일이라면서, 검은 몸을 하고서 어떻게 자유롭게 살 것인가?라고 다시 묻는다. 미국에서 흑인은 엄청난 자연재해, 어떤 역병, 어떤 눈사태나 지진에서 살아남은 생존자에 속한다고 말하기도 하는 지은이는, 흑인 역사와 문화에 대한 삭제가 검은 몸뚱이에 대한 파괴와 밀접하게 연관되어 있다고 주장한다. 그는 아들에게 인류 역사에 울타리 쳐놓은 백인들만의 전제를 받아들이지 말라고 충고하면서, 교실은 백인들의 관심사로 꾸며진 감옥이라고 말한다.

이 책은 음악에 관한 책이 아니지만 흑인들이 온 골목이 울리도록 크게 켜놓은 과시와 허세 가득한 대형 휴대용 카세트 볼륨과, 육체적 숙련과 해방을 특징으로 하는 힙합 문화의 형성 비밀을 귀띔해 준다. 우선 커다란 볼륨은 그들이 가진 몸뚱이의 주인은 바로 그들이라는 것을 공표하는 행위다. 또 힙합 음악에 맞춘 격렬한 춤 동작 역시 경찰의 총에 쉽게 부스러질 수 있고 감옥에 빼앗길 수 있는 자신들의 부자유스러운 육체를 자신의 것으로 되찾아와, 자신의 육체를 자신이 완전히 통제하고 있다는 것을 과시하는 흑인의 제의 행위다. 흑인들의 과장된 몸짓은 백인 중심 사회에 오랫동안 억압된 육체 박탈에 저항하는 육체적 리추얼이다. 이 대목은 이남석의 『알바에게 주는 지침』(평사리, 2012)의 한 대목을 떠올린다. 배달 알바는 배운 것도 없고 배우기도 싫고, 가난하고 못난 부모 밑에 태어난 죄로 배울 수도 없는 사람들이다. 배달 알바는 입은 있지만 말을 하지 못하는 사람들이다. 그 흔한 배달 알바의 문제가 무엇이라고 어디에 글을 올릴 수도 없을 만큼 못난이들이다. 낼 수 있는 소리라곤 도시 곳곳과 골목 곳곳에서 오토

바이 마후라 떼고 큰 소리를 울리며 달리는 것뿐이다. 배달 알바 또는 배달 라이더가 모두 이러는 것은 아니며, 그런 행위는 자신의 불만을 익명의 시민에게 방출하는 분풀이로 손가락질 받아야 한다. 생각해 보아야 할 것은 이런 리추얼이 없어지지 않는 원인이다.

└ 세상과 나 사이 타네하시 코츠 지음 오숙은 옮김 열린책들 2016

2016   NOV

		1	2	3	4	5
6	7	8	9	10	11	12
13	14	15	16	17	18	19
20	21	22	23	24	25	(26)
27	28	29	30			

D그룹의 부장 김병준 씨의 별명은 '이거 차리려면 얼마나 들어요?'다. 그는 지방 도시의 칼국수집에서 혼자 칼국수와 만두를 시켜 먹다가, 두 명의 젊은 청년이 교대로 가게를 보는 커피숍에서 차림표를 훑다가, 와인 전문점을 흉내 내느라 막걸리 종류를 바꿀 때마다 잔을 새로 갈아주는 막걸리 전문점에서 술을 마시다가, 갑자기 주인에게 이렇게 묻는다. '이거 차리려면 얼마나 들어요?' 그는 도망가고 싶은 것이다.

이런 남자들 가운데는 언젠가 돈만 모이면 회사를 때려치고 엘피 레코드를 틀어주는 자그마한 술집 사장이 되고 싶다는 사람들이 간혹 있다. 이런 술집을 '록 바' 또는 '엘피 바'라고 부르는 만큼, 이런 꿈을 가진 이들의 특징은 뭐니뭐니해도 음악을 자신의 심장 박동만큼 사랑한다는 것. 『한 잔만 더 마실게요』의 정승환도 그랬다. 청소년 시절부터 로큰롤을 좋아했던 그는 대학 졸업 후 영어학원·무역회사·컴퓨터회사 등을 전전하다가, 빠듯한 창업 자금으로 종로2가에 열다섯 평짜리 공간에 테이블 다섯 개가 들어가는 엘피 바를 차렸다. 이 책은 17년 동안 술을 팔고 음악을 틀었던 지은이의 술집 운영기이자, 음악과 술을 떼어 놓을 줄 모르는 단골들의 이야기다.

자신만의 카페를 꿈꾸는 사람들은 애초에 그 장사로 큰 부자가 되겠다는 욕심을 부리지는 않는다. 많은 카페 주인들은 외진 골목 망해가는 가게를 싸게 얻어서 손님을 끌어모은 뒤, 권리금을 붙여 파는 것으로 다년간의 고생을 상쇄하고 얼마간의 목돈을 쥐고자 한다. 하지만 다시 강조컨대, 거실에 앉아 소나기를 구경하는 것과 창밖에서 비를 맞는 것은 다르다. 어떤 장사든 장사는 단골을 보고 한다는데, 허다한 업소를 마다하고 손님이 내가 차린 내 가게에 내 가게의 상호를 기억하고 찾아오게 만들려면, 최소한 같은 장소에서 3년 이상 장사를 해야 한다. 현실은 당연히 3년 버티기도 힘들고.

개업 첫해의 을씨년스러운 풍경을 보자.

초저녁 서너 시간이 지나도록 아무도 안 들어오는 날은 뭔가 이상하다는 생각이 든다. 혹시 가게 앞에 더러운 물건이 버려져 있어서 손님이 안 들어오는 게 아닐까, 아니면 간판 불이 꺼져 있어서 그런 게 아닐까, 별별 생각이 다 든다. 궁금해서 밖에 나가보았다가 길바닥에 밀려다니는 행인들을 보면 화가 치민다. 한창 영업할 시간에 손님이 하나도 없다는 사실이 부끄러웠다. 그래서 방금 누가 마시고 나간 것처럼 보이기 위해 일부러 빈 술병과 컵들을 테이블 위에 놓아둔 적도 있는데, 첫 손님을 기다리며 두 시간 동안 그것들을 쳐다보고 있자니 너무나 한심스러워서 다시 치워버렸다. 결국 오는 손님은 아는 사람들이다.

지은이는 한 가게에서 세 번째 봄을 맞이할 때까지 현상 유지밖에 못했다. 그 사이에 그가 상대한 것은 매달 돌아오는 월세와 장사 걱정이었고, 그런 큰 걱정에 비해 물이 세는 지붕과 거기에 서식하는 길고양이들의 소란은 차라리 자질구레한 것이었다. 술집 주인이 월급쟁이보다 좋은 단 한 가지라봤자, 새벽같이 출근을 하지 않아도 된다는 것. 하지만 느지막한 오후 7시에 가게 문을 열고 새벽 5시에 닫는, 밤과 낮이 뒤바뀐 생활을 한 지 1년 만에 정상적인 인간관계는 파탄이 나고 건강마저 축이 나게 된다. 술과 로큰롤을 좋아했던 것과 로큰롤을 하루종일 트는 술집을 운영한다는 것은 전혀 다른 차원의 얘기다. 로큰롤의 세계는 내가 상상했던 것보다 훨씬 폭력적이고 무례했다. 인문학 서적에 등장하는 록의 저항성이나 폭발성 같은 말들은 술집에 적용하면 완전히 해석이 달라진다. 술 취한 록의 저항성은 아무것이나 대상이 정해지면 폭발한다. 먹고 사는 일에 환상따위란 없다.

어쩌다 잔뜩 비관적인 이야기만 늘어놓았지만, 나는 독자를 웃기기 위해 이 책을 썼다고 서문에 쓴 만큼, 이 책은 술꾼들과 록 애호가들의 특별하고 유쾌한 일화로 가득하다.

음악이 좋아서 앨피 바로 찾아든 손님이기에, 각자의 음악 취향을 맞추기란 참으로 쉽지 않다. 손님들이 어떤 노래에 반응하는지 면밀히 관찰하는 것은 기본이고, 유명한 가수의 명반을 고른 뒤, 가장 대표적인 노래는 피하고 마니아 취향의 숨은 명곡들을 위주로 선곡하는 노력이 따라야 한다. 이런 술집에서 지미 헨드릭스와 에릭 클랩튼의 기타 연주 중 어느 것이 더 훌륭한가를 놓고 논쟁이 벌어지는 것은 평범한 일이지만, 비틀스가 럼주를 좋아했다거나, 캐나다에서는 남자를 자신의 집으로 초대한 여자가 밴 모리슨을 틀면 같이 자도 된다는 뜻이라는 따위의 믿거나말거나 하는 소문의 진원지도 바로 이런 술집이다.

술과 로큰롤에 허우적거리는 남성들의 일상을 기록한 『한 잔만 더 마실게요』는 가장 성공한 래드릿(lad-lit) 작가인 닉 혼비의 『하이 피델리티』를 떠올린다. 닉 혼비의 소설에 나오는 음반가게(챔피언십 비닐)와 음반 중독자들을 정승환이 차린 앨피 바와 그곳의 단골로 바꾸면 얼추 분위기가 비슷하다. 이들의 공통점을 닉 혼비 말로 표현하자면, 더는 젊다고 할 수 없는 남자들이 **자기 인생이 어떻게 펼쳐질 것인가에 대해 걱정하고 있고 외로워한다는 것**일 테다.

이들의 걱정과 외로움은 무척 낭만적이다. 현실에 충실하기보다 음반 수집과 알코올을 탐닉하면서 열아홉 살 그대로 멈춰버린 이들의 태도는, 행복은 외적 조건에 의해서가 아니라 본성에 충실했을 때 이룰 수 있다며 모든 사회적 관습을 무시했던 고대 그리스의 키니코스학파를 닮았다.

이런 유사성에도 불구하고, 『하이 피델리티』와 『한 잔만 더 마실게요』는 무척 다르다. 『한 잔만 더 마실게요』는 재미있어서 취침 시간을 늦추었으나 『하이 피델리티』는 그야말로 독자를 잠들게 한다. 소설처럼 읽혔던 『한 잔만 더 마실게요』는 물론 소설이 아니다. 반면 래드릿으로 유명한 『하이 피델리티』는 문학적 쓰레기다.

ㄴ 한 잔만 더 마실게요 정승환 지음 나무연필 2016
ㄴ 하이 피델리티 닉 혼비 지음 오득주 옮김 문학사상사 2014

56

2016   DEC

                        1   2   ③
4   5   6   7   8   9   10
11   12   13   14   15   16   17
18   19   20   21   22   23   24
25   26   27   28   29   30   31

비닐 레코드 *LP*를 찾는 사람들에 대한 신문기사를 읽었다. 보통 레코드 애호가라면 *50*대 이상의 연령층을 떠올리게 되는데, 최근 몇 년 새 한국에서 큰 성장세를 보인 비닐 레코드 열풍의 진원지는 *20~30*대 층이다. 손쉬운 디지털 음원 *CD、MP3*에 익숙한 *2030* 세대가 성가시고 비싼 비닐 레코드와 친숙해지기란 쉽지 않을 텐데도, 꼭 그렇지만은 않은 모양이다. 레코드판을 닦고 관리하는 번거로운 과정이 오히려 음악과 일체감을 주는 희열을 선사한다니 말이다. 그런데 같은 기사를 보면 비닐 레코드의 부활은 우리나라만 아니라 미국을 위시한 세계적 추세라니, 단순히 드라마 「응답하라 *1988*」에 대한 반응이라고만도 볼 수 없다.

더 편리하고 가격이 쌀 뿐 아니라 최신 기술을 통해 얼마든지 무료로 누릴 수 있는 감상 수단을 팽개치고, 번거롭고 비용이 드는 레코드판에 눈을 돌리는 이런 현상을 설명하는 방법은 많다. '복고 열풍'이 가장 무난한 설명이 되겠고, 피에르 부르디외의 '구별짓기'나 소스타인 베블런의 '과시적 낭비'는 냉소적인 설명 틀을 제공한다. 문화와 취향이 계급의 구분선이 되며 그 자체로 자본의 기능을 수행한다는 부르디외의 『구별짓기』에 따르면, 비닐 레코드 팬들은 레코드판을 통해 물질 외적인 문화 자본을 축적하는 중이다. 또

과시적 여가와 과시적 소비가 명성을 획득하는 수단이 된다는 베블런의『유한계급론』에 비추어보자면, 돈 만 원이면 해결될 CD를 마다하고 굳이 수십만 원을 호가하는 비닐 레코드로 김광석을 즐기겠다는 이들의 LP 사랑에도 인정 욕구가 끼어 있다는 것이다.

앤드류 포터는『진정성이라는 거짓말』에서 LP 열풍 같은 건 언급하지 않지만, 이런 현상을 '진정성' 추구에 매몰된 문화 현상의 전형으로 해석한다. 한국어로 **진실하고 참된 성질**을 뜻하는 진정성에는 불명료한 것이 전혀 없어 보이지만, 이 낱말이 사전에서 튀어나와 정치가나 기업에 이용될 때는 예측할 수 없을 정도로 제멋대로가 된다. 실제로 이 단어는 정치가들과 기업 광고의 전유물이 되었다. 그런데 이들보다 이 단어를 더 많이 애용하면서 **현대사회에서 가장 강력한 운동**으로 떠받든 것은 장 자크 루소에서 기원하는 문명 비판가들과 그에게서 영감을 받은 반문화주의자(비트세대·히피·힙스터)들이다.

루소는 한 번도 '고귀한 야만인'이라는 용어를 쓴 적이 없지만, 문명 세계에 대한 그의 음울한 견해가 원시(자연) 회귀 속에서 안정을 구했던 것은 분명하다. 역사적으로나 인류학적으로 자연상태에 대한 루소의 예찬이 완전히 헛소리라는 것이 판명 난 지 오래지만, 문명 비판가들은 여전히 원시 세계가 구성원 사이의 우호와 비착취에 기반했다고 믿는다. 옛날엔 진정한 공동체 속에 살면서 진정한 음악을 듣고 진정한 음식을 먹고 진정한 문화에 참여하는 삶을 살다가 지금은 그

진정성을 잃었다는 식의 동화 같은 전제에서 헤어 나오지 못하는 이들이 집착하는 것은, 자연·전통·원본·순수·아마추어리즘(예: 세 개의 코드로 완성되는 펑크록)이다. 재미난 것은 자신의 진정성이 받아들여지지 않을 때 문명 비판가들과 반문화주의자들은 곧바로 *세계 종말을 즐거운 오락거리로* 삼는 종말론자가 된다는 것. 『진정성이라는 거짓말』은 일갈한다.

쇠퇴론에 이끌리는 동기는 비관적이다 못해 거의 신학적이다. 세상 모든 것이 옛날보다 나빠졌을 뿐 아니라 해가 갈수록 악화된다고 굳게 믿는다. 게다가 쇠퇴론자들은 상황을 개선하기 위해 제안되는―자유민주주의의 강화, 기술 발전, 경제 성장 같은―다양한 전략들은 그 자체가 문제의 원인이므로 해결책이 될 수 없다고 확신한다. 다시 말해 근대의 근간을 이루는 기본 원리들 자체가 문제라는 것이다.

진정성을 추구한 결과는 항상 역설적이다. 소비자들이 오염되지 않은 원래 그대로의 자연·전통·원본·순수·비상업주의에 기꺼이 지갑을 열 준비가 되어 있을수록 기업은 '진정성 마케팅'에 혈안이 된다. 잘 알려진 미국의 청바지 회사는 1890년대에 철도 노동자들이 입었던 바지를 고스란히 재현한 신상품을 내놓았다. 바짓단이 찢어지고 엉덩이 부분에 천을 세 군데나 덧댄 다 닳아빠진 '원조 청바지'는 350달러(약 42만 원)나 됐지만, 진정성을 찾는 섬세하고 똑똑한 고객에게는 문제가 되지 않았다. 이와 같은 과시용 진정성의 세계에서 그것은 *남의 시샘을 자극하는 데서 가치를 이끌어내는 지위재다.*

진정성 마케팅이 만들어 낸 최고의 히트 상품은 유기농 식품이다. 원래 유기농 식품은 전직 히피들과 젊은 자연 애호가들의 독점 영역이었으나, 1980년부터는 전문 체인점이 등장했고 오늘날에는 모든 마트에 유기농 코너가 있다. 그러면서 지역·소생산 체제였던 유기농 식품의 모습이 공장식 농법을 닮아갔다. 유기농 예찬자들이 칭찬하는 뛰어난 맛도 경제학에서 말하는 프레이밍 효과(framing effect : 동일한 경험에 대한 판단이 우리의 기대치에 따라 달라지는 것)일 수 있다.

　　선거 때 투표를 하지 않는 사람들은 정당 간에 아무런 실질적인 차이가 없으며, '그놈이 그놈'이라는 이유를 댄다. 그런데 이처럼 후보 간에 차이가 없어진 것은, 유권자가 정치인에게 진정성의 동의어로 쓰이는 품성(인격)에 집착하기 때문이다. 유권자가 후보를 품성이라는 기준에 따라 판단하려고 할 때, 선거는 상대 후보의 마약이나 이혼 경력과 같은 약점을 공략하는 비방 광고로 들끓게 되고, 정치인들은 너나 할 것 없이 허위로 진정성을 꾸며내게 된다. 정작 판단되어야 할 정당의 정강이나 후보의 정책을 무용지물로 만든 것은 진정성에 매달린 투표 포기자들, 그 자신이다.

　　이 책은 이 시대의 **종교적 사고방식**이 되어버린 진정성의 용처를 하나씩 격파한다. 진정성을 구성하는 자연·전통·원본·순수·비상업주의가 매우 편의적인 가치이며, 페티시즘 숭앙에 다름 아닌 그것이 전체를 대신하고자 할 때

나타나는 것이 파시즘과 종교 근본주의다. 이 책의 결론은 전작 『혁명을 팝니다』와 별반 다르지 않다. 문명 비판가들과 반문화주의자들은 부분적인 근대의 잘못을 근대 전체의 결함으로 타매해서는 안 된다. 근대의 진보적 가치를 부정하는 데서 출발한 서구의 문명 비판가들과 반문화주의자들은 진정성을 찾아 헤매다가 현실과의 관련성을 잃어버린 채고립되거나 퇴행했다. 진정성이 아니라 **진보 개념의 재활**을 고민해야 한다.

└ 구별짓기 상·하 피에르 부르디외 지음 최종철 옮김 새물결
  2005
└ 유한계급론 소스타인 베블런 지음 김성균 옮김 우물이 있는
  집 2012
└ 진정성이라는 거짓말 앤드류 포터 지음 노시내 옮김 마티
  2016

2016   DEC

                  1   2   3
4   5   (6)   7   8   9   10
11 12 13 14 15 16 17
18 19 20 21 22 23 24
25 26 27 28 29 30 31

광화문에서 열린 제5차 촛불집회 무대(2016년 11월 26일)에서 신곡 '수취인불명'을 부를 예정이었던 힙합 그룹 DJ DOC의 공연은 여성 혐오 가사 논란에 휩쓸려 취소됐다. 이보다 앞선 11월 24일 자정, 인기 힙합 가수 산이(San E)가 발표한 '나쁜 년'(Bad Year)은 공개된 지 6시간 만에 여러 음원 차트에서 실시간 1위를 차지하며 상업적으로 성공했으나, 여성을 비하하는 노골적인 내용과 표현으로 '이 것이 과연 박근혜 게이트를 저격하는 시국 랩인가'라는 추문에 휩싸였다. 나는 이들의 가사에서 여성 혐오와 권력에 대한 풍자, 양면 모두를 보고자 했지만, 비판자들은 그런 유연성을 허락하지 않았다.

2차 세계대전 직후까지 미국을 대표하는 대중음악은 흑인을 중심으로 한 재즈였다. 재즈의 영향력이 얼마만큼 강했는지는 미군에 의해 해방된 남한의 대중가요 현장에서, 아주 뒤늦게까지 재즈 이디엄(idiom)을 사용한 히트곡이 심심찮게 나온 것으로 충분히 입증된다. '노란샤쓰 입은 사나이'(1961, 손석우 작사·작곡, 한명숙 노래)나 '밤안개'(1962, 이봉조 작사·편곡, 현미 노래)가 그 예다. 그러나 한국에서와 달리 미국에서는 엘비스 프레슬리가 첫 싱글 앨범을 발매한 1953년 이후, 재즈는 차츰 로큰롤에 대중음악의 주도권을 빼앗기고 있었다. 구세계와 달리 대중문화 소비층이 장년에서 청소년들로 옮겨가면서 재즈는 퇴물이 되었다. 부모·학교·사회에 불만을 품은 청소년은 그것을 발산하기 위한 언어를 필요로 했으나, 재즈는 관악기가 그 것을 대신했다. 아무리 뛰어난 재즈 싱어라도 재즈사(史)에서는 부록이다.

록은 흑인 음악의 원천인 블루스로부터 막대한 영향을 받았다. 그러나 록이 발전한 과정은 백인 뮤지션이 록을 독점해 가는 과정이나 같다. 록 팬들이 알고 있는 딥 퍼플·레드 제플린·롤링스톤스 같은 '공룡 밴드'는 물론이고, 순위 매기기 좋아하는 한국인들이 사족을 못 쓰는 지미 페이지·에릭 클랩턴·제프 벡 같은 '세계 3대 기타리스트'도 모두 백인이다. 우리가 알고 있는 흑인 로커라고 해봤자 지미 헨드릭스가 전부다. 이런 상황에서 흑인들은 록보다 댄스음악에 몰두했다. 대표적인 것이 디스코 열풍이었지만,『더랩: 힙합의 시대』를 쓴 시어 세라노는 디스코에 비판적이다. *1970년대에 가장 득세한 흑인 음악은 디스코였다. 그러나 가볍고 즐기기 위한 음악인 디스코는 당시 흑인의 삶을 제대로 반영하기에는 부족했다. 디스코는 너무 부드러웠고 흑인의 삶은 너무 팍팍했다. 이 둘 사이의 차이를 비집고 랩이 생겨났다.*

청소년들이 벙어리였던 재즈 대신 로큰롤을 찾았던 것처럼, 흑인들은 화려하고 천박하게 꾸미고 가볍게 즐기는 디스코 대신 자신들의 척박한 삶을 대변해줄 언어를 찾았다. 시어 세라노가 힙합 역사를 통틀어 가장 큰 영향력을 가졌던 '정치적 랩 그룹'이었다고 고평하는 퍼블릭 에너미의 리더 척 *D*는 말한다.

랩은 흑인 사회의 텔레비전과 같습니다. 랩은 자신의 존재를 고찰하게 하고 흑인의 삶이 어떠한지 알려줍니다. 흑인에게 정보는 지극히 제한되어 있습니다. 흑인 아이들은 잡지나 책을 보지 않고, 흑인은 텔레비전에 잘 등장하지 않습니다. 흑인 라디오 방송국은 주류 백인 사회가 주는 정보를 흑인에게 그대로 제공합니다. 그 정보를 비판적으로 해석한 후 흑인에게 도움이 되는 방향으로 제공해야 옳은 것인데도 말이지요. 흑인 아이들의 감정을 정확하게 대변하는 건 랩 음악밖에 없습니다. 랩이야말로 현재 미국에서 흑인의 가장 큰 소통 수단이자 힘이고 원천입니다.

힙합 장르의 음악적 도구로서 랩(*rap*)은 사전적으로 여러 풀이가 있지만, 힙합과 관련해서는 ~을 소리 질러 말하다, 심하게 혹은 날카롭게 소리치다, 준엄하게 말하다를 뜻한다. 한국 현역 래퍼들과 벌인 구술사(口述史)를 정리한 『힙합하다 *1*、*2*』를 보면, 중고등학교 시절에 처음 힙합 음악을 듣고 거기에 반했던 오늘의 래퍼들이 제일 먼저 한 것은 가사 쓰기였다. 가사(*verse*)는 힙합 음악의 본질이다.

미국 흑인의 문화양식이자 음악 장르이며 삶의 방식이기도 한 힙합에 대해 알고 싶어질 때 독자가 가장 먼저 찾아야 하는 책은 김봉현의 『힙합』이다. 이 책은 힙합을 모르는 사람들이 가장 궁금해하고, 또 모르기 때문에 힙합에 대해 갖는 편견과 왜곡 등 *15*개 쟁점을 통해 힙합에 대한 전체적인 이해를 돕는다. 지은이가 힙합이라는 수수께끼를 푸는 열세 번째 열쇳말이자, 이 책의 *13*장 소제목은 '미소지니'(*Misogyny*、여성 혐오)다. 사회적 약자의 입이 되기로 한 힙합 가사에는 왜 **계집년들은 그냥 창녀나 걸레일 뿐이야**(닥터 드레의 '비취스 에인트 쉿'[*Bitches Ain't Shit*]) 같은 구절이 예사로 튀어나오는 걸까?

사회적으로 거세된 빈민가 출신 미국 흑인들은 자신의 망가진 자존심을 세우고 자존감을 회복하기 위해 여성을 공격하고 모욕한다. 백인이 지배하는 미국 사회에서 자신이 있을 자리를 빼앗긴 흑인의 콤플렉스가 '진짜 남자'를 예찬하는 힙합 문화와 음악 속에서 여성 혐오로 증폭되어 표출되는 것이다. 흑인들에게 특수한 이런 콤플렉스마저 한국의 래퍼가 따라 할 필요는 없으며, 장르의 관습 역시 시대에 따라 변한다는 것을 명심하자.

서태지와 아이들 이후, 힙합 음악을 본격적으로 알린 일등 공신은 *2012*년 *6*월 *22*일 엠넷에서 시작한 서바이벌 형식의 힙합 오디션 프로그램「쇼미더머니」다. 송명선이 인터뷰해서 엮은『힙합하다 *1*·*2*』에 나오는 많은 래퍼들이 이 프로그램으로 자신의 이름을 처음 알리거나 더 유명해졌다.「쇼미더머니」가 힙합을 대중화하는 데 큰 공헌을 하긴 했지만 한계도 명백하다.「쇼미더머니」방영으로 힙합의 인기가 폭발했지만, 인터뷰에 응한 래퍼는 말한다. 솔직히 힙합으로 **가요를 만드는 게 어쩔 수 없는 현상이기는 하지만 지금도 정말 싫어해요. 그런 형태들을 거부하죠.** 쇼라는 형식에 갇혀 힙합 본연의 자리인 거리를 잃어버렸다는 뜻일까?

└ 더 랩: 힙합의 시대 시어 세라노 지음 아트로 토레스 그림

김봉현 옮김　월북　2016

└　힙합하다 1·2　송명선 지음　안나푸르나　2016

└　힙합: 블랙은 어떻게 세계를 점령했는가　김봉현 지음　글항아리
2014

2017   JAN

1 2 3 4 5 6 7
8 9 10 11 12 13 14
15 16 17 18 19 20 21
22 23 24 25 26 (27) 28
29 30 31

우리가 가곡(歌曲)이라고 부르는 장르는 본래 독일
어 리트(Lied)를 가리켰는데, '노래'라는 뜻의 이 단
어의 복수형은 리더(Lieder)다. 시와 노래가 결합된 이 예
술 형식은 특히 독일에서 발달했는데, 독일에서는 리트
를 민중가곡(Volkslied=민요)과 예술가곡(Kunstlied)으
로 나눈다. 독일인들은 거기서 그치지 않고 예술가곡 가운
데 피아노로 반주하는 예술가곡만 따로 떼어 '독일예술가
곡'(deutsche Klavierlied)이라고 부른다. 『리트, 독일예술
가곡』은 독일예술가곡에 대한 간명한 에세이다.

독일예술가곡을 좀 들은 애호가라면 디트리히 피셔 디
스카우(1925~2012)를 잘 아실 것이다. 2차 세계대전이 끝
나고 20~30여 년 사이에 사망 직전까지 갔던 독일예술가
곡의 화려한 부활에는 독일예술가곡 최고의 해석자였던 그
의 공헌이 적지 않다. 20세기를 대표하는 성악가인 그는 도
이체 그라모폰과 EMI 등 주요 음반사에서 셀 수 없이 많은
음반을 녹음했고, 슈베르트의 연가곡 「겨울 나그네」의 경우
40여 년간 무려 7종의 음반을 취입했다. 성악가로만 알려진
그는 작곡가 브람스와 지휘자 푸르트벵글러 등에 대한 책을
쓰기도 했는데, 2012년에 출간된 이 책은 그가 타계하던 해

에 낸 마지막 저작이다. 주로 작곡가별로 기술된 열여섯 꼭지의 글이 들쑥날쑥한 분량으로 이루어져 있는 까닭은 86세라는 고령 탓일지도 모르겠다.

지은이가 머리말에 밝혔듯이 이 책은 **하이든과 모차르트 이후로 알려진, 피아노 반주와 함께하는 예술가곡의 역사**다. 하지만 머리말과 달리 독일예술가곡의 초석 또는 이 책의 첫 장(章)을 차지하는 영광은 요한 프리드리히 라이하르트(1752~1814)와 카를 프리드리히 첼터(1758~1832)에게 나란히 돌아갔다. 이들이 독일예술가곡의 선구자가 되기 이전인 18세기 중반, **악기가 반주하는 노래는 음악 장르의 서열에서 한참 뒤처져 있었으며 반주가 딸린 독창은 '하찮은 것'으로 여겨졌다.** 이 장르는 음악애호가들이 마음을 달래거나 여가를 즐기기 위해 불렸을 뿐 음악회 무대에 오르지는 못했다.

화려하고 시끌벅적했던 바로크 시대에 피아노를 반주 삼은 예술가곡은 '빈약한 소리'로 외면받았고, 예술가곡이 추구하는 '내면'은 아직 발명되지 않았다. 게다가 당시의 독일은 문화적으로 야만의 땅이었다. 요제프 안톤 슈테판(1726~1797)이 독일어로만 된 최초의 가곡집을 출판한 것은 1778년이었으나, 독일어 가곡은 **로만어나 프랑스어로 된 노래**들에 밀려났다. 독일어 예술가곡이 음악애호가의 귀에 가닿고 음악회에 오르기 위해서는 독일 문화인과 예술인 사이에 널리 퍼져 있는 자국의 문화적 후진성이 먼저 극복되어야 했다.

천시받던 이 장르가 마침내 가치를 인정받고 작품 대접을 받게 된 것은 괴테(1749~1832)가 유럽의 거장이 되면서부터다. 평소 시구는 음악이 보완해주어야 한다거나 시는 원래 작곡을 통해 완전해질 수 있다는 견해를 가졌던 괴테의 미학적 입장은, 1775년 이후부터 동시대 작곡가들의 주목과 찬탄을 받았다. 작곡가들은 시적으로도 음악적으로도 완벽한 괴테의 서정시에 자극을 받았고, 그의 시는 노래의 가치를 한층 높였다. 괴테와 교류했던 라이하르트와 첼터는 괴테의 미학적 요구에 따라 모범적인 음악적 해답을 내놓았다. 지나친 화성이나 반주로 시가 압도당하지 않도록 주의했던 이들의 노래는 당시 싸구려 물건처럼 흔하게 등장하던 목가적인 민요조의 노래와 확연히 달랐다. 지은이는 이 장에서 괴테의 서정시야말로 슈베르트 이후 가곡이라는 장르의 거대한 도약을 가능하게 한 계기라고 단언하고 있다.

괴테가 유럽을 정복할 기세였지만, 독일 문화예술인이 공유하고 있던 자국 문화에 대한 낮은 평가가 일시에 자취를 감춘 것은 아니다. 당시 빈에서 왕성한 활동을 펼치던 크리스토프 빌리발트 글루크(1714~1787)와 누구보다 독일적인 정신을 강조하던 요제프 하이든(1732~1809)은 둘 다 독일어로 된 시에 관심이 없었다. 이탈리아의 우아한 오페라 스타일을 따르지 않으면 생존조차 보장받기 힘든 상황이었다. 하이든은 말년에 이르러서야 영어가 아닌 독일어 가곡집을 내놓는다.

모차르트(1756~1791)는 서른 곡이 넘는 가곡을 남겼는데, 생전에 출판된 곡은 일곱 개에 불과하다. 숫자는 적지만 그의 작품 연보는 이 천재 음악가가 작곡을 하는 내내 가곡을 손에서 완전히 놓은 적이 없었다는 것을 알려준다. 지은이는 모차르트 가곡의 특성이 **음악적 재료**를 중시한 반면, 베토벤*(1770~1827)*은 그보다 문학에 더 깊이 뿌리내리고 있다고 말한다. 그런데 역설적이게도 바로 그랬기 때문에 베토벤 가곡에서는 **음악적 재료가 훨씬 더 개성이 돋보이는 방식으로 기여하고 있으며**, 이로써 베토벤은 가곡 작곡을 한 단계 끌어올렸다는 것이다. 베토벤이 가곡을 작곡하고 싶어 하지 않았다고 주장하는 학자도 있지만 베토벤이 남긴 독주 가곡의 수는 일흔아홉 곡이나 된다. 베토벤이 주로 선택한 가사도 괴테의 것이었다.

슈베르트*(1797~1828)*는 열네 살 때 첫 가곡을 작곡한 이후, 무려 *500*곡이 넘는 가곡을 지었다. 하므로 그것들만으로 벌써 **하나의 온전한 세계를 세울 수 있을 정도**라는 말은 결코 과장이 아니다. 첫 번째 연가곡 「아름다운 물방앗간 아가씨」와 두 번째 연가곡 「겨울 나그네」, 유작집 「백조의 노래」는 **무엇보다 선율이 두드러지는** 슈베르트의 작곡 스타일을 보여준다. 슈베르트의 가곡으로 이루어진 음악회 프로그램이 우울한 분위기를 자아낸다는 비판도 있는데, 지은이는 슈베르트의 음악에서는 유쾌함이 아주 자연스럽게 우러나온다고 반박한다. 그런데도 여전히 많은 이들은 슈베르트의 음향에서는 항상 죽음의 동경이 배어 나오고 있다는 인식에서 벗어나지 못하고 있다.

피아니스트였던 슈만*(1810~1856)*은 피아노 반주에 노래와 거의 동등한 역할을 부여했다. 아니, **오히려 피아노가 더 두드러지는 듯하다.** 슈만은 계속 이런 방향으로 나아갔다. 그런 그 덕분에 가곡 장르가 새롭게 꽃필 수 있었다. 실내악과 교향곡의 대가였던 브람스*(1833~1897)*는 이중창과 앙상블 성악곡은 물론이고 *200*여 곡 정도의 독창곡을 남겼다. 독일예술가곡은 독일어 명칭*(Klavier+lied)*에 부합해야 한다. 그럼에도 말러*(1866~1911)*의 오케스트라 노래들*(Orchesterlieder)*이 독일예술가곡에 포함되는 것은, 말러가 오케스트라 가곡의 피아노 버전을 함께 남겼기 때문일 것이다.

└ 리트, 독일예술가곡   디트리히 피셔 디스카우 지음   홍은정 옮김
   포노   2015

2017   FEB

                    1   2   3   4
5   6   7   8   9   10   11
12   13   14   15   16   17   18
19   20   21   22   23   24   25
(26) 27   28

철곧 철학과 대중문화 사이를 횡단하며 공들인 글쓰기를 보여온 김용석은 이 책에서, 철학적 관점으로 김광석(1964~1996)의 노래를 재해석해 대중문화와 철학 사이의 길트기를 시도한다.

네 장의 정규앨범을 냈던 김광석은 리메이크로만 이루어진 「다시 부르기 1」, 「다시 부르기 2」를 냈다. 그는 유고로 남은 메모에 불러왔던 노래들을 다시 부르며 노래의 참뜻을 생각한다고 적었는데, 지은이는 '다시 부르기'는 다름 아닌 '철학하기'라면서, 그 까닭을 '다시'에는 반성과 성찰이 깃들게 마련이기 때문이라고 한다.

철학사의 큰 산맥이라고 할 수 있는 칸트는 철학(Philopie), 철학하기(philophieren)를 구분해 이성의 역할로 철학하기를 강조했는데, 여기서 철학하기란 '이성을 활용해 스스로 생각하는 것'을 뜻한다. 칸트는 우리가 배울 수 있는 것은 철학 그 자체가 아니라 오직 '철학하기'라고 말한다. 이런 면에서 김광석은 전문 철학자는 아니었지만, '철학하기'의 성과로 자신의 예술 세계를 풍족하게 하고 음악의 역사에 남을 큰 업적을 쌓은 것이다.

김광석은 「다시 부르기」 음반을 준비하며 곡 선정에 많은 공을 들였다. 지은이는 그 과정 자체에 '철학하기'라는 의미를 부여한다. 철학하기가 없으면 우리는 고귀한 것을 발견할 수 없다. 탐구의 목적은 본질을 찾는 것이다. 탐구 정신을 실행하는 방식은 거듭 지속적으로 생각하는 것이다. '다시' 무엇을 한다 함은 기존의 것을 단순 반복하는 게 아니라, 그 본질의 탐구를 통해 거듭 새롭게 태어나도록 하는 것이다. 이런 의미에서 김광석은 철학하기의 탐구 정신과 재창조의 탁월한 능력을 지닌 아주 독특한 싱어송라이터였다.

누군가는 의심할 수 있다. '다시'라고 하든 반복이라고 하든, 리메이크에 새로운 게 있고 창조가 있다는 주장은 너무 손쉽거나 다소 추상적이지 않은가, 라고.

평론가 원용진은 9장의 CD와 1장의 DVD로 구성된 『김광석 나의 노래』(2012) 박스 세트의 북클릿에 김광석이 아직도 살아 음악계에서 활동을 하고 있다면 어땠을까?라고 묻고서 이렇게 추측해 보았다. 물론 '한류'로 포장된 아이돌 중심의 음악 트렌드는 달라질 것이 없었을 수도 있지만, 적어도 지금의 40~50대 중장년층들은 '대학가요제' 때의 추억에서 벗어나지 못하고 있는 소위 '7080 사운드'보다는 좀 더 다채로운, 현재진행형의 사운드를 즐길 수 있지 않았을까 하는 생각을 해본다. 원용진의 말처럼, 우리는 7080 무대에서 아무런 창조를 실감하지 못한다. '다시'가 응당 갖고 있어야 할 '차이'를 전혀 갖고 있지 못한 그것은 향수에 지나지 않는다. 여기서 주의할 것은 보통 '차이'가 만들어 내는 '새로움'을 문자 그대로 한 번도 있어 본 적이 없는 것으로 오해하는 것이다. 김용석의 말마따나 새로움을 향한 문은 앞과 뒤로 열려 있어야 한다.

이제 다시 시작이다/ 젊은 날의 꿈이여('이등병의 편지')

73

에 나오는 '다시'가 적절히 환기시키듯, 반복은 단순히 음악적 리메이크의 차원에 그치지 않는다. 그것은 향수의 충동이 아니라, 오히려 삶과 우주의 불멸성과 닿아 있다. 사람들은 신세대나 새물결 등의 표현이 사실은 동어반복일 수 있음을 쉽게 간과한다. 세대나 물결처럼 자생적 역동성이 그 존재의 조건이라면 지속적으로 태어나고 자라나는 세대는 모두 신세대이고 흐름 속에 있는 물결은 모두 새물결인 것이다. 세대는 끊임없이 변해도 인간존재는 그대로 있으며, 물결이 서로 쉴 새 없이 밀어내고 흘러도 강은 강으로 존재하는 것이다.

7080 무대를 다시 예로 들자면, '다시'가 역동성과 연결되어 있지 않을 때, 역동성이 사라진 단순 반복은 음악을 장사지내는 것과 같다.

모든 예술은 감상적인 요소와 낭만적인 요소가 서로 갈등하고 소통하는 장이다. 감상주의의 특징은 소극적이고 수동적이며 감상주의자는 자신의 자유를 담보 잡히면서까지 연민과 동정을 바란다. 감상적인 것의 극단은 일으켜 세워 줄 것을 기대하고 넘어지는 것이며, 그의 고뇌는 종종 위안을 유발하기 위한 것이다. 그래서 감상주의는 사랑을 애타게 갈구하는 듯하지만 자기중심적이다. 반면 낭만의 특징은 적극적이고 능동적이며 무한한 자유를 기구한다. 획일화된 삶에 저항하면서 다양성에 개방된 낭만주의자는 자기중심적인 감상주의자의 사랑과 달리, 상호적이거나 공동체적인 것에 열정을 할애한다. 그래서 낭만주의자는 미학적으로뿐만 아니라 정치적으로도 혁명가가 된다.

김광석은 1984년 처음으로 합법적인 음반을 출시한 민중가요 노래집단 '노래를 찾는 사람들'(이하 노찾사)의 일원으로 음악 경력을 시작했다. 그보다 뒤늦게 노찾사에 합류한 안치환이 민중가수로 일관했던 데 비해, 김광석은 아무래도 민중가요만 할 수 없다는 생각으로 대중가수의 길을 택했다. 아마도 이때가 김광석이 '낭만적 고민'을 했을 무렵일 테다.

지은이는 김광석의 음악세계가 감상적 사랑의 노래와 유토피아적 희망의 노래들로 다양하게 구성되어 있다면서, 그의 음악세계가 서정적이고 감상적인 차원을 포용하면서도 그만의 독특한 낭만성을 이루어간다라고 평가한다. 자신의 시어와 음악을 감상과 낭만의 씨줄과 날줄로 엮으려고 했던 김광석은 낭만주의의 특징인 다양성을 추구하면서, 개인의 이해관계와 공동체적 관심 사이의 화합의 의미를 놓치지 않고 추구했다. 그의 노래가 개인의 체험을 반영하는 듯하면서도 타자를 향해 열려 있는 것은, 그가 민중가요의 세계를 떠나왔음에도 불구하고 옛 노래집단의 기대나 사회의 요구를 저버리지 않았다는 것을 입증한다. 김용석은 「다시 부르기 1·2」를 가리켜 김광석의 진짜 공덕은 남의 노래를 '우리의 노래'로 만들었다는 데에 있기 때문이다.라고 말한다. 김광석은 다시 부르기를 통해 민주화운동이 거세게 일던 시기의 혁명적 열정을 평범한 사람들에게 되돌려 주었다.

└ 김광석 우리 삶의 노래   김용석 지음   천년의상상   2016

2017   MAR

              1   2   3   4
  5   6   7   8   9   10 11
  12 13 14 15 16 17 18
  19 20 21 22 23 24 25
  (26) 27 28 29 30 31

민고 볼 만한 니체의 『비극의 탄생』 번역본이 꽤 여럿 있다. 이진우, 박찬국, 김남우 등이 번역한 작업들이 그렇다. 이 목록에 김출곤과 박술이 공동번역한 인다 출판사의 책을 더하고 싶다. 역자들의 이력으로 보건대, 이 번역본은 지금까지 이 책을 번역한 무수한 번역자들 가운데 가장 젊은 철학 전공자들이다. 여러 번역본을 비교할 원어 능력이 내게는 없지만, 본문 하단에 독자의 이해를 돕기 위해 달아 놓은 249개의 주석은 공역자들이 텍스트 이해에 매달렸던 시간과 학문적 노력을 드러낸다.

『비극의 탄생』은 패기만만했던 이십대 후반의 고전문헌학 교수 니체가 처음으로 세상에 내놓은 책이다. 그리스 비극을 독창적으로 규정하고자 했던 이 책에서 니체는 예술 안에서 반목하는 것처럼 보이는 두 가지 경향성을 논했다. 하나는 디오니소스적인 것으로 이 경향은 이성에 규제되기 이전의 억제되지 않은 근원적 충동 혹은 도취를 추구한다. 다른 하나는 아폴론적인 것으로 이 경향은 디오니소스적인 것에 구체적인 형식을 부여해 준다. 그리스 비극을 예로 이 두 경향을 설명하자면, 먼저 그리스 비극의 근원에는 디오니소스적인 도취가 있다. 그리스 비극의 디오니소스적인 도취란 합창과 춤을 가리키므로, 그 근원은 음악이라고 할 수

76

있다. 여기에 극·플롯·대사가 더해져서 그리스 비극이 완성되는데, 디오니소스적 도취를 한 편의 비극으로 구체화시켜 주는 것이 아폴론적 형식이다. **극은 디오니소스적 인식들과 효력들의 아폴론적인 감각화인 것이다.**

간혹 이런 이들이 있다. 이 책을 건성으로 훑고 나서는 예술이 디오니소스적인 경향과 아폴론적인 경향의 대립이나 각축이라고 말하는 이들이다. 이런 설명은 니체의 뜻을 완전히 곡해한 것이다. 니체는 서두에서부터 **그토록 상이한데도 두 충동은 더불어 함께 나아간다**고 쓰고 있으며, 일관되게 **아폴론적인 것과 디오니소스적인 것의 이중성 자체가 그리스 비극의 근원이자 본질이며 서로 얽힌 두 예술충동의 표현**이라는 것을 주장한다.

대립은 디오니소스적인 것과 아폴론적인 것에 있지 않다. 아이스킬로스와 소포클레스의 비극을 최고의 그리스 비극으로 상찬했던 니체가 비(非)그리스적인 것으로 지목한 것은 소크라테스다. **디오니소스적인 것과 소크라테스적인 것, 이것이야말로 새로운 대립이며, 그리스 비극의 예술작품은 이로 말미암아 몰락하였다**라고 말하는 니체는 이 책에서 미처 다 헤아릴 수 없을 만큼 소크라테스를 공박한다. 까닭은 소크라테스로 대표되는 그리스 철학이 예술 속에 **이론적 세계관과 인식**을 도입했기 때문으로, 소크라테스의 변증법은 무대 위에 도입된 **기계장치 신**이나 같았다. 이로써 그리스 비극은 근원적 충동과 도취가 사라진, 하찮고 속된 '논리의 멜로드라마'가 되었다.

니체는 그리스 비극의 종말을 재촉했던 극작가로 에우리피데스를 통렬하게 비판하는데, 그 주된 이유도 **모든 것은 지성적이어야만 아름답다**는 미학적 소크라테스주의를 추종했기 때문이다. 소포클레스 비극과 비교해 에우리피데스의 시적인 **결핍과 퇴보**로 자주 꼽히는 것은 무엇보다도 비평적 과정의 침투에 의한 생산, 무모한 지성에 의한 생산이다. 인용문에 나온 '시적'인 것이 디오니소스적인 도취와 동렬의 것임은 따로 설명이 필요 없다. 예술의 장에 난입한 미학적 소크라테스주의를 **현존을 교정**하려는 도덕적 강박과 검열이라고 보는 니체는 소크라테스를 이렇게 조롱했다. 소크라테스가 유일하게 이해했던 시 예술 장르는 다름 아닌 이솝 우화였다.

이처럼 『비극의 탄생』은 소크라테스의 주지주의를 비판하고 있지만, 사실 니체가 비판하고자 했던 것은 소크라테스적 정신의 변형된 소산인 기독교다. 이 책에서 **간교한 난쟁이들**이라고 표현된 목사와 신부들이야말로 세계 창조의 근원인 디오니소스적 충동과 도취를 도덕적으로 길들이려는 신귀(神鬼)다.

오페라 팬들은 펄쩍 뛸 테지만, 니체는 오페라를 그리스 비극의 가장 타락한 형태로 보았다. 오페라에서 음악은 주인의 자리를 빼앗긴 채 가사의 하인이 된다. 이런 전도는 음악을 언어보다 앞선 것으로 보는 니체의 심기를 거스른다. 게다가 **교양 허상들의 합**인 오페라는 비관주의의 밑바닥에서 삶의 승리와 환호를 대면하게 하는 그리스 비극과 달리, 오인된 현실을 전시하면서 낙원 상실을 위로하는 목가적 세계를 보여준다.

알려져 있듯 니체는 철학과 예술을 별개의 것이 아닌 동등하고 동일한 것으로 보았다. 특히 그는 예술을 대변하는 것으로 비극을 상정했고, 음악을 비극의 진수이며 동시에 예술의 핵심으로 간주했다. 음악은 현상의 모사가 아니라 의지 자체의 직접적인 모사이며, 그러므로 세계의 모든 형이하에 대하여 형이상을, 모든 현상에 대하여 사물 자체를 재현한다는 점에서 여타의 예술과 다르기 때문이다. 따라서 세계를 육화된 음악, 육화된 의지라 부를 만하다.

시, 미술, 무용이 형상 이후의 것이라면, 니체에게 음악은 모든 형상화에 선행하는, 사물들의 가장 내밀한 핵 혹은 심장을 그대로 내놓는 것이다. 이런 음악관은 그가 일찍이 숭배했던 쇼펜하우어(1788~1860)의 영향이다.

쇼펜하우어와 함께 니체의 철학과 예술관에 절대적인 영향을 끼친 사람이 리하르트 바그너(1813~1883)다. 니체는 바젤대학교 문헌학과 촉탁교수가 된 스물넷 1869년 봄부터 바젤에서 80킬로미터나 떨어진 트립센에 있는 바그너의 저택을 수시로 드나들었다. 그때부터 1872년 봄까지 무려 스물세 차례나 바그너 저택을 찾았던 니체는 1872년 1월에 출간된 『비극의 탄생』을 바그너에게 헌정했다. 두 사람의 결별에 대해서는 또 다른 지면이 필요하므로 여기서는 생략한다. 작곡을 정식으로 배우지 않아 대부분의 작품이 미완으로 남아 있기는 하지만 니체는 70여 편에 이르는 가곡과 기악곡을 작곡했다.

└ 비극의 탄생 프리드리히 니체 지음 김출곤, 박술 옮김 읻다 2017

2017   APR

						1
2	3	4	5	6	7	8
9	10	11	12	13	14	15
16	17	18	19	20	21	22
23	(24)	25	26	27	28	29
30						

클래식과 재즈로 개종을 한 이후 20대 때 좋아했던 록 음악과는 담을 쌓았다. 그런데도 음악사회학적 관심이 록스타와 밴드에 관한 책을 빠트리지 않고 읽게 한다. 오늘은 마크 블레이크가 프로그레시브 록을 완성한 밴드 핑크 플로이드에 관해 쓴 책을 읽었다. 록스타와 밴드에 대한 평전이나 자서전들이 하나같이 그렇듯이, 이 책도 600쪽이 훨씬 넘는 분량으로 독자를 고문할 채비를 단단히 갖추었다. 하므로 독자들이여, 호락호락하게 고문당하지 마시길!

책 서두에 나오는 로저 워터스(베이스·보컬), 데이비드 길모어(기타·보컬), 리처드 라이트(키보드), 닉 메이슨(드럼)의 유년이나 학창 시절 따위는 훌쩍 건너뛰자. 솔직히 말해 성공하기 이전의 록스타들의 학창 시절과 유년은 거의 같다.

밴드 이름 '핑크 플로이드'는 예명으로 노래하던 노스캐롤라이나 출신 블루스맨 핑크 앤더슨(Pink Anderson)과 플로이드 카운실(Floyd Council)의 이름을 한데 합친 것이다. 이 작명은 훗날 스페이스 록을 거쳐 그보다 외연이 넓은 개념의 프로그레시브 록을 하게 된 핑크 플로이드가 애초에는 블루스를 흉내 내기 위한 밴드였다는 것을 암시해 준다.

하지만 1965년 2월 블루스에 빠져 있던 초기 멤버(크리스 데니스、밥 클로스)가 떠나고 나자, 핑크 플로이드는 사이키델릭과 노이즈에 관심이 많은 시드 바렛(기타、보컬)의 것이 되었다.

시드 바렛은 1967년에 나온 핑크 플로이드의 데뷔 앨범 「더 파이퍼 앳 더 게이츠 오브 던」(The Piper At The Gates Of Dawn)을 거의 혼자 만들었다. 이 앨범으로 핑크 플로이드는 시드 바렛의 밴드로 알려지게 될 뿐 아니라, 오랫동안 스페이스 록을 하는 밴드라는 딱지가 붙게 된다. 데이비드 길모어는 시드 바렛이 마약 중독으로 핑크 플로이드를 떠나기 직전에 만들어진 두 번째 앨범 「어 소서풀 오브 시크릿츠」(A Saucerful Of Secrets)에 동참함으로써 핑크 플로이드의 마지막 동승자가 되었고, 시드 바렛이 완전히 탈퇴한 세 번째 앨범부터 밴드는 다시 4인조가 된다. 시드 바렛이 밴드에 남긴 막대한 **중력**은, 시드 바렛 없는 '핑크 플로이드 사운드'가 일곱 번째 앨범부터서야 겨우 가능했다는 사실로 미루어 짐작할 수 있다.

아이러니하게도 핑크 플로이드가 1973년에 발표한 그들의 대표작 「다크 사이드 오브 더 문」(Dark Side of the Moon)은 스페이스 록이라는 꼬리표를 떼어내려는 멤버들의 압도적인 열망을 배반하고 있지만, 실제 내용만은 **현실의 사람, 현실의 정서와 현실의 삶**에 충실하다. 이 음반은 영국이 최악의 실업률과 IRA(아일랜드공화국군)의 영국 공격으로 어지러운 국내 상황을 배경으로 탄생했다. 이 음반은 **광기, 과로사, 계급 차별**을 테마로 삼고 있으며, 음악적으로는 **음반**

전체가 유럽 아방가르드 씬에서 유행하고 있던 음악에 대한 엄청난 연구와 이해를 보여준다. 역사상 세 번째로 많이 팔린 이 음반은 현재까지 4,500만 장이 팔렸다.

록은 여타의 대중음악 장르와 달리 반체제와 문명비판을 인기 전략의 일환으로 즐겨 차용해 왔다. 하지만 핑크 플로이드만큼 그것을 체계적이고 지속적으로 구사했던 밴드는 없었다. 핑크 플로이드가 체계적이고 지속적인 문명비판과 반체제 기저를 유지할 수 있었던 것은 멤버들에게 **사회주의자 강령**을 부단히 강요했던 워터스의 정치적·철학적 신념이었다. 반체제와 문명비판적인 가사를 이야기로 만드는 능력이 있었던 워터스는 거기에 볼거리 풍성한 **화려한 음악극**을 덧입혔다.

핑크 플로이드 공연을 특색 있게 해준 '연극적 연출'은 일찍부터 **거대한 스펙터클 쇼**에 대한 욕망을 품고 있었던 워터스의 아이디어였는데, 라이트와 길모어가 그것에 반발하면서도 못 이기는 체 따랐던 이유는 뭘까? 사실 저 '연극적 연출'은 로버트 플랜트나 믹 재거 같은 섹스 심벌 프런트맨이 부재한 핑크 플로이드 같은 밴드에겐 암묵적으로 동의한 사안 같은 것이었다. 확실히 섹스 심벌이 있는 밴드는 관객의 시각적 주의를 끌어당길 만한 좋은 무기를 갖고 있는 셈이었다. 자신들의 입으로 밴드가 장비의 노예가 되어가고 있다고 할 정도로 공연에 어마어마한 장비를 투여했던 까닭은, 밴드 안에 개인기를 가진 섹스 심벌이 없었기 때문이다. 핑크 플로이드는 문명 비판적이고 반체제적인 가사를 시적 구조를 갖춘 대곡으로 다듬은 다음, 엄청난 물량을 투여한 볼거리 풍성한 공연과 결합하는 방법으로 자신들의 약점을 뛰어넘었다.

록 밴드에게 필수였던 섹스 심벌 부재가 핑크 플로이드에게는 도리어 성공의 공식이 되었다. 문명비판적 서사와 볼거리의 결합이 그들의 성공 공식이었다는 것은 *1979*년에 발표된 열두 번째 앨범 「더 월」*(The Wall)*로 확실히 증명되었다. 이 두 장짜리 록 오페라 앨범은 현재까지 *3,000*만 장 이상이 팔렸다. 핑크 플로이드가 「다크 사이드 오브 더 문」과 「더 월」로 벌어들인 천문학적 수익은 체제를 비판하면 할수록 돈더미가 높게 쌓이는 록 세계의 익숙한 모순을 보여준다. 재미있게도 돈의 노예가 된 세상을 비판했던 「다크 사이드 오브 더 문」으로 돈방석에 앉게 된 핑크 플로이드가 세금을 절약하기 위해 **총소득을 여러 회사로 분산 투자**하는 과정에서 생긴 재정 파탄을 시급히 막을 목적에서 만들어진 것이 「더 월」이다.

성공한 록스타가 으레 하는 것이 미녀를 거느리고 마약을 하는 것이다. 하지만 핑크 플로이드는 다른 록스타들에 비하면 점잖았다 할 수 있다. 벼락부자가 되고 자본가가 된 워터스는 더 이상 진실한 사회주의자 행세를 할 수가 없어지자, **자신의 '좌편향 스탠스'에 위배되는 자신의 현 상황을 벌어들인 수입 중 일부를 자선신탁에 기부하는 것으로 타협했다.** 그럼에도 불구하고 핑크 플로이드는 음악 잡지의 기자들로부터 **나는 그들처럼 부르주아적으로 사는 부자 록 밴드를 본 적이 없다**라는 비판을 피할 수 없었다.

개별 음악 장르는 각기 고유한 관습이 있고 그것이 수용되는 경로도 각기 다르다. 지식인은 왜 힙합을 듣지 않나,

라는 질문은 유치하다. 예컨대 힙합의 음악적 관습과 수용
자의 필요가 합치되지 않는 지점 혹은 경합하는 지점에 연
령(年齡)이 있다. 지식인 리스너들이 힙합을 외면하는 것
은 먹물 의식 때문이라는 헛소리도 있는데, 방점은 '지식인'
에 찍힐 게 아니다. 많은 지식인 리스너들의 나이나 삶의 구
성 요소가 청춘에 소구하는 힙합의 음악적 관습과 겉돈다는
게 핵심이다. 젊은 사람들에게 트로트의 진가를 왜 모르냐
고 다그치는 노인처럼, 아무데서나 힙합을 들이대지 말라.
음악사회학적 진실은 '내가 듣는 음악은, 너한테도 좋은 거
야!'라고 말하지 않는다. 그런 보편 음악은 없다. 이 독후감
을 쓰면서 예전에 듣던 몇 곡을 다시 들어봤을 뿐, 핑크 플로
이드조차 이제는 내가 듣고 싶은 음악이 아니다.

└ Wish You Were Here   마크 블레이크 지음   이경준 옮김
안나푸르나   2017

2017   MAY

     1 2 3 4 5 6
7 8 9 10 11 12 13
14 15 16 17 18 19 20
21 22 23 24 25 (26) 27
28 29 30 31

19 60년생 전천후 작가인 지은이는 이 책을 두 장르로 구성했다. 앞의 절반은 제목 『살해당한 베토벤을 위하여』에 일치하는 에세이이고, 나머지 절반은 「키키 판 베토벤」이라는 제목의 희곡이다. 파리 고등사범학교 출신인 지은이는 열다섯 살 때까지만 해도 집에서 베토벤 음반을 듣거나 피아노로 연주했지만 스무 살이 되면서 베토벤과 멀어졌다. 쇤베르크(1874~1951)、베베른(1883~1945)、불레즈(1925~2016)에 심취한 그는 특히 불레즈에 관심이 깊어 콜레주 드 프랑스에서 수업까지 들었다. 현대의 미덕 또는 현대인이 된다는 것은 불합리한 것을 흡수하는 것이며, 불확실하고 애매한 것을 아름다운 것으로 받아들이는 것이다. 스무 살이 되면 자신이 살고 있는 시대와 약혼을 하고, 대학에 들어가면서 그 시대와 결혼을 하게 된다. 지은이는 베토벤하고만 결별한 것이 아니라, 모차르트、슈베르트、쇼팽과도 작별했다.

그가 베토벤과 재회하게 된 계기는 자신의 연극 홍보를 위해 코펜하겐을 방문했다가 그곳 미술관에서 만난 「마스크: 고대 그리스부터 피카소까지」라는 전시회이다. 전시장의 한 방이 베토벤의 흉상과 초상화에 할애되어 있었는데, 지은이는 그 많은 베토벤의 얼굴 앞에서 자신이 지금껏 잊고 있던 베토벤이 서구 문명사회에 얼마만큼 중요한 자리를 차지하고 있는지를 다시 생각하게 된다. 지금부터 지은이의 열변을 요약해 보겠다.

　바흐의 음악, 그것은 신이 작곡한 음악이다. 모차르트의 음악, 그것은 신이 듣는 음악이다. 바흐는 개신교 신자였고, 명색만이기는 하지만 모차르트는 가톨릭 신자였다. 모차르트는 "받아들여라고 속삭였고, 바흐는 무릎 꿇어라고 말했다. 반면 베토벤은 신에 관심이 없었다. 그에게는 인간이야말로 가장 강하고 위대하고 놀라운 호기심의 대상이었다. 베토벤은 신께 기도하는 어느 친구에게 이렇게 말했다. 오, 인간이여, 그대 스스로 자신을 도우라. 베토벤의 음악, 그것은 신에게 우리 그만 헤어지자고 설득하는 음악이다.

　베토벤은 인간이 신의 자리를 차지할 거라고 확신하고, 신에 대한 신앙을 인간에 대한 신앙으로 대체했다. 예술은 이제 인간에 대해 이야기하고 인간을 향해 이야기한다. 인류 역사에 등장한 최초의 인간적인 음악이 베토벤으로부터 시작됐으며, 그로 인해 신과 음악의 관계가 끊어졌다. 베토벤으로 인해, 신은 짐을 꾸려 악보에서 자리를 비우고 떠났다.

　베토벤이 주의 영광이나 마리아 찬미 같은 곡을 쓰지 않았다는 것은 「전원」이나 「영웅」 같은 교향곡 표제로도 알 수 있으며, 무엇보다 그의 마지막 교향곡인 9번의 피날레가 인류애를 강조하는 합창으로 마무리한다는 것으로 증명된다. 덧붙일 것은 「영웅」 교향곡의 영웅은 나폴레옹 같은 군주가 아니라 개개인의 운명을 개척하는 모든 인간이다.

행진곡을 잘 활용했던 베토벤 음악이 암시하고 있듯이, 베토벤은 자신의 운명을 개척할 줄 아는 인간 영웅들에 의한 인류 역사의 진보를 믿었다. 견실했던 그의 **휴머니즘·영웅주의·낙천주의**는 근대 계몽주의 정신이 잉태한 것이다. 하지만 인류의 진보를 확신하면서 '환희의 찬가'를 노래했던 베토벤의 희망은 파국을 맞이한다. 낙천적이고 영웅주의적이었던 인간의 진보는 유혈이 낭자한 두 차례의 세계대전으로 도로가 되었다. 전체주의와 원자폭탄 그리고 아우슈비츠의 후유증은 *18~19*세기를 살았던 우리 조상들처럼 여전히 인류가 진보하리라 믿는 것을 불가능하게 만들었다.

한때 철학교사이기도 했던 지은이는 코펜하겐 미술관에서 우연히 베토벤 흉상을 만나고 나서, *2*차 세계대전 이후 또는 *68*혁명 전후에 전개된 반인간주의*(반주체적 구조주의)* 철학을 비판해야겠다는 벼락같은 영감을 얻은 모양이다. 코펜하겐에서 파리로 돌아와 「키키 판 베토벤」을 탈고하고 나서는, 희곡에 미처 쓰지 못했던 *20*세기 주류 지식인의 반인간주의 사조를 비판한다. **베토벤은 두 번 죽었다.** *19*세기에 육체가 죽었고, *20*세기에 그의 정신이 죽었다. 그리고 그의 **죽음과 함께 휴머니즘도 상당 부분이 꺼져버렸다**고 말하며 베토벤*(인간의 꿈)*이 살해된 자리에 구조가 대신 들어섰다고 말한다.

우리 시대는 개인의 능력을 죽였다. 경제구조, 재정구조, 정치구조, 미디어구조 들이 승리를 외치면서 개인에게 강제력을 행사한다. 그래서 우리는 더 이상 혁명을 믿지 않고, 개인의 자주권을 비웃는다. 아우슈비츠가 그것을 증명한다. 그것은 개개의 인간을 분쇄시키는 권력, 전체주의를 상징하고, 인간의 본질을 비워낸 세상을 상징한다. 아우슈비츠가 증명하는 것은, 과학과 기술에는 혹 진보가 있을지 몰라도, 인류 안에는 결코 진보가 없다는 사실이다. 철저한 실패. 시간이 흐르면서 인간은 더 선해지지 않았고, 더 똑똑해지지도 않았으며, 더 도덕적인 존재가 되지도 않았다. 야만인들이 아무리 정보와 지식을 축적하고, 고도의 기술까지 통제할 수 있다 해도 개인의 불꽃이 없으면, 야만성 안에 정체되어 있을 뿐이다.

지은이는 서양의 예술적 아방가르드와 사회문화적 포스트모더니즘이 근대 계몽주의가 파산한 폐허에 기생하고 있다면서, 거기에 기생하고 있는 반인간주의 예술가와 지식인을 드세게 비판한다. 지식인들은 절망의 증인들이다. 그들은 충격을 받고, 정신적 외상을 입었다. 비관주의는 사회 속에서 생기는 온갖 견해들을 갖가지 다양한 색깔로 물들인다. 때로는 허무주의, 흔하게는 냉소주의, 그리고 가장 일반적으로는 쾌락이나 이익을 숭배하는 맹렬한 개인주의 색깔을 띤다, 그 속에서 사라져버린 한 가지가 있으니, 인간에 대한 인간의 꿈이었다.

이 도저한 비판 속에는 한때 그가 빠져들었다는 쇤베르크、베베른、불레즈도 포함되어 있는 게 분명하다.

「키키 판 베토벤」은 실버타운에 사는 네 명의 할머니(키키、캉디、조에、라셸)가 골동품 가게에서 어쩌다 구입한 베토벤의 안면 석고부조(데드마스크)로부터 삶의 의의와 기쁨을 새로 발견하게 되는 이야기다. 이 희곡의 중심에 네 할머니의 아우슈비츠 견학이 있는데, '아우슈비츠 이후에 베토벤은 침묵에 빠졌다'는 식의 강변에 구토가 나올 뻔했다. 어느 유럽 작가나 마찬가지로 에릭 엠마뉴엘 슈미트역시 아우슈비츠에 대해 강박적인 죄의식을 토로하면서, 현재의 이스라엘이 팔레스타인인들에게 가하는 인종 살해와 절멸수용소를 건설한 것과 똑같은 팔레스타인 장벽에 대해서는 유구무언이다. 이런 위선은 두 차례의 세계대전이 인간과 인간의 꿈을 살해했다는 주장에서도 볼 수 있다. 두 차례의 세계대전 이전에 유럽인이 아프리카와 신대륙에서 무수히 죽인 것은 인간이 아니었다는 말인가.

└ 살해당한 베토벤을 위하여　에릭 엠마뉴엘 슈미트 지음　김주경 옮김　열림원　2017

4   5   6   7   8   9   10
11 12 13 14 15 16 17
18 19 20 21 22 23 24
(25) 26 27 28 29 30

미국의 역사가 이민의 역사이듯 디트로이트 역시 20세기 초반까지 온갖 인종의 이민자를 받아들였다. 그러나 도시의 인종적 성격을 확실히 뒤바꾸어 놓은 것은 1910년부터 1920년 사이 남부에서 대거 이주한 미국 흑인들이다. 디트로이트의 자동차 산업은 많은 노동자를 필요로 했고, 특히 포드 자동차가 인종 차별 없이 제공했던 최소임금 5달러 정책은 남부 출신 흑인들을 끌어모으기에 충분했다. 디트로이트 인구는 1920년에서 1950년 사이 무려 두 배나 늘어난 180만 명이 되었고 이 중 30퍼센트가 흑인이었다. 2차 세계대전 직후 디트로이트는 전 세계 자동차의 50퍼센트를 생산했다.

흥하는 도시 디트로이트에 사는 두둑한 지갑을 찬 잠재 고객들은 연예 산업을 배양하기 좋은 온상이었던데다 밀집한 흑인은 그 자체로 음악적 자산이었다. 미국 대중음악의 한 축을 담당하게 될 모타운(Motown) 레코드가 이곳에서 탄생한 것은 필연이다. 오늘날 디트로이트의 자동차 산업은 완전히 파산 상태이지만(전 세계 자동차 생산량의 한 자리 숫자를 겨우 지키고 있다), 디트로이트의 별칭인 '모터타운'(Motortown) 시티에서 이름을 따온 모타운에서 만든 음악은 여전히 지구를 24시간 감싸고 있다.

90

『모타운』은 위의 두 문단을 이렇게 요약한다. **자동차가 디트로이트의 첫 번째 이야깃거리고 파산이 세 번째라면, 두 번째는 음악이다.** '젊은 미국의 사운드'라는 부제를 가진 『모타운』은 첫 번째도 세 번째도 아닌, 두 번째 이야기에 집중한다.

팝팬 가운데 모타운에서 나온 음반이나 모타운 소속 가수를 꼽아보라면 머뭇거리며 말하지 못할 사람도 많다. 하지만 미러클스、포 탑스、템테이션스、다이애나 로스 앤 더 슈프림스、마빈 게이、스티비 원더、잭슨 파이브、마이클 잭슨、코모도어스、스모키 로빈슨 등 대부분의 미국 흑인 대중 뮤지션들이 모타운에서 한솥밥을 먹었다면 누구나 고개를 끄덕일 것이다. 그런데 이처럼 소속 가수만 나열하면 그저 잘 나갔던 레코드 회사였다는 정도로만 모타운을 기억하게 되는 우를 범할 수 있다. 모타운은 단순한 음반사가 아니다. 이 회사가 주도한 음악은 모타운 사운드라는 새로운 대중음악 흐름을 만들어 냈다.

이 말이 빈말이 아니라는 것은 로이 셔커의 『대중 음악 사전』을 보면 된다. 이 사전에는 '음반 회사'라는 항목이 있을 뿐, 어느 레코드 회사도 별개의 항목을 부여받지 못했다. 단 하나의 유일한 예외가 '모타운'으로, 이 회사만 독립된 항목으로 사전 속에 떡하니 자리 잡고 있다. **모타운은 베리 고디가 *1959*년에 디트로이트에 세운 흑인 음악 회사다.** '모타운 사운드'는 둥둥거리는(*pounding*) 비트, 강력한 베이스라인, 키보드와 기타의 훅, 게토의 억양을 없앤 보컬을 가졌다. 이는 고디가 의

도적으로 백인 크로스오버 시장을 겨냥했기 때문이다. 모타운은 뮤지션, 송라이터, 프로듀서, 세션 연주자의 팀 작업을 통해 음반을 만들었다. 여기서 고디는 감독과 조정을 담당했다. 모타운은 애틀랜틱과 스택스 레이블의 아티스트와 관련된 음악인 소울의 보다 부드럽고 상업적인 판본을 대표했다. 모타운은 1988년 MCA에 매각되었다.

모타운 창립자 베리 고디는 군 복무를 마친 1953년 무렵 재즈 음악을 취급하는 음반 가게를 열었다가 블루스와 R&B를 원하는 고객들의 취향을 제대로 읽지 못해 망했다. 그 뒤 여러 자동차 회사에서 공원으로 일하면서 음반 산업계를 곁눈질하던 그는 스물아홉이 되던 해 모타운 레코드를 설립하고, 1961년에는 영업 부문을 맡아 모타운을 함께 일굴 스물여섯 살 난 이탈리아계 백인 바니 에일스를 영입하게 된다. 흑인 사장과 백인 부사장 조합은 모타운이 생겨날 무렵의 음반 산업계가 백인 일색이었다는 고충을 암시해 준다. 리듬앤블루스와 로큰롤 사이의 인종적 경계는 희미해지고 있었지만, 음악 산업의 영향력 있는 중개인들은 여전히 대부분 백인이었다.

하므로 고디는 음반 업계에 발을 딛는 순간부터 인종에 구애받지 말아야 한다는 사실을 명심했을 것이다. 그렇다 하더라도 스물네 살 무렵부터 디트로이트의 대형 음반사들이 탐을 내던 에일스의 능력을 본체만체할 수는 없었을 것이다. 흑인 사장과 백인 간부로 이루어진 모타운의 인적구성은 '크로스오버'라는 음악적 표준을 제시한 모타운의 음악적 원칙과도 절묘하게 맞아떨어졌다. 고디는 모타운을 흑인들의 기준을 버리지 않은 채 백인 요소를 결합한 첫 번째 기업으로 만들고자 한 동시에, 이런 음악을 만들고자 했다. 나는 흑인들에게 너무나 백인 같은 존재였고, 백인들에게는 너무나 흑인 같은 존재였다. 하지만 나는 흑인에게도 백인에게도 관심이 없었다. 내가 항상 관심을 가진 건 좋은 음악, 즉 우리 삶의 경험에 대해 이야기하는 그런 음악이었다.

모타운의 성공에 밑거름이 되어준 것은 1960년대 초 영국에서 만들어진 모타운 팬클럽이다. 수백 명의 회원을 가진 런던의 모타운 팬클럽은 마치 오늘날의 팬덤처럼 모타운의 음악을 찬양하고 선전했다. 이 회원 중에는 더스티 스프링필드도 있었고 가명으로 가입한 믹 재거도 있었다. 열성적인 모타운 팬 가운데 최대의 후원자는 비틀스였다. 우리한테 최고의 홍보담당자나 다름없던 비틀스는 가는 곳마다 우리의 음반과 아티스트를 언급해줬다. 비틀스가 나서기 전에 백인 십대들 특히 소녀들은 전통적인 블루스 가수들이 노래한 흑인 음악에 공감하지 않았다. 그런데 영국 소년 넷이 중립적인 이미지를 퍼뜨리고 그게 자리를 잡으면서 괜찮아졌다. 비틀스의 지지 효과는 엄청났다.

앞서 베리 고디는 내가 항상 관심을 가진 건 좋은 음악이었다고 말했는데, 실제로는 모타운은 음악을 통해 흑인 민권 운동과 흑인 지위 향상에 기여했다. 모타운이 창립되기 몇 년 전인 1955년 몽고메리에서 벌어진 버스 보이콧 운동이 촉발한 흑인 민권운동은 모타운이 설립되고 난 1961년 남부의 인종차별에 항거하는 자유 행진(Freedom Riders)으로 절정에 치달았다. 모타운은 *1963*년 *6*월 *23*일 디트로이트 자유 집회에서 마틴 루터 킹 목사의 연설을 음반으로 만든 것을 시작으로, 흑인의 자긍심과 입장을 드러내기 위해 '블랙 포럼'이라는 레이블을 따로 만들었다. 이 레이블에서는 흑인 시인들의 시와 민권운동가들의 발언 같은 비음악 음반만 전문으로 만들었다. 모타운은 *1972*년 로스앤젤레스로 이전하면서 디트로이트와 무관한 음반사가 되었지만, 모타운 사운드는 흑인의 감성과 백인 취향을 뒤섞은 가장 대중적인 크로스오버의 모범으로 남아 있다.

ㄴ   모타운: 젊은 미국의 사운드   애덤 화이트, 바니 엘리스 지음
    이규탁, 김두완 옮김   태림스코어   2017
ㄴ   대중 음악 사전   로이 셔커 지음   장호연, 이정엽 옮김   한나래
    2012

2017 JUL

　1
2　3　4　5　6　7　8
9　10　11　12　13　14　15
16　17　18　19　20　21　22
23　24　(25)　26　27　28　29
30　31

한국 대중음악에 일본이 끼친 영향은 매우 크다. 대중음악이 막 태동할 무렵 우리나라가 일본의 식민지였기 때문에 일본 음악의 영향은 물론 일본의 문화 정책과 연예 산업으로부터 자유로울 수 없었다. 그렇다고 해서 일본 음악의 수용만으로 당시 우리나라 대중음악의 판도를 모두 설명할 수는 없다. 일본 대중음악 또한 서양 대중음악과의 교섭 속에서 형성되었다는 것을 떠올린다면, 우리나라 대중음악을 일본 대중음악의 압도적 영향이라고 보는 단일한 시각은 초창기 한국 대중음악사의 매우 역동적이고 복합적인 성격을 가려버린다. 장유정은 『근대 대중가요의 지속과 변모』에서 이렇게 말한다.

　　일제강점기에 우리나라 음악에 끼친 서양 음악의 영향은 크게 세 가지로 나누어 볼 수 있다. 군악대, 찬송가, 대중음악이 그것이다. 이 중에서 군악대와 찬송가에 대해서는 이미 상당한 연구의 진척이 있었다. 서양 음악이 우리나라에 수입된 시기에 대해서는 아직 논란이 있으나, 1880년대 초에 이루어진 개신교의 선교와 1900년 군악대의 창설을 서양 음악이 우리나라에 들어온 계기가 된 중요한 사건이라고 할 수 있다.

　　지은이에 따르면 우리나라 대중음악 초창기에 영향을 준 세 가지 갈래의 서양 음악 가운데 군악대와 찬송가에 대

95

해서는 웬만큼 밝혀졌으나, 서양 대중음악이 초창기 우리나라 대중음악에 끼친 영향에 대해서는 그다지 많은 연구가 이루어지지 않았다고 한다. 까닭은 일본 대중음악의 부정적인 영향만을 성토 하던 학계의 풍토와 무관하지 않다. 마치 일본강점기 대중음악은 트로트만 있는 것처럼 치부되었고, 상대적으로 다른 대중가요 갈래는 도외시되었던 것이다. 또한 이는 과거 대중음악의 연구가 사료에 대한 수집과 정리에서 시작한 것이 아니라 관념과 이데올로기에 의해 좌우되었기 때문이기도 하다.

일제강점기의 대표적인 대중가요 갈래(장르)로는 일본 대중음악의 영향을 받은 트로트, 전통가요의 대중가요화 산물인 신민요, 일종의 코믹송에 해당하는 만요(漫謠), 서양 대중음악에 그 연원을 두고 있는 재즈송이 있다. 이 가운데 재즈송은 본격적인 의미의 재즈만을 가리키는 것이 아니라 미국에서 대중적으로 유행한 모든 음악과 샹송, 라틴 음악을 두루 포괄하는 개념이었고, 그런 분위기를 두루두루 모방해 만든 우리나라 대중음악을 재즈송이라고 불렀다. 그러니까 오늘날 미국의 대중음악을 팝으로 통칭하듯이, 그 당시에는 서양의 대중음악 전체를 재즈송으로 불렀던 것이다.

광복 이전에 발매된 유성기 음반 목록에서 확인할 수 있는 재즈송은 132곡으로, 1935년부터 1937년 사이에 가장 많이 발매되었다. 이 시기는 1920년대 말부터 출현한 일종의 도시 정서의 발달과 함께 조선의 음반 산업이 가장 활기를 띠었던 때로, 여타 장르의 음반 발매가 많아지는 것과 비례해서 재즈송의 발매도 높아진 것으로 추정된다. 재즈송이 우리나라 대중가요의 갈래로 안착하는 데 일조한 것은 영화였다고 볼 수 있다. 영화는 *1936*년 이후부터 급속하게 성장하였는데, 이 시기에 들어온 서양 영화, 특히 미국영화는 당대인의 감수성을 자극하였고 서양에 대한 동경을 품게 하였다. 그러므로 서양 영화는 재즈와 같은 서양 대중음악의 향유를 부추기는 측면이 있었고, 당대인이 재즈송에 익숙해지는 데 일조하였다고 볼 수 있다.

앞서 나온 것처럼 당시의 재즈송이 서양 대중음악 일반을 아우르는 용어였기에, *132*곡의 재즈송이 재즈에 필요한 기준을 모두 충족시키고 있지는 않을 것이다. 장유정에 의해 재즈송으로 분류된 *132*곡은 곡명이나 음반 가사지에 적힌 '재즈', '댄스뮤직', '재즈코러스', '룸바', '블루스', '재즈민요', '재즈 소패', '재즈송 룸바', '재즈송 블루스'라는 잡다한 갈래명 표기에 따른 것이다. *132*곡 중에서 가사를 찾을 수 있는 곡은 *49*곡 정도이며, 음원이 남아 있는 곡은 *24*곡뿐이다. 최근에 출간된 박성건의 『한국 재즈 음반의 재발견』에 *1936~1939*년 사이에 발매된 재즈 유성기 음반(일명 *SP*)이 겨우 세 장밖에 소개되지 못한 것이야말로, 이 시대의 음반 자료 발굴이 얼마만큼 어려운 것인가를 증명한다.

현재 남아 있는 *49*곡의 재즈송 가사를 분석해 보면, 그 당시 재즈송의 윤곽을 어렴풋이 그려볼 수 있다. 먼저 재즈송에서 사용한 어휘의 특징으로 제목과 가사에 빈번하게 외래어가 사용된 것이 도드라져 보인다. 재즈송에 등장하는 공간은 현실과 동떨어진 이국의 낙원인 경우가 많고 이국 여성에 대한 남성 화자의 노골적인 동경과 환상을 표현한다. 재즈송의 가사에서만 유난히 두드러지는 이런 향락 지향적인 성격은 결핍과 상실의 정조로 가득한 당대의 트로트와 뚜렷이 구별된다. 이 점에 대해서 장유정의 첫 책 『오빠는 풍각쟁이야』의 한 장 '재즈송의 향락 지향'을 같이 참조할 수 있다.

아다시피, 재즈송과 트로트의 대결은 트로트의 완승으로 끝났다. 재즈송은 도시를 거점으로 청춘에 소구했으나, 트로트는 좀 더 넓은 공간과 연령에 다가갔다. 재즈송에 만연한 이국정서는 식민지의 암울한 현실을 벗어나 다른 세계를 꿈꾸게 하는 해방의 효과가 있었지만, '만들어진 기쁨' 내지는 '만들어진 슬픔'이라는 의심도 함께 불러일으켰다. 거칠게 비유하자면 조증(躁症)의 재즈송은 동시대의 핍진한 삶을 묘사했던 울증(鬱症)의 트로트에 비해 공감도에서 밀렸다. 게다가 1930년대 말, 일본이 전시 체제에 들어서면서 향락 지향성을 드러내는 재즈송보다 블루스가 인기를 얻게 되었다. 1930년대 말에 이르면 전시 체제의 영향으로 애상감을 자아내는 블루스 계통의 노래가 유행하기도 하였다. 비록 애상감과 상실 의식 등을 드러내고 있는 노래가 있을지라도 재즈송은 기본적으로 도시 문화와 청춘 남녀의 전유물로 여겨지는 측면이 있었다.

일제강점기에 가장 마지막으로 발매된 재즈송 음반은 「나는 신사다」(이복본 노래, 오케, 1940)와 「쓸쓸한 일요일」(이복본 노래, 오케, 1940)이다. 두 곡 다 가사와 음원이 남아 있지 않아서 어떤 노래인지는 정확하게 알 길이 없으나, 이 노래를 마지막으로 재즈송이라는 갈래 명이 사라지고 더는 녹음되지 않았다. 일본이 전시 체제에 들어서면서 재즈 음악은 적성국의 음악이 되었고, 일본은 1940년 8월부

터 재즈 음악을 금지시켰다. 그 여파가 조선에까시 미쳤던
것이다.

∟   근대 대중가요의 지속과 변모   장유정 지음   소명출판   2012
∟   한국 재즈 음반의 재발견   박성건 지음   스코어   2017
∟   오빠는 풍각쟁이야   장유정 지음   민음인   2006

2017　　　AUG

　　　　　1　2　3　4　5
　6　7　8　9　10　11　12
13　14　15　16　17　18　19
20　21　22　23　24　25　26
㉗　28　29　30　31

클래식 음악계와 애호가들 사이에서 악명 높은 책. 오케스트라를 지휘하는 지휘자 중에서도 신적인 권위와 명성을 획득한 이들을 '마에스트로'라고 하는데, 이 책에서 지은이는 음악이라는 전당에 좌정한 *20세기* 거물 지휘자들의 온갖 추태와 비루함을 신상 털 듯 까발린다. 이 책은 위대한 역대 지휘자들의 테크닉과 해석을 다루는 예술 비평과 전적으로 무관하다. 그렇다면 이 책의 목적은 무엇일까?

　이 책의 목적은 지휘자가 갖는 권력의 기원과 본질, 그리고 이러한 것들이 오늘날 지휘계의 쇠퇴에 미친 영향을 검토하는 것이다. 이 책의 목표는 지휘의 메커니즘을 파고들어서 지휘라는 무한히 매혹적인 전문 분야의 사회적, 심리적, 정치적, 경제적 역학을 규명하는 것이다. 전체적으로 볼 때 지휘에 대한 이야기는 사회의 폭력적인 환경에 의해 왜곡되어 온 개인적 노력과 야심의 연대기이다. 대부분의 영웅적인 행동과 마찬가지로 지휘라는 행위 또한 개인적인 이익을 위한 권력의 남용에 기반을 두고 있다.

　지휘자의 권력 남용을 파헤치는 일은 그들의 치부를 들추는 일과 맞닿아 있지만, 나는 그 부분들을 건성으로 읽었다. 토스카니니가 **심술궂은** 아이 같았던 데다가 자기 마음대로 악보를 난도질한 **정신분열적인 이중성**을 지녔다거나, 푸르트벵글러가 나치와 공생을 꾀했던 수동적인 협력사였던데 반해 카라얀의 혐의는 다른 어느 나치 음악가들보다 위중했다는 사실, 그리고 음악적 재능을 뺀 스토코프스키의 나머지는 모든 것이 가짜였다는 폭로는 재미있지도 새롭지도 않다. 무성한 연예인 뒷담화가 연예인에 대한 우상화의 산물이며 타인의 사생활을 관음증적으로 즐기려는 태도에서 비롯하는 것이라면, 이 책 역시 그 두 가지를 충족시켜 준다고 할 것이다.

최초의 지휘자는 여러 명의 연주자들이 음악을 합주할 때, 그 중 한 사람이 박자와 화음이 어긋나지 않도록 다른 연주자를 이끄는 역할을 맡았다. 구약성경 『시편』을 보면 합창을 이끄는 사람이 속도, 분위기, 악기 편성 등을 전환하는 신호로 '셀라'(Selah)라는 말을 사용했음을 알 수 있다. 또 많은 유물들은 그리스인들이 선배 연주자의 손가락 신호나 춤추는 사람의 스텝을 보면서 연주를 했고, 수메르인 연주자들이 동료 중 일인자로부터 신호를 받는 모습을 보여준다. 지휘자의 존재는 음악의 역사만큼 길다. 하지만 바로크 시대까지만 해도 지휘는 연주자의 일원이거나 그 곡을 가장 잘 안다고 여겨진 작곡가의 몫이었지 독립된 분야가 아니었다.

르네상스 말기와 바로크 시대 사이에 활약했던 몬테베르디는 물론이고 바로크 시대의 작곡가들에게는 자신의 곡을 지휘하는 일이 당연했다. 륄리는 긴 나무 막대로 바닥을 내리치는 식으로 신호를 주었고, 비발디·바흐·헨델은 자신의 작품을 연주할 때 연주자들과 같이 앉아 바이올린이나 건반악기로 협주곡을 이끌었다. 이런 관행은 하이든·모차르트와 같은 고전주의 시대까지 이어지는데, 고전주의와 낭만주의 전환기의 작곡가인 베토벤에 이르러 연주자와 지휘자 사이의 분화가 이루어졌다.

베토벤의 교향곡은 방대한 규모나 복잡성 탓으로 단일 악기 연주자의 관점으로는 일사불란한 조정이 불가능했다. 이전까지는 연주자들이 연주 중 필요할 때마다 고개를 들어 수석 연주자를 따르는 것만으로도 충분했지만, 베토벤 이후로는 그렇게 호흡을 맞추기가 힘들어졌다. 자신은 직접 연주하지 않으면서, 가중되는 혼란 속에서 질서를 만들어 내는 객관적인 사람이 필요해진 것이다. 이런 방대한 곡은 준비, 해석, 응용이라는 직업적 기술을 요구하는 것이며, 이로 인해 작곡가는 지휘자의 자리에서 점점 더 멀어지게 되었다. 음악사는 바그너 신봉자였던 한스 폰 뷜로에 의해 지휘자라는 직업이 탄생했다고 말한다.

이렇게 해서 태어난 최초의 전문 지휘자는 처음부터 승자이기를 포기한 존재였다. 창조의 재능은 거의 없지만 자신의 한계를 알아차리는 현명함을 타고난 전문 지휘자는, 작곡가와 오케스트라 사이에 계속 멀어져 가고 있던 의사소통의 틈새를 교묘히 파고들었다. 지휘자는 불멸의 작품을 창조할 수 없다는 사실을 알았고 작품을 다시 고쳐 쓰는 일에도 관심이 없었기에, 자신을 이용하고 모욕한 더 위대한 사람 즉 작곡가를 위해 봉사하는 일에 전념했다. 지난 120년 동안 지휘자는 작곡가의 궁전에 있는 겸손한 하인에서, 음악의 운명을 좌우하는 주인으로 신분이 상승했다.

거장으로 불리는 지휘자들이 어떻게 지휘대의 권력을

음악 해석에 그치지 않고 음악 산업 전반에까지 넓힐 수 있었는가를 알기 위해서는 토스카니·푸르트벵글러·카라얀 같은 전제적 인물들의 야비한 처신을 쫓기보다, 오히려 지휘대에서 배제된 흑인과 여성 지휘자를 떠올려보는 것이 더 설득력 있다. 정상급 오케스트라에서는 흑인과 여성이 지휘자봉을 쥘 수 없다. 흑인이나 여성이 대통령 혹은 총리가 되거나 법원장이 될 수도 있고 교회에서 성찬을 집행할 수도 있지만 **연주회장의 지휘대는 법을 초월하여 남성과 백인우월주의자들의 보루로 남아 있다.** 성소수자도 배척받기는 마찬가지다. 드미트리 미트로폴로스는 동성애자라는 사실이 공공연히 밝혀졌기 때문에 매장을 당했고, 한때 그의 연인이었던 번스타인은 끝내 자신의 성정체성을 애매모호하게 위장해 마에스트로라는 자리를 건사할 수 있었다.

지휘대에 흑인과 여성, 동성애자가 없는 이유는 음악성이 의심되어서가 아니라 **비즈니스적인 문제일 뿐이다.** 음반사의 편견 그리고 연주회 활동에서 갖는 중산층의 압도적인 힘 때문에 흑인, 여성 그리고 사람들에게 동성애자라고 알려진 지휘자들은 사실상 지휘대에서 배척되어왔다. 지은이가 말하는 것처럼 이러한 장벽은 조금씩 누그러지고 있고, '아웃사이더'에게 주어지는 기회도 한 세대 전보다는 조금 더 많아졌다고는 하지만 여전히 극소수 예외에 가깝다. **예술과 소비자는 전통에 얽매여 있다.**

바로 이 지점이 마치 음악 산업의 스타 시스템과 유명 지휘자들의 인격적 결함을 싸잡아 비난하기 위해 쓰인 듯한 이 책의 반전이다. 즉 클래식 애호가 역시 선택된 속물일 뿐, 신화와 영웅을 좋아하기로는 그들 또한 대중에 뒤지지 않는

다. 온갖 추잡함에도 불구하고 돈과 명성을 추구하는 마에
스트로가 건재한 비결이 여기 있다. 최악의 경우에도 음악
자체는 도덕을 초월하는 것이고, 개인의 인격적 결함은 그 개인이
만들어 낸 작품의 숭고함과 분리되어야 한다는 주장이 이들을
지켜준다.

∟ 거장 신화 노먼 레브레히트 지음 김재용 옮김 펜타그램
   2014

한국은 *1987*년 대통령 직접 선거를 치름으로써 형식적 민주주의 국가가 되었다. *1989*년 *11*월 9일에는 베를린장벽이 무너졌고, 소비에트 연합*(구 러시아)*은 *1992*년 *1*월 *1*일 정식으로 해체되었다. 이렇듯 국내외적으로 엄청난 시대사적 변환을 맞이하던 시기, 일종의 문화 전쟁 역할을 떠맡은 마광수의 첫 수필집『나는 야한 여자가 좋다』가 발간됐다.

마광수는 *25*년간의 한국 군부정권*(*박정희 *18*년＋전두환 *7*년*)*이 막을 내리고, *2*차 세계대전 종료와 함께 시작된 냉전 시대가 무너지는 와중에 등장했다. 곧이어 세계화와 신자유주의가 이념의 그라운드 제로를 차지하게 되는데, 한국이 세계화와 신자유주의를 수용하면서 생존하기 위해서는 먼저 방만한 풍속의 고삐를 죄어야 할 필요가 있었다. 마광수가 문화 전쟁이었던 이유다.

정신분석학을 주창한 프로이트는 인간의 모든 정신 활동은 성 본능에서 비롯된다는 범성욕주의*(Pan Sexualism)*를 바탕으로 이론을 전개했고, 마광수는 프로이트를 충실하게 따른 범성욕주의자였다. 마광수는 첫 수필집에 **프로이트의 말마따나 인생이나 문화나, 예술이나 모두 다 근본 원동력은 섹스라면서, 나는 성욕이 식욕보다 더 중요하고, 우리의 인생 전부**

를 지배하는 근원적 생명이라고 생각한다. 사랑에의 욕구는 성욕 충족에의 욕구이고, 성욕의 충족만이 우리의 행복을 보장해 준다고 썼다.

이후 마광수는 두 가지 주장을 되풀이 강조하게 된다. 첫째, 식욕보다 섹스. 마광수는 국민 소득이 높아져서 '먹는 문제'가 해결되고 나면 반드시 '성적 문제'가 대두될 거라 보았다. 국민 소득 2만 불이 되면, 이전에 없었던 성적 양극화가 생겨난다고. 예전에는 '짚신도 짝이 있다'는 식으로 누구에게나 배우자가 주어졌지만, 앞으로는 경제적으로 우위에 선 자가 시장만이 아니라 성적 자원마저 독차지하게 된다. 하므로 현대 사회의 복지 개념은 경제를 넘어, 청년이나 노인이 섹스로부터 소외되지 않는 데까지 나아가야 한다. 원래 복지는 돈이 드는 일이다. 그러나 국가나 사회가 범죄에 해당하지 않는 성적 자유를 무한히 허용하거나 성 문제에 관대해지는 것에는 아무런 돈이 들지 않는다. 예를 들어 젊은 이들의 동거를 제도적으로 뒷받침해 주는 것도 돈이 들지 않는 효과적인 복지다.

둘째, 사랑은 성욕. 사랑에 대한 고전적인 정의는 모두 육체적 사랑보다 정신적 사랑을 우위에 두었다. 그러나 마광수는 사랑은 육체적 사랑을 뜻하며, 정신적 사랑은 보족물이거나 대체물이라고 말한다. 나도 처음엔 정신적인 사랑을 찾아 헤매었다. 그러다가 그것이 결국 환영에 불과한 것이라는 것을 깨닫고, 사랑은 결국 '육체의 접촉에 의한 그때그때의 순간적 황홀감'이라고 생각하게 되었다. 나는 사랑에는 아무 정신적 차원의 것도 필요 없다고 결론을 내리게 되었다. 같은 가치관이나 인생관, 고상한 사랑의 대화 따위는 필요 없다. 사랑은 그저 내가 좋아하는 그녀의 아름다운 '부분'을 만지작거리면서 느낄 수 있는 관능적 희열감일 뿐.

사랑은 별게 아니라 섹스라는 마광수의 체험적 진실은 그를 프리섹스주의자로 둔갑시킨 한편, 미모 지상주의자로 오인하게 만들었다. 섹시한 육체와 뛰어난 미모가 섹스의 필요조건이라고 다들 의심 없이 믿기 때문이다. 하지만 그는 섹시한 육체와 뛰어난 미모를 중시하는 일반적인 의미의 프리섹스주의자였던 적이 한 번도 없다. 그를 이해하기 위해 주목해야 하는 단어는 '부분'이다.

인간은 항상 완벽한 '전체'에 대한 꿈을 꾸지만, 인간의 세계는 항상 어딘가 일그러져 있고 결핍되어 있다. 이처럼 일그러져 있고 결핍된 세계를 억지로 완벽하게 만들고자 할 때 전체주의가 생겨난다. 나치와 공산주의가 그런 것이었다. 마찬가지로 전체가 완벽한 육체를 지닌 여자도 남자도 있을 수 없다. 그러기 위해서는 컴퓨터와 인공시술의 도움을 받아야 한다. 그렇다면 인간의 성적 욕망은 또 어떨까? 마광수는 인간의 성적 욕망은 사랑하는 사람의 전체가 아니라, 부분에 쏠려 있다고 말한다. 발, 겨드랑이털, 뚱뚱한 몸은 물론 침이나 오줌이 욕망의 대상이 된다. 마광수에게는 미모 지상주의자들이 추구하는 이상적인 육체와 미모가 따로 존재하지 않는다.

인간의 성애에는 이런 패티시뿐 아니라, 사도마조히즘적 욕망도 있다. 사도마조히즘은 삽입 성교에 몰두하는 일반적인 프리섹스주의자의 행태와 전혀 닮은 데가 없다. 첫 수필집에서부터 비생식적 섹스를 예찬했던 그는 『성애론』에서 이렇게 말했다. 삽입 성교는 정말로 싱겁고 단순한 행위이다. 생식적 성교 이외의 모든 성적 접촉을 '변태'라고 규정한 프로이트의 생각은 틀린 것이다. 비생식적 섹스가 오히려 우리를 부담없는 쾌감, 정력의 낭비 없는 쾌감, 항상 에로틱한 상상에 빠져 끊임없는 환타지를 즐길 수 있는 신비스런 쾌감으로 인도해 준다.

2011년 『그레이의 50가지 그림자』가 베스트셀러가 되면서 미국의 중년 부부들이 채찍을 사들이게 된 것은 마광수가 사도마조히즘을 예찬하고 난 지 무려 20여 년의 세월이 흐르고 난 뒤다.

프로이트는 범성욕주의를 지양하기 위해 승화(sub-limation)라는 개념을 고안했고, 그 개념을 통해서야 '섹스하는 짐승'인 인간을 당당한 문명의 건설자로 구제할 수 있었다. 하지만 마광수는 섹스하는 짐승에게 필요한 것은 승화라는 이름의 또 다른 억압이 아니라, 성적 욕구의 자연스러운 '배설'이라고 생각했다. 때문에 마광수는 예술을 성적욕구의 승화라고 여긴 프로이트와 달리, 예술이 성적 욕구의 대리배설이 되어야 한다고 주장했다. 그것의 충실한 결과물이 마광수를 죄수로 만들었던 『즐거운 사라』다.

마광수는 비틀스의 '러브'(Love)를 좋아했다. 이 노래의 가사 '러브 이즈 터치, 러브 이즈 필링'(Love is touch, Love is feeling)을 모든 사랑은 오로지 '구체적인 접촉'으로부터 온다. 입으로 말하는 언어가 아니라 '육체 언어'만이 사랑을 전달해 준다라는 자신의 논지를 위해 자주 인용했다. 또 그는 특히 도나 서머를 좋아한다면서 '러브 투 러브 유 베이비'(Love *to Love You Baby*)를 에로스적 황홀경을 경험하게 해주는 대표적인 노래로 꼽았다. 이 노래는 프로이트(예술은 성적 승화)보다 마광수(예술은 성적 대리배설)의 손을 들어준다. 또 그는 조지 베이커 셀렉션이 부른 '아이 해브 빈 어웨이 투 롱'(*I Have Been Away Too Long*)도 좋아했다. 마광수가 한창 유명세를 탈 때는 한국에서 최초로 '재즈 붐'이 막 일어나려던 때였다. 하지만 그는 재즈를 즐기지 않았다. 아무런 가식 없이 평이한 문장을 좋아했던 마광수는 재즈를 엘리티즘에 빠진 '젠체하는' 음악으로 여겼을지도 모르겠다.

ㄴ   나는 야한 여자가 좋다   마광수 지음   북리뷰   2010
ㄴ   성애론   마광수 지음   해냄   2006

2017   OCT

1	2	3	4	5	6	7
8	9	10	11	12	13	14
15	16	17	18	19	20	21
22	23	24	25	26	27	(28)
29	30	31				

이어령은 『오늘을 사는 세대에게』(1963)라는 이름으로 초간되고 『거부하는 몸짓으로 이 젊음을』(1975, 2003)이라는 제목으로 재간된 책에서 한국 최초로 히프스터(힙스터)라는 낱말을 소개했다. 이어령은 잭 케루악의 소설 『길 위에서』를 해설하는 자리에서 비트족은 재즈를 아는 자만이 인생을 안다. 샌님들에게는 재즈가 없다라고 믿으며, 이들은 재즈를 이해하는 자들은 히프(hip)라고 부르고 재즈를 이해하지 못하는 자들을 스퀘어(square)라고 부른다고 썼다. 비이트족의 전문 용어로서 '히프'라고 하면 직접 사물의 경험을 통해서 인생을 이해하는 사람들을 뜻한 것이고, 스퀘어라고 하면 책이나 남의 말을 듣고 간접적으로 인생을 사는 사람들을 뜻한다.

이어령 이후, 한국에서 힙스터(hipster)는 한 번도 진지하게 논의되지 않았다. 그런 뜻에서 문희언의 『후 이즈 힙스터? / 힙스터 핸드북』은 뒤늦게 도착한 책이다. 왜냐하면 글로벌한 문화 네트워크 현상이라고도 할 수 있는 '힙스터의 시대'는, 힙스터의 본 고장인 미국에서 1999~2010년 사이에 완료되었기 때문이다. 이 사실을 확인하고 싶은 독자는 뉴욕을 근거지로 한 계간 비평지 『n + 1』이 기획한 『힙스터에 주의하라』를 보면 된다.

『힙스터에 주의하라』는 문희언의 책이 나오기 전에 한

국에서 힙스터를 다룬 유일무이한 단행본이었고, 지금도 한국의 힙스터 현상을 이해하는 데 요긴한 기준점이 되어준다. 뉴욕 대학 회의실에서 여러 명의 논객들이 벌인 야단법석(野壇法席＝*symposium*)을 기록해 놓은 이 책은 힙스터를 다음과 같이 정의한다. 인식 가능한 현상으로서의 힙스터주의는 특정한 패션과, 경미하지만 개성 강한 트랜드와도 끈끈한 관계를 맺고 있으며, 이 과정을 통해 그들이 다른 문화와 스스로를 구별 짓고 자기애와 집단적 우월 의식을 드러낸다. 이들은 애초에 소비자 문화의 독립적인 대안으로 남으려 했지만, 통합되고 굴욕을 당하고 파괴되고 마는 청년문화 고유의 '좌절하는 전통'을 고스란히 따라 걸었으며, 앞으로의 전망이라고 해봤자 '얼리어답터'의 커뮤니티로 변질될 소지가 크다.

　이 정의가 지나치게 일방적이라고 느낄 독자도 분명 있을 테지만, 위와 같은 정의에 기분이 상한 독자는 결코 힙스터가 아니다. 교회의 초석을 놓은 베드로가 그랬던 것처럼, 힙스터를 힙스터답게 해주는 첫 번째 신조는 결코 **자신이 힙스터가 아니라고 부인**하는 것에 있기 때문이다. 이와 같은 부정 심리는 첨단을 부정하고 기원에 집착하는 모더니스트의 전형적인 입장과 매우 흡사한데, 실제로 힙스터들의 복고적이며 친환경적인 취향 역시 모더니스트의 기원에 대한 집착과 매우 흡사하다. 그러면서도 이들의 *개인적 취향의 과시와 전파*가 인터넷을 기반으로 한다는 점에서, 이들 또한 기술과 자연의 융합과 혼종 속에 태어난 히피의 적자라고 해야 할 것이다. *1999*년을 원년으로 하는 현대의 힙스터는 인터넷의 대중화와 밀접히 연관되어 있다.

어떤 현상이나 개념을 분석하기 위해 어원을 거슬러 올라가는 일은 불가피한데다가 자잘한 재미를 선사하기도 한다. 이어령이 정확하게 쓴 대로, 힙스터는 *1940*년대 재즈를 광적으로 좋아하던 사람들을 부르던 '힙'*(hip)*이라는 속어에서 나왔다. *1957*년에 출간된 『길 위에서』에는 딘 모리아티라는 힙스터가 등장하는데, 그는 백인 재즈광이면서 흑인 문화에 심취한 '취향' 도둑이다. 미국의 백인 하위문화는 늘 흑인 문화로부터 활력과 영감을 훔쳐왔다. 딘 모리아티는 라디오에서 흘러나오는 어느 테너 색소폰 연주를 듣고 **이 사람 음악을 집중해서 듣다 보면 진짜 치유와 지혜를 얻을 수 있어**라고 말하기도 하고, 뉴욕에 있는 유명한 재즈 클럽 버드랜드에서 조지 시어링의 연주를 듣고서 이렇게 외친다. **바로 저거야! 저 사람이야! 피아노의 신! 시어링은 신이야!** 덧붙이자면, 오늘날 조지 시어링을 신이라고 생각하는 재즈 마니아는 좀처럼 찾기 힘들다.

현대의 힙스터는 재즈를 전혀 듣지 않는 재즈맹*(盲)*이다. 문희언의 분석에 따르면, 한국의 힙스터가 좋아하는 국내외 뮤지션은 다음과 같다. 검정치마·이석원·혁오·우효·*f(x)*·DJ소울스케이프·글렌체크·구남과여라이딩스텔라·선결과 공중도덕·신해경·위댄스·불나방스타쏘세지클럽·얄개들·양준일·별·실리카겔과 신세하·이민휘*(이상 국내 뮤지션)*, 플레이밍 립스·프랭크 오션·쳇 베이커·혼네·본 이베어·라나 델 레이·시규어 로스·제이미 *XX*·야마시타 타츠로·제임스 블레이크*(이상 외국 뮤지션)*.

힙스터라는 어원이 음악에 대한 취향에서 비롯되었다

는 것을 강조한다면, 오늘날 대중음악의 대세가 된 힙합과 힙스터의 연관성도 검토해 볼만하다. 이때 참조할 것은, 아 프로-아메리칸 작가이자 흑인 인권운동가인 페트리스 에반 스가 『힙스터에 주의하라』에 실은 한 편의 에세이다. 그는, 공공의 주제로 인도하는 힙스터와 힙합이라는 두 개의 문 가운데 하나의 문을 선택하라면 반드시 힙합을 출발점으로 삼아야 한다면서 힙스터를 강도 높게 비판한다.

페트리스 에반스는 자신의 가족과 친구들 중에 힙스터 라는 용어에 대해 아는 사람이나 특별한 관심을 가진 사람 이 한 명도 없었다면서 이렇게 말한다. **우리가 사람들을 분류 할 때 인종, 돈, 이외의 다른 기준을 적용하는 일은 없었다.** 다시 말해, 백인 주류 사회의 주변부를 자칭하는 백인 힙스터는 흑인들이 미국 사회에서 껴안고 있는 인종과 계급 문제를 동시에 회피한다는 것이다.

미국의 힙스터와 한국의 힙스터는 각기 미국과 한국에 살고 있는 만큼이나 상당히 다르다. 문희언은 그 예로, **미국 에서는 힙스터를 돈 많은 젊은이들이라고 정의하지만, 한국의 힙 스터는 비록 돈은 없지만 자기가 무엇을 좋아하는지 아는 젊은이** 라는 사실을 든다. 그러나 많은 부분에서 두 나라의 힙스터 는 한미동맹만큼 굳건하다. 『힙스터에 주의하라』를 기획한 마크 그리프는 힙스터 세대의 정치적 감수성을 드러낸 두 가지 사건으로 *1999*년 시애틀 반세계화 시위와 *2008*년 오 바마 대통령의 당선을 꼽았으며, 문희언은 한국의 힙스터들 이 *2016~2017*년 촛불집회의 적극적인 참여자였다고 말한 다. 힙스터가 진보적인 이유마저 그들의 정체성이 '최첨단 소

비자', 혹은 '저항적 소비자'에 있기 때문이라고 한다면, 너무
악의적인 비평일 것이다.

└   후 이즈 힙스터?/힙스터 핸드북   문희언 지음   여름의숲   2017
└   힙스터에 주의하라   n+1 지음   최세희 옮김   마티   2011

2017   NOV

　　　　1　2　3　4
5　6　7　8　9　10　11
12　13　14　15　16　17　18
19　20　21　22　23　24　25
26　(27)　28　29　30

19 82년 50세의 나이로 세상을 떠났지만 그는 여전히 열렬팬층을 거느리며 그로부터 영감을 받는다는 여러 분야의 예술가들이 끊이지 않는다.

　『글렌 굴드, 피아노 솔로』와 『글렌 굴드－피아니즘의 황홀경』을 이미 읽은 독자들에게, 『굴드의 피아노』는 두 책이 미처 파고들지 못한 굴드의 또 다른 내면을 보여준다.

　직업 피아니스트라면 당연히 자신이 듣고 있는 소리, 자신만의 소리를 세상에 반영할 줄 아는 자신만의 피아노를 찾는다. 블라디미르 호로비츠는 광범위한 범위의 음악을 채색하기에 적절하게 거대한 팔레트를 갖춘 동시에, 색채의 섬세한 뉘앙스와 떨림을 표현할 여유까지 넉넉하게 확보한 피아노를 원했다. 반면 루돌프 제르킨은 피아노에서 크고 건강한 소리를 원했다. 이처럼 연주회용 피아노에 까다로운 피아니스트가 있는가 하면, 피아노에 대해 아예 득도한 태도를 보이는 피아니스트도 있다. 아르투르 루빈슈타인은 **모든 피아노는 새로운 모험이다**라며 이질적인 악기로 연주하기를 도전적으로 받아들였고, 무대에 올라가기 전에 절대 피아노를 쳐보지 않았다는 스뱌토슬라프 리흐테르는 **그리스도가 물 위를 걸을 수 있음을 믿은 제자처럼 그냥 믿어야 한다. 믿**

지 않으면 물에 빠진다는 식의 운명론에 자신의 연주회를 내 맡겼다.

굴드는 어느 편이었는가 하면, 자신의 기호에 맞는 피아노를 편집증적으로 추구했고, 그렇게 해서 겨우 찾아낸 피아노에 물상애(fetishism)적 애착을 가졌다. 굴드는 열다섯 살 때부터 전문 피아니스트로서 콘서트에 나서기 시작했는데, 그가 선택한 피아노는 20세기 초 주요 오케스트라와 협연하는 솔로이스트의 95퍼센트 이상이 사용하던 스타인웨이 피아노였다. 그가 처음으로 편애한 피아노는 1928년 제작된 스테인웨이 CD 174로, 이 피아노를 발견한 1955년에 그는 획기적인 「골드베르크 변주곡」을 녹음했다. 하지만 이 피아노는 클리블랜드에서 연주회를 마친 뒤 다시 뉴욕으로 옮기는 길에 화물 창고에서 떨어져 수리 불가능한 손상을 입었다. 이후 CD 205, CD 90 등을 새로 만났으나 자신이 찾는 소리가 아니었다.

1960년 6월, 완벽한 피아노를 찾아 그토록 오래 헤맨 끝에 굴드는 이튼 백화점 피아노 매장에서 중고 CD 318을 발견했다. 이 피아노는 이때껏 그가 찾아다닌 투명한 소리, 모든 음역의 명료함, 표현의 예리함을 모두 갖추고 있었다. 굴드는 하프시코드 소리에 가까운 피아노를 좋아했고, CD 318이 그가 발견한 다른 어떤 피아노보다도 정확하게 그 소리를 내고 있었으며, 이 소리는 하프시코드를 위해 쓴 바흐의 작품 같은 음악에 아름답게 어울렸다. 굴드는 CD 318을 거의 하프시코드가 되는 지점까지 개조했다.

CD 318은 2차 세계대전이 한창인 1943년 3월 30일에 제작 완료된 두 대의 그랜드 피아노 가운데 하나다. 수공으로 만들어지는 스타인웨이 피아노는 같은 장인이 같은 공장에서 같은 날에 제작 완료한 피아노라 하더라도 소리가 똑같지 않을 수 있다. 똑같은 숲에서 벌채되었더라도 어떤 나무는 다른 나무보다 햇빛을 더 받고, 어떤 나무는 다른 나무보다 습기를 더 머금는다. 전쟁 중에 피아노 장인들은 비행기 부품을 만드는 일을 했는데, 같은 날 제작 완료된 CD 318의 특별함은 이렇게 설명되기도 한다. *상대적으로 예술적 감각이 필요 없는 비행기 부품 제작에 시간을 쏟느라 콘서트 피아노 제작에 굶주려 있었고, 그래서 가장 훌륭한 솜씨를 이 두 피아노에 있는 대로 쏟아부었기 때문인지도 모른다.*

　　이후 굴드는 CD 318을 운송해가며 연주회를 치렀다. *그는 마치 자기 피아노가 인간인 것처럼 말했다.* 1964년, 현존하는 어떤 피아니스트보다 높은 연주료를 받았던 그는 서른한 살 때 콘서트 연주를 중단했다. 이후 레코딩에만 몰두했는데, 이때도 당연히 CD 318이 아니면 안 되었다. *굴드는 자신이 각 레코딩에서 보여준 신선함이 상당 부분 악기 덕분이라고 믿었다.* 그러나 이 피아노는 14년 전, CD 174와 같은 사고로 원래의 소리를 잃었다. 굴드는 CD 318을 다시 복구하기 위해 장장 5년 동안 수리에 매달렸다.

　　굴드는 이십대 후반부터 약 10년 정도 코닐리아 포스라는 유부녀와 사귀었다. 그녀의 남편은 작곡가이자 지휘자였던 루커스 포스였는데, 포스는 자동차 운전 중에 라디오에서 흘러나오는 「골드베르크 변주곡」을 듣고서 굴드를 찾아가 친교를 맺었다. 굴드와 코닐리아의 불륜은 *1964년부터* 시작되었고, 관계가 깊어지면서 굴드는 코닐리아에게 토론토에 와서 결혼을 하자고 졸랐다. 코닐리아는 열 살과 여섯 살 된 아들과 딸을 차에 태워 토론토로 떠났다. 포스는 아내가 운전석에 앉았을 때 이렇게 말했다. **당신은 글렌하고 결혼하지 않아. 잘 지내. 다음 주말에 보자고.**

코닐리아는 아이들을 토론토의 학교에 전학시키고 굴드의 아파트 근처에 집을 세냈지만, 몇 주 되지 않아 굴드와 결혼하는 것이 불가능하다는 것을 깨달았다. 가까이에서 본 굴드는 수많은 기벽을 가지고 있었다. 특히 안정제에 대한 의존이 점점 심각해졌다. 코닐리아는 남편과 굴드 사이를 오가는 *4년 반* 동안의 이중생활 끝에 남편에게 돌아갔다. 코닐리아가 남편에게 다시 마음이 기운 *1973년경*, **그녀에 대한 굴드의 강박적 헌신은 이제 편집증에 자리를 내어주게 되었다.**

코닐리아가 남편에게 완전히 돌아간 후에도 굴드는 그녀의 변심을 되돌릴 수 있다고 믿고 3년이나 헛된 노력을 했다. **피아노를 구해낼 수 있다는 믿음의 바탕에 깔린 것도 이와 같은 충동—또는 환상—이었다.** 은자로 알려진 굴드가 그 이미지와 달리 떠나간 여인에게 편집증적 증세를 보인 것과 복구 불가능한 *CD 318*에 대한 굴드의 집착을 절묘하게 연결한 지은이의 재치가 독자를 웃음 짓게 한다.

굴드는 심심풀이로 듀크 앨링턴의 '캐러밴'*(Caravan)*을 연주하기도 하고, 빌 에반스를 추앙하기도 했지만*(1960년대에 에번스는 한동안 굴드의 악명 높은 '심야전화'를 받*

고는 했다), 굴드는 재즈 팬이라고 할 수 없었다. 그는 재즈 콘서트에 간 적이 없으며, 그 자신의 말에 따르면 재즈연주자로서는 완전히 엉망이었다. 하지만 30년 동안 캐나다 국립도서관을 주요 무대로 삼아온 오타와 국제 재즈 페스티벌 참자자들 가운데 수십 명의 재즈 피아니스트들이, 캐나다 국립도서관이 소장한 CD 318을 연주했다. 굴드의 피아노와 영적 교제를 나눈 이들 가운데 브래드 멜다우·프레드 허시·러네이 로스네·우에하라 히로미·존 스테치·랜 블레이크가 있다.

└ 굴드의 피아노   케이티 해프너 지음   정영목 옮김   글항아리
    2016
└ 글렌 굴드, 피아노 솔로   미셸 슈나이더 지음   이창실 옮김
    동문선   2002
└ 글렌 굴드: 피아니즘의 황홀경   피터 F. 오스왈드 지음   한경심
    옮김   을유문화사   2005

2017   DEC

					1	2
3	4	5	6	7	8	9
10	11	12	13	14	15	16
17	18	19	20	21	22	23
24	25	26	27	(28)	29	30
31						

본격적인 종교개혁 시작일은 *1517*년 *10*월 *31*일이다. 루터가 작센의 수도인 비텐베르크의 궁정교회 문에 「95개조 반박문」을 게시한 날이다.

후세 사람들은 루터가 반박문을 게시한 그 날을 '중세가 급사한 날'로 부르기도 하지만, 실제로 종교개혁은 하루이틀 만에 완수된 것이 아니다. 루터가 격발시킨 종교개혁은 곧이어 유럽 전역을 내전으로 몰아넣은 30년전쟁 *(1618~1648)*으로 비화했다. 이 전쟁으로 가장 많은 피해를 입은 독일의 경우, *17*세기 초반에 *2*천만이었던 인구가 전쟁이 끝난 시점엔 약 *1*천 내지 *1*천 *4*백만으로 줄어들었다. 전사는 물론이고 전염병과 굶주림으로 인구의 *30~50*퍼센트가 희생당한 것이다.

잠시 곁말을 곁들이자면, 수니파로 이루어진 *IS*가 한창 기승을 부릴 때, 미국의 한 우익 학술지가 아랍권에서 벌어지는 수니파와 시아파의 종교 분쟁을 30년전쟁과 비교한 논문을 실었다. 즉 유럽의 기독교 구교와 신교가 *30*년을 싸운 끝에 오늘과 같은 근대 유럽이 확정되었듯이, 아랍권이 뒤늦게 유럽 대륙과 똑같은 과정을 밟고 있다는 것이다. 미국 우익의 이런 술책은 오늘날 중동이 겪는 불안정이 미국의 잘못된 중동 정책에서 비롯된 것임을 은폐한다.

종교개혁의 역사적 의의는 2017년 종교개혁 500주년을 기념한 김덕영의 저서 『루터와 종교개혁』의 일절에 잘 집약되어 있다. 루터는 서구 사회의 근대화, 보다 세분화하여 말하면 서구 사회의 개인화, 탈주술화, 세속화, 분화에 그 누구보다도 크게 기여했다. 그리고 이 개인화되고 탈주술화되고 세속화되고 분화된 세계에서 결혼, 가족, 종교, 정치, 경제 등의 다양한 삶의 영역이 자체적인 가치와 의미를 갖도록 했으며, 또한 이 다양한 삶의 영역을 하나로 묶는 새로운 원리인 직업윤리를 제시했다.

베버주의자인 지은이는 시종일관 종교개혁이 근대의 가장 중요한 시원 가운데 하나라고 말하는데, 이런 주장에 대한 반박도 얼마든지 있을 수 있다. 종교개혁으로 인해 유럽의 종교에 불과했던 기독교는 세계종교가 될 수 있는 전환의 기회를 부여잡았고, 그 결과 서구식민주의가 지구를 뒤덮게 되었다. 종교개혁이 추동한 서구의 근대를 탈주술로 예찬하는 것은, 비서구를 존중하지 않은 입론이다.

중세는 종교로 일체화된 세계였기 때문에, 조그마한 신학상의 변동도 인간 세계의 모든 것을 좌우했다. 당연히 종교개혁은 예술에도 막대한 영향을 미쳤다. 이 글에서는 종교개혁이 미술과 음악에 끼친 영향의 일부만 간략하게 언급하고자 한다. 중세에는 문맹률이 높았기 때문에 식자층만의 전유물이었던 문학보다, 종교개혁가와 대중의 미술과 음악에 대한 견해가 구교와 신교의 광범위한 차이를 더욱 잘 부각시켜 주기 때문이다.

패트릭 콜린슨의『종교개혁』은 본질적으로 인간을 어떻게 볼 것인가 하는 차이가 구교(가톨릭)와 신교(프로테스탄트)를 극명하게 나눈다고 말한다. 전자가 인간을 신의 형상을 드러내는 영광의 창조물로 보았던 반면, 후자는 인간을 하느님의 말씀에 귀 기울이는 비천한 버러지로 보았다. 이 차이가 구교의 미학을 외면적인 화려함으로 인도하고, 신교의 미학을 내면적인 소박함으로 이끈다. **양자의 차이는 또한 화려한 루벤스와 순수한 렘브란트의 차이다.**

가톨릭은 예배자들의 혼과 감각을 온통 빼앗을 만큼 시각적 효과를 중시했다. 가톨릭교회는 으리으리한 대성당, 재단화, 프레스코 벽화, 성모 마리아를 비롯한 성인들을 정교하게 새긴 조각상, 십자가에 못 박힌 커다란 그리스도상과 같은 이미지로 가득했다. 이런 시각적 장식은 인간을 신의 영광으로 고양시키는 수단이자, 문맹자들을 위한 시청각 교재였다.

반면 신교는 이런 성화된 이미지로부터 우상 숭배의 위험을 감지했다. 그래서 벌어진 성상 파괴 운동은 이베리아 반도와 이탈리아 일부 지역을 제외한 유럽 전역에 **예술 홀로코스트**를 불러왔다. 스코틀랜드와 잉글랜드의 종교 예술은 극히 일부만 살아남았는데, 중세 교구 교회 9,000곳에 하나씩 있던 그리스도 십자가상이 신교도에 의해 남김없이 파괴됐기 때문이다. 말하자면 이들은 점령지마다 이교도 유물을 파괴한 *IS*의 진정한 선구자들이었다.

신교가 평신도들이 함께 부르는 찬송가를 도입한 것은 교회음악의 획기적인 변화다. 이는 구교의 전례 성가가 성직자와 직업 또는 반직업 성가대의 전유물이었던 것과 커다란 차이가 있다. 이런 획기적인 변화는 대중들의 열렬한 환호를 받았던 모양으로, 16세기 말까지 신교 진영(루터교)은 4,000곡의 신곡을 지어 퍼트렸다. 매우 흥미롭게도 루터에 관한 모든 문헌은 그가 음악 천재이기도 했다고 알려준다. 실제로 1524년에 출간된 일반인들을 위한 최초의 예배용 성가집에 실린 43곡 가운데 23곡이 그의 곡일 정도로 루터는 신교에 찬송가를 도입하는 데 결정적인 몫을 했다. 어느 가톨릭 신부는 1620년에 격분한 어조로 이렇게 썼다. **루터의 찬송가가 그의 글이나 열변보다 영혼들을 더 많이 죽였다.**

폴 뒤 부셰가 쓴 『바흐』의 1장 제목은 '마르틴 루터 안에서의 요한 제바스티안 바흐'인데, 이는 바흐가 신교와 맺고 있는 밀접한 관계를 구체적으로 드러낸다. 이 책 첫 페이지에는 루터가 쓴 '음악에 대한 찬사'가 실려 있다. **하느님의 말씀 말고 찬양받을 만한 것을 들라면 오직 음악뿐임을 우리는 경험으로 알 수 있고 그렇다고 단언할 수 있다. 슬픔에 빠진 사람에게 위로를 주고, 기뻐하는 사람에게 두려움을 느끼게 하며, 절망에 빠진 사람에게 용기를 주고, 오만한 사람을 겸손케 하며, 연인을 진정시키며, 증오에 찬 사람을 달래고자 할 때 음악보다 효과적인 것이 과연 어디 있을까?**

오늘날 실로 다종다양한 개신교 교파가 있듯이, 종교개혁은 시작된 때부터 국가와 지역별로 무수한 분파가 동시에 활동했던 복수의 운동이었다. 루터파 역시 *1699*년 이래 의식을 중시하는 정통 루터파와 거기에 대한 반발로 생겨난 경건파로 대립했다. 바흐는 관용과 자율을 중시하는 경건파에 가까웠지만, 경건파가 음악을 **명상을 방해**하고, **성스러운 것에다 세속적인 것을 뒤섞으며, 황금과 같이 귀중한 하느님의 진리를 어지럽히는 마녀들의 노래**로 지탄했던 탓에 별로 내키지 않는 정통파가 되었다. 바흐가 이처럼 모순된 선택을 하지 않았다면, 우리는 기악의 현란함과 자유로움을 보여준 그의 칸타타들을 영영 감상할 수 없었을 것이다.

└   루터와 종교개혁   김덕영 지음   길   2017
└   종교개혁   패트릭 콜린슨 지음   이종인 옮김   을유문화사
    2005
└   바흐: 천상의 선율   폴 뒤 부셰 지음   시공사   1996
└   요한 제바스티안 바흐 교회 칸타타   이기숙 옮김   나주리 해제
    마티   2021

2018   JAN

         1   2   3   4   5   6
7   8   9   10 11 12 13
14   15 16 17 18 19 20
21   22 23 24 25 26 27
(28) 29 30 31

우리의 친구이자 금세기 최고의 피아노 대가 글렌 굴드도 쉰한 살까지밖에 살지 못했어, 하고 난 여관에 들어서면서 생각했다. 다만 그 친구는 베르트하이머처럼 자살한 게 아니라 자연사했지. 오스트리아 작가 토마스 베른하르트가 1983년에 출간한 소설 『몰락하는 자』의 첫 문장은 이렇게 시작한다.

굴드가 자연사한 것은 사실이지만, 자살을 했다는 베르트하이머는 굴드가 아는 인물은 아니다. 캐나다 출신 피아니스트 굴드는 실존 인물이고, 베르트하이머는 작가가 만든 가공 인물이기 때문이다.

굴드의 팬들이 광분할지도 모르는 이 소설은, 서준환의 『골드베르크 변주곡』과 함께 아마도 굴드가 주인공으로 등장하는 전무후무한 소설일 테다. 이 소설에서 굴드는 록펠러 재단의 장학생으로 호르비츠가 교수로 있는 빈 모차르테움 국립음대에 유학을 온 것으로 설정되는데, 이때 굴드와 함께 호르비츠의 수업을 들으며 같이 동숙한 두 명의 동료가 있었다. 바로 베르트하이머와 그의 장례를 지내기 위해 마드리드에서 날아온 이 소설의 화자인 '나'. 화자의 설명에 따르면 베르트하이머와 나는 굴드가 모차르테움에 유학 오기 이전에, 모차르테움에서 가장 피아노를 잘 치던 학생들이었다. 그러나 두 사람은 한 학기 수업이 종강할 즈음 **글렌**

이 호르비츠를 능가하는 피아노 연주자라는 것을 깨닫는다.

글렌이 호르비츠보다 더 잘 친다는 걸 알게 된 그때 이후로 나에게 제일 중요한 피아노의 대가는 글렌이었으며, 그 후로 알았던 수많은 피아노 연주자들 중에서 글렌에 비견할 만한 사람은 없었다. 내가 각별하게 사랑한 루빈스타인조차도 글렌을 따라가지 못했다. 실력이 나와 비슷했던 베르트하이머도 항상 글렌이 최고라고 말했다. 비록 당시에는 글렌이 금세기 최고의 피아노 대가라는 말을 입에 담지는 못했지만 말이다.

어느 날 두 사람은 굴드가 모차르테움에서 연습하는 「골드베르크 변주곡」의 아리아 몇 소절을 듣고 충격에 빠져 한 사람씩 차례로 직업 연주자로서의 길을 포기한다. 베르트하이머는 유럽에서 연주회를 하는 대부분의 피아노 대가들보다 천 배는 더 잘 쳤고, '나'는 그보다 피아노를 더 잘 쳤지만 먼저 음악을 포기한 것은 '나'였다. 자학에 빠진 채 내 악기를 더 이상 구타하기 싫었던 '나'는 엄청나게 비싼 스테인웨이 피아노를 어느 시골 학교 교사의 아홉 살짜리 딸에게 그냥 줘버리고, 시골의 어린아이가 자신의 피아노를 단기간에 망쳐버리기를 바랐다. 피아노 연주를 계속한다는 건 글렌보다 더 잘해야 된다는 걸 의미했는데 그건 애초에 불가능한 일이었기 때문에 난 피아노를 포기했다. 어느 날 아침 눈을 떴을 때, 난 스스로에게 말했다. 피아노는 이제 그만. 그러고는 더 이상 악기에 손을 대지 않았다. 피아노를 버린 '나'는 철학으로 진로를 틀었다.

한편 우연히 듣게 된 몇 소절의 연주가 이십대 초의 그들을 끝장냈다는 것을 단번에 인정하지 않으려고 했던 베르트하이머는 피아노를 버린 '나'보다 몇 년 더 연주를 했다. 하지만 그 역시 **유럽의 대가 대열**에 끼는 것만으로는 만족하지 못했기 때문에 자신의 뵈젠도르프 그랜드 피아노를 경매장을 통해 팔아버리고 정신과학(*geisteswissenschaften* : 영어권의 인문학에 상응하는 독일식 개념)에 입문한다. 이후 그는 20여 년간 여동생에게 병적으로 집착했고, 견디다 못한 여동생이 결혼을 해버리자 여동생의 집 앞에서 자살을 한다. '나'는 굴드가 두 사람을 파멸시켰다고 생각한다.

내가 최고가 되고 싶은 분야에서, 내가 도저히 넘지 못할 천재가 있다는 것을 알게 된 당사자는 절망에 빠지고 말 것이다(*글렌이란 친구는 우리한테 죽음이었다구*). 작중 화자의 말처럼 두 사람이 호르비츠의 수업에 등록하지 않았다면, 또 굴드가 아리아를 치던 그 교실을 하필이면 바로 그 시간에 지나가지 않았다면 어땠을까? 문제는 그런 것이 아니다. 문제는 **최상급에 속한다는 것**만으로 만족할 수 없었고 **최고가 될 수 없다면 아무것도 되고 싶지 않았다**는 데 있다.

작중에서 화자가 말했듯이, 모차르테움에 입학하는 피아노 전공자 중 98퍼센트가 자신이 최고라는 확신을 품고 언젠가는 훌륭한 대가가 될 것이라는 기대를 품는다. 하지만 졸업 후에는 **재능 없는 학생과 예술을 소유하겠다는 과대망상에 걸린 학부모들에게 의존하는 끔찍한 피아노 교사**가 되거나, **시골구석의 낡아빠진 식당 홀에서 모차르트와 베토벤과 버르토크를 연주하는 궁상맞은 신세**가 된다. 피아노 연주가 천 명 중에서 한두 명 정도만 이런 빌어먹을 길을 겨우 면한다. 두 사람은 그런 한두 명에 속했으나, 최고가 아니라면 아무 의미가 없다는 불행한 의식으로 인해 음악으로부터 멀리 떨어진 분야에서 의미 없는 삶을 살게 된다. 베르트하이머가 정신과학이 뭔지 몰랐던 것처럼 나도 오늘날까지 철학적인 것이 뭔지, 철학이 도대체 뭔지를 알지 못한다. 베르트하이머는 불태워질 수백만 개에 달하는 쓸모없는 잠언을 썼고, 글쓰기에만 매달려온 '나' 역시 28년 동안 단 한 권도 책을 출판하지 못했다.

작중 화자인 '나'는 글렌 굴드론(論)을 쓰려고 한다. 그에 따르면 굴드는 인간이 아니라 피아노이길 원하는 자였다. 글렌은 평생 스타인웨이이길 바랐고, 바흐와 스타인웨이 사이에서 음악 중개자로만 살다가 어느 날 그 둘 사이에서 마모될지 모른다는 생각에 치를 떨었다. 내가 스타인웨이가 돼서 글렌 굴드란 인간이 필요 없어진다면 정말 이상적일 텐데, 스타인웨이가 되면 글렌 굴드는 불필요한 존재가 될 텐데, 라고 그는 말했다. 어느 날 눈을 떴을 때 스타인웨이와 글렌이 일심동체가 되어 있다면, 이라던 글렌의 말이 떠올랐다. 이런 기술은 안 그래도 신화화되어 있는 굴드에게 또 한 벌의 불필요한 조르조 아르마니 정장을 입히는 것과 같다.

글렌 굴드는 행복했을까? 베른하르트는 '나'의 입을 빌려 베르트하이머가 불행한 건 사실이지만, 그렇다고 글렌이 행복하다고 할 수도 없다. 이런저런 사람이 불행하다는 말은 항상 맞는 말이지만, 이런저런 사람이 행복하다는 건 절대 맞는 말이 아니야라고 말한다. 이십 대 전후 무렵, 모차르테움에서 한 학기를 함께 했던 세 명의 친구 가운데 예술가로 성공한 굴드는 「골드베르크 변주곡」을 연주하던 중 스타인웨이 앞에 쓰러져 죽고(소설일 뿐 사실이 아니다), 굴드의 예술을 모방하는

데 실패했던 베르트하이머는 자살을 했다. 혼자가 된 '나'는 우리에게 진정한 행복을 안겨주는 건 **예술가가 되는 것이 아니라 인생의 예술가**가 되는 것이라고 말한다. 자기 변명조로 들리는 이 언사 속에서 굴드나 베르트하이머는 예술의 순교자로 동일시되었다. 이 소설은 굴렌 굴드가 쉰 살로 죽은 이듬해에 출간되었다. 역자는 권말에 붙인 해설에서 이 소설이 **글렌 굴드를 둘러싼 신화를 창조하는 데 일조한 것만큼은 분명하다**고 썼는데, 실상 이 소설의 쓸모는 이미 신화가 된 굴드에게는 불필요한 것이었다.

└ 몰락하는 자　토마스 베른하르트 지음　박인원 옮김　문학동네 2011

└ 골드베르크 변주곡　서준환 지음　뿔　2010

2018   FEB

                              1   2   3
         4   5   6   7   8   9   10
        11   12   13   14   15   16   17
        18   19   20   21   22   23   24
        25   26   ㉗   28

프랑스에서 *1778*년에 출간된 『아카데미 사전』은 '*거세된 자*'라는 본래의 뜻을 가진 카스트라토(*castrato*)를 다음과 같이 정의했다. **어린아이나 여자와 비슷한 성질의 목소리를 유지하도록 거세한 남자. 이탈리아에 많다.** 이 간단한 정의에 다르면 카스트라토는 이탈리아의 악덕이다. 하지만 파트리크 바르비에르의 『카스트라토의 역사』는 원래 이 풍습은 에스파냐에서 이탈리아로 건너온 것이라고 말한다. 오랫동안 아랍의 지배를 받아온 이베리아반도 남부는 기독교 신앙을 유지하면서도 문화와 예술 양식에서는 이슬람에 동화되었다. 아랍인의 지배 아래 있던 에스파냐 기독교도들의 아랍풍 예술 양식을 모사라베 양식(*Mozarabic art*)이라고 하며, 모사라베 양식의 교회음악을 모사라베 성가(*Mozarabic Chant*)라고 한다. *12*세기부터 발달한 모사라베 성가는 고자(鼓子) 가수를 이용했다.

원래 교회음악에서 고음을 내도록 훈련받은 이들은 팔세티스트(*falsettist*: 팔세토 창법으로 노래하는 가수)였으나 가성을 사용한 팔세토 창법은 남성이 타고난 음역보다 더 높은 음을 낼 수 있게 해주는 대신, 본래의 자연스러운 발성 기법으로 부를 때보다 음색이 가벼워지고 힘이 부족해진다. 이 때문에 로마 교황청의 예배당인 시스티나 성당에서는 에스파냐에서 카스트라토를 수입해서 썼다. 그러던 1599년 교황 클레멘스 8세(제위 1592~1605)가 처음으로 이탈리아인 카스트라토를 교황청 성가대에 입단시키면서, 이탈리아 전역에 거세 수술 대유행이 일었다.

교황 클레멘스 8세는 갈라지고 억지스러운 소리를 내는 팔세티스트를 알토와 소프라노 음역에서 모두 몰아낸 다음, 오직 신의 영광을 위해서라는 조건 아래 카스트라토를 공인해 주었다. 그러면서 기독교 세계에서 명백한 불법인 신체 훼손죄를 무마하고 교회가 카스트라토를 받아들일 수 있도록 사도 바울이 남긴 유명한 글귀를 내세웠다. 여자는 교회에서 잠잠하라 그들에게는 말하는 것을 허락함이 없나니 율법에 이른 것같이 오직 복종할 것이요.(고린도 전서 14장 34절)

교황이 이탈리아인 카스트라토를 공인하자, 네 개나 되는 콘세르바토리오를 보유한 나폴리 왕국은 아들 넷 이상인 농부는 누구든지 그중 하나를 거세시켜 교회에 봉사하게 해도 좋다고 제일 먼저 허락했다. 이후 나폴리 왕국은 카스트라토의 본거지라는 오명을 덮어쓰게 된다. 이 오명을 벗기 위해, 오늘날 '음악학교'를 의미하는 콘세르바토리오에 대한 설명을 하지 않을 수 없다.

16세기 말 나폴리에는 빈민층이 많았다. 그래서 1537년에 처음으로 '유지하다'(conservara)라는 동사를 어원으로 가진 콘세르바토레를 세우게 되는데, 이 시설은 애초에 음악과는 무관했다. 콘세르바토리오의 설립 목적은 고아 및 빈곤층 아이들에게 거처를 마련해주고 직업훈련을 시키는 것이었다. 그러나 이 기관은 이탈리아인들의 생활 속으로 음악이 파고들면서 도시들 간의 경쟁이 치열해지던 17세기 전반부터 음악학교로 거듭나게 되었다. 콘세르바토리오는 17세기 이탈리아의 엘 시스테마(EL Sistema)였던 것이다.

거세 수술이 여전히 불법이었음에도 대도시 병원에서는 적법한 이유를 들어 공식적으로 거세 수술을 시행했다. 예컨대 카스트라토의 황금기에 많은 이탈리아인 아버지들은 아들을 변성기 이전(8~10세)에 카스트라토로 만들기 위해 탈장 치료를 핑계로 삼았다. 선천적 기형, 심각한 승마사고, 짐승이 물어뜯음, 친구에게 잘못 걷어차임, 탈장 치료 등등 아들을 거세시킨 부모와 시술자를 파문에서 구할 핑곗거리는 얼마든지 만들 수 있었다. 그러나 대부분의 카스트라토를 배출했던 궁촌에서는 대도시의 병원에 갈 돈도 없어서 동네의 약국이나 이발소에 수술을 맡겼다. 어디서 거세 수술을 받느냐에 따라 치사율이 10퍼센트에서 80퍼센트까지 차이가 났다.

부모들의 행동을 이해하기란 그리 어렵지 않다. 그들은 위대한 카스트라토들이 거둔 성공에 넋을 잃었고 거세를 묵인하고 암묵적으로 권장하기까지 한 교회의 권위에 압도당했다. 일상적인 빈곤에 시달리던 부모들에게 아들을 거세시키는 것은 자신들을 보잘것없는 삶에서 벗어나게 해줄 수 있는 좋은 수단으로 보였을 것이다. 만약 수술이 성공해서 아들이 훌륭한 가수가 된다면 당연히 부와 명예도 뒤따를 것이었다. 상당수의 카스트라토들은 콘세르바토리오에 아이를 한 명이라도 집어넣으면 당장 먹일 입이 하나 줄어든다는 점만으로도 실질적으로 큰 의미가 있었던 가난하고 비천한 집안 출신이었다. 대를 잇는 것이 중요하고 고위 성직자로의 길이 열려 있었던 귀족 가문에서는 카스트라토가 배출되지 않았다.

최초의 카스트라토들은 기본적으로 교회에 봉사할 목적으로 가수로 훈련을 받았고 교회의 성가대에서 경력을 쌓았다. 그러나 17세기 초부터 시작된 이탈리아의 음악극(오페라)이 나날이 인기를 얻으면서 상황이 반전했다. 조금이라도 재능이 있는 학생들은 오페라 무대에서 성공한 선배들의 모습에 홀려 교회보다는 극장에서 보다 쉽게 부와 명예를 얻으리라 기대하며 오페라 무대에 대한 꿈을 키우게 되었다. 그리하여 17세기에서 18세기에 이르는 약 230년 동안 카스트라토는 이탈리아 음악계의 핵심 구성원이 되었다.

이탈리아반도 안의 교황령에서는 여성 가수가 무대에 오를 수 없었지만 교황령 외의 지역과 유럽에서는 카스트라토가 활약하는 데 아무런 제약이 없었다. 이들이 환호를 받은 이유는 섬세하고 화려하고 명료하며 풍부한 음색과 민첩한 기교였다. 하지만 이들이 활동했던 시대가 바로크 시대였다는 것도 놓칠 수 없다. 바로크 시대는 유독 '인공적인 것', '다른 뭔가 특별한 것'을 선호했다. 이때 카스트라토의 성적 모호함은 분명히 그들의 강점이었다. 게다가 16세기 말경 이탈리아에서 나타나기 시작해 18세기 중반까지 유행했던 바로크 사조는 성악에서도 점점 기교적이고 고음을 내는 가수를 필요로 했다.

1980년대부터 클래식 음악계에서는 '시대악기 연주'가 주목을 받았다. 시대악기 연주란 작곡가가 그 곡을 작곡했을 당시의 악기를 사용함으로써 작곡가가 기대했을, 그리고 그 시대 관객이 실제로 들었을 음향을 재현하려는 연주

경향이다. 시대악기 연주는 시대악기와 연주법(연주관행)을 복원하는데, 헨델·스카를라티·글루크·하이든·모차르트·로시니 등의 오페라에서 카스트라토에게 맡겨진 역은 어떻게 복원할 수 있을까? 바로 이 고민 때문에 카운터테너가 새삼 부각되었다. 카운터테너는 여성이 교회에서 노래를 부르는 것이 금지되던 시대에 알토 또는 소프라노 음역을 구사하던 남성 가수다. 카운터테너라는 명칭은 현대에 붙여진 것이지만, 카스트라토가 등장하기 전 팔세토 창법으로 알토 내지 소프라노 음역을 구사했던 남성 가수들이 *14~16*세기에 존재했다.

└ 카스트라토의 역사   파트리크 바르비에르 지음   이혜원 옮김
  일조각   2013

2018   MAR

				1	2	3
4	5	6	7	8	9	10
11	12	13	14	15	16	17
18	19	20	21	22	23	24
25	(26)	27	28	29	30	31

음악은 어느 예술보다 자율적인 듯 보이지만, 바로 그렇기 때문에 사회 현상에 더욱 예민하게 영향을 받으며 역사 발전을 더욱 형식 깊숙이 반영한다. 이런 경우를, 하얀 습자지에 지문이 더 잘 찍히는 격이라고 해야 할지도 모르겠다. 그럼에도 우리는 세상의 모든 것이 타락하거나 이념과 연관되더라도 음악만은 순수하게 존재하기를 바라고 또 바란다. 그래서 음악이 사회로 퍼져나간다고 믿고 싶지, 사회가 음악을 지배한다고 믿고 싶어 하지 않는다. 김은경의 『정치와 음악』이 취하는 입장은 후자다.

이데올로기의 형태는 사상이나 문화적 가치, 종교적 신념에서 머물지 않고 문화제도(학교, 교회, 미술전시관, 법률제도), 문화적 인공물(텍스트, 회화, 건물 등)로 구체화된다. 자본주의 체제는 이데올로기적 국가 장치에 의해 지속되고 있으며 예술의 한 영역인 음악 역시 그 기능을 담당한다. 음악(작품)은 개인 주체성의 표현인 동시에 사회적 힘들의 반영이며, 하나의 문제를 둘러싸고 있는 조직화되고 있는 힘의 장인 것이다.

지은이의 박사학위 논문이기도 한 이 책은 '음악 정책으로 본 박정희 체제의 지배 양식'이라는 부제를 가졌다. 음악학자나 문화이론 전공자가 썼을 법하지만, 의외로 지은이는 정치외교학과에서 정치학을 공부했다. 음악학자·문화이론가·사회학자·대중음악 평론가들이 박정희 시대의 대중가요나 음악 정책에 대해서 쓴 책들이 이미 여럿 나와 있지만, 정치학자의 단행본은 아직 보지 못했다. **정치와 음악의 상관관계는 서구에선 오래전부터 연구되어 온 테제인 반면, 한국 정치학계에서는 척박한 연구 영역이다.**

박정희 체제와 그 시대의 음악 정책이 연동될 수 있는 이론적 근거는 박정희의 장기집권을 향한 권력욕과 급속한 변동이 유발하는 사회적 저항이 체제 위기로 증폭되지 않도록 억제하는 과정에서 박정희 체제의 음악 정책의 변화·발전과정이 서로 비중을 달리하면서 결합된 것을 볼 수 있기 때문이다.

지은이는 이 책 말미에서 박정희시대를 네 단계로 구분하고, 거기에 상응했던 음악 정책의 특징을 하나하나 살펴본다. 그 작업에 대해서는 후술하기로 하고, 먼저 이 책의 부제에서 주어 역할을 하고 있는 박정희 체제가 어떤 것인지부터 알아보자.

박정희 체제를 '박정희식 국가주의적 총동원 체제'로 규정하며 지은이는 이 체제를 뒷받침하는 이데올로기를 세 가지로 꼽았다. ①박정희식 민족주의 ②박정희식 반공주의 ③박정희식 공동체주의. 각 주의마다 '박정희식'이 접두어로 붙어 있어 그 어느 주의도 사전적인 모습 그대로가 아니라 '박정희식'으로 변개되었다는 것을 강조한다.

박정희식 민족주의는 서구문명을 폄하하면서 서구 문명과 가치를 부정했다. 박정희식 민족주의는 서구에서 유입된 민주주의를 거부하고 '한국적 민주주의'라는 허울의 독재를 준비했다. 트로트와 왜색이 짙은 곡에 대한 금지는 저 이데올로기를 위해 동원되었다.

　박정희식 반공주의는 국민의 모든 생활을 군사적 가치에 종속시켰는데, 이 이데올로기의 실천은 일제의 군국주의 정책을 고스란히 모방했다. 박정희식 반공주의는 준전시 체제를 유지하면서, 국민들에게 군가풍의 행진곡을 건전가요로 강요했다.

　박정희식 공동체주의의 다른 이름은 국민총화다. 한 명의 열외도 허용하지 않는 이 체제 속에서는 모두 똑같은 노래를 부르거나 들어야 했고, 같은 이유로 금지곡을 양산했다. 퇴폐적인 가사와 창법은 물론 국민총화를 헤친다고 여겨지는 가수는 비국민으로 배척당했다. 신중현·한대수·이장희·김추자·송창식 등이 그 희생자들이다.

　한대수의 예는 널리 알려져 있어 새삼 되풀이할 필요도 없어 보이지만, 그야말로 '세 유형의 박정희식 국가주의적 총동원 체제 이데올로기' 모두에 저촉된 비국민이었다. 미국에서 젊은 시절을 보낸 후 히피 문화를 갖고 왔으니 ①을 위반했고, 녹슨 철조망에 고무신이 걸려 있는 앨범 표지로 분단 현실을 암시하고 물고문을 연상케 하는 '물 좀 주소' 같은 불온한 노래를 불렀으니 ②를 거슬렀고, 유신체제 아래서 다들 행복하게 살고 있는데 그것을 부정하듯이 **다들 행복의 나라로 갑시다**라고 어깃장을 놓았으니 ③에 반기를 든 것이다.

　이어 지은이는, 박정희 시대를 네 단계로 구분하고 단계마다 어떤 음악 정책을 결합했는지 밝힌다. 첫째, 태동기

(1961년 5·16쿠데타~1961년 7월 박정희 최고의장 취임). 이 시기에 공보부를 신설하고, 문화예술 부서의 역할을 확대했다. 둘째, 형성기(1961년 7월 박정희 최고의장 취임 ~1967년 5월 선거 정국). 각종 문화예술 단체를 해산하고 문화예술계를 총망라한 새 조직을 만들어 국가가 문화예술 영역을 총체적으로 관리하는 제도를 구축한다. 정권의 정통성을 내세우기 위해 국악장려사업을 벌이는 한편 왜색 가요(트로트)와 전쟁을 벌인다. 명랑한 국민 생활과 사회 기풍을 조성하기 위해 '국민가요'를 보급했다. 셋째, 발전기(1967년 5월 선거 정국~1972년 10월 유신 전). 박정희식 지배 이데올로기의 강도가 점점 강해지고 정치적 위기를 돌파하기 위해 대형 공안 사건을 일으킨다. 많은 예술인들이 희생된 1967년 7월의 동백림사건은 문화예술계에 단단히 재갈을 물렸다. 위축된 음악계는 박정희 체제에 순순히 복무했고, 체제 구축에 협조하지 않는 음악가는 제약을 받았다.

마지막 단계인 완성기(1972년 10월 유신~1979년 10·26사태)는 제도적으로 의회정치가 완전히 무력화되고 권력 집중과 장기집권에 대한 구상을 법적으로 완료한 국면이다. 준전시 체제나 같았던 이 시기에 국민총화가 절대시되고 규율 권력이 정착되면서 광범위한 검열제도가 완성된다. 음악 생산(작곡)과 재생산(음반 녹음) 사이에 한 차례의 사전 심의가 있었고, 재생산과 소비(음반 판매·방송) 사이에 또 한 차례의 사후심의가 있었다. 유일무이한 국가 검열기구였던 한국예술문화윤리위원회(예륜) 심의위원들은 누구였나? 김희조와 황문평 같이 잘난 작곡가도 있었고, 조연현이나 박목월 같이 이름난 문학평론가와 시인나부랭이들도 있었다.

 1975년 초부터 불어 닥친 퇴폐 음악 정화 운동에 가장 타격을 입은 이들은 록그룹이다. 이들은 서구의 퇴폐 문화로 젊은이들을 병약하게 하는 주범으로 몰렸다. 이에 한국연예협회 그룹사운드 분실은 한층 더 건전하고 대중적인 호응을 받을 수 있는 록그룹 모델을 정립하겠다며 방위성금 모금을 위한 '록그룹 창작곡 발표회'를 개최했다. 또 건전가요를 선정하고 보급하는 일에 앞장서고 수익금을 새마을 성금으로 기부하기도 했다. 그리고 단체등록을 강화하여 필요 이상의 그룹이 난립하는 것을 막는 조치도 취했다. 독재자일수록 법과 제도로 음악을 통제하려고 한다. 음악만큼 정치를 강하고 유연하게 실어 나를 수 있는 매체도 없기 때문이다.

└ 정치와 음악: 음악정책으로 본 박정희체제의 지배양식   김은경 지음   다인아트   2017

2018   APR

1   2   3   4   5   6   7
8   9   10   11   12   13   14
15   16   17   18   19   20   21
22   23   24   25   26   27   (28)
29   30

여러모로 흥미롭기에 카스트라토(castrato)를 주인공으로 한 소설이 꽤 있을 것 같지만, 막상 찾아보면 쉽지가 않다. 프랑스 소설가 도미니끄 페르낭데즈가 쓴 『카스트라토』가 있기는 하지만, 소설로서도 별 재미가 없고 카스트라토에 대해서도 별반 알려주는 게 없다. 오노레 드 발자크의 중편소설 『사라진』이 카스트라토가 등장하는 소설 가운데 가장 유명할 것이다. 열여덟 권으로 이루어진 『인간 희극』 1부에 속해 있는 이 작품의 줄거리는 아래와 같다.

　　프랑스 태생의 조각가 사라진은 스물두 살 때인 1758년, 로마로 미술 공부를 하러 간다. 그곳에 체류하는 동안 그는 미모와 미성을 가진 잠비넬라라는 여가수에게 반하고 만다. 잠비넬라에게는 치코냐라 추기경이라는 막강한 후원자가 있다. 이 시대에 여가수의 후원자란 흔히 정부(情夫)를 의미한다. 사라진은 잠비넬라 주위를 맴돌다가, 우연한 기회에 잠비넬라가 여자가 아닌 거세된 남성이라는 사실을 알게 된다. 자신의 사랑이 '가짜 여성'에게 농락당했다는 것을 알게 된 사라진은 잠비넬라를 자신의 아틀리에로 납치해 죽이려고 한다. 그 순간 치코냐라 추기경이 보낸 자객들이 와서 사라진을 죽인다.

간단히 줄거리를 요약하긴 했지만, 어쩌면 『사라진』은 요약이 불가능한 소설일지도 모른다. 아니, 원래는 요약 가능한 소설이었는데 롤랑 바르트가 이 작품을 매개 삼아 새로운 차원의 비평을 연 『S/Z』라는 책을 발표하면서부터 『사라진』은 함부로 요약하기 어려운 작품이 되었다.

『S/Z』가 나오기 이전에 『사라진』은 그저 평범한 소설 한 편에 지나지 않았다. 바르트는 사라진(Sarrasine)과 잠비넬라(Zambinella)의 첫 글자 S와 Z를 거울상으로 대립시켜 놓은 『S/Z』을 통해 『사라진』을 일종의 '공'(空) 또는 '무'(無)를 성취한 텍스트로 부각시켰다. 물론 이런 요약 또한 『S/Z』에 대한 허다한 요약의 일부일 뿐 전모를 드러내는 것은 아니다.

사라진이 불운한 최후를 당하기 전에 주위로부터 이미 잠비넬라에게 접근하지 말라는 주의를 받았던 데다가(**조심하십시오, 프랑스 양반.**), 무엇보다도 그는 잠비넬라로부터 직접 더 이상 접근하지 말라는 경고를 받았다(**가까이 오면 이 칼을 당신 가슴에 찌를 수밖에 없어**). 그럼에도 불구하고 두 눈에 콩깍지가 씐 사라진은 신비하기만 한 잠비넬라에게 점점 끌려 들어간다. 아직 자신의 정체를 밝히지 않은 잠비넬라가 다시 경고한다. 전 우정 속으로 숨을 필요가 있어요. 전 저주받은 여자입니다. 당신은 절 사랑하지 마세요. 전 당신을 위해 헌신적인 친구가 될 수는 있어요. 전 오빠나 후원자가 필요해요. 제가 한마디만 하면, 당신은 절 혐오하며 물리칠 겁니다.

잠비넬라가 여러 차례 간곡하게 말해도 사라진은 이탈리아가 카스트라토의 본거지라는 것을 전혀 의식하지 못한다. 잠비넬라가 **만일 제가 여자가 아니라면?**이라며 커밍아웃에 근접하는 단서를 주었을 때도 사라진은 외려 **예술가의 눈을 속일 수 있다고 생각하나?**라고 뻐기며 코웃음 친다. 잠비넬라의 연약함이 깃든 목소리, 슬픔과 우수와 낙담이 드러나는 매무새와 동작은 사라진에게 잠비넬라가 여성이라는 확증을 더해 줄 뿐이었다. 여기서 던져 볼만한 질문은 이런 것이다. '카스트라토는 그 정체를 알아보기가 그렇게 어려울까?' 문제는 사라진의 인간적인 약점이었다.

　기호학자이기도 한 바르트가 환기하는 인간의 약점은, 인간이 기호(안정된 기의로 귀결되는 기표)에 맹목적이라는 것이다. 사라진의 경우, 그는 남성이 여성의 여러 기호 가운데 하나라고 간주하고 있는 '여자=연약함'이라는 기호를 맹신했다. 때문에 사라진은 교외에서 잠비넬라가 뱀을 보고 창백해지는 것을 보고, 그것이야말로 잠비넬라의 여성성을 확인해 주는 증거라고 확신한다(**그래도 당신은 여자가 아니라고 감히 주장하겠소?**). 뱀을 보고 창백해지는 것은 여자만 그렇다고 할 수 없다. 나아가 연약함이 여자의 기호일 수도 없다. 하지만 '여성=연약함'이라는 기호에 구속된 사라진은 그것을 의심할 줄 모른다. 남성이 여성을 나타내는 기호라고 철석같이 믿고 있는 또 다른 대표적인 기호는 사라진이 잠비넬라를 보고 했던 다음과 같은 말이다. **여자만이 이렇게 둥글고 부드러운 팔과 우아한 곡선을 가질 수 있어.** 그러나 잠비넬라라는 이질적인 존재는 여성이 아니면서도 둥글고 부드러운 곡선을 가졌다. 여자가 아닌 잠비넬라에 의해 '여자=둥글고 부드럽고 우아함'이라는 기호는 송두리째 전복된다.

사라진은 잠비넬라의 경고에도 불구하고 여성에 대한 고정된 기호에 아무런 의심을 품지 않았다. 그가 이탈리아 오페라 공연의 문화적 함축, 즉 이탈리아 교황령 내에서는 극장에 오르지 못하는 여가수 대신 카스트라토가 여성의 역할을 한다는 것을 한 번쯤 고려했다면 분명 죽음을 피할 수 있었을 것이다. 그레이엄 앨런은 『문제적 텍스트 롤랑/바르트』에서 이렇게 말한다. *사라진은 바르트가 말하는 잘못된 논리 혹은 독사적(endoxal) 사유의 희생자이다. '독사'(the doxa)란 상식, 여론, 상투어, 지배적 이데올로기 혹은 기표의 배후에 존재하는 안정되고 단일한 기의를 말한다.*

잠비넬라가 '가짜 여성'이라는 것을 알게 된 후 사라진은 잠비넬라를 죽이려고 했다. 까닭은 잠비넬라의 정체가 사라진에게서 이성애를 원칙으로 축조된 사랑의 원형을 빼앗아갔기 때문이다. *사랑한다는 것, 사랑받는다는 것, 그런 것들이 이제부터 내겐 아무런 의미도 없는 빈말일 뿐이야. 나는 실제의 여자를 보면서도 이 상상 속의 여자를 끊임없이 생각할 테니까. 괴물! 아무것에도 생명을 줄 수 없는 너, 너는 내게서 지상의 모든 여자들을 빼앗아가 버리고 말았어!*

그에게 남성성이란 남자가 여자를 만나서 비로소 완성되는 것이므로, 까닭하면 자신의 남성성을 '가짜 여성'에게 탈취당할 뻔했던 상황에 사라진은 분노를 느낀다. 또 이 일은 동성애 기질을 가진 내 속의 타자에게 그 자신이 오염되었다는 자책을 수반한다. 나아가 갑작스러운 사라진의 죽음은 동성애 성향을 가진 발자크의 자기 처벌을 암시한다고 볼 수도 있다.

카스트라토는 성기 전체를 거세하는 것이 아니라 정소(精巢)만을 제거하는 것이기 때문에, 임신능력이 없다는 의미에서의 성적 불능(impotentia generandi)일 뿐, 성적 결합 능력이 없다는 의미에서의 성적 불능(impotentia coeundi)이 아니다. 하므로 카스트라토는 그들에게 반한 귀부인이나 남성 후원자 모두와 염문을 뿌릴 수 있었다. 대중들의 호기심은 주로 카스트라토의 동성애에 몰려 있었으나, 실제로는 여성과의 연애가 일반적이었고 동성애는 흔치 않았다. 인기를 드날린 유명 카스트라토의 사생활을 상상해보고 싶으면 기타 하나로 성공한 20세기 록스타의 삶을 떠올리면 된다.

└ 사라진느 오노레 드 발자크 지음 이철 옮김 문학과지성사 1997
└ S/Z 롤랑 바르트 지음 김웅권 옮김 연암서가 2015
└ 문제적 텍스트 롤랑/바르트 그레이엄 앨런 지음 송은영 옮김 앨피 2006

2018   MAY

          1   2   3   4   5
6   7   8   9   10 11 12
13 14 15 16 17 18 19
20 21 22 23 24 25 26
27 28 29 30 31

동서고금을 막론하고 음악은 한 번도 정치와 유리된 적이 없었다. 특히 전체주의 국가의 위정자들은 낱낱의 개별성(아폴론적)을 전체로 묶어주는 음악의 도취적인 특질(디오니소스적)로부터 통치의 효율성을 발견했다. 하므로 3대 세습을 누리고 있는 북한이 이 통치자원을 방치할 리 없다. 전영선·한승호의 『NK POP: 북한의 전자음악과 대중음악』은 중요한 국내외적 변동이 있을 때마다 북한 정권이 어떤 식으로 '음악 정치'를 펼쳐왔는지를 분석한다.

2012년 7월 11일과 12일 저녁 8시 15분, 조선중앙TV를 통해 모란봉악단의 시범 공연 녹화실황이 방영되었을 때 모두들 그 중계를 본다고 평양 거리가 한산해졌다고 한다. 2011년 12월 17일 김정일이 사망하고 김정은이 등극한 지 1년도 채 안 되는 때였으니, 유교적 가치를 간직해 온 북한의 입장에서 보자면 아직 국상(國喪)이 끝나지 않은 기간이다. 김정은을 비롯한 북한 지도부가 관람하는 시범 공연에서 모란봉악단은 북한 최초로 미국 영화 「록키」의 주제곡 '곤 플라이 나우'(Gonn Fly Now)와 월트디즈니의 애니메이션 영화 「미녀와 야수」、「백설공주」 등의 주제곡을 노래하거나 연주했다. 이런 파격은 새로운 지도자 김정은이 선대

145

지도자인 김정일과 다른 정책을 도모할 것이라는 신호로 비쳤다. 실제로 *2014년 5월 16일과 17일*, 김정은 시대 들어 평양에서 처음으로 열린 제9차 전국예술인대회에서 강조한 것도 혁신이었고, 이때 모범으로 부각된 것이 모란봉악단이었다.

모란봉악단은 전자기타, 전자 바이올린, 전자 첼로, 전자건반악기 등 전자악기 연주자와 전속 가수를 포함한 약 *23~25명*의 단원으로 이루어진 여성 악단이다. 전자악기 중심의 이 악단은 선곡뿐 아니라 세련된 의상과 공연 구성으로 단번에 남한의 '걸그룹'과 같은 위상을 차지했다. 북한의 중요 공식 행사 무대를 휩쓸고 다니는 이들은 지방공연 때 벤츠를 타고 이동하는 등 초특급 대우를 받는다.

김정은이 만든 모란봉악단의 전신은 김정일이 만든 보천보전자악단이다. 하므로 모란봉악단을 거론하자면 북한 최초의 전자악단인 보천보전자악의 창단까지 거슬러 올라가야 한다. 김정일은 *1983년 7월* 북한 최초의 경음악단인 왕재산경음악단을 결성하고, *1985년 6월*에는 만수대예술단의 전자음악연주단을 독립시켜 보천보전자악단이라는 별도의 단체를 결성했다. 김정일은 왕재산경음악단과 보천보전자악단을 통해 기존 혁명가요들과 달리 경쾌한 리듬과 **생활 속의 이야기를 소재로 한 가요**를 보급하게 되는데, 우리 용어로 대중가요에 해당하는 '생활가요'가 이때부터 북한 주민들에게 큰 인기를 끌게 된다.

김정일이 보천보전자악단을 만들기 이전에 북한에서 전자악기와 전자음악은 부패한 자본주의 문화로 적대시되었다. 원래 북한에서는 재즈·록·디스코와 같은 전자음악을 '반동적 부르주아 음악'이라고 비판하면서 부정적으로 평가하고 있다. 자본주의 전자음악은 '리듬을 위주로 귀청을 째는 듯한 이지러지고 소란스러운 파열음과 불협화음, 광신적인 음으로 노래 자체를 기형화'한 것으로 평가하고 있다. 이런 음악은 사람들의 '혁명의식과 민주 자주 의식을 마비시키며 그들을 부화타락한 정신적 불구자로 만든다'고 생각한다.

이처럼 적대시하던 전자악기와 전자음악을 수용한 데에는 김정일 시대의 고민이 가로놓여져 있다.

김정일 시대에 '음악 정치'가 대두된 것은 대내적인 요인과 대외적인 요인이 북한 체제 불안정에 직접적으로 영향을 끼쳤기 때문이다. 1994년 7월 8일 김일성이 사망한 이후 김정일이 북한의 최고지도자로 등극했지만 대내적으로는 대규모 자연재해와 심각한 경제 문제로 인한 국가 체계가 붕괴될 위기에 봉착했다. 대외적으로는 사회주의권 국가의 붕괴로 인한 교역 대상국의 감소와 국제사회의 대북제재 강화 그리고 외부로부터의 정보 유입으로 인한 주민들의 사상 이완 현상이 발생하면서 북한 체제의 입지가 점차 축소되었다. 이러한 상황에서 북한 당국은 위기상황을 타개하기 위한 대안으로 그간의 정책 기조를 유지하면서 새로운 통치방식인 '음악 정치'를 새롭게 제시한 것이다.

전자악기를 수용하기는 했지만, 김정일의 교시에 따라 보급된 생활가요는 음악에서 내용을 이루는 것은 가사라는 북한의 음악 전통을 고수한다. 북한이 음악에서 가사를 절대적으로 중시하는 이유를 추측하기는 어렵지 않다. 북한이 명확한 가사를 강조하는 것은 선전 선동의 효과를 극대화하기 위한 것으로 볼 수 있다. 가사가 추상적이라면 다양한 해석이 가능해지며, 이는 작금의 정치체제에 위협요인이 될 수 있기 때문이다. 아울러 생활가요는 인위적으로 과장하지 말고 쉽게, 자연스럽게, 그리고 유순하고 곱게 대체로 밝고, 경쾌한 창법으로 불려야 한다.

김정일 시대에 나타난 전자악단과 생활가요가 나타난 배경을 보면, 자본주의 국가에서와 같은 자율적인 문화산업이 존재하지 않고 당의 절대적인 문화정책만 있는 북한 같은 체제에서는 음악이 다른 어느 나라에서보다 더 가감 없고 정확하게 그 사회의 정치경제적 변동을 반영해 준다는 것을 알 수 있다. 하므로 김정은이 선대의 보천보전자악단을 갱신하여 모란봉전자악단을 만든 이유도 변화하는 북한 사회의 현실과 연동되어 있다고 볼 수 있다.

지은이는 모란봉악단의 탄생 배경으로 경제발전을 위해 오랫동안 혹사당한 대중들의 누적된 피로감을 일시적으로 해소하고, 김정은 시대의 사회를 밝은 분위기로 조성하기 위한 목적을 들면서 다음과 같이 덧붙인다.

북한이 모란봉악단의 혁신 사례를 집중적으로 부각하는 것은 한국 드라마와 같은 자본주의 문화와 비교하여 뒤떨어지지 않는 세련된 공연을 하고 있다는 것을 주민들에게 각인시키려는 의도로 볼 수 있다. 북한 사회에 부는 자본주의 황색 바람을 척결하기 어려운 상황하에서 북한 당국은 주민들로부터 외면받지 않는 문화 예술 작품을 생산하는 것이 중요하다는 것을 인식하고 있는 것 같다. 북한 주민들의 문화 예술 작품에 대한 요구 수준이 높아지는

상황에서 변화에 발맞춰 끊임없이 새로움을 추구하는 모란봉악단
은 북한 당국의 유일한 희망일 것이다.

└   NK POP: 북한의 전자음악과 대중음악   전영선, 한승호 지음
    글누림   2018

우리는 누군가의 팬이다. 우리는 음악을 듣거나 영화를 볼 때, 스포츠 경기를 관람할 때, 독서를 할 때, 투표를 할 때 누군가를 선택할 뿐 아니라 예찬하고 추앙한다. 여러 어학 사전은 팬을 하나같이 '운동 경기나 선수, 연극, 영화, 가요나 인기 연예인 등을 열광적으로 좋아하는 사람'이라고 풀이하고 있다. 어느 국어사전은 이 설명 뒤에 '애호가'로 순화한다고 덧붙여놓았는데, 애호는 '열광'이라는 감정을 제거한다는 점에서 적절치 않다.

팬이라는 용어는 17세기 후반 영국에서 처음 등장한 '광신도'(fanatic)의 준말이기 때문이다. 그러나 더욱 마땅치 않은 것은 거개의 어학사전들이 팬을 사람에 대한 열광으로 국한한다는 점이다. 이런 풀이는 팬이 비인격적 대상에 대한 열광으로 확대되어 온 세태를 반영하지 못한다. 우리는 어느 특정 회사나 제품, 드라마나 명소, 음식 등에 열광한다. 그래서 팬 현상을 연구하는 학자들은 인격체와 비인격체를 따로 구별하지 않고 팬이 열광하는 모든 것을 아우르기 위해 '팬 대상'(fan object)이라는 신조어를 사용한다.

팬덤(fandom)은 광적인 사람을 뜻하는 팬과 영지나 나라를 뜻하는 접미사 덤(dom)의 합성어로 팬 대상에 몰입해 그 속에 빠져드는 무리나 현상을 가리키는 말이다. 인류 최초의 팬덤은 싯타르타·공자·소크라테스·예수의 문하생이었거나 그들의 가르침을 좇았던 사람들이라고 할 수 있다. 반면 구약성서에 나오는 롯은 소돔 성에서 고작 열 사람의 팬덤도 만들지 못했다. 기원에 탐닉하다 보면 모든 용어가 '역사적 용어'라는 중요한 사실을 잊게 된다. 그러므로 여기서 팬도 팬덤도 근대 자본주의 사회, 전자 미디어, 대중문화 및 대중 공연과 연관된 사회문화 현상이라는 마크 더핏의 말을 명심하자.

그 자신이 엘비스 프레슬리의 팬으로 그에 관한 논문으로 박사학위를 취득한 마크 더핏의『팬덤 이해하기』는 주로 대중음악 스타를 중심으로 형성된 '미디어 팬덤'을 연구한 책이다. 원래 팬덤 연구는 문화이론의 하위 연구로 출발했으나 점점 그 중요성이 다른 영역으로 번지고 있다. 버릇처럼 이 분야에서도 기원을 찾아볼 수 있는데, 이때 불려올 가장 막강한 첫 번째 인물이 아도르노를 비롯한 프랑크푸르트학파 1세대일 것이다.

프랑크푸르트학파는 대중문화 수용자의 지위를 폄하한 것으로 악명 높다. 이들은 팬덤을 방송미디어에 의해 소외되고 문화적 생산에서 배제되는 소비자로, 사회적인 부적응이나 개인적 상실을 보상받기 위한 목적에서 상상의 관계에 집중하는 취약하고 불행한 사람들로 간주했다. 팬덤을 문화 산업의 희생자로 보는 이들은 대중문화의 상업적 술수를 폭로하고 대중이 홀려 있는 저속한 취향을 비판하는 한편, 고급 문화형식의 우수성을 가르치고자 했다.

팬덤에 대해 비관적이기는 정신분석학 연구도 마찬가

지다. 정신분석학적 프레임은 팬덤을 불안과 같은 심리 과정에서 기인한 개인적 결여를 보상하는 것으로 본다. 이들은 팬덤을 삶에서 부딪히는 고난에 대한 일종의 안전한 안식처로 생각하거나, 스타에게 집착하는 것을 애정 결핍을 만회하기 위한 대리적 위안 심리로 해석한다. 하지만 최근의 연구들은 팬덤을 문화산업이 쉽게 농락할 수 있는 꼭두각시로 여기지 않으며, 팬덤을 병리화하거나 개인적 동기에 지나치게 초점을 맞추는 정신분석학으로부터도 거리를 둔다. 마크 더핏에 따르면 팬덤은 공동체적 성격을 띤 주체성과 정체성의 표현이다.

『슈퍼팬덤』은 '팬 기반 경영'이라는 관점으로 팬덤에 접근한다. 세상에는 오랫동안 제작자와 구매자가 있어 왔고 본래 두 부류는 거의 겹치지 않았다. 제작자가 광고를 하고 소비자는 제품을 산다. 이런 일방적인 관계는 소비자들이 광고에 면역성을 갖게 되면서 무리가 왔다. 이 시기 「스타워즈」나 디즈니와 같은 대중문화 팬덤은 새로운 판촉 기법을 고민하는 기업에 영감을 주었다. 「스타워즈」나 디즈니 팬들은 자발적인 결집력과 충성심으로 돈 한 푼 안 들이고 판촉을 도울 뿐 아니라, 서적·장난감·코믹스·놀이기구·포스터·비디오게임·의상 등 다양한 굿즈 시장까지 창출한다.

지은이는 단순 소비자와 팬덤을 이렇게 구분한다. 소비자들은 제품에 관심을 갖는다. 팬들은 그 제품이 갖는 의미에 관심을 둔다. 이 두 집단은 전혀 다른 기대와 요구를 지닌다. 소비자들은 브랜드에 돈을 바치지만 팬들은 에너지와 시간을 바친다. 정작 어려운 것은 팬덤을 만드는 일이다. 내부에서 마음껏 조작

할 수 있는 광고와 달리 팬덤은 철저히 외부에서 일어나는 현상이기 때문이다. 게다가 팬 대상의 소유주는 팬덤이 제품에 덧붙인 맥락을 함부로 조종하지 못한다. 대신 기업은 팬덤의 욕망과 이상을 잘 파악하여 그들이 활약할 환경을 만들어줄 수는 있다.

유의해야 할 것은 소비자와 팬덤이 항시 '우파'라는 것이다. 팬덤은 본질적으로 보수적이다. 혁신에 저항하는 것이 팬덤의 특징인데, 아무리 좋은 방향으로 나아간다고 해도 팬덤은 혁신에 반발하고 저항한다. 팬들은 팬 대상과 밀접한 관계를 맺고 있으며 그 관계의 의미를 변화시킬 수 있는 것이라면 그 무엇과도 싸울 태세가 되어 있다.

밥 딜런이 통기타를 버리고 전기기타를 메고 나왔을 때, 코카콜라가 1985년 '뉴코크'로 맛을 변형시켰을 때, 「스타워즈: 라스트 제다이」(2017)에 흑인과 동양계 배우가 출연했을 때 극렬하게 저항한 이들이 팬덤이다.

『팬덤 이해하기』 말미에 '아카-팬'(aca-fan)에 대한 논의가 있다. 이 단어는 팬 대상을 연구하는 학자이면서 동시에 팬이기도 한 '학자-팬'을 일컫는 아카데믹 팬의 준말이다. 중립성과 객관성을 가장하고 있지만 온갖 종류의 학자들은 팬으로서 팬 대상을 연구하거나, 팬 대상을 연구하다가 팬이 된 채 책을 쓴다. 마크 더핏이 그랬던 것처럼 말이다. 이런 경우 우리는 그들의 저작을 어디까지 공정한 것으로 신뢰해야 할까. 연구자가 자신의 상황에서 빠져나와 객관성의 영역으로 들어갈 수 있다는 생각 자체가 의심스러운 환상이다. 지식은 정치적 결과를 낳기 때문에, 불편부당한 합리성이 아무리

중립적으로 보여도 그것은 위험한 주장일 수 있다. 노련한 팬들은 아카-팬의 학문적 권위를 이용해서 자신들이 속한 공동체를 격상시키거나 널리 알리기도 하고, 당면한 논쟁을 매듭짓기도 한다. 학자-팬이 성찰적인 자세를 유지하지 못하면 미디어 산업의 일부가 될 수 있다.

└ 팬덤 이해하기   마크 더핏 지음   김수정, 곽현자 옮김
   한울아카데미   2016
└ 슈퍼팬덤   조이 프라드 블래너, 에런 M. 글레이저 지음   윤영호 옮김   세종연구원   2018

차일디시 감비노의 '디스 이즈 어메리카'(*This is America*) 뮤직비디오는 공개된 지 열흘도 채 되지 않아 유튜브 조회 수 1억 뷰를 기록했고, 한 달째엔 2억 5천만 뷰 달성을 바라보았다. 앞으로 계속 증가할 이 뮤직비디오의 조회 수를 쫓는 것은 무의미하다. 이 글의 관심은 이처럼 화제를 모은 뮤직비디오에 덧붙여지는 리액션 비디오를 비롯해, 수용자들이 비디오나 여러 디지털 매체를 이용해 제작한 2차 창작물에 있다.

리액션 비디오는 뮤직비디오를 비롯한 각종 콘텐츠에 수용자가 자신의 반응을 담은 영상물로, 2007년 하반기에 미국에서 나온 「2 girls 1 cup」이라는 외설적 비디오에 대해 감상자들이 적극적으로 자신의 반응을 보인 영상물을 퍼뜨린 것에서 시작됐다. 리액션 비디오는 감상물에 대한 호감과 논평에 그치지만, 패러디 영상은 원전에 대한 수용과 다양한 번안을 통해 그 자체로 독립적인 작품이 되기도 한다. 2012년 7월 15일 발매되어 세계적으로 인기가 폭발했던 싸이의 '강남 스타일'의 경우, 수용자들이 직접 퍼포먼스와 비디오를 제작하는 것이 유행했으며 그것을 찾아 즐기는 것이 하나의 대중문화 현상이 되었다. 이런 현상은 대중 모두를 예술가로 만드는 새로운 예술의 탄생일까?

155

심혜련의 『사이버스페이스 시대의 미학』은 꽤 오래전 저작이지만, 이 주제를 다룬 가장 선구적이면서도 지금까지 중요성이 변치 않는 책이다. 미학과 매체 예술을 전공한 지은이는 이 책의 서두에서 21세기의 사람들은 구체적이고 물질적인 특성을 가진 공간에서도 활동하지만, 20세기인들이 꿈도 꾸지 못했던 비물질적 공간에서도 활동한다고 말한다. 즉 컴퓨터와 인터넷의 발달로 만들어진 사이버스페이스가 그것이다. 사이버스페이스는 인간의 삶과 사유 전체를 몰라보게 변화시켰는데, 예술은 이 변화를 수용하면서 다른 한편으로는 또 동시에 선도했다.

예술은 무언가를 표현하고 전달하기 위해 늘 매체에 의존해 왔기에, 예술의 역사란 새로운 기술이 발명한 매체에 적응해온 역사이기도 하다. 사진기와 비디오카메라가 발명되자 이전에는 없었던 영화와 비디오 예술이 출현한 것이 대표적인 사례다. 예술가들은 산업혁명 이후 기술에 대해 아주 다양하게 반응했다. 이로써 우리는 감히 산업혁명 이후 예술과 기술의 관계는 이제 불가분의 관계가 되었다고 말할 수 있다. 예술가들은 늘 남과 다른 것을 추구하고 뭔가 새로운 것을 추구하고자 하기 때문이며, 또 새로운 기술은 늘 예술가들에게 새로운 영감을 제공해주어 새로운 표현 형식을 가능하게 해주었기 때문이다.

재즈의 역사 또한 이 공식에서 예외가 아니다. 재즈는 전자악기를 받아들인 록의 사운드 광폭화(廣幅化)에 대응하기 위해 퓨전 재즈를 수용해야 했다.

사진기와 같은 기술복제 수단이 생기기 이전에 예술의

중심에는 언제나 문자가 있었다. 예를 들어 19세기 말까지의 회화는 신화·역사·문학 작품의 번안이거나 기생물로 존재했다. 사진기의 발명으로 야수파·미래파·입체파·표현주의와 같은 현대미술 백가(百家) 운동이 벌어지면서 화가들은 그림이 문예, 즉 말씀의 부록이 되기를 사절하고, 화가의 목적은 설화적 사실을 '재구성하는 것'이 아니라 회화적 사실을 '구성하는 것'(조르주 브라크)이라는 인식을 하게 됐다. 문자 중심의 문화·예술은 문자가 가진 고도의 배타성(엘리트주의)과 이성 중시가 대중이나 감성, 양쪽과 거리를 두게 했다. 그런데 사진기와 같은 기계적 매체가 문자 중심의 문화에 균열을 내면서 특권적이고 고급 지향이었던 문자 중심의 문화·예술은 이미지에 자리를 내주게 된다.

문자 문화가 약화된 자리에 이미지를 중심으로 한 시각 문화, 영상 문화가 헤게모니를 갖고 등장하게 되고 시각과 영상 문화가 확대되면서 그동안 예술이 가졌던 특권적 지위가 와해되며, 예술이 협소한 게토에서 벗어나 광장으로 나와 많은 사람들이 즐길 수 있는 것이 되었다. 이때부터 예술은 경배와 숭배의 대상 이전에, 그리고 진리의 마지막 도피처로 작용하기 이전에 향유의 대상이 된다. 복제 기술은 일회성·유일성·원본성이라는 작품의 특징과 함께 예술이 가진 깊은 종교적 가치를 빼앗았고, 기술 재생산 시대의 대중들은 예술에 한층 쉽게 접근하게 되었다. 그러자 예술에 정치적이고 오락적인 기능이 새로 장착되었다.

디지털 기술과 인터넷의 결합은 19세기 초에 발명되고 중반에 발전된 카메라가 예술에 끼쳤던 영향과 비교할 수 없는 위력으로 예술의 존재 방식에 타격을 가했다. 그 가운데 가장 중요한 것은 두 가지다. 첫째 생산 방식과 수용 방식의 전면적인 변화, 둘째 '예술은 무엇인가'라는 예술의 본질과 존재론적 위상에 대한 물음. 디지털 기술과 인터넷이 대중화되기 전에 이미지에는 원작자가 있었고, 변형될 수 없었다. 하지만 비디오나 디지털 매체를 이용한 수용자들의 2차 창작물은 제작자(예술가)와 수용자(소비자), 예술과 놀이 사이의 경계를 지운다.

　　디지털 매체가 등장함에 따라 이제 이미지들은 이미지의 단순한 재생산이라는 단계를 넘어 이미지의 변형으로 넘어갔다. 이제 고정된 이미지를 수용자가 수동적으로 수용하는 것이 아니라, 수용자가 부분적으로 창조가가 되어 이미지 변형을 통해 매번 새로운 이미지들을 만들어 낸다. 이 새로운 이미지들은 정적이고 고정된 이미지의 상태(정태적)에서 벗어나 동적이며 임의로 조작 가능한 이미지(역동적)로 자신을 드러낸다. 사이버스페이스는 이제 이미지들의 생산 공간이자 전시 공간이며, 동시에 수용 공간으로 작용한다.

　　지은이의 멋진 비유에 따르면, 발터 벤야민이 대도시에서 발견한 산보자는 대상과 거리두기를 유지하고자 했던 반면, 사이버스페이스에서의 산보자는 즐김과 비판의 능력을 갖춘 주체로 자신이 향유하는 작품과 **상호 작용성**을 추구한다. 그 결과 **갈수록 예술은 놀이와 체험을 강조**하게 되고, 예술이 맡아 온 유토피아 추구와 사회 비판적 임무는 사라지게 된다. 지은이는 이런 현상을 비관적으로 보기보다, **예술의 기능과 역할이 다원화**되고 있는 것으로 긍정한다.

사용자 생성 콘텐츠(UGC: *user generated content*)라
고도 불리는 수용자들의 다종다양한 2차 창작물에 대해 미
디어 산업은 아직까지 어떤 대처를 해야 할지 원칙을 세우
지 못했다. 마크 더핏의『팬덤 이해하기』에서 한 대목을 발
췌한다.

그 이유는 팬 창작물이 상업 미디어의 사회적 인기를 광고해
주고, 신인 전문가들의 훈련소를 제공하고, 대중문화에 창조적으
로 기여하긴 하지만, 동시에 대중의 인식을 나쁘게 만들고, 이윤에
직접 타격을 주고, 이후 무허가 경쟁자들의 상업적 이익에 이용당
하는 선례가 될 가능성도 있기 때문이다. 최악의 경우 미디어 조직
은 팬들의 창의성을 규제하고 금지하는 법적 조치를 취하려고 하
는 등, 권위주의적 입장을 취할 수도 있다.

└   사이버스페이스 시대의 미학   심혜련 지음   살림   2006

2018   JUL

1	2	3	4	5	6	7
8	9	10	11	12	13	14
15	16	17	18	19	20	21
22	23	24	25	26	(27)	28
29	30	31				

지난 50년간 비평가들의 극찬을 받았고, 상업적으로 성공했을 뿐 아니라 음악적으로도 현저히 돋보이는 최고의 음악가 중의 한 사람, 바로 팻 메시니다. 그는 음악팬들을 대상으로 한 무수한 여론조사에서 '최고의 재즈 기타리스트'라는 명성을 얻었고, 서른 개가 넘는 음반으로 세 번의 골든디스크상을 받았다. 또 그는 열일곱 차례나 그래미상을 받았는데, 그가 수상한 분야는 최고의 록 연주곡·최고의 컨템퍼러리 재즈 음반·최고의 재즈 독주·최고의 연주 음악 작곡 등으로 아주 다양하다.

『팻 메시니』는 2007년 작곡가이자 음반제작자인 리처드 나일즈가 BBC 제2 라디오를 위해 제작했던 팻 메시니와의 대담을 책으로 펴낸 것이다. 1951년생인 지은이는 버클리 음대 3학년이던 1974년 기타 부문 선생이었던 메시니를 처음 만났고, 1974년에는 메시니와 같은 집에 살았다. 이때 지은이가 옆에서 본 메시니는 아침에 일어나서 하루종일 최소한의 끼니로만 겨우 때우면서 연습만 하거나, 자정을 넘겨 1시까지 공연을 하고 돌아와서는 **방에 틀어박혀 또 한두 시간 더 연습하다가, 쪽잠만 자고 또 일어나 똑같은 절차를 매일 반복하**던 연습벌레였다. 메시니는 지은이보다 나이가 어린 1954년생이다.

메시니가 태어난 미주리주 캔자스시티는 재즈 음악에 매우 중요한 공헌을 한 도시다. 1990년 초중반에 나온 국내 필자들의 재즈입문서 가운데 단연 월등한 수준을 과시했으나 현재는 절판된 장병욱의 『재즈 재즈』는 이렇게 말한다. 한때 재즈가 뉴욕과 시카고의 양대 진영으로 나뉘어 대립하는 때도 있었다. 그러나 그 같은 대립상은 캔자스시티에서 카운트베이시 악단이 탄생함에 따라 종식되었다. 향후 재즈에 커다란 영향을 미치게 될 태도상의 전환 또한 바로 그 시기에 이루어졌다. 즉, 그 악단의 등장으로 테너 색소폰의 레스터 영과 트롬본의 디키 웰스라는 뛰어난 두 뮤지션이 빛을 보게 되었다. 뿐만 아니라, 재즈 음악을 앞 시대에서처럼 외향적이고 명랑한 성격으로 되돌려 놓았다는 점도 매우 중요하다.

음악 종사자들의 허다한 전기는 많은 음악가와 연주자들이 음악과 밀접한 가계에서 태어났다고 말해준다. 메시니의 아버지는 뛰어난 트럼펫 연주자였고, 외할아버지는 평생 트럼펫 연주를 직업으로 삼았다. 메시니는 지금도 어릴 때 아버지와 아버지의 장인인 외할아버지가 펼쳤던 트럼펫 2중주를 기억한다. 이후에 메시니보다 다섯 살 많은 형이 합류하여 트럼펫 3중주단을 이루었는데, 십대 초반에 이미 수준급 트럼페터였던 형은 훗날 클래식 음악계에서 성공한 연주자가 된다. 메시니는 여덟 살 때 형을 선생님 삼아 트럼펫을 배웠다. 저희 가족은 트럼펫에 열광했는데 재즈를 포함하여 종류를 가리지 않았어요. 이런 가계이다 보니, 메시니가 기타리스트가 된 것이 돌연변이처럼 보인다.

1963년인가 64년쯤에 우리에게 영향을 미친 존재가 나타났죠. 바로 비틀스예요. 그리고 갑자기 기타가 어느 어린애의 관심 영역에 의미심장하고 문화적이면서 상징적인 어떤 것으로서 등장했죠. 저는 비틀스와 그쪽의 음악 세계에 대한 그런 지대한 관심은 바로 기타가 창조해낸 결과물이었다고 생각해요.

비틀스 음악을 듣고 기타라는 악기를 발견한 메시니는 그 순간을 흑백의 세상이 문자 그대로 컬러 *TV*와 컬러 사진의 세계로 옮겨간 것으로 표현하면서, 자신이 기타로 갈아탄 것에 *세계문화의 조류*를 잡아탄 것이라는 의미를 부여한다. 큰 반대는 없었지만, 트럼페터로 가득한 집안 식구들은 기타라는 악기 자체를 우습게 여겼다.

사실 부모와 형, 누구를 막론하고 제가 기타를 치는 것을 바랄 사람은 결코 없었을 거예요. 이유야 어떻든 그분들에게 기타란 탐탁지 않은 모든 것을 의미했죠. 합주에 쓰이는 악기도 아니고 관악기도 아니고 클래식 음악에도 쓰이지 않잖아요. 그러나 메시니는 대중음악의 주류가 재즈에서 로큰롤로 급변하게 만든 주역이 기타였다고 말하면서 *하나의 커다란 우주적 균열에 제가 매료되었던 것*이라고 말한다.

로큰롤에 충격을 받았으면서도 메시니가 로큰롤에 빠지지 않은 것은 어릴 때부터 들어온 재즈가 항상 머릿속에 있었던 데다가, 비틀스가 로큰롤에 가져왔던 것과 같은 **지각변동이 재즈에도 찾아오리라는 사실**을 인식하고 있었기 때문이라고 한다. 그 계기는 형이 사들고 온 마일스 데이비스 퀸텟의 *1966년* 앨범 「포 앤 모어」(*Four & More*)였다. 전축 바늘이 레코드판에 닿은 지 5초 만에 저의 인생은 다른 방향을 향했던 겁니다.

마일스 데이비스 이전에 메시니에게 최초로 충격을 준 재즈 연주자는 열두 살 때 듣고 또 들으며 그 스타일을 익혔다는 웨스 몽고메리가 있다. 이후 이 두 사람과 같은 반열에 나란히 놓을 사람으로 메시니는 자코 패스토리어스를 꼽는다. 이들 말고도 그가 음악 세계를 형성할 열여덟, 열아홉 살 즈음 결정적인 영향을 끼친 인물들로 개리 버튼、스티브 스 왈로우、믹 구드릭이 있다. 특히 개리 버튼은 고등학교를 졸업한 메시니가 마이애미대학교 음악과에서 기타를 가르치기 시작한 *1974*년, 보스턴에 있는 버클리음대의 선생으로 불러주었다. 게다가 메시니가 첫 앨범을 *ECM*에서 낼 수 있도록 다리를 놓아 주었다. 류진현의 『*ECM Travels*: 새로운 음악을 만나다』에 이런 대목이 있다. 한국에서 가장 인기 있는 *ECM* 아티스트라고 하면 키스 재럿과 함께 빠지지 않는 이름이 바로 기타리스트 팻 메시니이다. 메시니가 *ECM* 레이블로 음악 경력을 시작했다는 것이 그의 재즈관을 상징적으로 드러내준다.

재즈 연주자는 그들의 시대와 장소를 현장감 있게 전달할 수단을 끊임없이 찾아야 하죠. 그런 맥락에서, 어찌 보면 초현실주의 또는 그 이상이 필요합니다. 재즈는 과거의 향수에 빠져들게 되면 현실의 대용품밖에 안 됩니다. 왜냐하면 재즈의 지난 시대를 상상으로 재현해낼 수는 없다고 보거든요. 재즈는 적극적으로 그 반대를 지향하는 음악입니다. 재즈는 기분전환과는 거리가 있고 클래식 음악이 추구하는 특성에 더 가깝습니다.

ᴸ 팻 메시니   팻 메시니, 리처드 나일즈 지음   성재호 옮김
온다프레스   2018
ᴸ ECM Travels: 새로운 음악을 만나다   류진현 지음   홍시
2015
ᴸ 재즈 재즈   장병욱 지음   황금가지   1996

AUG

			1	2	3	4
5	6	7	8	9	10	11
12	13	14	15	16	17	18
19	20	21	22	23	24	㉕
26	27	28	29	30	31	

스웨덴 한림원이 노벨문학상을 밥 딜런*(1941~)*에게 수여했다. 그의 노벨문학상 수상은 그를 좋아했던 음악 팬이나 노벨문학상을 사랑해 온 문학 독자 모두를 혼란에 빠뜨렸다.

시가 노래로 불릴 때 가사가 된다면, 반대로 노래로 불리기 이전의 악보는 자동적으로 시집이 되는 걸까? 이런 논란은 딜런이 한때 시인을 열망했기에 그의 가사가 놓여 있는 경계를 확정하기 더 어렵게 만든다. 딜런의 노벨문학상 수상을 옹호하는 사람들은 대중가수의 기원에 음유시인이 있었으며, 오늘의 가수는 원래 시인이었다고 말한다. 하지만 구텐베르크의 발명과 함께 음유시인이 곧 시인이던 전통은 깨어진 지 오래이지 않나? 손광수의 『음유시인 밥 딜런— 사랑과 저항의 노래 가사』는 딜런의 '음악'과 '시적 표현'을 동시에 아우르며 밥 딜런의 세계를 분석하고 있다.

딜런을 좋아하거나 그의 궤적을 조금이라도 좇아본 사람이라면 딜런이 자신의 정체성을 늘 갱신하면서 변신에 변신을 거듭해 왔다는 것을 잘 안다. *1960*년대에 그는 포크 음악에서 로큰롤 가수이자 아방가르드 예술가로 변신했다. 포크 가수였을 때 그는 우드 거스리가 되고자 했고, 아방가르드에 접근했을 때 그는 초현실주의적인 가사를 실험하면서

랭보를 자신의 자아로 삼았다. 이후 *1970*년대 말에는 기독교에 귀의해 가스펠 음악에 몰두하면서 이전의 대표곡들을 공연 목록에서 아예 빼버리기도 했다. 이 모든 변화는 자발적인 것이었다. 그러나 딜런의 가장 큰 변신은 외부에서 왔다. *2016*년 스웨덴 한림원은 그를 가수에서 시인으로 뒤바꾸어 놓았다.

*1965*년 뉴포트 포크 페스티벌 무대에서 전기기타를 연주한 일로 딜런은 '포크계의 유다'가 되었다. 하지만 엄밀히 말해서 딜런의 출발점은 포크가 아니라 로큰롤이다. *1950*년대 중반 히빙 고등학교 시절, 그는 급우들과 밴드를 조직해 로큰롤을 연주했다. 당연하게도 이 시절 그가 좋아했던 가수에는 버디 홀리와 엘비스 프레슬리 같은 로큰롤 가수가 포함된다. 하므로 그가 포크에서 록으로 전향한 것은 변절이 아니다. 그것은 처음에 하고 싶었던 음악 형식으로의 복귀다.

그가 고등학교 시절에 심취했던 로큰롤을 계속하지 않은 이유는 그가 음악을 하려던 당시, 모든 연예 관계자들이 로큰롤의 유행이 끝났다고 생각했기 때문이다. 프레슬리는 군에 징집되어 독일로 갔고, 칼 퍼킨스는 자동차 사고로 심하게 다쳤고, 척 베리와 제리 리 루이스는 미성년자와 부적절한 관계를 맺어 비난받았고, 버디 홀리·에디 코크란·진 빈센트는 사망했다. 결국은 틀린 예측이 되고 말았지만, 이런 상황 변화 속에서 딜런은 록에서 포크로 변절해(?) 자신의 음악 스타일을 바꾸었다. 그러나 딜런이 로큰롤이 아닌 포크 가수가 된 것은 *1959*년 미네소타 대학에 입학했던 사실이 더 결정적이다. 그는 기타를 들고 대학 주변의 클럽을 전전하며 포크 문화 속으로 빠져들었다.

전통은 그것이 생겨난 장소에서 항상 이탈한다. 말하자면 전통이란 항상 최첨단 도시와 지식계층 곧 대학 캠퍼스에서 만들어지는 무엇이다. 예컨대 *1980*년대 한국의 대학 운동권 문화가 민족*(전통)* 문화 일색인 것이 그렇다. 시골에 살 때는 농악에 아무런 관심이 없다가, 도시의 대학에 입학해서야 여태껏 무관심했거나 멸시했던 전통문화를 새로 발견하는 것이다. 미국의 포크 음악 역시 이런 과정을 통해 상업적인 대중음악에 맞서는 대안 형식으로 미국의 중산층 백인 대학생들에 의해 각광을 받았다.

미네소타 대학을 중퇴한 딜런이 포크 가수가 되기로 작정하고 *1961*년 *1*월말 뉴욕에 도착했을 때, 운 좋게도 뉴욕은 이제 막 포크 운동이 시작되려던 참이었다. 민중 문화는 절대 민중이 자리한 장소에서 탄생하지도, 민중이라는 당사자로부터 시작하지도 않는다. 이 문제가 훗날 딜런으로 하여금 포크를 버리고 아방가르드로 향하게 만든다. 그는 정직했다.

시와 노래 가사는 그것의 귀속처가 각기 고급문화와 대중문화라는 선입견이 장벽으로 놓여 있기도 하지만, 노래 가사가 시보다 저급하게 취급되는 데에는 노래 가사가 가진 형식상의 한계를 뛰어넘기 어려운 탓도 있다. 즉 문화 산업의 통제를 받기 쉬운 노래가 그렇지 않은 시에 비해 제한적이고 획일적인 주제만 맴돈다는 내용 문제를 내버려 두고 문제 삼지 않는다 하더라도, 노래 가사는 시와 달리 코르

셋과 같은 형식적 제한 속에서 시가 누리는 언어 형식의 자유를 만끽하기 힘들다. 이 때문에 작사가나 싱어송라이터는 시인보다 힘든 형식적 제약 속에서 가사를 쓰게 되고, 시보다 단조롭다는 지적을 받게 된다.

이런 이유로 **시인으로서의 지향과 가수로서의 지향 사이에서 몹시 갈등을** 했던 딜런은 노래 활동에 회의를 품고 가수를 포기하려고 하기도 했다. 그러던 그는 *1965*년 '라이크 어 롤링 스톤'*(Like a Rolling Stone)*을 만들고 나서 활자와 책으로 의미를 전달하는 시인이 되는 꿈을 포기하고, 노래에서 또 다른 종류의 가능성을 발견하게 된다. 딜런은 **이 노래를 기점으로 더 이상 노래와 시를 분리하여 생각하지 않게 되었다.** 이전까지는 지면을 위한 시들*(unsung poems)*을 따로 썼으나, 그는 이때부터 내 **모든 글은 이제 노래 속에 들어가 있습니다.**라고 말하게 된다. '노래=시'*(song=poems)*라는 **완전히 새로운 범주에** 도전하게 된 것이다.

딜런을 시인으로 규정하는 지은이는 동시에 **노래라는 매체를 그의 시의 핵심 요소로** 인정한다. 딜런의 시학은 **언어에만 있지 않으며 언어와 목소리와 음악 간의 통합성에 있기에 딜런의 공연성과 시는 떼어 놓을 수 없다.** 모든 가사는 노래로 불리면서 인쇄된 상태에서는 느낄 수 없는 가수 고유의 해석을 갖게 된다. 종이 위에 활자로 표현된 잘한다와 자~알 한다라는 음성 표현은 다르다. 예컨대 밥 딜런의 대표곡 '구르는 돌멩이처럼'은 인쇄된 가사를 눈으로 읽을 때와 노래로 들을 때 뜻이 달라진다. 가사는 한때 호시절을 누리다가 노숙자로 전락한 명문가 여성에 대한 조롱으로 일관되어 있지만, 거기에 밥 딜런의 내지르며 외치는 목소리가 입혀지는 순간, 전락이라는 혹독한 시련이야말로 해방과 자유의 전제라는 역설로 탈바꿈한다. 밥 딜런은 공연 예술가이며, 그의 노랫말은 가창을 통해 온전한 메시지가 된다.

지은이가 강조하는 딜런의 시학을 다 수용하더라도, 딜런에게 노벨문학상이 돌아간 것만은 수긍하기 어렵다. 누보로망·마술적 리얼리즘·소설-코러스라는 문학 실험에 매진해 온 가브리엘 가르시아 마르케스(1982), 클로드 시몽(1985), 스베틀라나 알렉시예비치(2015) 같은 작가에게 노벨문학상이 수여됨으로써 문학이 확장되었던 것과 달리, 음유시인에게 주어진 노벨문학상은 문학에 그 어떤 확장이나 기여도 할 수 있을 것 같지 않기 때문이다.

└ 음유시인 밥 딜런   손광수 지음   한걸음더   2015

마르그리트 뒤라스가 마흔넷, 그러니까 *1958*년에 출간한 『모데라토 칸타빌레』는 그의 작품 세계를 전후로 가르게 하는 작품이다.

*28*세에 첫 작품 『철면피들』을 발표한 이후 『태평양을 막는 방파제』*(1950)*, 『타키니아의 작은 말들』*(1953)*, 『온종일 숲 속에서』*(1954)*, 『길가의 작은 공원』*(1955)* 같은 작품을 발표했는데, 심리주의에 기운 『타키니아의 작은 말들』을 제외하고는 모두 사실주의적인 소설 문법을 고수하고 있다. 그러나 『모데라토 칸타빌레』를 발표하면서 뒤라스는 누보로망 작가로 분류되기 시작한다.

작품의 무대인 바다를 낀 해안 도시는 공장과 노동자의 주거지역을 포함한 편과 부자들의 주택가인 다른 편으로 나뉘어 있다. 이 두 공간은 일종의 대극*(對極)*이다. 여주인공 안 데바레드는 이 도시에서 가장 큰 라코트 제철무역회사 사장의 부인으로 누구나 그녀를 안다. 그녀는 *1*년 전부터 어린 아들*(미취학 연령으로 보인다)*에게 피아노 교습을 시키기 위해 매주 금요일마다 자신이 사는 동네와 정반대편에 있는 지로 선생의 피아노 교습소를 방문한다.

소설은 피아노 교습이 이루어지는 지로 선생의 아파트에서 내려다보이는 한 카페에서 살인 사건이 일어나는 것으로 시작한다. 그 살인 사건이 일어나기 직전에 희생자의 긴 비명이 들려왔는데, 안 데바레드는 자신의 일생에 단 한번 그와 비슷한 비명을 질렀던 적이 있다(*아마……그래요, 저 아이를 낳을 때였죠.*). 피아노 교습이 끝나고 집으로 돌아가면서, 궁금증을 이기지 못한 안 데바레드는 경찰이 당도한 카페를 들여다본다. 카페 안쪽에는 입술에 피를 흘리며 여자가 바닥에 쓰러져 있고, 한 남자가 여자 위에 엎드려 어깨를 붙잡고는 그 여자의 이름을 조용히 부르고 있다. 남자는 *내 사랑, 내 사랑*이라고 속삭이며 두 팔로 죽은 여인을 끌어안고 나란히 눕는다.

이튿날, 안 데바레드는 산책을 핑계삼아 아이를 데리고 살인 사건이 일어난 카페를 방문한다. 그리고 그곳에서 신문을 보고 있던 한 남자로부터 살해당한 여자가 세 아이의 어머니였으며 이 도시에서 이름난 주정뱅이였다는 것, 그리고 여자를 살해한 병기창의 노동자는 경찰에 구속된 뒤 미치고 말았다는 얘기를 전해 듣는다. 카페에서 말을 건네 온 남자는 *전 그 남자가 여자의 심장을 겨누었다고 생각해요. 여자가 시키는 대로 말입니다*라면서, 그가 여자를 살해한 것은 여자가 원했기 때문이라고 말한다. 그러면서 *그 사람들은 서로 사랑하고 있었어요*라고 확신한다. 안 데바레드는 그의 말을 듣고 신음 소리와 함께 자신의 내부에서 울리는 관능적인 느낌이 담긴 *달콤한 흐느낌*을 들었다. 이후 그녀는 연이어 카페를 방문하게 되며, 그때마다 그녀를 기다리고 있는 그 남자를 만난다.

세 번째 만났을 때, 남자는 안 데바레드에게 자신의 이름이 쇼뱅이라고 가르쳐 준다. 안 데바레드는 그가 *이유 없이*

제철소를 떠났으며 이 도시의 어떤 회사도 그를 채용해주지 않기에 오래지 않아 다시 제철소로 돌아올 수밖에 없을 거라는 것을 소문으로 알고 있다. 뒤라스는 바로 말하지 않았지만, 쇼뱅은 이유 없이 제철소를 떠난 것이 아니라, 아마도 노동조합과 연관된 일로 퇴사를 당한 모양이다. 이후 열흘 동안 안 데바레드와 쇼뱅은 같은 카페에서 만나 살해당한 여자와 미친 남자에 대한 추측을 이어간다.

안 데바레드와 쇼뱅은 서로에게 이끌리지만, 두 사람이 할 수 있는 일은 살해당한 여자와 미친 남자를 소재 삼아 사랑의 이해 불가능성과 도달 불가능성을 이야기하는 것이 전부이다. 도시의 한쪽 끝에 있는 안 데바레드의 저택을 해안과 단절시켜 놓은 철책은 두 사람의 만남이 불가능하다는 것은 은유적으로 드러낸다(이 도시에서 가장 아름다운 구역, 바다가 마주 보이는 곳에 그처럼 철책으로 둘러져 있으니). 바다 쪽을 향해 세워진 철책은 안 데바레드에게 자유가 주어져 있지 않다는 것을 상기시키는 동시에(여자가 카페에 드나들 구실을 찾아내기란 여간 어려운 일이 아니랍니다., 집에서 이렇게 멀리 나오는 게 습관이 되지 않아서요.), 그녀와 쇼뱅 사이에 존재하는 계급적 장벽을 가시화한다.

이 작품의 절정은 작품의 말미에 벌어진 저녁 만찬이다. 지난 10년 동안 목련꽃이 만발한 5월이면 안 데바레드의 집에서는 어김없이 제철소의 간부 직원들을 위한 파티가 열렸다. 이 파티에서 그녀는 모든 음식을 거부하고 만취한다(만취는 카페에서 죽은 여자의 습관이었다는 것을 기억하자). 이때 안 데바레드의 남편이 아무 이름도 형상도 없이 단 한 번 등장한다(험악하게 쏘아보지만 냉정을 잃지 않는 시선이 있다.). 연회가 이루어지는 동안 쇼뱅은 철책 바깥의 백사장을 서성인다(사내는 백사장에서 일어나 철책으로 다가갔다. 전망창에는 여전히 불이 켜져 있다. 그는 손으로 철책을 잡고 세게 움켜쥔다., 사내는 정원 철책을 놓아버렸다. 그는 힘을 써 일그러진 텅 빈 두 손을 들여다본다. 저만치 팔만 뻗으면 닿을 만한 거리에서 운명이 결정되었다.).

소설의 마지막이자 두 사람이 마지막으로 만나게 된 카페에서 쇼뱅은 다들 우리가 와 있는 여기쯤에서 그만둘 겁니다, 심심찮게 있는 일이지요.라고 말하고, 안 데바레드는 두렵다니까요!라면서 울부짖는다. 쇼뱅은 다시 당신이 죽었으면 좋겠습니다라고 저주하고, 안 데바레드는 그대로 되었어요.라고 말한다. 이로써 두 사람의 사랑은 상징적으로 완성된 것일까? 카페의 두 남녀처럼?

『모데라토 칸타빌레』는 120여 쪽밖에 되지 않는 분량이지만, 작품을 음미하기 위해서는 500쪽짜리 소설을 읽는 만큼의 시간을 들여야 한다. 뒤라스 특유의 불투명성으로 인해 독자가 이 작품에 헌납해야 하는 공력 가운데 일부는, '보통 빠르기로 노래하듯이'라는 별것도 아닌 음악적 지시를 품은 제목에 바쳐진다. 그러나 아무리 시간을 들인들 독자는 모데라토 칸타빌레와 이 작품 사이의 정합성을 찾지 못할 것이다.

그런 것은 없기 때문이다.

뒤라스의 음악성은『모데라토 칸타빌레』와 같은 단일한 텍스트에서 찾기보다, 그녀가 40여 권 넘게 쓴 작품에 긴밀하게 짜놓은 상호텍스트성(intertextuality)에서 찾아야 한다. 이를테면『모데라토 칸타빌레』에 나오는 두 공간의 대극과 철책은 1965년에 발표된 뒤라스의 최고작『부영사』에서 그 무대를 콜카타(옛 명칭 캘커타)로 옮긴 채 고스란히 변주·재현되고 있으며,『부영사』의 베트남 걸인 소녀는 1984년에 출간되어 작가의 이름을 대중적으로 널리 알린『연인』에서 '빈롱의 미친 여자'로 다시 등장한다. 마음만 먹으면 숱하게 찾을 수 있는 이런 상호텍스트성은 그녀의 작품 전체를 하나의 교향악적인 푸가로 만든다.

└ 모데라토 칸타빌레 마르그리트 뒤라스 지음 정희경 옮김
문학과지성사 2018

2018   OCT

	1	2	3	4	5	6
7	8	9	10	11	12	13
14	15	16	17	18	19	20
21	22	23	24	25	26	27
(28)	29	30	31			

실용주의는 미국의 고유한 철학이다. 이 단어는 그리스어 프라그마(*pragma*)에서 유래했으며 그 뜻은 '실제', '실천'이다. 이 어원을 가지고 프래그머티즘(*Pragmatism*)이라는 용어를 만든 사람은 미국의 철학자 찰스 샌더스 퍼스(*1839~1941*)다. 그는 이 단어를 거의 암기하다시피 읽었던 칸트의 저서에서 발견하고, 자신의 입장을 실용주의라고 이름 지었다. 그는 실용주의를 설명하기 위해 '실용주의 격률'(*pragmatic maxim*)을 제출했다. 그 격률에 따르면 어떤 개념이나 대상은 관념 속의 본질에 따라 정의되는 것이 아니라, 그것이 실천되었을 때의 실제적인 결과에 따른다. 즉 우리가 하나의 컵을 놓고 '이것은 컵이다'라고 말할 수 있는 근거는 그것이 플라톤적인 의미에서의 컵의 이데아를 잘 구현하고 있기 때문이 아니라, 그것으로 물을 떠 마시거나 커피를 받아 마실 수 있기 때문이다.

한국에서 실용주의는 곧잘 이념이나 원칙을 떠나 결과를 중시하겠다는 태도 표명으로 오용되곤 한다. 예컨대 대학이 본연의 인문 교양 과목을 축소하면서 취업 중심의 교육에 매진하는 것을 실용주의적 대학 개혁이라고 강변하는 것이나, 노동자를 쉽게 해고할 수 있는 노동 유연성을 국제 경쟁력을 높이기 위한 실용주의 노선이라고 강변하는 따위

175

가 그렇다. 이들은 퍼스의 실용주의 격률이 영원불변하며 초역사적인 본질주의를 철저히 배척하는 철학적 입장을 기회주의적으로 전용하고 있을 뿐, 실용주의가 전체성과 역사성을 추구하며 합리주의와 대안을 고민한다는 것을 염두에 두지 않는다.

여기에 더 역설적으로, 프래그머티즘 철학을 철학으로 확립시킨 윌리엄 제임스(1842~1910)가 실용주의를 설파하면서 강조한 '현금가치'(cash value) 때문에 실용주의에 대한 대중의 오해는 더욱 깊어진다. 제임스의 실용주의를 특징짓는 이 단어는 대중들에게 '실용주의＝돈이 최고다'라는 잘못된 인식을 심어주었다. 그러나 제임스의 현금 가치는 지식의 유용성에 대한 은유적인 표현일 뿐, 지식의 유용성을 오로지 경제적인 가치에만 한정하는 것은 제임스의 저 용어를 또 다시 곡해하는 것이다. 제임스는 현금 가치라는 말로 인간의 지식과 신념이 그 자체로서 가치를 갖는 것이 아니라, 우리의 삶을 향상시키는 역할을 할 때에만 비로소 가치를 갖게 된다는 것을 강조한 것이다.

퍼스와 제임스 이후 가장 중요한 실용주의 철학자는 존 듀이(1859~1952)다. 그는 퍼스에서 시작된 실용주의가 미국의 철학으로 자리 잡는 데 막강한 공헌을 했다. 그는 철학이 현실의 문제를 떠나 형식적인 사유에 머물러서는 안 된다고 생각했으며, 인류의 거시적인 문명사적 발달 과정을 통찰하는 가운데 현시대가 요구하는 해답을 제시하는 것이 그 시대 철학의 과제라고 믿었다. 이런 믿음은 진리의 문제를 개인적인 차원에서가 아니라 사회적 차원으로 확장했다는 점에서 제임스의 개인주의적이고 관점주의적 태도를 극복한 것으로 평가된다.

『프라그마티즘 미학』은 실용주의 철학자 가운데 유독 미학에 많은 관심을 기울였던 듀이의 미학을 재론하면서, 듀이 미학의 가치와 그의 미학이 포스트모더니즘 시대에 갖는 의미를 모색한다. 이때 대중예술 가운데서도 우리가 일상적으로 즐기는 대중음악은 듀이의 미학을 다른 학자들의 미학과 구분해주는 시금석이 될 수 있다.

대중 예술에 대한 경시는 사회적 영향력과 전문성을 가진 다양한 지성인들에 의해 광범위하게 지지받기 때문에 강한 설득력을 갖는다. 어떤 문제에서도 접점을 찾기 어려운 우익 보수주의자들과 급진적 마르크스시스트는 대중문화를 무시한다는 공통점을 갖는다. 전자는 대중문화가 한 나라의 전통문화와 고급문화를 오염시키는 것을 우려하고, 후자는 대중문화가 계급의식을 마취시키는 것을 못마땅해 한다. 대중문화 혐오는 플라톤 이래로 지식인들이 일관되게 채택해온 관점이다.

듀이는 예술 또는 미학의 근거를 인간의 기본적인 생명 기능과 생물학적 평범성에서 찾았다. **듀이에게 모든 예술은 살아 있는 유기체와 그 유기체를 둘러싸고 있는 환경 사이에 이루어지는 상호작용의 결과이다.** 듀이 미학의 출발이 인간의 육체라는 것은 예술을 정신의 산물로 취급해 온 전통적인 미학과 거리가 멀다. 아도르노 같이 대중음악을 멸시하는 사람들이 재즈와 록, 힙합을 퇴행적이라고 비판하는 이유 가운데 하나는 그것들이 육체적 자극물이기 때문이다.

오랫동안 철학은 인간의 가치의 모든 영역에서 자신의 헤게모니를 보존하기 위해 육체적 차원을 억압해 왔다. 따라서 록에 대한 미적 정당성이 격렬히 부인되는 일은, 록이 구현한 그리고 구현하고 있는 노력들이 예술의 진정한 목적, 즉 지적 목적으로부터 비합리주의적으로 일탈한 것으로 무시되거나 거부되는 일은 놀랍지 않다. 록과 록에 대한 감상이 그 뿌리를 비서양적 문명에 두고 있다는 사실은 록을 더욱 더 받아들일 수 없는 역행적인 것으로 받든다. 이 인용문에는 '록'만 지목되어 있으나, 지은이는 몸의 미학이 가진 의의를 입증하기 위해 특별히 힙합을 예로 들고 있다. 1992년에 출간된 이 책은 철학자가 힙합에 대한 미학적 지원을 제공한 아마도 최초의 사례일 것이다. 관심 있는 독자에게 7장과 8장을 권한다.

칸트의 취미판단은 '사심 없는 만족', '보편적 만족', '목적 없는 합목적성', '필연적 만족'을 충족시켜야 한다고 말한다. 이처럼 칸트 미학의 핵심인 취미판단은 얼핏 누구도 편들지 않는 것처럼 보이지만, 지은이에게는 전혀 그렇지 않다. 칸트의 미학적 자연주의는 크게 보아 환상이다. 미적 판단에 대한 그의 설명은 특수한 문화적 조건과 계급적 특권을 전제로 하고 있다. 무엇보다 칸트가 미적 판단의 기반으로 삼기 위해 의존하고 있는 인간의 본성은 우리가 이해할 수 있는 바로서의 본성의 영역을 넘어선 '초감각적 기체'이다. 즉 칸트의 미적 판단은 형식의 지적인 속성들에만 좁게 집중하면서, 듀이 미학이 강조한 인간 유기체의 삶에 대한 증진을 소홀히 한다. 지은이에게 이 증진은 먼저 정신의 우위에 대한 몸 감각에

대한 회복을 뜻한다. 참고로 실용주의 일반에 대해 더 알고
싶은 독자에게 이유선의 『실용주의』를 권한다.

└ 프라그마티즘 미학   리처드 슈스터만 지음   김진엽 옮김
   북코리아   2020
└ 실용주의   이유선 지음   살림   2008

2018　　　DEC

　　　　　　　　　　　　　1
2　3　4　5　6　7　8
9　10　11　12　13　14　15
16　17　18　19　20　21　22
23　24　25　26　27　(28)　29
30　31

　베르트는 빌헬름 뮐러(1794~1827)의 25편으로 된 연작시「아름다운 물방앗간 아가씨」가운데 20편, 그리고 24편으로 된 또 다른 연작시「겨울 나그네」전편을 연가곡으로 만들었다. 뮐러는 1816년부터 쓰기 시작한「아름다운 물방앗간 아가씨」전편을 1820년에 출간한 자신의 첫 번째 단독시집『떠돌이 호른 연주자의 유고에서 나온 일흔 일곱 편의 시』에 실었으며, 그해부터「겨울 나그네」를 새로 쓰기 시작해 첫 12편을『우라니아』라는 잡지에 발표한다. 슈베르트는 1823년과 1827년에「아름다운 물방앗간 아가씨」와「겨울 나그네」를 바탕으로 연가곡집을 완성했다.

　이언 보스트리지는『슈베르트의 겨울 나그네』에서 슈베르트가 뮐러의 시를 매력적으로 여긴 이유를 연작시가 음악가에 대한 시로 끝난다는 개인적인 이유도 있고, 사랑에 실패한 낙오자가 주인공이라는 사실이 매독 초기로 고통받았던 슈베르트에게 각별한 의미로 다가왔을 수도 있다고 말하고 있다. 그러나 그보다 더 깊은 이유는 슈베르트가 뮐러의 두 연작시에서 메테르니히(1773~1859) 시대의 정치적 억압에 좌절한 그 시대의 음울한 우화에 공감했기 때문이다.

『슈베르트의 겨울 나그네』에 인용된 뮐러의 스물한 살 때 일기를 보면, 자신의 시에 음악이 붙기를 얼마나 고대했는지를 알 수 있다. **나는 악기를 연주하지도 노래를 잘하지도 못하지만, 시를 쓸 때면 연주하고 노래한다. 내가 선율을 연주할 줄 안다면 나의 노래는 지금보다 훨씬 많은 즐거움을 줄 텐데. 하지만 기운을 내자! 가사 뒤에 숨은 곡조를 듣고 이를 들려줄 나와 비슷한 영혼이 어딘가에 분명 있을 테니까.**

자신의 시가 노래로 불리기를 뮐러가 그토록 원했던 이유는 두 가지다. 하나는 두 연작시의 주인공들이 고전적인 이성보다는 낭만주의적인 주관성에 몰입해 있던 만큼, 노래는 언어로 다 드러내지 못한 두 주인공의 내면 감정을 더 극적이고 효과적으로 나타내줄 수 있었다. 이것이 미적 소망에 따른 이유였다면, 다른 하나는 약간 세속적이다. 자신의 작품이 영화화화 되기를 바라는 오늘날의 소설가들처럼 당시의 시인들 역시 자신의 작품이 '노래'로 뜨기를 바랐을 것이다. 그러나 아쉽게도 뮐러는 그렇게 유명하지 않은 작곡가들이 자신의 시에 붙인 노래는 들어보았지만 슈베르트가 작곡한 두 연가곡집은 들어보지 못했다.

슈베르트의 두 연가곡집이 전 세계의 연주장에서 많은 사람들에게 감동을 주는 레퍼토리라는 것을 부정하는 음악 애호가는 없다. 이언 보스트리지의 책은 슈베르트의 연가곡이 가진 감동을 해석하는 동시에 그 감동을 배가해보려는 여러 필자들의 다양한 시도 가운데 하나다. 하지만 이런 노력에도 불구하고, 두 연가곡에 시를 제공했던 뮐러에 대해서는 여전히 모르는 게 더 많다. 이언 보스트리지는 슈베르트의 연가곡 가운데 특히 「겨울 나그네」를 가리켜 **인류의 공통된 경험을 이루는 위대한 예술작품**이라고 하는데, 뮐러의 시는 어느 정도일까?

김재혁이 번역한 『겨울 나그네』에는 「아름다운 물방앗간 아가씨」와 「겨울 나그네」의 전 작품이 수록되어 있다. 두 연작시는 세 가지 동일한 모티프를 가지고 있다. 하나는 사랑하는 사람에게 버려졌거나, 사랑하는 이와 이별한 젊은이가 주인공이라는 것. 「아름다운 물방앗간 아가씨」에 나오는 젊은이는 자신보다 신분이 높은 사냥꾼에게 애인을 빼앗겼고, 「겨울 나그네」의 젊은이가 실의에 빠져 방랑을 하게 된 사연도 그것과 유사하다. 말하자면 두 연작시는 실연한 젊은이의 처연한 넋두리라 할 수 있다.

두 번째 공통점은 방랑이며, 세 번째 공통점은 죽음이다. 방랑은 독일 낭만주의에서 많이 사용된 모티프로, 낭만주의 시인들은 시민적인 삶과 그 정체성에 반대되는 개념으로 방랑을 강조했다. 두 연작시의 주인공은 방랑 끝에 죽음의 유혹에 이끌리는데, 연작시 「겨울 나그네」에 실린 다섯 번째 시 '보리수'가 대표적이다.

성문 앞 샘물 곁에/ 서 있는 보리수/ 나는 그 그늘 아래서/ 수많은 단꿈을 꾸었네// 보리수 껍질에다/ 사랑의 말 새겨넣고/ 기쁠 때나 슬플 때나/ 언제나 그곳을 찾았네// 나 오늘 이 깊은 밤에도/ 그곳을 지나지 않을 수 없었네/ 캄캄한 어둠 속에서도/ 두 눈을 꼭 감아버렸네// 나뭇가지들이 살랑거리면서/ 꼭 나를 부르는 것 같았네/ 친구여 내게로 오라/ 여기서 안식을 찾아라!// 차가운 바람이 불어와/ 얼굴을 세차게 때렸네/ 모자가 날려도/ 나는 돌아보지 않았네// 이제 그곳에서 멀어진 지/ 벌써 한참이 되었네/ 그래도 여전히 속삭이는 소리 들리네// 친구여, 여기서 안식을 찾으라!

　　두 연작시에서 단 한 편만 뽑으라면 단연 '보리수'다. 이 시는 읽는 이의 마음속 깊이 파고드는 완벽한 상징과 알레고리를 갖추었다. 대지에 뿌리박은 나무는 안정과 영원성을 상징하며, 공중으로 뻗쳐나가는 속성상 천계(신)와 지상(인간)을 중계하는 전령 역할도 한다. 이런 성질로 인해 많은 민족 신화는 특정 나무를 특정 집단과 동일시하기도 한다. 한편 생명에 꼭 필요한 물을 공급하는 샘 또는 우물은 그 자체로 영원한 생명을 의미하며 여성의 순결이나 인간의 무의식 일반, 또는 성욕과 지혜를 상징한다. 나무가 그 수직적인 형태로 인해 남근을 연상시킨다면, 샘이나 우물은 형태상 자궁을 연상시킨다. 겨울 나그네가 찾아온 추억의 장소, 그러니까 보리수가 곁에 서 있는 샘물은 완벽한 유토피아를 구현하고 있다. 하지만 역설적에게도, 젊은 방랑자는 이 유토피아의 공간에서 강한 자살 욕구를 느낀다. 이 시의 묘미는 시각(나는 돌아보지 않았네)보다 끈질긴 청각(그래도 여전히 속삭이는 소릴 들리네)의 유혹으로, 현실 원칙(시각)은 죽음 충동(청각)에 막 굴복하려고 한다.

　　뮐러의 두 연작시는 체념과 허무주의를 동반하며, 그것은 유토피아 내지 현실 도피에 대한 열망으로 곧바로 연결된다. 『겨울 나그네』를 번역한 김재혁은 뮐러의 시에서 엿볼 수 있는 **황량함, 고통, 삶의 권태, 전망 없음, 불행은 사회적 요**

소와 관련이 있다고 올바르게 지적했다. 뮐러가 가진 황량한 탈환상의 정서를 이해하기 위해서는 그가 프로이센 군대에 자원입대해 나폴레옹 지배에 대항해 싸웠던 독일 민족주의 자였다는 이력과 나폴레옹 퇴치 이후 좌절의 구렁텅이로 빠진 독일 역사를 살펴봐야 하며, 아울러 뮐러가 G.G. 바이런 문학에 나타나는 영웅적 허무주의를 숭배했다는 것을 고려해야 한다. 그러나 그의 작품이 독일 시문학사에 빠트릴 수 없을 만큼 중요하고 뛰어난가, 라고 묻는다면, 나는 고개를 가로로 젓겠다. 뮐러가 고대했던 영혼(슈베르트)을 만나지 않았다면, 우리는 독일작가 인명사전에서나 그 이름을 겨우 발견했을지 모른다.

ㄴ 슈베르트의 겨울 나그네   이언 보스트리지 지음   장호연 옮김
   바다출판사   2016
ㄴ 겨울나그네   빌헬름 뮐러 지음   김재혁 옮김   민음사   2017

2019   FEB

             1   2
3   4   (5)   6   7   8   9
10 11 12 13 14 15 16
17 18 19 20 21 22 23
24 25 26 27 28

이 노래들은 같은 장르도 아니고 유행한 시대도 다르다. 펄시스터즈의 '기다리겠오', 장현의 '기다려주오', 민희라의 '미소', 이승연의 '나는 누굴 믿어', 루비나의 '비오는 공원', 산울림의 '내 마음에 주단을 깔고' 정수라의 '환희', 서울패밀리의 '이제는', 심수봉의 '사랑했던 사람아', 조덕배의 '슬픈 노래는 부르지 않을 거야', 룰라의 '날개 잃은 천사', *K2*의 '잃어버린 너'.이 노래들은 모두 대중가요가 가장 집착하는 것은 사랑이라고 말한다.

사랑은 둘이서 한 곳을 바라보는 것이라는 말은 사랑을 정의할 때 자주 불려 나오는 잠언이다. 이 잠언은 둘이서 하나를 이루는 것이 사랑이라고 말한다. 둘로 나뉘어 있지만, 한 곳을 바라보자 나뉜 둘이 하나가 된다. 이런 식의 사랑론의 저작권자는 플라톤이다. 그가 썼다는 『향연』에 따르면 둘로 나뉜 두 사람이 하나로 다시 합쳐지는 것이 사랑이다. 인간의 본래 상태가 둘로 나뉘었기 때문에, 그 나뉘어진 각각은 자기 자신의 또 다른 반쪽을 갈망하면서 그것과의 합일을 원하게 되었다네. 그래서 그들은 팔로 상대방을 껴안고 서로 얼싸안으며 한 몸이 되기를 원하고, 상대방 없이는 아무것도 하려 하지 않아서 굶주림 또는 무기력으로 죽을 지경에 이르렀다네. 그래서 우리는 그 하나가 되고자 하는 욕망과 노력을 사랑이라는 이름으로 부르게 된 것이라네. 반복하건데 확실히 전에는 우리가 하나였다네!

대중가요는 하나같이 나의 반쪽을 찾아낸 환희나 반쪽을 잃어버린 슬픔을 노래한다. 그런 점에서 대중가요만큼 플라톤의 교의에 충실한 것은 없다. 이것은 한국의 사정만 아니라 세계 공통이다. 다이앤 애커먼은 『감각의 박물관』에서 이렇게 말한다. 대중가요는 사춘기를 위한 성교육 기본 교제다. 공중파가 우리의 음유시인이 되었다. 전국 모든 사람들이 자동차 라디오나 TV 수상기, CD 플레이어를 켜고 같은 시간에 같은 노래를 들을 수 있다. 대중가요에서 우리는 사랑에 관한 신화와 이상을 공유한다.

대중가요는 사랑이 나를 순식간에 바꾸어 놓을 수 있다는 것에 놀라워하고, 세계를 다른 방식으로 보며 삶을 새로 시작하게 할 만큼 위대하다는 것을 찬양한다. 그러면서 사랑에는 엄청난 대가가 따를 수 있다고 경고한다. 또 대중가요는 누구를 사랑해야 할지, 그 사랑이 진실한 것인지를 아는 방법, 배신당하면 어떻게 해야 하는지, 사랑이 허물어지면 어떻게 대처해야 하는지 등에 대해 충고한다. 대중가요에 따르면, 인간은 한순간도 쉬지 않고 사랑을 찾아 헤매고, 실연하고, 사랑에 상처받으며, 더 낳은 새로운 사랑을 꿈꾼다. 사랑 없이는 한순간도 살 수 없음, 바로 이것이 대중가요가 반복해서 대중들에게 확인시키고자 하는 인간학이다.

진화의 관점에서, 인간의 짝짓기에 반드시 음악이 요구되지는 않았다. 하지만 데이트를 할 때 음악이 나를 대신해서 상대를 최면에 빠트리거나, 유혹을 쉽게 해주는 것은 사실이다(흔히 '무드를 띄운다'고 한다). 대부분의 문화권에서 음악은 구애를 하는 데 동원되었는데, 특히 저급하다는 대중가요는 가장 뜨거운 환상에 불을 지피고 연인들에게 활력을 준다.

대중가요가 반복하는 인간학에 대중이 전혀 식상하지 않는 이유는 대중가요가 **우리가 갖고 있지 않은 것을 이상화하**기 때문이다. 솔직히 말해 완벽한 사랑을 성취하기란 얼마나 어려운가. 내게 결핍된 사랑을 간절하게 동경하면 할수록 *3*분짜리 대중가요는 모차르트나 베토벤 이상의 것이 된다. 같은 방식으로 대중가요는 사랑이 깨어지고 난 뒤의 슬픔마저도 이상화한다. 그래서 슬픈 노래에 의해 내가 겪는 슬픔은 오히려 견딜 수 있게 된다. '글루미 선데이' 같은 노래가 많은 사람을 자살하게 만들었다지만, 이 공식에 따르면 이 슬픈 노래가 자살하려는 사람을 구해낸 수는 그보다 많다.

짓궂겠지만, **사랑은 둘이서 한 곳을 바라보는 것이라**는 잠언은 새로운 해석이 필요하다. 저 잠언에 대한 냉담한 해석에 따르면, 사랑이란 너와 내가 만나서 충만(♥)해지기는 커녕 여전히 텅 빈 기호(♡)로 남아 있는 무엇이다. 저 잠언에 나오는 방향을 역전시키면, 두 사람이 사랑해서 어느 지점을 바라보는 게 아니라, 거꾸로 그 지점이 두 사람의 관계를 생성시켜주고 유지시켜주는 형국이 된다. 즉 사랑으로 충만한 두 사람이 타워팰리스를 함께 바라보는 것이 아니라, 타워팰리스가 두 사람의 사랑을 생성·유지시키고 충만하게 해주는 것이다. 그 한 곳이 타워팰리스가 됐든 뭐가 됐든(섹스, 자녀, 예술, 정치, 종교, 사회운동, 여행, 맛집 순례 등등), 둘이서 바라보는 한 곳은 사랑이 결핍(구멍)에 불과하다고 말해준다. 이 암시는 어떤 면에서는 무척 실용적이다. 사랑이 매개되지 않은 중매혼이 사랑으로 완성되는 변환의 비밀이 여기 있기 때문이다. 너와 나는 애초에 사랑이 생겨날 리 만무한 사이(♡)였지만, 그 한 곳이 있어 두 사람을 사랑하는 사이(♥)로 묶어준다.

알랭 바디우는 『사랑 예찬』에서 철학의 임무는 사랑을 보호하는 것이며, 나아가 **사랑을 재발명해야만 한다**고 말한다. 그는 『조건들』에서 사랑에 대해 본격적으로 논하기 전에, 받아들일 수 없는 사랑에 대한 잘못된 정의 세 가지를 앞서 제시한다. 그 가운데 첫 번째로 꼽은 것이 **사랑은 융합적인 것**이라는 관념이다. 그러나 사랑은 결코 **둘이 황홀한 하나를 만드는 것이 아니다**. 황홀한 하나란 두 사람 속에 있는 무수한 다수는 물론 세계를 제거함으로써만 설정될 수 있다. 그런 동일성은 세계에 테러를 행사하고 윤리마저 파괴한다(**우리가 남이가?**). 바디우는 『철학을 위한 선언』에서 사랑은 일자(一者)가 아니라 비로소 **둘이 사유되기 시작하는 지점**이며, 사랑은 **일자의 법칙에 대한 돌이킬 수 없는 초과를 구성하는 경험**이라고 말한다.

모든 사랑은 우매하게 시작하며, 우매한 사랑은 둘이서 하나 되고자 서로의 살과 영혼을 집어삼킨다. 그러나 지혜로워지고 나서는 집어삼킨 연인의 살과 영혼을 토해낸다. 삼키고 토하는 과정을 죽을 때까지 계속하자. 그런 사랑을

맹서하자. 그러기를 거부하는 사랑, 타자의 살과 영혼을 삼
킨 채 사랑이라는 이름으로 면역성을 제거한 맹서는 여덟
개의 사지와 두 개의 머리를 가진 괴물이 된다.

└ 향연   플라톤 지음   박희영 옮김   문학과지성사   2003
└ 감각의 박물관   다이앤 애커먼 지음   백영미 옮김   작가정신
   2004
└ 사랑 예찬   알랭 바디우 지음   조재룡 옮김   길   2010
└ 조건들   알랭 바디우 지음   이종영 옮김   새물결   2006
└ 철학을 위한 선언   알랭 바디우 지음   서용순 옮김   길   2010

2019   FEB

					1	2
3	4	5	6	7	8	9
10	11	12	13	14	15	16
17	18	19	20	21	22	23
24	25	26	(27)	28		

‘쇼스타코비치와 레닌그라드 전투’라는 부제를 단
『죽은 자들의 도시를 위한 교향곡』은 쇼스타코비
치(1906~1975)의 전기로 읽어도 손색이 없지만, 표준적인
전기는 아니다. 그것을 강조하기라도 하려는 듯이 지은이
는 권말에 붙은 ‘저자의 말’에서 표준적인 전기를 읽고 싶은
독자를 위해 한국에는 아직 번역이 되지 않은 두 권의 책을
아예 소개해놓고 있다(Shostakovich: A Life[Laurel Fay],
Shostakovich: A Life Remembered[Elizabeth Wilson]).

　『죽은 자들의 도시를 위한 교향곡』의 중요한 주제는 스
탈린(1878~1953) 시대에 음악가로 생존한다는 것은 어떤
의미인가, 라는 물음이다. 그는 용감했던 반체제 인사였을
까? 잔뜩 겁을 먹은 순응주의자였을까? 아니면 충성스러운
스탈린주의자였을까? 쇼스타코비치는 자신의 작품에 대해
간간이 말했지만, 사람들은 쇼스타코비치의 발언보다 스탈
린 시대에 작곡된 그의 교향곡으로부터 직접 어떤 메시지를
발견하고 싶어 한다. 그럴 때, 문자 그대로 ‘음악은 말’이 되
어 버린다.

　이 책에 나오는 많은 분석들은 아무런 가사가 없는 절
대 음악조차도(물론 쇼스타코비치의 교향곡은 표제를 가지
고 있기는 하다), 복잡한 서사를 가진다는 흥미로운 증거를

보여준다. 그리고 모든 서사가 그렇듯이, 해석은 해석자의 신념에 따라 달라진다. 쇼스타코비치의 교향곡은 그를 용감했던 반체제 인사로도, 잔뜩 겁을 먹은 순응주의자로도, 충성스러운 스탈린주의자로도 만들 수 있다. 하지만 이 독후감은 이 문제를 접어두기로 한다.

1917년 10월에 일어난 볼셰비키 혁명은 세계 최초로 성공한 공산주의 혁명이다. 부정적이든 긍정적이든 이 혁명이 세계 정치사에서 차지하는 의미는 낱낱이 연구되었으며, 지금도 캐물어지고 있다. 이 10월 혁명이 정치 또는 권력의 주체를 새롭게 정하는 혁명이라는 것은 널리 알려져 있지만, 동시에 예술혁명이기도 하다는 것은 잘 알려져 있지 않다. 혁명 초기, 레닌(1870~1924)은 공산주의 이념을 널리 전할 필요가 있었다. 거기에 호응한 창조적인 예술가들은 새로운 세상에 고무되어 대중을 위한 예술 변혁에 열정적으로 참여했다. **많은 예술가들이 과거의 예술을 파괴할 순간이라고 생각했다.** 노동자가 지배하는 새로운 세상을 위해 새로운 예술이 만들어져야 했다. 음악은 부자들의 살롱에서 연주되지 않을 것이고, 회화는 왕궁의 벽을 장식할 필요가 없다.

페트로그라드(상트페테르부르크·레닌그라드)에는 입체-미래파, 신-원시주의, 구성주의, 절대주의, 광선주의, 생산주의 등 새로운 미술운동이 활발하게 일어났다. 과거의 풍경화, 고대 그리스 영웅들이 등장하는 그림, 실크와 털로 화려하게 치장한 여성들의 초상화가 사라졌다. 어떤 화가는 모든 풍경을 기하학적인 기호로 바꾸었으며, 어떤 화가는 움직이는 조각을 실험했다. 그리고 시인들은 봉건 정서에 바탕한 시어를 버리고 근대 문명과 의식을 서정시 속에 받아들였다.

작곡가들도 러시아의 새로운 현대성을 찬양하고자 했다. 최전선에 선 이들은 이제 어둡고 뒤엉긴 화음이 난무하고 천둥처럼 요란한 곡을 쓰거나 크리스털 조각 같은 음악, 그러니까 급격하게 돌출하다가 눈부신 표면이 이어지는 날카롭고 딱딱한 구조의 곡들을 썼다. 미래파에 열광했던 이들은 기계 장치의 굉음과 반복을 특징적으로 묘사하는 곡들도 쏟아냈다.

모솔로프(1900~1973)의 「주물 공장」, 프로코피예프의 「강철의 춤」, 데셰보프(1889~1955)의 「철도」, 온스타인(1893~2002)의 「비행기에서의 자살」 같은 곡들이 이 시기에 발표되었다. 페트로그라드 음악원의 학생이었던 쇼스타코비치는 그런 아방가르드에 노출된 한편, 돈을 벌기 위해 극장에서 무성 영화에 소리를 입히는 피아노 연주를 했다. 이 경험은 그의 모든 음악에 독특한 흔적을 남기게 된다. 특히 맹렬한 폭격과 음산한 새소리, 당나귀가 영구차를 끌듯 느릿느릿한 장송행진곡과 비웃음 같은 것이 한 시간 가까이 이어지는 교향곡 4번(1936)은 그가 십대 때 극장에서 피아노를 치면서 익힌 기법이자 아방가르드 체험의 반영이라고 할 수 있다.

러시아 아방가르드는 '예술을 위한 예술'에서 출발한 것이 아니었다. 이런 전망은 정치적으로 꼭 필요한 일이었다. 현실은 더할 수 없이 암울했다. 혁명과 내전으로 농업과 무역이 붕괴했다. 1921년 산업 생산량은 1913년의 5분의 1 수준으로 폭락했다.

레닌의 필사적인 노력에도 경제는 난장판이었다. 그러므로 공산당은 사람들이 미래를 내다보도록 요구했다. 자신들의 희생이 밑거름이 되어 언젠가 자식들이나 자식들의 자식들을 위해 완벽한 사회로 꽃필 것이라고 믿도록 했다. 러시아 아방가르드가 '미래파'라는 또 다른 이름으로 불리게 된 이유가 여기에 있다.

쇼스타코비치는 열아홉 살이던 1925년, 음악원의 졸업 과제물로 교향곡 1번을 발표하고 세계적인 주목을 받았다. 무난하게 졸업을 마친 쇼스타코비치는 곧바로 초(超) 현대주의 속으로 걸어 들어갔다. 일부 극단주의자들만큼 멀리까지 나아가지는 않았지만, 이후 몇 년간 그의 음악은 보다 넓은 예술적 혁명의 요소들을 많이 보였다. 그의 교향곡 2번(1927)、교향곡 3번(1929)은 미래파의 길모퉁이에 세운 화려한 볼거리처럼 들린다. 하지만 국가 경제의 국영 산업화와 집산화를 핵심으로 하는 스탈린의 1차 5개년 계획(1928. 10. 1~1932. 12. 31)이 시작되자 러시아 아방가르드는 질식하기 시작했고, 쇼스타코비치의 어린 시절 영웅이었던 마야코프스키(1893~1930)가 자살을 한 1930년에 러시아의 예술혁명은 완전히 막을 내렸다.

국영 산업화와 집산화는 예술가들에게 사회주의 리얼리즘을 유일한 창작 원리로 강요했다. 이제 소비에트의 작곡가들은 무엇보다 현실이 승리를 위해 진보한다는 원칙, 영웅적이고 밝고 아름다운 모든 것들에 주목해야 했고, 문학과 예술은 선전 장치가 되어야 했다. 혁명 초기에 용인되었던 예술 실험은 이제 형식주의라는 형체를 알 수 없는 비난을 뒤집어썼다. 어떨 때는 지나치게 단순하다고, 어떨 때는 지나치게 복잡하다고 했다. 지나치게 가볍고 사소하다는 비판, 지나치게 음울하고 절망적이라는 비판, 지나치게 감상적이라는 비판, 지나치게 감정이 메마르다는 비판도 형식주의라는 이름으로 이루어졌다. 대중적 곡조를 포함하면 포함했다고, 인민의 음악을 무시하면 무시했다고, 위대한 작곡가들의 옛 방식을 저버리면 저버렸다고, 혁명 전 과거 대가들의 옛 방식을 계승하면 계승했다고 공격받았다.

스탈린이 죽기 전에 누군가 그에게 형식주의와 사회주의 리얼리즘이 무엇인지 물었다. 그는 어깨를 으쓱하며 이렇게 대답했다. 악마만이 알겠지.

└ 죽은 자들의 도시를 위한 교향곡   M.T. 앤더슨 지음   장호연 옮김
돌베개   2018

2019   MAR

					1	2
3	4	5	6	7	8	9
10	11	12	13	14	15	16
17	18	19	20	21	22	23
24	25	26	27	28	(29)	30
31						

영어사전은 *tube*를 ①관 ②터널 ③텔레비전 ④빨대로 풀이하고 있는데, 프랑스에서는 영어사전에서 가리키는 용법을 고스란히 포함하면서 '유행가', '히트곡'이라는 별도의 은어로도 쓰인다. 영어사전에서는 찾을 수 없는 이 용례를 누구라도 프랑스어 사전에서 확인해 볼 수 있다. 프랑스에서 *tube*라는 말을 음악 산업에서의 성공을 의미하는 '히트곡'이라는 은어로 처음 사용한 이는 소설가, 재즈 뮤지션(트럼페터), 작사가 등 다방면으로 활동했던 보리스 비앙으로, *1957*년에 작사한 '튜브'(*Tube*)라는 곡의 가사를 통해서였다.

프랑스의 젊은 철학자 페테르 센디의 『주크박스의 철학-히트곡』은 히트곡의 비밀을 알고 싶어서 이 책을 손에 든 독자에게는 일종의 재앙이다. 혹시라도 미셸 슈나이더의 『글렌 굴드, 피아노 솔로』를 읽은 독자라면 이 느낌을 알 것이다. 프랑스 저자들의 글쓰기는 독자를 현학으로 압도하고, 수다로 따분하게 만들며, 다방면의 상호텍스트성으로 질식시킨다. 히트곡에는 그 노래가 인기를 얻게 된 음악적·사회 경제적·이데올로기적 배경과 의미가 투여되어 있으며, 히트곡 분석에는 응당 그에 대한 분석이 있어야 한다.

하지만 이 책은 그런 분석에는 일절 관여하지 않는다. 페테르 센디는 테오도르 아도르노가 아니다.

통속적인 히트곡은 대개 그저 그런 곡조에 지나지 않는다. 그런데도 그것은 우리를 감동시킨다. 누구나 그저 그런 곡조가 자신을 사로잡고는 지겹게 달라붙어 도무지 떨어질 생각도 하지 않고 귓전에 맴도는 것을 한번쯤 경험해 봤을 것이다. 이러한 곡조를 어느 학자는 '귀벌레'라고 부르기도 하는데, 독일어로 '집게벌레' 또는 '히트곡'을 뜻하는 이 단어는 독일어 '귀'(ohr)와 '벌레'(wurm)를 합성한 단어다. 지은이를 질리게 했던 한때의 귀벌레는 존 레넌의 '이매진'(Imagine)과 달리다와 알랭 들롱의 이중창 '파롤, 파롤, 파롤'(Parole, Parole, Parole)이었다.

나의 경우, 한때의 귀벌레는 레드 제플린의 '홀 로타 러브'(Whole Lotta Love), 민희라 '미소', 장현 '기다려주오', 이승연의 '나는 누굴 믿어', 루비나 '비오는 공원', 정수라 '환희', 서울패밀리 '이제는', 심수봉 '사랑했던 사람아', 신디 로퍼의 '트루 컬러스'(True Colors), 소니 롤린스의 알피의 테마(Alfie's Theme)였다. 소니 롤린스의 곡은 재즈로는 내 귀에 처음 들러붙은 귀벌레였는데, 1993년 여름 나는 이 곡을 휘파람으로 정복했다.

오늘 내 귀벌레는 하루에도 몇 번씩 유투브에서 보고 듣는, 샤리프 딘& 이블린 드 하세의 '두 유 러브 미?'(Do You Love Me?)다. 지은이는 이 노래를 알지 못할 수도 있지만, 논의를 이어가기 위해 잠시 이 노래의 가사를 소개하고 싶다. (여)날 사랑하나요?/ (남)사랑하죠, 말로 다 할 수 없을 만

큼 사랑하죠. 예, 그래요./ (여)내가 필요한가요?/ (남)당신이
필요해요, 장미에게 물이 있어야 하듯이. 예, 그래요./ (합창) 세
월은 우리의 사랑을 영글게 하지요, 강하고 힘이 있게. 세월은 우
리의 사랑을 영글게 하지요, 강하고 힘이 있게/ (여)날 사랑하나
요?/ (남)내 마음이 아프도록 당신을 사랑해요. 예, 그래요./ (여)
내가 필요한가요?/ (남)당신이 필요해요, 여름에 장미가 피어나
는 것처럼 당신이 필요해요. 예, 그래요./ (합창) 세월은 당신과
나를 하나로 묶어주죠. 사랑은 숭고하고 숭고하죠. 세월은 당신과
나를 하나로 묶어주죠. 사랑은 숭고하고 숭고하죠.

샤리프 딘 & 이블린 드 하세의 '두 유 러브 미?'나 앞서
열거한 민희라·장현·이승연·루비나·정수라·서울패밀
리·심수봉의 노래는 언어만 다를 뿐, 가사가 담고 있는 내
용과 정서는 동일하다. 히트곡은 새로운 만남에 대한 전형적이
고 흔하며 보편적인 이야기다. 많은 성공한 노래들이 진부함을 스
스로 드러내면서 노래하듯, 그런 진부한 사랑 이야기다.

사랑을 노래하는 대부분의 히트곡은 이미 이전에 들어
본 적이 있는 것과 같은 기시감을 불러일으킨다. 이 노래들
은 '당신이 처음인 듯이, 그리고 나의 운명인 듯이' 말한다.
이처럼 뻔한 통속성에 홀딱 넘어가는 이유는 이 노래들이
수행적인 효과를 갖고 있기 때문이다. 저 노래들은 슬픈 것
은 더 슬프게, 그리운 것은 더 그립게, 사랑하는 것은 더 사
랑하도록 만드는 수행적 실천으로 듣는 사람과 따라 부르는
사람을 이끈다.

히트곡이 기시감을 불러일으키는 무한히 반복되는 진
부함으로 우리를 사로잡는 또 다른 비결은, 우리의 내면에

히트곡에 공명하는 잔여와 결핍의 공간이 있기 때문이다. 우리는 히트곡 안에서 말하는 평범하고 진부한 '나'와 자신을 동일시하면서, 이 자기생산과 자기욕망의 구조를 선택하고 육화하면서, 우리 안에서 은밀히, 끝없이 재생산되는 상품이 우리를 사로잡고, 우리 안에 살게 한다.

지은이는 아무리 까다로운 사람도 히트곡 앞에서는 무심하고 한없이 너그러워진다면서, 정신을 무장해제시키는 히트곡의 이런 장점은 가장 진부한 것을 통해 자신의 가장 특이하고 가장 깊이 숨겨진 부분에 다가갈 수 있게 해준다고 말한다. 즉 자아로의 접근은 진부함과 상투성의 경험 속에서 열리는 것이다.

그런데 히트곡 속에 나오는 욕망하고 갈구하는 주체가 사랑에 빠진 연인이나, 연인들의 대변인이 아니라, '히트'하기를 바라는 히트곡 자신이라면 어떻게 될까?

롤링스톤스의 '새티스팩션'(Satisfaction)에서 도무지 만족할 수 없어./ 애쓰고 애쓰고 애쓰고 애를 써봐도/ 만족할 수가 없어, 만족이 없어……라고 말하는 가상의 주체를 히트곡 자신이라고 바꾸어 들어보라. 또 내가 쓰러져 죽을 거라고 생각하겠지./ 아니야, 난 아니야./ 난 살아남을 거야./ 살게 되리라는 걸 난 알아./ 언제까지고 살 거야./ 난 살아남을 거야./ 난 살아남아……라는 글로리아 게이너의 '아이 윌 서바이브'(I Will Survive)를 히트곡 자신의 생존에 대한 열망으로 바꾸어 들어보라. 그럴 때 우리는 대중음악의 희화화된 민낯을 볼 수 있다. 돈을 위한 히트곡, 스스로의 명성을 노래하는 히트곡. 히트곡, 이 진일보한 자본주의의 중대한 발명품은 상투성 속에서 끊임없이 유일함을 주조해낸다. 그리고 그 반대 경우도 마찬가지다.

└ 주크박스의 철학: 히트곡   페테르 센디 지음   고혜선, 윤철기 옮김
문학동네   2012

2019   APR

1 2 3 4 5 6
7 8 9 10 11 12 13
14 15 16 17 18 19 20
21 22 23 24 25 26 27
㉘ 29 30

소설가이자 작사가, 평론가, 번역가, 시나리오 작가 등으로 활동했을 뿐 아니라 트럼펫을 연주하는 재즈 음악가이기도 했던 프랑스 문학계의 전설적인 인물.『세월의 거품』앞날개에 적힌 보리스 비앙(1920~1959)의 약력이 인상적이다.

그는 전후(戰後) 동생 알랭과 재즈 밴드를 구성해 작은 재즈 클럽에서 연주했다. 그러나 심장 질환으로 트럼펫 연주를 포기해야만 했다. 그후 재즈에 관한 기사와 평론을 썼으며 듀크 엘링턴, 찰리 파커, 마일스 데이비스 같은 미국의 재즈 음악가들을 초대해 콘서트를 열었다.

프랑스 지식인들이 재즈에 바친 경모는 특별나다.『세월의 거품』에「엘링턴적 걸작」이라는 작품해설을 쓴 질베르 페스튀로는 그 이유를 두 가지로 분석한다 콕토로부터 아라공까지, 사르트르에서 레리스까지 재즈에서 현대성의 강력한 상징을 보았던 프랑스 지식인 계층은 재즈에서 반(反) 나치 운동의 상징을 이끌어 낸 전쟁 세대와 마찬가지로 이 음악에서 매력을 느꼈다고 할 수 있다. 재즈가 가진 반형식주의에서 현대성을 발견했던 프랑스 지식인들에게 재즈는 그들을 나치로부터 해방시켜 준 해방자들의 음악이기도 했다.

『세월의 거품』에 나오는 젊은 주인공 콜랭은 한 사교 모임에서 앞으로 결혼을 하게 될 클로에라는 여성을 만난다. 콜랭이 클로에에게 처음 건넨 말은 이랬다. 듀크 엘링턴이 당신을 편곡했나요? 여기뿐 아니라, 듀크 엘링턴은 작가의 삶과 작품에 자주 출몰한다. 비앙은 서문에 이렇게 썼다. 어여쁜 처녀들과의 사랑 그리고 뉴올리언스나 듀크 엘링턴의 음악. 그 나머지는 사라져야 할 것이다. 추하기 때문이다. 그리고 비앙이 버넌 설리반이라는 미국식 가명으로 출간했던 20세기 누아르 소설의 고전 『너희들 무덤에 침을 뱉으마』에 나오는 또 다른 젊은 주인공 리 앤더슨은 이렇게 말한다. 모든 위대한 작곡가들은 다 흑인이야. 듀크 엘링턴 같은 사람을 생각해 보라고.

출간 이후 300만 부 이상이 팔린 『세월의 거품』의 줄거리는 너무 진부해서 식상할 정도다. 재즈와 쾌락에 탐닉하며 무료한 생활을 이어가던 스물한 살 청년 콜랭은 수줍은 듯하지만 관능적 매력을 지닌 클로에를 만난다. 듀크 엘링턴을 숭배하는 콜랭이 클로에를 만난 것은 어쩌면 운명이라고 할 수 있다. 콜랭은 그녀를 만나기 이전부터 듀크 엘링턴의 곡인 '클로에'(Chloe)를 잘 알고 있었기 때문이다. 하프로 결혼식 축하연의 첫 번째 음악도 당연히 '클로에'다. 하지만 그들의 신혼은 클로에의 폐에 수련(睡蓮)이 자라는 괴상한 병이 생기면서 불행으로 바뀐다. 콜랭은 그녀의 치료를 위해 모든 재산을 다 쓰고 마지막엔 육체노동까지 하게 되는데, 평소의 콜랭은 노동을 자본의 이데올로기에 현혹된 것으로 보고 거부해왔다.

'일을 한다는 것은 좋은 것이다.'라는 말은 그들도 들었겠지. 그런데 실제로 그렇게 생각하는 사람은 아무도 없어. 그냥 습관적으로 그리고 거기에 대해 생각하지 않기 위해 일을 하는 것뿐이지. 그건 그들이 '노동, 그것은 신성하고, 즐겁고, 아름답고, 무엇보다 중요하고, 오직 노동자들만이 모든 것에 대해 권리를 가지고 있다.'라는 말을 들었기 때문이야. 그들은 바보야. 그래서 노동이야말로 가장 좋은 것이라고 그들로 하여금 믿게 만드는 자들과 사이좋게 지내는 거지. 그래서 그들은 생각도 하지 않고, 진보를 위해 애쓰지도 않고, 더 이상 일을 하지 않으려고 노력하지도 않는 거야.

한편 콜랭의 친구 시크는 철학자 장 솔 파르트르에 광적으로 집착한다. 그는 파르트르의 장서용 책과 파르트르의 소지품을 수집하는데 막대한 돈을 쓰면서, 애인인 알리즈와 점차 멀어진다. 장 솔 파르트르는 '장 폴 사르트르'를 음위전환한 이름으로, 비앙은 한때 사르트르와 보부아르가 주도적인 역할을 했던 생제르맹 문학 그룹의 일원이었다. 그 증거가 사르트르가 창간한 『현대』(*Les Temps Modernes*)에 발표된 바로 이 작품이다.

하지만 비앙은 초대장이 없는 청중이 파르트르의 강연회에 참석하기 위해 영구차를 타고 잠입하거나 낙하산을 타고 뛰어내리는 광경을 통해 실존주의 소동을 희화화하며, 스노비즘의 희생자인 시크를 통해 '사르트르의 추종자들'을 비웃는다. 이들은 유행을 추종하고 있을 뿐, 대부분은 사르트르의 책을 읽지 않았고 이해하지도 못했다는 것이다.

해설자가 지적하고 있듯이 『세월의 거품』은 풍자와 기괴함이 교대로 나타나는 이미지의 시, 그리고 음위전환과 소리와 문법을 이용한 말장난, 동음이의어, 신조어에 이르는 언어유희가 마치 논리적으로 화해할 수 없는 요소들이 마술적으로 융화된 스윙 재즈를 연상시킨다. 질베르 페스튀로는 이 작품에 '엘링톤적 소설'이라는 명칭을 붙여주면서 이렇게 말한다. 『세월의 거품』은 낭만주의 장르를 가짜 리얼리즘이라 비판하고, 예술에게 꿈의 신비와 내적 환상의 힘을 드러내라고 하는 초현실주의자들의 요구를 공고히 하는 동시에 예증한다. 『세월의 거품』의 매력은 초현실주의와 몽환의 영향을 받은 언어와 환상의 일치, 스윙 재즈적 문체와 환상적인 세계의 조화에서 기인한다. 이 작품의 영광은 또한 애정과 무질서, 열정과 냉소적 유머를 뒤섞는 영원한 청춘의 현대성에서도 온다. 즉 우리 시대 음악의 원천을 들이마심으로써 열광적인 사랑의 이루 말할 수 없는 행복과 인간 조건의 악몽을 우리에게 드러내 보여주는 시적 대상을 창조해 낸 현대성에서 말이다.

에릭 홉스봄은 『저항과 반역 그리고 재즈』에서 엘링턴의 음악은 정통 작곡가들의 작업 방식과 거리가 멀며, 엘링턴 음악의 위대성 또한 그런 특성에서 나왔다고 말한다. 이렇게 만들어지는 음악이, 개인적인 창조자이자 작품을 만든 아버지로서의 전통적인 '예술가' 개념에 어울리지 않는다는 것은 자명하다. 하지만 예술가에 대한 그러한 고루한 정의는 현재 무대예술과 영화에서 폭넓게 이뤄지고 있는 공동작업 혹은 집단창작 형태의 예술작업에는 부적합한 것이다. 20세기 예술에서는 이런 유형의 창작 형태가 개인 작업실이나 책상 앞에서의 작업보다 훨씬 더 특징적으로 나타난다. 엘링턴을 '예술가'로 규정할 때 생기는 이러한 문제는 원칙적으로 위대한 안무가나 감독들처럼 자신들의 개성을 팀 작업을 통해 작품에 투영시키는 이들을 어떻게 불러야 하는

가의 문제와 다를 바 없는 것이다. 이것은 예술과 예술창작에 관한 기존의 정의나 설명에 대해 중요한 문제를 제기하는 일임에 분명하다. 특히 엘링턴을 '작곡가'라고 말하는 것은 부르주아적·데카르트적인 환원주의로 기우는 경향이 있는 프랑스 비평가들이 할리우드 영화감독들에게 '작가'라는 명칭을 붙여주는 것만큼이나 부정확하다. 하지만 엘링턴은 영화감독이나 연극 연출가들처럼 공동작업을 통해 진지한 예술작품을 만들어냈으며, 그것은 그 자신의 작품이기도 했다.

일평생 사회주의자였던 홉스봄은 서민계급 출신의 밤의 생활자들이 만들어낸 재즈는 소박한 꿈을 갖고 살아가던 직업 연예인들의 음악이었지, 결코 실내악과 같은 '예술'일 수 없다고 말하고 있다. 이런 이유로 시대가 바뀌어도 재즈 연주자라면 누구나 엘링턴의 음악에 귀를 기울이지 않을 수 없을 것이다.

└ 세월의 거품   보리스 비앙 지음   이재형 옮김   펭귄클래식코리아
   2009
└ 너희들 무덤에 침을 뱉으마   보리스 비앙 지음   이재형 옮김   뿔
   2008
└ 저항과 반역 그리고 재즈   에릭 홉스봄 지음   김정한, 정철수,
   김동택 옮김   영림카디널   2003

2019   MAY

         1   2   3   4
5   6   7   8   9   10 11
12 13 14 15 16 17 18
19 20 21 22 23 24 25
㉖ 27 28 29 30 31

1986년에 초간된 『축음기, 영화, 타자기』는 프리드리히 키틀러의 대표작 가운데 하나다. 이 책은 세 파트로 이루어져 있는데, 각 부는 차례대로 제목에 나온 축음기·영화·타자기를 중점적으로 다룬다. 지은이는 이 책에 앞서 나온 그의 또 다른 주저 『기록시스템 1800.1900』에서 인류의 기록체제를 '기록체제 1800'과 '기록체제 1900'으로 나누었는데, 축음기·영화·타자기는 문자 중심의 '기록체제 1800'을 종언시킨 최초의 기술 매체다. 다시 말해 이 책은 '기록체제 1900'의 탄생과 의의를 다루고 있다. 이 독후감의 목적은 이 책의 공역자들이 키틀러를 간략히 해설한 『프리드리히 키틀러』를 요약하면서, 본서의 1장(축음기)을 소개하는 것이다.

키틀러(1943~2011)는 독일의 매체 철학을 대표하는 매체 이론가다. 독문학자로 출발한 그는 자신의 문학 텍스트 분석 작업에 미셸 푸코의 담론 분석을 원용했다. 푸코의 이론에서 담론(discours)은 '말의 규칙'을 뜻한다. 우리는 자신('나')이 말을 하고 있다고 확신하며 말을 하지만, 푸코의 이론에 따르면 말을 하는 것은 내가 아니라 말의 규칙이다. 즉 우리는 자의적으로 그리고 자유롭게 말을 하고 있

205

는 것이 아니라, 언제·어디서·누구와 어떤 말을 나누어야 할지 정해진 규칙에 따라 말을 한다. 예를 들어 상가집에서 상주에게 유명 재즈 아티스트의 안부를 물을 수는 없는 것이다. 푸코의 담론 이론을 확대하면 인간도 인간성도 모두 허구가 되고 규칙(권력)만 남게 된다.

푸코의 반인간주의적 입장은 키틀러의 매체 이론에 상당한 영향을 주었다. 푸코의 담론 분석이 각 시대의 담론이 그 시대의 말하기 규칙을 규정하고 그를 통해 주체를 만들어 낸다는 전제를 바탕으로 한다면, 키틀러는 한 발 더 나아가 그러한 각 시대의 담론을 규정하는 것은 매체 기술이라고 주장한다. 예컨대 붓으로 글을 쓰던 시대에는 인간의 팔과 붓이 연결되어 있으면서, 글을 쓰는 이에게 현전(現前, presence)이라는 강력한 의식을 가져다준다. 이때 그의 문장은 그의 정신과 분리되지 않는다. 하지만 타자기의 발명은 글을 쓰려는 사람과 타자를 치는 사람을 분리한다. 이제 그의 문장은 조작적이고 유희적이 되며, 심하게는 필자가 자신의 글로부터 소외되기도 한다. 이런 기술적인 변화는 담론의 규칙마저 바꾸어 놓는다.

키틀러 이전에 가장 유명한 매체 이론가였던 마셜 매클루언은 매체를 '인간 감각의 연장'으로 정의하였으니, 그는 매체를 사용하는 인간을 매체보다 우위에 놓은 것이다. 하지만 키틀러는 그와 정반대 입장에서 매체가 우리의 상황을 결정한다.라고 말한다. 그의 주장에 따르면 인간의 사유는 인간에게서 나온 것이 아니라, 각 시대의 지배적 기술이 만들어 낸 종합적 효과일 뿐이다. 문자의 독점이 끝나지 않았던

1800년대에는 인간이 사고를 했으나, 타자기와 전기 기술이 만들어 낸 새로운 기술 매체는 인간의 사고와 지각을 바꾸었다. 예컨대 인터넷 시대를 기점으로 우리의 인성이 크게 달라졌다면, 키틀러의 주장에 설득력이 있는 것이다.

이 악명 높은 매체 유물론자는 인간을 이야기할 때, 항상 '소위 인간'이라고 표현하기를 좋아한다. 까닭은 인문학에서 말하는 인본주의적인 인간 개념이 그의 이론 속에 들어설 틈이 없기 때문이다. 그는 인문학 영역에서 아예 정신적인 것을 추방해야 한다는 파격적인 주장으로 반휴머니즘이라거나 기술결정론자라는 비판을 받기도 하는데, 유감스럽게도 현재의 인공지능 발전 방향은 키틀러의 분석에 손을 들어주게 한다.

마지막으로 키틀러가 자신의 매체 이론에서 유별나게 강조하는 것이, 기술 매체의 발명과 발달이 철저히 전쟁과 군사적 목적의 부산물이라고 말한다는 점이다. 이런 주장은 뭐 그렇게 낯설지는 않다. 『축음기, 영화, 타자기』 1장에서 그는 말한다. 오락 산업은 어떤 측면에서 보더라도 결국 군사 장비의 남용이다. 여기서 그는 슈토크하우젠의 전자음악을 비롯해 외양으로는 반체제처럼 보이는 지미 헨드릭스·롤링 스톤스·레드 제플린·핑크 플로이드의 음악이 군사 장비로 개발된 다양한 발명을 이용하고 있다고 지적한다.

인간이 동물과 다른 결정적인 차이로 흔히 언어의 사용을 꼽지만, 키틀러는 그것을 중요하게 생각하지 않는다. 그가 정작 중요하게 생각하는 차이는 언어가 아니라 언어를 '저장/전파'하는 능력이다. 말씀이란 동물도 구사할 수 있는 구술적 담화가 아니라, 저장과 전파의 능력으로 인해 결국 문화를 가능하게 하는 문자였다. 바로 이 때문에 문자·청각 데이터·이미지를 저장하고 전파할 수 있게 해주는 타자기·축음기·영화가 인간의 기록체제를 근본에서부터 혁신한 첫 번째 매체가 되는 것이다(두 번째는 라디오와 텔레비전, 세 번째는 컴퓨터).

녹음과 재생 기술의 발명은 문자(악보)가 미처 기록하지 못하는 잡음은 물론 무의식마저 기록할 수 있게 해준다. 이런 시도는 바그너의 악극에서 이미 시도되었으나, 축음기가 발명되면서 바그너 악극이 도달하지 못한 완성을 이루었다. 키틀러는 그것을 실재계가 상징계를 밀어내고 출현한다라는 말로 표현하는데, 녹음과 재생 기술은 전자 매체 이전의 어떤 기록체제(문자)도 선사하지 못했던 환각적 소원 성취를 실현시켜준다.

녹음 기술과 음반은 종래의 서정시가 추구했으나 실패했던 환각적 소원을 성취하도록 이끌었으나, 실제로는 그것을 얻기 위해 음악은 많은 것을 잃어버렸다.

먼저 공연장과 아티스트와 함께 음악을 듣는 공동체를 잃어버렸다. 청중은 음악의 현장과 만나지 못하고(오디오로 명반 순례), 아티스트는 자신의 기예를 보완하기 위해 각고의 노력을 기울일 필요가 없어졌으며(녹음 편집), 음악을 공유하는 공동체는 '월드 뮤직'이라는 한갓 음반 산업이 되고 말았다. 음반이 우리에게 들려주는 것은, 공기의 진동을 통해 영글어지는 시간의 예술이 아니라, 골전도(骨傳導)에

직입된 조작 가능한 시간의 계측점이 되었다.

└ 축음기, 영화, 타자기   프리드리히 키틀러 지음   유현주, 김남시 옮김   문학과지성사   2019
└ 기록시스템 1800·1900   프리드리히 키틀러 지음   윤원화 옮김   문학동네   2015
└ 프리드리히 키틀러   유현주, 김남시 지음   커뮤니케이션북스   2019

우크라이나의 키이우에 살던 가예츠키 가족은 *1903년* 유대인 박해를 피해 파리와 런던을 경유해 미국의 필라델피아에 터를 잡았다. 이 가족은 미국인이 되기 위하여 성을 가예츠키*(Gayetski)*에서 게츠*(Getze)*로 바꾸었다. 스탠은 형제 중 첫째이자 양가 조부모의 첫 손주였다. 식구들은 그를 애지중지했고, 그 누구보다도 **어머니 골디의 남다른 애정 아래에서 자랐다.**

　스탄 게츠는 열세 살 때 아버지로부터 생일 선물로 첫 색소폰을 받았다. 그는 만 명 중 한 명꼴이라는 절대음감을 타고났다. 무조건 그렇진 않지만 절대음감은 대부분 유전의 결과다. 그렇다고 이들 모두 음악가가 되는 것은 아니다. 꽤 많은 이들이 자신이 절대음감인 줄 모르고 살아가며, 남들도 그런 식으로 소리를 듣는다고 여기고 만다. 절대음감이라는 말이 나온 김에 쳇 베이커*(1929~1988)* 얘기를 꺼내지 않을 수 없다. 제임스 개빈의 『쳇 베이커』에 나오는 일화인데, 쳇은 교내 밴드 악단으로 있을 때 악보를 공부하지 않았다고 한다. 한번 들으면 그대로 따라 할 수 있는데 쓸데없는 일에 시간 낭비를 할 필요가 없다는 이유에서였다. 스탄과 쳇의 공통점은 주위 사람들이 '두 사람의 머릿속에 무엇이 들었는지 알 수 없다'고 할 만큼 뛰어났다. 그 '주위 사람'들도 하나같이 대단한 재즈 뮤지션들이었는데 말이다.

스탄은 열다섯 살 때인 *1942*년 말에 스팅키 로저스 악단에 입단했고, 이듬해엔 잭 티가든 악단의 단원이 되었다 *(스탄은 이 악단을 떠날 무렵 어마어마한 음주가가 되어 있었다)*. 이 무렵 이미 그의 주급은 아버지의 배나 되었다. 열일곱 살 때인 *1944*년에는 스탄 캔튼 오케스트라의 일원이 되었는데, 원래 멤버였던 두 명의 색소포니스트 멤버가 군대에 징집된 덕분이었다. 하지만 바로 그 해에 솔로이스트로 데뷔한 것을 보면 그것이 행운만이 아니었음이 증명된다. 스탄 게츠는 재즈 역사상 가장 일찍 솔로이스트 자리를 차지한 인물이다.

그가 솔로이스트로 발돋움하던 시절은 레스터 영의 앨범을 미친 듯이 듣고, 켄튼의 밴드에서의 솔로에서 드러나듯 레스터 영의 연주법을 따라하던 시기였다. 왜 레스터 영이었을까? 당시 재즈 테너 색소포니스트들에게 불가항력적인 영향을 끼치는 두 존재가 있었다. 레스터 영과 비밥이었다. 많은 재즈 사학자들이 이 둘을 하나로 묶어 설명하곤 하지만, 사실 그 둘은 분리해야 한다. *1940*년대 말까지 등장한 다양한 테너 색소폰 연주 스타일은 이 두 존재를 합치려는 데서 비롯된 결과물이었다. 재즈사에서 색소폰은 트럼펫·클라리넷·트럼본보다 늦게 중요성을 인정받은 악기다. 트럼펫은 루이 암스트롱*(1901~1971)*, 클라리넷은 지미 눈*(1895~1944)*과 레온 로폴로*(1902~1943)*, 트럼본은 키드 오리*(1886~1973)*나 조지 브루니스*(1902~1974)*와 같은 롤모델이 있었으나, 색소폰 주자들에게는 그런 모범이 없었다. 재즈의 기원인 뉴올리언스 음악에는 색소폰의 역할이 중요하지 않았고, 춤에 미쳐 있던 1920년대 미국에서 색소폰 연주자의 솔로는 의미 없는 경적에 지나지 않았다. 하나의 스타일로 정립된 색소폰 연주의 기준점이 없었기 때문이다.

그 기준점을 만든 사람이 테너 색소폰의 콜맨 호킨스(1904~1969)이며, 알토 색소폰의 베니 카터(1907~2003)와 조니 호지스(1906~1970)이다. 1930년대 초중반에 생겨난 그들의 숱한 추종자들에 의해 제1세대 색소포니스트가 형성된다. 그러나 1930년대 말에 등장한 레스터 영은 콜맨 호킨스의 영향력이 존재하지 않는다는 듯 연주했다. 스탄은 그의 간결하고 멜로딕하면서 감정이 절제된 연주를 현대적으로 받아들였고, 이런 내면적인 지향은 게츠 세대 연주자들이 프로 경력을 시작하던 시기에 폭발적으로 증가했다. 스탄은 10대였기 때문에 구세대에게는 경원시되던 레스터 영의 연주를 아무런 반감 없이 흡수할 수 있었다. 다만 스탄은 서남부 캔자스시티의 제이 맥션 악단에서 연주하는 찰리 파커(일명 '버드', 1920~1955)라는 스무 살짜리 알토 색소포니스트가 있다는 것을 아직 몰랐다.

1945년 스탄 캔튼 악단을 떠난 스탄은(이 악단에서 헤로인을 배웠다), 지미 도시 악단에 잠시 머물다가, 베니 굿맨의 제안을 받고 당대 최고의 악단에 합류했다. 전통적인 스윙 밴드였던 베니 굿맨 악단에 입단한 직후, 그는 비밥을 처음으로 접하게 되었고, 베니 굿맨 몰래 찰리 파커의 음반을 들으며 그의 음악을 연구했다. 스탄은 레스터 영과 찰리 파커의 영향을 동시에 받았으며, 마지막으로 강력한 전달력과 짧고 암호 같은 악절을 구사하던 덱스터 고든(923년

~1990)의 비밥 스타일을 따랐다.

데이브 젤리의 『Nobody Else But Me』는 스탄 게츠 (1927~1998)가 1964년에 발표한 앨범「나 말고는 아무도」를 그대로 책 제목으로 삼았다. 이 책은 모던 색소폰의 계보와 색소폰을 중심으로 한 모던 재즈의 역사를 흥미롭게 보여준다. 동시에 재즈 연주자였던 스탄의 삶을 보여준다. 음악가로서의 그의 특성은 항상 새로운 것을 해보려는 도전 정신에 있었다. 그것이 그를 1962~1964년에 세계적인 열풍을 불러일으킨 보사노바의 선구자로 만들었다(찰리 버드는 억울하겠지만). 새로운 음악에 대한 탐구열과 색소폰과 트럼펫이라는 악기를 제외하면 스탄과 쳇의 삶은 너무나 같다. 두 사람은 마약과 알코올을 주체하지 못하는 약물 중독자였으며, 아내와 연인을 속이고 구타하는 폭력배였다. 데이브 젤리와 제임스 개빈의 전기에 나오는 주인공들의 이름을 바꾸어 놓아도 두 책은 여전히 스탄 게츠와 쳇 베이커의 전기일 것이다.

너무나 닮았던 스탄과 쳇은 **처음부터 서로를 싫어했고, 평생 서로를 경계했다.** 두 사람은 어쩌다 녹음을 하거나 연주 여행을 함께 하기도 했지만 그때마다 **냉기가 흐르는 분위기** 속에서 서로 **적대감을** 드러냈다. 앨범「스탠 밋츠 쳇」(Stan Meets Chet, 1958)에서 두 연주자는 유쾌한 인터플레이를 들려주지 못했다. **처음부터 서로를 싫어했고, 평생 서로를 경계했다는 것은 잘 알려진 사실이다.** 데이브 젤리와 제임스 개빈의 기술을 종합해보면, 두 사람은 서로에게 받게 될 악영향을 두려워했고, 또 재즈계에서 당연시되는 라이벌 의식도 있었다(특히 스탄이 그랬다). 하지만 본질적인 문제는 그런 것들이 아니다. 그것이 중독자들만의 특성인지는 잘 모르겠지만, 두 사람은 사랑받을 줄은 알았지만 주는 방법은 몰랐다. 두 사람은 남자나 여자 모두에게, 자신의 우정을 나누어줄 수 없었다.

└ Nobody Else But Me   데이브 젤리 지음   류희성 옮김
   안나푸르나   2019
└ 쳇 베이커   제임스 개빈 지음   김현준 옮김   그책   2016

2019   JUL

          1   2   3   4   5   6
7   8   9   10 11 12 13
14 15 16 17 18 19 20
21 22 23 24 25 (26) 27
28 29 30 31

무라카미 하루키의 소설을 몇 권이라도 읽은 독자라면 그의 소설에 통주저음처럼 음악이 깔려 있다는 것을 느낄 것이다. 자신의 작품에 음악을 중요하게 활용하는 또 다른 작가로 밀란 쿤데라를 들 수 있다. 그는 클래식을 편애하면서 노골적으로 '록은 쓰레기'라고 폄하한다. 반면 하루키는 팝·록·재즈·클래식을 아무런 위계 없이 평등하게 대접한다. 덧붙이자면, 쿤데라와 하루키는 강력한 노벨문학상 후보자라는 공통점 말고는 아무런 공통점이 없지만, 체코의 작곡가 레오시 야나체크를 통해 만나는 지점이 있다. 쿤데라는 야나체크와 같은 체코 출신이면서 그에 대한 논문을 발표할 정도로 야나체크에 정통하고, 하루키는 『1Q84』에서 야나체크의 「신포니에타」를 주제가처럼 사용한다.

하루키는 설명이 필요 없을 만큼 수많은 독자를 가진 베스트셀러 작가다. 그렇다 보니 하루키가 새로운 소설을 내놓을 때마다 음반사들은 은근히 '하루키 특수'를 기대한다. 예컨대 일본에서만 300만 부가 팔린(2010년 10월 집계한 1~3권 총계) 『1Q84』는 조지 셀이 지휘한 클리블랜드 오케스트라의 「신포니에타」 CD를 1만 장이나 팔리게 하면서 품절 사태를 빚었다. 그래서 하루키가 작중에 어떤 곡을 언급하느냐에 따라 레코드의 회사의 주가가 달라진다는 말도

215

나온다.

　사정이 이러니 하루키 작품과 음악의 관련성을 다룬 비평도 당연히 많아야 할 듯한데, 실상은 그렇지 못한 모양이다. 전방위 평론가 구리하라 유이치로가 『무라카미 하루키를 음악으로 읽다』를 기획한 이유가 여기에 있다. 그는 지금까지 나온 문학 평론가들의 하루키론 가운데 음악 관련 비평을 검토하고 나서 말한다. 무라카미 하루키론의 대다수는, 무라카미 하루키 작품에 등장하는 음악을 '기호'로만 치부해왔다. 분위기나 이미지를 만들기 위한 소도구에 불과하다는 것이다. 하지만 에세이나 인터뷰 등을 보면 곧바로 알아챌 수 있다시피 무라카미 하루키에게 음악은 그가 사랑하는 문학 작품과 동등하거나 그 이상의 존재이다.

　하루키의 소설보다 그 속에 나오는 음악이 **작품과 동등하거나 그 이상의 존재**라는 말에는 동의하기 힘들다. 만약 이 기획자의 말이 옳다면, 모차르트의 오페라와 바그너의 악극은 음악보다 대본이 더 본질적이고, 베토벤의 9번 교향곡 역시 작곡자보다 피날레를 장식하는 합창에 가사(시)를 제공한 실러가 더 위대하다고 해야 할 것이다. 하므로 구리하라 유이치로의 발언은, 여태까지 나온 하루키론에서 하루키와 음악 사이의 깊이 있는 비평이 없었다는 것을 과장되게 표현한 것으로 받아들여야 한다.

　일본에서 *2010*년에 출간된 이 책의 *1*장은 색소폰 연주자기도 하면서 알버트 에일러에 대한 책을 쓰기도 한 오타니 요시오다. 그는 기획자로부터 하루키 소설 속의 재즈를 검토해달라는 임무를 받았다. 잘 알려져 있다시피 하루키는 대학을 졸업하고 난 후인 *1974*년부터 '피터 캣'이라는 재즈 바를 경영하기 시작해서, *1979*년 『바람의 노래를 들어라』로 소설가가 되고 난 뒤까지도 잠시간 재즈 바를 유지했다. 당시 그의 가게 단골이었던 재즈 평론가 오노 요시에에 따르면, 하루키의 가게 앞 간판에는 '50년대 재즈'라고 적혀 있었다고 한다. *1974*년은 웨더 리포트(*Weather Report*)、리턴 투 포에버(*Return to Forever*)、헤드헌터스(*Headhunters*) 등이 일렉트릭 인스트루멘탈 앨범을 발표하면서 재즈계가 크로스오버、퓨전 열풍으로 막 끓어오르기 직전이었다. 하루키는 이런 때에 *20*년도 더 오랜 과거의 산물인 50년대 재즈를 고집하고 있었던 것이다.

복고라고 할 수 있는 하루키의 이런 취향은 그가 대학생 시절에 아르바이트를 했던 재즈 카페 스윙(*SWING*)에서 길러진 것이다. 『재즈의 초상』에서 하루키는 자신이 일했던 '*SWING*'을 이렇게 소개한다. 대학생 시절에 스이도바시에 있는 스윙이란 재즈 찻집에서 아르바이트를 했었다. *1970*년대 초엽이다. 그 찻집에서는 트래디셔널 재즈만 전문적으로 틀어주었다. 비밥 이후에 탄생한 새로운 스타일의 재즈는 일절 무시하는 상당히 독특한 찻집이었다. 찰리 파커도, 버드 파월도 사양하였다. 존 콜트레인과 에릭 돌피가 절대적으로 신성시되던 시대였으니 그런 찻집에 손님이 있을 리가 없다. 그 찻집에서 일하는 사이에 옛 재즈를 듣는 즐거움을 기초부터 배웠다. 시드니 베쉐, 벙크 존슨, 피위 럿셀, 벅 클레이튼…. 그러나 뭐니뭐니 해도 빅스 바이더벡을 만난 것이 최고의 행복이었다.

하루키의 초기 소설에는 이 세상을 구성하는 대다수의 사람들에게는 어떤 의미나 유효성도 갖지 못하지만, 누군가에게는 절대적이고 개인적인 애착이 중요한 테마로 등장한다. 하루키에게 이런 테마를 심어준 것이 바로 트래디셔널 재즈라고 할 수 있다.

재즈 바를 차리기도 했던 하루키는 훗날 재즈 관련 에세이를 연재하고 단행본을 출판하기도 했지만, 초기 작품에서는 예상했던 것과 달리 재즈 뮤직의 존재감이 희박하다. 오히려 그가 재즈보다 더 중요하게 다루는 장르는 히트 팝송과 록이다. 이 음악들은 그 소설이 무대로 삼고 있는 시간과 장소를 정학하게 간파하고 지탱해주는 '현실적' 디테일로 적확히 선택되어 작품 속의 올바른 장소에 배치되어 있으며, 하루키의 초기 작품에서 음악은 지극히 개인적인 의식(儀式)을 구성하기 위한 촉매다.

2장의 필자인 클래식 평론가 스즈키 아쓰후미는 하루키 소설 속에 나타난 클래식을 검토한다. 그는 하루키의 소설에는 왜 이 음악이 사용되는가 하고 고개를 갸웃거릴 만한 장면이 누차 나오지만, 이것을 '기호의 장난'이나 '소외 효과'(alienation effect) 등의 편리한 말로 정리할 수 없는 무엇인가가 있다고 한다. 하루키의 소설은 종종 이계(異界)나 타계(他界)를 오가는데, 이때 클래식 음악이 하는 역할이 있다. 즉 하루키의 작품에서 재즈가 '잃어버린 시간의 감각'을 상징하고, 록이 '구체적인 시대를 표현'한다면 클래식은 이계로의 전조를 가리키는 것으로 기능하는 경우가 적지 않다는 것이다.

3장은 미국 팝 음악 연구가 오와다 도시유키가 하루키 소설 속의 팝을, 4장은 프리랜서 작가 후지이 쓰토무가 하루키 소설 속의 록을, 5장은 이 책의 기획자인 구리하라 유이치로가 『댄스 댄스 댄스』에서 하루키가 한껏 경멸했던 80년대 이후의 팝과 하루키에 대해 분석을 하고 있다.

　　오와다 도시유키에 따르면, 하루키의 초기 소설에서는 대체 가능성 높은 하찮은 음악을 이용해 '기호＝부재'를 만들어냄으로써 '상실'이라는 주제를 환기시켰으나, 후기 작품에서는 오히려 세계의 동일성과 거기에 규칙이나 질서를 가져오는 장치로서 파퓰러 음악을 이용한다. 또 구리하라 유이치로는 『댄스 댄스 댄스』이후 하루키의 작품 안에서 더 이상 록이나 팝이 들리지 않게 된 이유로, 하루키의 주인공들이 60년대 팝과 록에서 추출한 가치로 70년대를 겨우 버텨 냈으나, 80년대 이후는 그런 것이 불가능한 시대이기 때문이다. 하루키가 80년대 이후의 팝과 록을 외면하는 이유는 80년대의 음악에서 고도자본주의의 경영 이론철학밖에 더 들을 게 없기 때문이다. '음악'이라는 것은 결국 '사회 시스템이 돌아가는 소리'이다.

└ 1Q84　무라카미 하루키 지음　양윤옥 옮김　문학동네　2009
└ 무라카미 하루키를 음악으로 읽다　구리하라 유이치로 외 지음
　　김해용 옮김　영인미디어　2018

2019   AUG

                       1   2   3
4   5   6   7   8   9   10
11   12   13   14   15   16 17
18   19   20   21   22   23 24
25   26   27   (28) 29   30 31

세계적으로 프로그레시브 록의 전성기는 *1967~1977년*에 걸친 약 *10년*이며 길게 봐야 *15년*이다. 『프로그레시브 록 명반 가이드북』은 세 사람의 필자가 총 *192장*의 프로그레시브 록 명반을 선정하고 각 앨범 당 원고지 *10매* 안팎의 소개글을 쓰고 있다. 보통 영미권에서는 *Progressive Rock*이라고 부르고, 유럽에서는 독일의 프로그레시브 그룹 *Faust*의 곡명에서 나온 *Krautrock*을 등가어로 쓴다.

모든 원조 찾기가 그렇듯이, 프로그레시브 록의 기원을 특정하는 것 역시 잡음과 역공을 불러일으키는 무모한 일일 수 있다. 그럼에도 이진욱은 비틀스의 일곱 번째 정규앨범 「리볼버」(*Revolver, 1965*)를 소개하면서 이 앨범이 프로그레시브 록의 역사에서 차지하는 의미를 아래와 같이 설명한다.

비틀스가 존재하지 않았다고 해도 사이키델릭과 프로그레시브 록의 전성기는 분명 있었을 것이다. 하지만 비틀스가 없었다면 그 전성기는 최소한 몇 년은 늦게 왔을 것이고, 쉽게 사그라졌을 것이며, 완성도는 상대적으로 떨어졌을 것이다. 무엇보다 *1960년*대 말에서 *1970년*대 초 프로그레시브 음악의 대중적 인기는 힘들지 않았을까 짐작한다. *1960년*대 중반 동시다발적으로 수많은 뮤지션이 새로운 음악을 시도했지만, 상업적으로 가장 큰 성공을 거둔 비틀스가 실험적인 음악에 몰두하면서 그들을 추종하던 많은 대중들에게 비약적으로 빠르고 넓게 흡수되는 효과가 나타날 수 있었다. 존 레넌의 단독 실험작으로 알려진 '투모로우 네버 노우즈'(Tomorrow Never Knows)는 인도 악기 시타르와 탐부라의 환각적인 사운드, 해먼드 오르간, 멜로트론 등이 들어간 테이프루프를 통한 효과음 창조 그리고 리버스사운드를 팝에 최초로 적용한 파격적인 스타일로 사이키델릭과 프로그레시브 록에 대한 대중의 관심을 촉발하는 역할을 했다. 이 한 곡은 프로그레시브 음악의 전성기를 알리는 신호탄이었다.

제해용은 1970년대 초에서 중반까지를 프로그레시브의 제1시기, 1980년대는 네오프로그레시브의 시기, 1990년대는 프로그레시브의 제3의 물결로 구분지은 뒤에, 제3세대는 네오프로그레시브의 다음 세대이면서 동시에 1970년대 프로그레시브의 유산을 수용해 컴퓨터를 기반으로 하는 음악 환경에서 첨단 기술을 접목해 기술적으로 완벽한 사운드를 들려준다고 말한다. 이런 깔끔한 설명은 모든 장르가 그렇듯이, 그 장르가 파생시킨 하위 장르에 의해 더 많은 부가 설명을 요구한다. 의식을 확대시키는 환각적이고 초현실적인 이미지의 사이키델릭 록에 비해 스페이스 록은 좀 더 우주 공간에 관심을 보이는 장르이다. 하지만 이 두 하위 장르는 의식의 확대와 분위기라는 면에서 공통된 부분을 공유하기 때문에 포괄적인 범주 안에 놓인다.

1970년대 제1세대 프로그레시브 황금기를 주도했던 슈퍼 밴드로는 예스·제네시스·킹 크림슨이 꼽힌다. 재미 삼아, 세 사람이 192장의 프로그레시브 명반에 부친 소개글 속에서 그 앨범을 만든 뮤지션들에게 영향을 주었거나, 작업 결과가 비교되었던 뮤지션을 전수 조사해 보니 다음과 같은 결과가 나왔다. 1. 킹 크림슨(12회) 2. 핑크 플로이드(10회) 3. 제네시스(5회) 4. 탠저린 드림, 제스로 툴, 예스, 존 존 (이상 2회)

한때 록의 궁극이자 이상으로까지 취급을 받았던 프레그레시브 록은 어느 날 공룡이 사라지듯 사라졌다. 정철은 그 이유를 이렇게 말한다. *1970년대 후반부터 뉴웨이브가 몰아치면서 프로그레시브 음악은 극복해야 할 대상이 되어 버렸다. 프로그레시브 뮤지션의 길은 대중성의 도입, 언더그라운드로의 침잠, 은퇴 세 가지뿐이었다. 대중성을 도입한 경우 피터 가브리엘과 U.K. 등 극소수 뮤지션을 제외하고는 실패를 거듭할 뿐이었다.*

세 명의 프로그레시브 록 애호가가 선정한 192장의 앨범을 보면 프로그레시브 록을 정의하기가 난감해진다. 프로그레시브 록(Progressive Rock)은 progressive와 rock이 합성된 것인데, 이 용어로는 저 음악을 정의하기 어렵다. '진보적인、진보하는'이라는 뜻을 지닌 영어 단어 Progressive는 실로 아무 데나 붙일 수 있는 접두어가 되기도 하기 때문이다. 우리는 저 단어를 핫도그든, 모텔이든, 잡지든, 축구든 어디에도 붙일 수 있다. 이처럼 장식적이고 무규정적이기에 Progressive는 프로그레시브 록의 성격을 한정지어주기보다 도리어 프로그레시브 록의 외연을 확대하고 희석해주는 역할을 한다. 이런 상황에서 프로그레시브 록을 고정해주는 지지대 역할을 떠맡은 것이 *rock*이다. *rock*이 있어서 *progressive*의 전횡을 그나마 막아준다. 그러니까 *progressive rock*은 *rock*을 *progressive*하게 하거나 *progressive*하게 *rock*을 하는 것이다. 이런 기준으로 보면, 선정된 *192*장의 앨범 가운데는 프로그레시브 록이 아닌 것이 많다.

특정 장르의 음악이 '진보적인' 혹은 '진보하는'이라는 수식을 차지하려면 다음 두 가지 요구 가운데 어느 하나라도 충족시키지 않으면 안 된다. 하나는 그 음악이 내용적(=메시지)으로 정치적 진보나 사회비판 의식을 드러낼 때이다. 그러나 이 책에 추천된 야쿨라(*Jacula*) 같은 이탈리아 그룹은 정치적 진보나 사회비판 의식으로부터 오히려 퇴행했다고 말할 수 있다. 예컨대 악마 숭배가 기독교와 유일신론에 대한 나름의 비판을 수행한다고는 하지만, 그렇다고 해서 기독교 이전으로의 복귀가 정치적 진보나 사회적 비판 의식을 완수하는 것은 아니다.

또 하나는 그 음악이 음악적으로나 미학적으로 상투적이지 않고 실험적이라고 인정될 때이다. 그런데 이 책에 추천된 몇몇 포크 록 그룹이나 심포닉 록 그룹은 음악적 실험이라는 말과는 거리가 멀다. 특히 록에 클래식을 도입한 심포닉 록은 '키치 록'이거나 '클래식 패티쉬'에 불과하다.

한국에서는 *1980*년대 말부터 *1990*년대 초반까지가 프로그레시브 록의 최전성기였다. *1982*년부터 *1984*년까지 방송되었던 '성시완의 음악이 흐르는 밤에'가 처음 프로그레시브 록의 씨앗을 뿌렸고, '전영혁의 *FM25시*'가 *2*세대 프로그레시브 음악 팬을 길렀다.

『그녀에게 말하다: 김혜리가 만난 사람』에서 전영혁은 킹 크림슨의 위상을 이렇게 말한다. 비틀스가 해산했을 때 죽고 싶었어요. 대안이 없었거든요. 그렇게 절망했을 때 다행히 나를 구원해준 것이 킹 크림슨이었어요. '에피태프'(*Epitaph*)가 든 데뷔 음반이 딱 그때 나와 바통을 받은 거예요. 하지만 그가 자기 인생의 최고 앨범으로 꼽은 것은 비틀스의 아홉 번째 정규 앨범인「더 비틀스」(*The Beatles*, 일명 '화이트' 앨범)다. 네 사람의 개인기가 다 들어 있어요. 그래서 천재들의 집대성인 동시에 이후에 등장할 후배들―킹 크림슨의 프로그레시브, *Revolution 9* 같은 전위음악, *Helter Skelter* 같은 헤비메탈 음악까지 제시했어요.

└ 프로그레시브 록 명반 가이드북   이진욱, 정철, 제해용 지음   안나푸르나   2017
└ 그녀에게 말하다: 김혜리가 만난 사람   김혜리 지음   시네21   2008

2019   SEP

1   2   3   4   5   6   7
8   9   10 11 12 13 14
15 16 17 (18) 19 20 21
22 23 24 25 26 27 28
29 30

시선을 흡입하는 대형 화보가 본문의 반 이상을 차지하는 이 책, 리처드 하버스의 『블루노트: 타협하지 않는 음악』은 타블로이드판보다 조금 작은 가로 *22cm*×세로 *28cm* 크기로 제작된 *400*쪽짜리 책이다. 즉, 재즈광이 소유해야 하는 보물이라는 말이다. 나는 지금 오직 나만을 위해서, 그리고 재즈 애호가들과 함께 즐거움을 나누기 위해서 이 독후감을 쓴다.

흑인 노예들이 불렀던 영가에서 발전한 재즈는 미국에서 발생한 유일한 음악 형식이다. 무도장의 반주 음악으로 오랫동안 명성을 날린 재즈가 미국을 대표하는 예술로 격상하게 된 데에는 중요한 고비마다 재즈를 혁신한 뛰어난 아티스트들이 있었기 때문이지만, 재즈가 무도장을 벗어나 음악 그 자체로 향유되기 위해서는 재즈 전문 레이블(음반사)이 없으면 안 되었다. 버브*(Verve)*、컬럼비아*(Columbia)*、사보이*(Savoy)*、프레스티지*(Prestige)*、리버사이드*(Riverside)*、컨템포러리*(Contemporary)*、임펄스*(Impulse)!* 등등 무수한 재즈 명가가 있지만, 그 가운데 단연 맨 앞에 놓아야 할 레이블이 블루노트다. '재즈를 들으려면 무엇부터 들어야 해?'라는 질문을 받을 때마다, 재즈광들은 힘들이지 않고 '블루노트부터 들어봐'라고 대답하고는 한다. 이것은 결코 귀찮아서가 아니다.

내가 그랬던 것처럼 많은 초심자들은 '블루노트'를 '푸른 공책'쯤으로 알아듣는다. 이런 오해는 알파벳 철자가 같기 때문에 생겨난 완벽하게 합리적인 오해라고 할 수 있다. 블루노트는 재즈와 블루스에서 3도(미)와 7도(시)를 반음 낮게 처리하는 것을 뜻한다. 흑인 음악인 재즈와 블루스가 왜 블루노트를 사용하게 되었는가에 대한 대중적인 속설은, 백인이 가르쳐주는 대로 하지 않겠다는 흑인 노예의 저항이 3도와 7도를 비튼 형식으로 드러났다고 설명한다. 하지만 5음계(궁상각치우)로 되어 있는 한국의 전통 음악이 그렇듯이, 세계 각지의 민속음악에서 5음계를 찾기는 쉽다.

블루노트는 재즈의 역사라고 해도 손색이 없을 음반사이지만, 이 회사를 설립한 사람들은 미국인이 아니다. 이 사연은 흥미롭다. 블루노트를 세운 알프레드 라이언(1908~1987)은 베를린에서 태어난 유대계 독일인이고, 그를 도와 함께 회사를 운영했던 프랜시스 울프(1907~1971)도 같은 동네 친구였던 유대계 독일인이다. 사진가이기도 했던 울프는 블루노트의 앨범 재킷을 고유의 스타일로 확립하는 데 공헌했다.

1920년대 중반, 베를린은 세계에서 재즈를 가장 사랑했던 도시 가운데 하나였고 두 사람은 십 대 때부터 재즈에 심취했다. 그러나 히틀러가 집권하면서 재즈는 독일에서 추방되었다. 인종주의자들인 나치에게 재즈는 게르만 문화를 좀먹는 열등한 인종의 저급한 문화를 상징했다. 재즈를 금지한 나치 정책에 대항하여 숨어서 재즈를 듣던 젊은이들은 관제 청소년 단체인 '히틀러 유겐트'에서 일탈했다는 의미에서 '스윙 청소년'이라는 딱지가 붙었다. 데틀레프 포이케르트의 『나치 시대의 일상사』의 한 대목을 보자.

그들은 사랑 놀음을 노래한 독일 가수들의 곡이나 전통 민요를 피하고, 음반으로든 공연으로든 모든 기회를 이용하여 재즈와 스윙을 들으려 했다. 공연이 금지됨에 따라 스윙 운동은 지하로 이동했고, 그곳에서는 당연히 더욱 강렬해졌다. 그들은 나치의 구호나 전통적인 부르주아 민족주의 모두에 대해 극히 냉소적이었다. 하인리히 히믈러가 스윙 청소년들에게 체벌과 처벌을 가하고 2년 내지 3년 동안 수용소에 투옥시켜 강제노동을 부과하려 했다는 사실이 이해될 수 있다.

라이언과 울프는 유대인 박해를 피해 독일에서 뉴욕으로 이민했고, 1939년 3월 3일 처음으로 블루노트 상표를 부착한 음반 두 장을 출시했다. 블루노트에서 첫 번째 음반을 낸 영광의 주인공은 스윙 재즈의 모태인 부기우기를 전문적으로 연주하는 피아니스트 미드 룩스 루이스와 앨버트 애먼스로, 라이언은 두 사람의 음반을 각각 스물다섯 장씩 찍었다. 음반사라고 부르기에는 아직 부족했던 블루노트는 같은 해에 녹음한 소프라노 색소포니스트 시드니 베세의 「서머타임」이 발매 하루 만에 서른 장이 팔려나가면서 블루노트의 역사에서 중요한 전환점이 됐다. 지은이는 이 곡을 연주한 수많은 버전 가운데 **가장 아름다운 연주**로 베세의 이 녹음을 꼽고 있다.

이미 정평 있는 재즈 관련서를 무수히 섭렵했을 재즈

애호가에게 『블루노트: 타협하지 않는 음악』은 그저 대형 화보를 실컷 감상하고 간직하게 해주는 부록이라고 여기기 쉽다. 하지만 음악 전문 칼럼니스트이자 여러 음악가에 대한 평전을 쓴 리처드 하버스의 이 저작에는 권위 있는 재즈 관련서가 놓치거나 고의적으로 무시해버린 중요한 세부가 생생하게 살아 있다. 많은 재즈 관련서는 마일스 데이비스·존 콜트레인·오넷 콜먼·빌 에반스 등 시대에 따라 재즈를 갱신해온 예술가 타입의 연주가들이 성취한 작업에 상당한 의의를 둔다. 하지만 블루노트의 역사를 개괄하고, 블루노트의 핵심적인 명반을 낱낱이 해설하고 있는 이 책에서는 앞서 열거한 아티스트들이 아무런 비중을 차지하지 못했다. 이들이 블루노트가 중요하게 모신 전속 아티스트가 아니었다는 점도 커다란 이유지만, 청소년 시절에 스윙 재즈를 들으며 재즈에 입문했던 창립자의 성향이 곧 블루노트가 추구했던 재즈였기 때문이라고 생각된다. 지은이가 가장 블루노트다운 아티스트로 부각하는 피아니스트 호레이스 실버, 색소포니스트 행크 모블리·스탠리 터렌틴, 트럼페터 프레디 허버드·리 모건, 오르가니스트 지미 스미스, 기타리스트 그랜트 그린 등은 모두 정통 재즈보다는 소울하고 펑키한 재즈를 들려준다. 비틀스의 고객과 재즈의 고객이 너무나 달랐기 때문에 록 음악의 확장에 재즈가 위축될 일은 애초에 없었다지만, 블루노트의 펑키하고 소울풀한 재즈는 록의 침공에 재즈가 응전했던 최초의 반응이 아니었을까?

건강이 나빠진 라이언은 *1966*년 블루노트를 리버티 레코드에 매각했고, *1979*년에는 다국적 연예산업 기업인 *EMI*

로 소속이 되었다. 그러면서 블루노트와 재즈는 커다란 변모를 겪는다. 시대와 대중은 재즈와 재즈 아닌 것의 경계를 점점 무너뜨렸고, 블루노트에서 음반 취입을 하는 뮤지션들조차 '나는 그냥 음악을 한다'라고 말하는 것이 쿨한 입장이 되었다. 폴 체임버스의 앨범 「베이스 온 톱」(Base On Top)과 레이첼 페럴의 「퍼스트 인스트러먼트」(First Instrument)가 소개되지 않은 것이 아쉽다.

└ 블루노트: 타협하지 않는 음악　리처드 하버스 지음　류희성 옮김
　　스코어　2019
└ 나치 시대의 일상사: 순응, 저항, 인종주의　데틀레프 포이케르트
　　지음　김학이 옮김　개마고원　2003

2019   SEP

1	2	3	4	5	6	7
8	9	10	11	12	13	14
15	16	17	18	19	20	21
22	23	24	25	26	(27)	28
29	30					

조금 우스꽝스럽게 묘사하면, 나무 널빤지에 울림통과 현을 단 것이 기타다. 인터넷 포털사이트에서 검색된 사전은 이 악기가 16세기 초 스페인에서 처음 사용되었다고 하지만, 메소포타미아 지역과 고대 이집트 등지의 벽화에서 볼 수 있는 기타와 닮은 여러 종류의 발현 악기를 근거로 기타의 기원을 대략 B.C. 4000~3500년부터라고 말하는 이들도 있다. 리라(lyre)와 함께 고대 그리스의 발현 악기로 꼽히는 키타라(kithara)에서 기타(guitar)의 명칭이 유래했다는 설도 있지만 키타라와 오늘날의 기타는 형태가 많이 다르다. 연구자들은 8세기경 사라센 제국이 스페인을 지배할 때 무어인들이 기타의 원형이 될 악기를 이베리아반도에 전했으며, 스페인에서 오늘과 같은 기타로 개량되었을 거라 추정한다.

　기타의 기원은 이처럼 불확실하지만, 일렉트릭기타라면 그것이 발명된 연대와 발명에 참여한 이들의 공헌을 비교적 상세하게 논할 수 있다. 브래드 톨린스키와 앨런 디 퍼나가 함께 쓴 『굉음의 혁명』은 'Play It Loud'라는 원제를 가지고 있는데, 두 제목보다 이 책의 내용을 더 잘 나타내주는 것은 한국에서 지어진 부제 '일렉트릭기타로 바라본 대중음악 100년의 이야기'다. 기타의 발명자나 탄생년도는 알 수 없지만, 이 책은 일렉트릭기타의 발명자와 탄생년도를 오차 범위 내에서 밝혀준다.

일렉트릭기타는 전기의 발명과 보급, 약한 전류를 증폭시켜주는 진공관의 발명, 어쿠스틱 호른(소리를 증폭시켜주는 나팔)을 대신해주는 페이퍼 콘 스피커의 개발을 전제로 한다. 이 세 가지 발명은 **앰프가 일렉트릭기타보다 먼저 나왔다**는 엄연한 사실을 일깨운다. 이상이 일렉트릭기타를 탄생시킨 기술적 환경이라면, 일렉트릭기타를 필요로 하게 된 음악사회학적 요인은 별개의 설명을 통해야 한다.

1899년 텍사스 시골에서 태어나 로스앤젤레스에서 기타 연주로 밥벌이를 하던 조지 델메티아 비첨은 1920년대의 많은 기타리스트들이 가졌던 불만을 해소하기 위해 슬로바키아에서 미국으로 건너온 악기 제작자 존 도페라를 찾아갔다. 당대의 기타리스트들은 하나같이 자신의 악기로 더 큰 소리를 내고 싶다는 욕망을 품고 있었다. 이런 욕망은 기타가 19세기에 교양 있는 집안의 여성들에 의해 고상한 취미로 즐겨 연주되던 응접실과 거실에서 나와 광란의 20년대에 댄스홀과 술집으로 진출하는 과정에서 자연스럽게 생겨난 것이었다.

소리를 크게 만들어달라는 주문을 받은 도페라는 비첨과 함께 어쿠스틱 공진기 기타를 개발했다. 두 사람이 1926년에 만들었던 공진기 기타는 포노그래프 소리를 증폭하기 위해 어쿠스틱 혼을 달아준 것과 같은 원리로, 기타의 현을 고정시키는 브리지에 현의 진동을 증폭시켜주는 알루미늄 콘을 부착한 것이다. 이 기타는 비록 어쿠스틱 악기에 불과했지만 일렉트릭기타로 발전하는 데 중요한 역할을 했다. 비첨은 이 기타로 더 큰 볼륨과 새로운 음색을 얻었지만, 그는 기타 소리를 증폭하기 위해 할 수 있는 일들이 더 많다는 것을 알아챘다.

도페라를 만나 악기 제작 기술을 터득할 수 있었던 그는 자신의 혁신을 가능하게 해줄 새로운 협력자들을 연이어 만날 수 있었다. 비첨과 도페라는 운 좋게도 테드 *E*. 클라인마이어라는 거부를 만나 *1928*년 내셔널 현악기 회사를 차렸고, 스위스 바젤에서 미국으로 이민 온 아돌프 리켄베커라는 기계공을 몸체 제작자로 영입했다.

기타의 소리를 증폭시키려는 노력은 숱한 시행착오를 거쳤다. 이 작업에 나선 실험자들은 처음에는 기타의 상판이나 브리지에서 나오는 진동을 증폭하려고 했다. 실험자들이 상판에 집착했던 이유는 전통적인 어쿠스틱기타를 디자인할 때 상판을 톤의 가장 중요한 출처로 여겼기 때문이다. 그러나 나무 울림통이 아니라 전기적으로 톤을 만들려고 할 때는 사정이 다르다. 비첨은 자신이 개발하려는 기타에서 다른 것은 모두 부차적인 진동일 뿐, 현 자체가 진동의 가장 좋은 출처임을 알아차렸다. 그는 축음기 픽업이 아니라 기타 전용 픽업을 따로 만들어 기타에 부착한 결과물을 만들었고, *1930*년대 초부터 '프라잉팬'*(Frying Pan)*이라는 따분한 이름으로 양산된 모델의 원형이 되었다. 이 기타는 현재 캘리포니아 샌타애나에 있는 리켄베커 본사 사무실에 전시되어 성배와 같은 지위를 누리고 있다.

두 명의 공저자들은 **일렉트릭기타 혁명을 자신이 일으켰다**

고 주장할 수 있는 단 한 사람이 있다면, 비첨이 바로 그였다면서, 일렉트릭기타는 조지 비첨이 없었다면 결코 세상에 나오지 못했을 것이다. 그는 제대로 기능하는 기타 픽업을 최초로 발명했을 뿐만 아니라 세계 최초로 상업적 양산에 성공한 일렉트릭기타에 어울리는 픽업 디자인을 만들어냈다고 말한다.

초창기의 모델은 아직 개량되어야 할 무수한 약점이 있었지만, 깁슨(Gibson)과 펜더(Fender)라는 양대 일렉트릭기타 명가가 약점을 보완하고 혁신을 완성했다. 비첨이 그랬듯, 1935년 깁슨사에 취직하여 ES-150 '찰리 크리스천 모델'에 사용된 픽업 개발에 힘을 보탠 알비노 레이, 펜더사에서 1949년 완성한 최초의 울림통이 없는 솔리드바디 기타를 개발한 조지 풀러턴과 거기에 협조한 폴 A. 빅스비, 기타 헤드 한쪽에 줄감개 여섯 개를 모은 헤드스톡을 개발한 멀 트래비스, 깁슨사에 자신의 이름을 빌려준 레스 폴이 그랬듯 일렉트릭기타의 개발과 혁신에는 기타리스트들이 커다란 공헌을 했다.

이와 같은 사실은 **연주자와 제작자의 그 같은 동업자 관계는 이후 일렉트릭기타가 발전하는 데 결정적인 요소로 작용했다**는 지은이들의 기술로 뒷받침된다. 기타리스트들의 공헌은 기술적 참여나 조언에 그치지 않았다. 일렉트릭기타 개발은 새 악기의 무궁무진하고 실현되지 않은 잠재력을 펼칠 안목과 음악성을 갖춘 진취적인 기타리스트가 없었다면 허사로 돌아갔을 것이다. 예컨대 공저자들이 *세계 최초의 일렉트릭기타 영웅*으로 꼽은 찰리 크리스천을 시작으로 브라이언 존스·제프 벡·에릭 클랩튼·피터 타운젠드·지미 페이지·지미 헨드릭스、에드워드 로데윅 밴 헤일런 등이 없었다면 일렉트릭기타는 빗자루와 무엇이 달랐을까.

일렉트릭기타는 빅밴드 일색의 재즈계를 세 명에서 여덟 명까지의 인원으로 편성되는 소규모 편성의 콤보로 판도를 바꾸어 놓았다. 전기 증폭기로 인해 기타의 볼륨이 늘어나고 톤의 범위가 풍부해지면서, 다섯 명만으로도 엄청난 소음과 흥분을 만들어 낼 수 있다는 인식이 널리 퍼졌다. 그들은 결국 빅밴드의 운명을 어둡게 했다. 인원이 많은 빅밴드는 순회공연을 다닐 때 비용이 많이 들고 유지하기도 어렵기 때문이다. 그들은 앰프를 통해 거대한 공연장과 스타디움을 소리로 채우는 록 밴드가 등장하는 초석을 마련했다. 1937년 결성된 레스 폴 트리오처럼 소규모 콤보가 빅밴드를 밀어내기 시작하자 미국음악가협회 뉴욕 지부는 1930년대에 일렉트릭기타에 반대하고 나섰다. 관악 연주자들을 비롯하여 여러 음악가들이 실직하게 될까 봐 두려웠던 것이다. 그러나 일렉트릭기타의 부각은 그 어느 것으로도 막을 수 없었다.

└ 굉음의 혁명 브래드 톨린스키, 앨런 디 퍼나 지음 장호연 옮김
뮤진트리 2019

2019   OCT

                1   2   3   4   5
6   7   8   9   10   11   12
13   14   15   16   17   18   19
20   21   22   23   24   25   26
27   28   29   30   ③1

다시 섞다, 믹싱하여 고친 녹음, 믹싱하여 고치다, 라는 뜻을 가진 단어 *remix*. 데이비드 건켈의 『리믹솔로지에 대하여』에서 '리믹솔로지'는 '리믹스학(學)'을 뜻한다. 섞기는 섞는데 무엇을 섞는다는 말인가? 원래 이 용어는 턴테이블을 이용했던 자메이칸 더브와 힙합 같은 대중음악에 기원을 두고 있다. 하지만 현재 이 용어와 이 용어가 가리키는 기법과 실천은 대중음악 분야를 훌쩍 뛰어넘어 문화·예술·학문 등의 온갖 분야에 광범위하게 사용되고 있다.

예컨대 문학적 리믹스에는 세스 그레이엄 스미스가 제인 오스틴의 고전 소설 『오만과 편견』을 *B*급 좀비 펄프픽션으로 재조합한 것이 있고, 시각적 리믹스로는 셰퍼드 페어리가 버락 오바마의 *2008*년 미국 대선 캠페인을 위해 만든 '희망' 아이콘 포스터가 가장 유명할 것이며, 데이터 매시업으로는 사용자들에게 더 가치 있고 통합된 애플리케이션을 제공하기 위해 둘 이상의 인터넷 자료에서 콘텐츠를 전유하고 조합하는 웹 *2.0*을 구현하는 것이 대표적이다.

이처럼 넓은 분야에서 이용되는 기법과 실천이기 때문에 '리믹스'는 서로 다르고 반드시 호환되지도 않는 여러 이름을 갖게 되었다. 인용문에도 돌출했듯이 현재 이용되는 *(리믹스의)* 유사 용어들의 목록만 해도 상당한데,

그것들을 나열하면 다음과 같다. 콜라주(*collage*)、데투르느망(*détournement*)、브리콜라주(*bricolage*)、패스티시(*pastiche*)、컬처 재밍(*culture jamming*)、샘플링(*sampling*)、컷 앤드 페이스트(*cut and paste*)、파운드 푸티지(*found footage*)、메르츠 픽처스(*merz pictures*)、버저닝(*versioning*)、레디메이드(*readymades*)、컷-업(*cut-ups*)、재조합 예술(*recombinant art*)、매시업(*mashups*)、부틀렉(*bootlegs*)、사생아 팝(*bastard pop*)…. 하므로 학문적 장르명을 가리키는 '리믹솔로지'라는 명사는 아직 임의적인 것일 수 있다.

다양한 분야에서 리믹스가 번성하게 된 이유는 리믹스를 가능하게 한 기술적 발전과, 넘쳐나는 리믹스 자원의 축적을 꼽을 수 있다. 이 두 가지 조건은 오리지널을 숭배하는 대신, 또 단 하나의 동일한 것만을 제시하는 정보의 반복성 대신, 새로우면서도 다른 무엇인가를 생산하기 위해 의도적으로 반복을 반복하는 리믹스 작업을 추구하게 만들었다. 리믹스는 아버지의 권위를 위반하거나 출판된 텍스트를 재사용하거나 심지어 오용하면서 그 과정에서 표절의—이 단어는 유괴 행위에서 유래했으며 그 의미를 가진다—혐의를 무릅쓰기까지 한다. 따라서 리믹스는 플라톤에게서 물려받은 가치론—도덕 및 미적 가치의 이론—이 표준적으로 작동시키는 가정들에 의문을 제기하기 위하여 일부러 모든 것에 '문제를 일으킨다'.

플라톤은 원본과 모사물 사이에 엄격한 위계를 세워놓았다. 플라톤주의 속에서 모사물은 아무리 뛰어나도 이데아의 그림자일 뿐이다. 원본과 모사물 사이의 위계는 20세기의 매체 철학자였던 발터 벤야민에게서도 찾을 수 있다. 비록 그는 예술 작품이 이데아에 비해 열등하다고 믿는 플라톤주의자는 아니었지만, 원본만이 아우라를 가진다고 주장했다는 점에서 플라톤주의를 유지하고 있다. 그렇다면 리믹스는 원본과 모사물 사이에서 어떤 위상을 차지하고 있을까?

리믹스에 대한 비평적 반응은 두 개의 극명한 입장으로 나뉜다. 먼저 카피레프트(copyleft)주의자들과 프로슈머(prosumer), 리믹스 팬이 한편이 된 진영이 있다. 이들은 리믹스를 혁신적이고 유용하며 즐거운 콘텐츠를 만들어낼 뿐만 아니라, 리믹스를 새로운 기회와 분야를 열어주는 창조 작업으로 긍정한다. 이들에게 리믹스는 생산자와 소비자의 경계를 없애고, 소비자를 미래의 대중 예술을 만드는 창조자로 승격시켜주는 수단이다. 리믹스에서 고도의 재능과 독창성을 볼 수 있다는 이들은 이미 만들어진 작품보다 창조적 과정을 더 중요하게 해준다는 점에서 리믹스를 플라톤주의의 전복이라고 상찬한다.

이들의 반대편에 카피라이트(copyright) 변호인과 연예 산업의 변호사, 창조적 예술가들로 이루어진 또 다른 진영이 있다. 이들에 따르면, 기존 소재를 수집하고 재조합하는 것은 다른 사람의 작업을 재활용하는 값싸고 손쉬운 방식에 불과하며, 새롭다고 말할 것이 전혀 없는 '무능한 난봉꾼'이나 하는 소일거리다. 나아가 이들은 리믹스된 콘텐츠를 파생적이고 불법적이라고 생각하며, 리믹스 제작자들은 저작권을 훔치는 범법자들에 불과하다.

데리다 연구로 저명한 지은이는 카피라이트 진영과 카피레프트 진영이 서로 반대되는 입장에 선 것 같지만, 실제로는 그렇지 않다고 말한다. 그들 사이에 있는 많은 차이점에도 불구하고, 갈등하는 양 진영 모두는 동일한 것들에 가치를 부여하고 그것들을 지키고자 노력한다. 이 논쟁의 양측 모두가 독창성, 혁신성, 창조적 표현이라는 본질적으로 동일한 근본적인 플라톤적 가치들에 동의하고 그것들을 지키려고 한다. 지은이가 이 책에서 하려는 작업은 2400년 동안 가치의 기준이 되어온 원본성, 혁신성, 예술적 권위와 같은 공통적인 철학적 가정을 새로 검토해보는 것이다.

지은이에 따르면 '원본'이란 영원 회귀의 소용돌이를 인위적으로 단절시켜서 만들어진 것이다. 즉 원본성은 저자, 법원, 입법자 등과 같이 이러저러한 이유로 이러한 결정들을 제정하고 지지할 수 있는 권한을 가진 것으로 인정받는 어떤 사람이나 어떤 집단, 어떤 것에 의해 만들어진 판단에 근거하여 결정된 것이다. 원본성이 이렇듯 우발적이고 사회적으로 구성되는 것이기 때문에, 그것은 미리 규정된 유효 기간이나 만료일을 가져야만 한다고 말하는 지은이는 어떤 분야에서든 '혁신'이란 타인의 작업에서 파생된 것이기 때문에 다시 되돌려주어 미래의 시도를 위한 원천 자료가 될 수 있도록 해야만 한다고 주장한다. 지은이는 리믹스를 니체의 영원 회귀 개념에 빗대면서, 반복을 무한 긍정한다. 반복은 원본성과 파생 개념을 약화시키면서, 허상은 역사, 선형적 시간, 그리고 이러한 개념들이 조직하고 규정하는 모든 관련 요소들 또한 파괴하거나 해체 구성한다. 그 결과 시뮬레이션은 절대적인 시작이나 끝이 없는 사물들을 계속 증식시킨다. 질

량 보존의 원리처럼 시뮬레이션은 사물들이 창조되지도 파괴되지
도 않고 다만 변형되는 영원 회귀나 끝없는 재순환일 뿐이다.

ㄴ   리믹솔로지에 대하여   데이비드 건켈 지음   문순표, 박동수,
     최봉실 옮김   포스트카드   2018

2019   NOV

					1	2
					8	9
3	4	5	6	7	8	9
10	11	12	13	14	15	16
17	18	19	20	21	22	23
24	25	26	27	28	29	㉚

『**광**기와 소외의 음악』은 핑크 플로이드 팬이라면 반드시 읽고 소장하고픈 책일 것이다. 이 책이 나오기 이전에 마크 블레이크의 『*Wish You Were Here*』가 있었다. 열다섯 명의 철학 전공자가 한 편씩의 글을 기고한 『광기와 소외의 음악』은 미국 오픈코트 출판사에서 간행하는 '대중문화와 철학'(*Popular Culture and Philosophy*) 시리즈 가운데 하나로, 이 시리즈는 주로 철학을 전공하거나 철학적인 시야를 가진 필자들을 통해 다양한 대중문화를 분석하는 작업을 해왔다. *2007*년에 출간된 『광기와 소외의 음악』은 이 시리즈의 *30*번째 책이며, 『매트릭스로 철학하기』, 『슈퍼히어로 미국을 말하다』, 『라디오헤드로 철학하기』가 이 시리즈의 일부다.

철학적인 훈련은 핑크 플로이드를 어떻게 감상하고 해석하도록 이끄는가? 이 향연을 만끽하기 전에, 어쩌면 철학에 대한 대략적인 사전 정의가 필요할지도 모른다. 하지만 이 책에 글을 실은 필자들이 만장일치로 합의할 수 있는 정의는 불가능하다. 이를테면 노예의 도덕을 가르치는 것이라고 종교(기독교)에 침을 뱉었던 니체와, 신은 인간 사이의 상호적이고 전체론적 관계를 가능하게 하는 모델이라고 말하는 부버는 물과 기름이나 같다(이 책에는 부버의 관점으로 핑크 플로이드를 고평한 필자와, 핑크 플로이드의 초기 건설자였던 시드 바렛을 니체와 비견한 필자가 동거한다). 하므로 이럴 때는 속류(俗流)라고 느껴질 만큼 일반적인 정의가 오히려 도움이 된다.

철학자들은 오랜 세월 동안 간단해 보이는 이슈들을 아주 복잡하게 만들어왔다. 예를 들어 몇몇 철학자들은 이런 활동에도 '문제화'(problematizing)라는 어려운 이름을 붙이곤 한다. 솔직히 말해 우리 철학자들 가운데 상당수는 살아가면서 얼렁뚱땅 넘어갈 수 있는 것들이 실제로 흥미롭고 심오한 복잡성을 드러낸다고 생각하며, 그것 때문에 세상은 더 나은 곳이 된다고 본다. 몬테벨로 대학교에서 철학을 가르치고 있는 마이클 패턴 주니어에 따르면, 철학은 평범한 사람이 평범하게 보아 넘기는 것을 '문제화'하는 사람이다.

이렇게 말한 마이클 패턴 주니어는 핑크 플로이드의 동일성을 문제화한다. 즉 마이클 패턴 주니어는 인간의 육체는 계속 변해가는 데도 10년 전의 나를 현재의 나와 같은 나라고 말할 수 있는가라는 질문을 핑크 플로이드에게 던지고 싶어 한다. 10년 전의 나와 현재의 나는 다른 세포(원자)를 가지고 있는 이질적인 신체를 가진 나이지만, 가장 오래된 신학적 전통은 한 인간의 동일성은 비물질적 영혼에 내재되어 있다라는 명료한 답을 갖고 있다. 그렇다면, ①밥 클로스(기타), 로저 워터스(베이스), 닉 메이슨(드럼), 릭 라이트(관악기), 시드 바렛(기타, 보컬)으로 시작해서, ②밥 클로스가 탈퇴하고, ③데이비드 길모어(기타, 보컬)가 추가되고, ④시드 바렛과 릭 라이트가 떠나고, 마지막엔 ⑤데이비드 길모어와 닉 메이슨만 남은 ①、②、③、④、⑤는 동일한 핑크 플로이드인가?

여기서 첫 앨범인 「Pipers at the Gates of Dawn」(1967)이 발매될 때까지 밴드의 이름이 두어 차례나 바뀌었다는 것은 거론하지 말자. 하지만 앞서 나온 신학적 정의가 인간의 동일성을 '영혼'이라고 했던 것과 비견되는 밴드의 '스타일'(음악성)은 분명 문제가 된다. 밴드가 만든 음악은 네 단계의 아주 다른 국면을 거쳐 변화해왔다. 바렛으로부터 깊게 영향을 받은 초창기 사이키델릭, 1971년부터 1975년까지의 '클래식' 핑크 플로이드 사운드 시기, 1976년부터 1985년까지의 로저 워터스 시기, 그리고 1987년부터 1995년까지의 데이비드 길모어 시기.

이 책에 필진으로 참가한 『록 음악의 미학』의 저자 시어도어 그래칙도 핑크 플로이드의 스타일이 균질하지 않다는 것을 지적한다. 팬이라면 다들 알겠지만 핑크 플로이드의 몇몇 음악은 다소 '솔로 지향적인 방식'으로 만들어졌다. 마찬가지로 데이비드 데트머(퍼듀 대학교 철학 교수)도 초기 앨범 일곱 장이 그다지 일관성이 없는 것처럼 보인다라고 불만을 표시한다.

마이클 패턴 주니어는 여러 가지 논변을 거친 끝에, 약간 맥 빠진 답을 제시한다. 그는 핑크 플로이드가 1967년 첫 앨범을 낸 때부터 데이비드 길모어와 닉 메이슨이 '더 핑크 플로이드'(The Pink Floyd)라는 이름으로 「A Momentary of Lapse of Reason」이라는 앨범을 냈던 1987년까지, 핑크 플로이드가 동일한 밴드였다고 말하는 것은 문제가 있다고 말한다. 그러면서도 그는 핑크 플로이드를 물리적(인적) 기준이나 스타일과 같은 추상적인 기준이 아닌, 어느 특정 기간에 하나의 이름을 내건 '사무실'로 보자고 제안한다. 극단적인 경우, 핑크 플로이드는 세계에서 가장 오래된 역사를 가진 오케스트라 드레스텐 슈타츠카펠레처럼 생명이 긴 밴드일 수도 있다. 1548년 창설된 후, 드레스텐 슈타츠카펠레에는 숱한 연주자들이 거쳐 갔지만, 우리의 기준으로 볼 때 그 오케스트라는 여전히 지속되고 있다.

이 한 편의 글은, 철학에 대한 우리의 기대를 깨트리고 오해를 바로 잡아 준다. 철학자는 결코 정답을 가지고 있는 사람이 아니다. 이미 말한 것처럼, 철학자는 사소한 것을 문제로 만드는 사람이며, 답에 이르는 '과정'을 보여주는 사람이다. 비록 그 답이 약간 식상하더라도, 우리는 이들이 제기하는 복잡성으로부터 교훈과 이익을 얻을 수 있다. 핑크 플로이드의 정치철학을 분석했던 패트릭 크로스커리(오하이오 노던 대학교 철학 교수)는 이렇게 말한다. 우리가 살고 있는 실제 세계는 복잡하게 얽혀 있으며, 내부에서 회전하는 날카로운 칼날은 현실이 복잡하다는 것을 인정하길 꺼리는 자들을 잽싸게 커틀릿으로 만들 준비를 하고 있기 때문이다.

ㄴ 광기와 소외의 음악　조지 A. 라이시 외 지음　이경준 옮김
　생각의힘　2018

2019   DEC

1 2 3 4 5 6 7
8 9 10 11 12 13 14
15 16 17 18 19 20 21
22 23 24 25 26 27 (28)
29 30 31

부인 이수자 여사가 쓴 윤이상*(1917~1995)* 평전을 읽
었다. 경상남도 산청군 덕산면에서 태어나 통영에
서 자란 윤이상은 보통학교 3학년 때부터 음악에 관심을 쏟
았다. 이웃에는 일본 유학을 갔다 와서 취미 삼아 바이올린
을 연주하는 청년이 있었는데, 윤이상은 싼 바이올린 하나
를 힘들게 구해 청년에게 바이올린을 배웠다. *13*세가 될 무
렵 그는 '나도 내 음악을 만들 수 있지 않을까'라는 생각으
로 이미 작곡을 시작했다. 당시는 음악을 하는 사람을 '굿쟁
이'라고 천시하던 시대였으므로 그의 아버지는 아들이 음악
을 하지 못하도록 바이올린을 마당에 내동댕이쳐 부수었다.

　보통학교를 졸업한 윤이상은 부모의 강권에 따라 서울
에 있는 상업학교에 진학하였으나, 학교 공부보다는 자신
에게 음악이론을 가르쳐 줄 선생을 찾는 데 더 열심이었다.
2년 동안 서울에서 음악이론을 공부하고 통영으로 내려간
그는 아버지에게 일본 유학을 보내달라고 청했다. 아버지는
상업 공부를 한다는 조건으로 아들의 유학을 허락했는데,
막상 오사카에 도착한 아들은 상업학교가 아닌 오사카음악
학교에 입학*(1935)*해버렸다. 2년간 작곡과 음악이론, 첼로
등을 배운 그는 어머니의 부고를 받고 집으로 돌아온 뒤, 돈
을 벌기 위해 산양면에 있는 화양학원에 취직*(1937)*하여 학

생들을 가르쳤다. 그러다 1939년 또다시 일본으로 건너가 도쿄에서 작곡가 이케노우치 도모지로(池内友次郎)에게 작곡을 배웠다. 1941년 태평양전쟁 벌어지기 직전에 귀국한 윤이상은 징용 대상이 되어 미곡창고에 배치되었는데, 그의 사상을 의심한 일본 경찰이 가택 수색을 해 우리말로 작곡한 가곡을 발견하고 그를 체포했다. 이 일로 윤이상은 두 달간 옥고를 치른다.

해방 후 통영여자고등학교 음악교사로 취직(1948)한 윤이상은 얼마 후 부산사범학교로 전근하였다. 이때 같은 학교 국어교사인 이수자와 만나 결혼(1950)한다. 그해 6월 한국전쟁이 발발하자 전시작곡가협회를 조직했다. 전쟁이 끝나자 서울로 이주하여 여러 대학에서 작곡을 가르치며 가곡과 실내악곡 등을 발표했다. 1955년 제5회 서울시문화상을 수상하자 10만 원의 상금을 갖고 파리 유학을 준비했다. 1956년, 마흔 살에 파리국립고등음악원에 입학한 그는 생활비도 적게 들고 등록금도 필요 없는 서베를린음악대학으로 다시 학교를 옮겨 그곳의 학장이자 유명 작곡가인 보리스 블라허(1903~1975)에게 작곡을 배우고, 쇤베르크의 제자이자 친구였던 빈악파의 가장 정통한 이론가인 요제프 루퍼(1893~1985) 교수에게 12음 기법을 배웠다. 한국에 있을 때부터 일본어로 번역된 루퍼의 저서 『12음 작곡』을 읽고 초기의 몇 작품을 쇤베르크와 같은 기법으로 작곡하기도 했으나 그 후 윤이상은 12음 기법과 다른 길을 갔다.

1958년 9월 다름슈타트 현대음악제에 참석한 그는 카를하인츠 슈토크하우젠(1928~2007), 루이지 노노

(1924~1990), 피에르 불레즈(1925~2016), 브루노 마데르나(1920~1973), 존 케이지(1912~1992) 등 그 시대를 대표하는 전위적인 급진파 작곡가들을 알게 된다. 그는 혼돈된 상태에서 자신의 진로를 생각했다. 이들 급진적인 전위파 속에서 자리를 견고히 할 것인가 아니면 동아시아적인 음악 전통과 결합하여 자신의 독자적인 길을 갈 것인가, 그것은 그에게 중대한 갈림길이었다.

그가 이 음악제를 위해 작곡한 「일곱 악기를 위한 음악」은 12음 기법으로 작곡한 것이지만 동양적인 요소가 내재해 있었다. 윤이상은 이 곡으로 현대 작곡가들의 극찬을 받았고, 도쿄대학교 미술과를 나온 후 작곡으로 목표를 바꾼 당시 나이 서른이 채 안 된 백남준을 이때 처음 만난다. 1961년 9월, 5년 4개월 만에 이수자 여사가 독일로 왔고, 그 후에 두 아이가 합세하여 8년 만에 가족이 함께 살게 되었다.

윤이상의 작품은 연주하기가 매우 어려웠다. 오케스트라 단원들은 그의 작품을 연주하는 것을 달가워하지 않았고, 그의 작품은 그의 작품만 연주하는 전문 연주가가 따로 있을 정도였다. 이런 문제는 윤이상에게만 해당되지 않는다. 죄르지 리게티(1923~2006)나 니콜로 카스티글리오니(1932~1996), 보 닐슨(1937~2018) 등의 작품은 연주자들로부터 연주가 불가능하다는 불만을 들어야 했고, 이런 음악을 연주하면 건강에 해롭다는 의사의 진단서를 제출하는 오케스트라 단원도 있었다.

현대음악으로 인해 새로운 음악 표현의 가능성의 폭이 넓어지니 연주법도 새로이 개척되었으나 그때마다 연주가들은 불만이었고 그리고 연주기법도 작곡가가 요구하는 만큼의 효과를 거두지 못하였다. 그러나 그때는 연주가 불가능하다고 하던 곡들도 세월의 흐름에 따라 이제는 음악대학 학생들까지도 미끈히 연주해내게 된 것을 보면, 인간의 노력으로 인한 기술의 가능성은 무진하다고 할 것이다.

윤이상의 음악은 동양적 의미성을 서구음악의 수법을 빌려 표현하는 양양성(兩洋性)에 있다고 한다. 일본의 음악학자 야노 토오루는 윤이상의 양양성을 이렇게 설명한다. 그의 수많은 작품이 동양세계, 즉 중국과 조선의 사상, 문물에서 곡상(曲想)을 얻고 있는 특징이 먼저 지적된다. 즉, 윤은 아시아의 총체(總體)를 짊어지고 말았다. 이러한 상상할 수도 없는 경지에 서본 작곡가는 내가 아는 한도에서, 윤이상 말고는 전무후무하다. 그리고 그의 음악 자체에 아시아라는 의미공간에 뿌리박은, 타협이 없는 '문법'이 관통되어 있다. 윤은 동아시아의 음악문화를 원천으로 하고, 모국 한국의 음의 이미지를 유럽 현대음악의 수법으로써 음악화하고 있는 것이다.

1967년, 그해의 6·8총선을 부정으로 치른 박정희 정권은 부정 선거로 인한 정권의 위기를 모면하기 위해 동베를린 사건을 조작한다. 이 사건을 주도한 중앙정보부는 베를린에 있는 한국인 예술가·유학생·광부 등 17명을 서울로 납치하여 간첩단을 조작했다. 국내에서 체포된 관련자들을 포함 모두 34명이 기소된 이 사건은 약 1년 반 동안의 재판 끝에 윤이상 등 세 명에게 사형, 한 명에게 무기징역을 선고했다. 하지만 *1969*년 *2*월 대통령 특사로 윤이상이 풀려나고, *1970*년 *12*월에 나머지 사형수가 모두 풀려남으로써 박정희 정권은 이 사건이 조작이었다는 것을 스스로 드러냈다.

이 사건 이후, 원래 민족주의자였던 윤이상의 작품은 정치적 표현주의의 경지에 들어서게 된다. 그는 이렇게 말했다. 정치가는 음악가가 될 수 없지만 음악가는 정치가가 될 수 있다고 생각한다. 하나의 예술작품 혹은 예술 행위가 놀랄 만한 일을 이루어낼 수도 있다. 민족의 혼과 양심을 불러일으키고 민중을 각성시켜 일으켜 세우는 것이 예술이다. 시벨리우스의 교향시곡 「핀란디아」는 핀란드 국민을 민족 독립운동으로 그 혼을 불러일으킨 작품이다. 또 체코의 스메타나가 작곡한 「나의 조국」은 체코의 민중을 순결의 애국심으로 불타게 했다. 윤이상은 *1983*년부터 *1987*년까지 매해 한 곡씩의 교향곡을 작곡했는데, 순환적으로 연결된 다섯 개의 교향곡은 전부 본질적으로 강한 정치적 의식을 갖고 있다. 그는 교향곡이란 형식은 정치적 문제의식의 표현으로서는 가장 적절하다고 말했다.

└ 내 남편 윤이상   이수자 지음   창작과비평사   *1998*

2020　　　　JAN

　　　　　　1　2　3　4
5　6　7　8　9　10　11
12　13　14　15　16　17　18
19　20　21　22　23　24　25
26　㉗　28　29　30　31

미국의 소설가 조너선 프랜즌은 래퍼를 '현대의 보들레르'라고 표현했다(『인생 수정』, 『자유』 등이 번역 출간되어 있음). 이 말은 과장이 아니다. 프레드 사사키와 돈 셰어가 함께 엮은 『누가 시를 읽는가』에 한 편의 글을 실은 대중음악 평론가 롭 케너는 랩의 정수는 비밀리에 배포되는 시라면서 생의 무질서를 언어로 조형해내고, 그 말의 모자이크를 율동적인 모형에 맞춰 넣으려는 이 욕구는 인간이라는 존재의 본질적인 일부분이다. 결국, 미국 래퍼인 나스는 호메로스와 똑같은 일을 한다. 리라 대신 빠른 비트에 운을 맞춘다고 해서 한쪽을 실격이라고 선고할 수 있을까?라고 반문한다. 똑같은 책에 한 편의 글을 보탰던 힙합 가수 체 '라임페스트' 스미스는 자신을 래퍼로 이끌었던 환경과 랩에서 말하기 혹은 가사 쓰기가 가진 의미를 이렇게 적었다.

　나는 힙합이 쓴 시다. 나는 부모님이 살아온 시적 삶에서 태어났고, 비극적인 도시에서 자랐다. 내 이야기는 시카고 사우스 사이드 구역의 무너진 사회기반시설 밑에서 펼쳐진다. 나는 어디서든 글자를 발견해내고는 자석처럼 이끌렸다. 사실 그때 몰두했던 것을 청소년 시라고 부른 적은 없다. 내 동네에서는 힙합이라고 불렀으니까. 랩은 십대였던 나의 분노가 폭력으로 귀결되지 않도록 배출시켜주는 통로가 되었다. 나는 결국 고등학교를 자퇴했고 대학도 졸업하지 못했다. 내게 꾸준했던 건 말밖에 없다. 말은 내가 가진 막강한 힘이다. 나는 말로 치유하고, 말로 짓는다. 힙합을 온 세계의 시와 이었으면 좋겠다.

콩고에서 프랑스로 건너온 아프리카계 프랑스인 부모에게서 태어난 압드 알 말리크도 미국의 흑인 래퍼들이 놓여 있었던 것과 똑같은 환경과 욕구에 의해 래퍼가 되었다. 그가 쓴 자서전 『나는 무슬림 래퍼다』는 빈민가에서 자란 흑인 청소년이 어떻게 랩에 매료되는지, 그리고 이런 책을 통해서가 아니라면 굳이 한국인이 흥미를 기울이지 않을 아프리카계 프랑스인의 삶을 엿보게 해준다.

압드 알 말리크는 세 아이를 낳고 가정을 버린 무책임한 아버지 때문에, 어머니와 함께 스트라스부르 교외 남부에 위치한 뇌오프(Neuhof)에서 줄곧 자랐다. 2만 명이 넘는 인구가 다문화의 모자이크를 형성하고 있는 뇌오프는 저가 임대 아파트 단지(habitation à loyer modéré)로 유명한데, 이곳의 주민들은 저가 임대 아파트 단지 첫머리 HLM을 '손 들어!'(Haut les mains!)의 약칭으로 읽는다. 실업률이 높고 극빈자가 많고 범죄가 많아 치안이 불안정한 지역이다.

빈민촌의 아이들은 어릴 때부터 어쩔 수 없이 자립이라는 벼랑으로 내몰린다. 압드 알 말리크도 예외가 아니었다. 그는 여덟아홉 살부터 소위 '어리석은 짓'을 시작했다. 처음에는 슈퍼마켓 통로 모퉁이에서 사탕을 훔쳤다. 그다음에는 몇몇 친구들과 함께 부유한 사람들이 사는 구역에서 빈 집을 털었고, 그 다음 단계로는 수영장으로 가는 길목에 지키고 있다가 또래의 백인 아이들의 가방을 털고 돈을 빼앗았다. 이 모든 행위가 집단 주택지의 또래들 사이에 정말 흔한 일이었기에 우리는 심각하게 여기지 않았다. 뇌오프는 구역 전체가 소매치기 양성소였고 열두살 때부터 생활비를 벌었다. 보통 세 명으로 구성되는 어린 소매치기들은 대중교통 안이나, 스트라스부르 대성당 주변의 관광지에서 외국인 관광객을 대상으로 지갑을 털었다. 압드 알 말리크와 처음 이 일을 시작한 신출내기 3인조는 하루에 500~1000프랑을 벌었고, 당연히 다른 업종(범죄)으로도 발을 넓혔다.

압드 알 말리크의 경우가 특별했던 것은, 뛰어난 학업 성적으로 빈민촌 구역의 흑인이 결코 진학할 수 없는 사립 중학교와 스트라스부르 최고의 명문인 노트르담 고등학교로 진학했다는 것이다. 두 학교에서 유일한 흑인이었던 그는 이중생활을 계속했다. 나이키 신발 한 켤레가 700프랑일 때, 열네댓 살짜리 또래로 이루어진 3인조는 소매치기단은 하루에 1만 프랑을 넘게 벌었다. 가장 귀찮았던 건 전혀 필요 없는 용돈을 어머니에게 달라고 해야 할 때였다. 고등학생이 되어 마약 판매에까지 손을 댄 그는 스트라스부르 인문대학 고전학부에 입학하기 직전에야 각종 범죄에서 손을 씻었다.

빈민촌에서 태어난 아프리카계 청소년이 범죄에 빠져드는 것을 가리켜 압드 알 말리크는 집단 주택지의 결정론이라고 말한다. 이런 혼돈 속에서 지금의 젊은 세대가 탄생했다. 이 세대는 알아서 스스로를 책임져야 했다. 이런 폭력이 지속적으로 야기한 유일한 결과는 그런 사람들에게 질서를 정리하도록 맡긴 사회를 향해 분노하는 젊은이들을 만든 것이었다.

압드 알 말리크를 범죄에서 건져 올린 것은, 미국의 흑인 무슬림이자 흑인 인권운동가였던 맬컴 엑스다. 압드 알 말리크는 대대로 가톨릭 신앙을 이어온 집안에서 태어나 세례를 받고 소년 성가대원으로 예배 중에 성서를 읽는 역할을 하기도 했으나, 친형 빌랄의 개종과 맬컴 엑스의 영향으로 대학에 입학하기 전에 이슬람으로 개종을 했다. 이처럼 이슬람 문화권에서 태어나지 않은 미국과 유럽의 흑인 청년들이 서구 사회에서 살아가기 힘든 장애와 금기를 두려워하지 않고 이슬람으로 개종하게 되는 이유는 **인종 차별을 모르는 유일한 종교가 이슬람교**라고 생각하기 때문이다. 이 사항이 궁금한 독자에게 알렉스 헤일리의 『말콤 엑스』를 비롯한 그에 대한 여러 전기를 권한다. 무슬림과 랩은 잘 어울리지 않는 것 같지만, 랩의 본고장인 미국의 랩도 이슬람교와 밀접한 관련이 있다. 빅 대디 케인·라킴·스페셜 에드 등의 많은 미국 래퍼들이 자신의 음악에 이슬람교의 매력과 영적인 표현을 담았다.

1988년, 압드 알 말리크는 그의 형 빌랄이 만든 랩 그룹 뉴 아프리칸 포에츠(*New African Poets, NAP*)에서 활동했다. 이 랩 그룹의 이름에 '시인들'이라는 단어가 들어가 있는 것은 자연스럽다. **우리에게 랩이란 메시지를 전달하는 수단이자 카타르시스였다**고 말하는 그는 **랩의 가치와 특징은 무엇보다도 사회적인 목소리를 담은 시라고 할 수 있는 가사에 있다**고 강조하는 것으로, 조너선 프랜즌의 말을 다시 한번 확인시킨다. 이런데도 한국의 젊은 시인들은 힙합에 아무런 위협감을 느끼지 못한다. 시인들이 고지식하거나 콧대가 높아서가 아니다. 시인들은 새로운 조류에 민감하고 그것들을 기꺼이 자신의 작업이나 방법론에 반영한다. 그런데도 힙합에 관심을 두지 않는 이유는 왜일까. 그 해답은 시인들이 아닌, 한국의 래퍼들이 알고 있다.

ㄴ 누가 시를 읽는가 프레드 사사키, 돈 셰어 엮음 신해경 옮김
봄날의책 2019
ㄴ 나는 무슬림 래퍼다 압드 알 말리크 지음 김두완 옮김
글항아리 2019

청각장애는 베토벤 생애를 논할 때 언제나 빼놓을 수 없는 화제다. 음악가와 청각장애는 비유하자면, 화가와 색맹처럼 창작에 치명적이다. 때문에 베토벤의 청각장애를 둘러싸고 많은 소문이 만들어졌다. 그 가운데 하나는, 귀가 멀게 된 베토벤이 바닥을 통해 전해지는 진동을 온몸으로 느끼기 위해 피아노의 다리를 모두 제거하고 몸체만 바닥에 내려놓았다는 일화가 있다. 다양한 버전으로 인터넷에 떠돌고 있는 이 일화는 하나같이 공인된 상식인 양 출처 없이 나돈다. 여러 버전 가운데 하나는 베토벤이 도끼로 찍어내거나 톱으로 써는 과격한 방법으로 피아노 다리를 제거했다는 것인데, 때로는 불같았던 베토벤의 성격을 잘 이용한 '구라'라고 할 수 있다. 이 일화를 애지중지하는 사람들은 베토벤이 피아노의 다리를 자른 뒤 페달을 어떻게 처리했는가에 대해서는 침묵한다.

방금 말한 저 일화는 베티나 브렌타노(결혼 후 이름은 베티나 폰 아르님)가 쓴 편지에 언급되어 있다. 그녀는 베토벤이 사는 빈의 아파트 거실의 피아노 두세 대가 다리 없이 바닥에 놓여 있는 모습을 보았다고 편지에 썼다. 공상적인 글투로 가득한 그녀의 회고는 신빙성을 자주 의심받는데, 그녀의 말을 그대로 믿는다면, 베토벤은 *1810*년에 최소 세

254

대 이상의 피아노를 소유했던 것이 된다. 왜냐하면 같은 편지에서 브렌타노는 베토벤이 자기에게 연주를 들려주기 위해 의자에 앉았다고 하니 한 대의 피아노를 더 추가해야 하기 때문이다. 믿을 만한 연구자들은 브렌타노의 편지가 막 이사를 했던 베토벤의 집 정리 상태가 엉망이었음을 묘사한 것이라고 한다. 그럼에도 악기를 훼손하고 몸을 구겨가며 마룻바닥을 통해 소리를 들으려고 한 베토벤의 이미지가 끈질기게 생명력을 유지하고 있는 이유는 무엇일까? 이 이야기에는 고난을 극복하려는 불굴의 의지가 담겨 있으며 우리는 그것에 감동하기 때문이 아닐까.

　　수많은 베토벤 연구서 가운데 로빈 월리스의 『소리 잃은 음악: 베토벤과 바버라 이야기』는 베토벤의 청각장애를 중심으로 베토벤 음악의 비밀을 탐구하고 있다는 점에서 유일무이한 연구서다. 실제로 많은 베토벤 연구서들은 베토벤이 어떤 종류의 귀 병을 앓았으며, 또 발병 시기가 언제인지에 대해서도 서로 다른 말을 한다. 베토벤의 귀가 멀게 된 원인으로 매독을 들먹이는 연구자도 있고, 알코올 의존증이었다고 말하는 이도 있는데 모두 사실무근이다. 이는 지금까지 베토벤의 위대한 음악에 비해, 그의 청각장애를 사소하게 여겨왔다는 증거다. 이 책에서도 여러 가설이 제시되고 있을 뿐, 정확한 병명이나 원인은 특정되지 않는다. 베토벤의 청신경을 손상시킨 원인과 병명을 특정하기 위해서는 정확한 진료기록이나 당사자의 구체적인 기록이 있어야 하는데, 베토벤이 자신의 청각장애를 오랫동안 숨겨왔기 때문이다. 베토벤의 귀가 나빠진 시점은 *1796년*경부터였으나, 친구들이 베토벤의 귀가 나빠진 것을 눈치채기 시작한 것은 1802년에 이르러서였다. 지은이는 이렇게 논평한다. 클래식계와 대중음악계를 막론하고 음악가의 난청 비율이 높다는 사실은 업계의 숨은 비밀이다. 일단 당사자가 부인하기 마련이니 그럴 수밖에 없다. 대부분 자기 귀에 문제가 있다는 사실을 인정하기 꺼린다.

베토벤은 귀가 잘 안 들리는 음악가라는 자신의 처지를 지독히 부끄러워했으며, 자신이 겪고 있는 시련을 인정하기 힘들어했다. 곧 살펴보겠지만, 청각장애는 그의 음악에 영향을 미치기보다, 그에 따른 청력 저하에 따른 사회적 고립이 더 큰 문제였다. 1802년 10월, 두 동생 카를과 요한에게 보낸 하일리겐슈타트 유서에 베토벤은 이렇게 썼다. 나를 호전적이고 완고하며 인간을 혐오하는 자로 여기는 이들이여, 나를 그리 보는 것은 너무나 부당하다. 내가 그리 보일 수밖에 없는 속사정을 그대들은 알지 못한다. 베토벤은 귀가 먹으면서 정상적인 의사소통과 사교생활이 어려워졌으며, 우울증의 원인이 되었다.

작곡가가 자신이 작곡하는 음악을 귀로 듣지 못하면 작곡을 할 수 없을까? 혹은 작곡가에게는 악상이 먼저 있고, 악보는 뒤에 작성되어도 좋은 곁다리일까? 밀로스 포만이 연출한 영화 「아마데우스」는 음악이 악기나 종이 한 장 없이 머릿속에서 완성된다는 '모차르트 신화'를 만들어 냈는데, 실제로 모차르트가 그런 식으로 작업했을 거라 추측할 만한 근거가 없다. 뛰어난 피아니스트이기도 했던 베토벤의 경우 작곡에 피아노가 필수였고, 다음으로 필요한 준비는 떠오른 악상을 기억하고 수정하는 종이(스케치북)였다. 베토벤은 청신경이 온전했던 20대 초반부터 스케치를 중시했다. 하므로 귀가 들리지 않으면서도 어떻게 작곡을 했느냐는 물음에 베토벤은 늘 하던 방식대로 했다고 대답할 것이다.

베토벤 음악은 전기(1803년까지), 중기(1803~1814년경), 후기(1814년 이후)로 나누어진다. 후기의 시작은 피아노 소나타 31번 A장조(Op.110)와 두 곡의 첼로 소나타 4, 5번(Op.102-1, 102-2)이 기점이며, 이어 발표된 네 곡의 피아노 소나타와 마지막 다섯 곡의 현악 사중주, 교향곡 9번, 「장엄미사」, 디아벨리 변주곡, 그리고 마지막 두 개의 바가텔집(Op.119, 126)이 대표작이다. 이들 작품은 베토벤이 귀가 먼 상태에서 만든 것이라고 처음부터 알려졌던 탓에, 근본적인 결함이 있다고 평가되거나(기이하다, 너무 길다, 짜임새가 없다, 부담스럽다), 완전히 반대로 역경을 이긴 작품으로 상찬된다. 하지만 지은이는 베토벤 후기의 특성은 귀가 멀기 이전의 작품에서도 찾아 볼 수 있는 특성이라고 말하면서, 베토벤 본인은 그 어느 글에서도 **자신이 음악을 통해 청각장애와 맞서고 있다고 주장하지 않았다**고 말한다.

베토벤이 남긴 악보를 보면, 베토벤에게는 작곡 중인 음악을 듣는 것만큼, 자신의 작업 과정을 눈으로 본다는 것이 중요했다. 베토벤의 악보는 자신이 표현하려는 악상을 고스란히 재현이라도 하려는 듯이 활발하게 변했다. **베토벤에게 종이란 곧 음악적 짜임새를 구상하는 실험실이었다.** 이보다 더욱 흥미로운 것은, 베토벤의 음악이 가진 시각적 특질이다. 그런데 작곡자의 청각 상실이 점차 알려진 *1820*년대에 이르러 베토벤의 청각장애와 그의 음악에 나타난 시각적 특성을 연결 지으려는 시도가 늘어났다. 이에 대해 지은이는 베토벤 음악의 시각적 특성 역시 청각 상실 이전부터 나타난 특성이라면서, 베토벤의 청력 상실을 강조하면 할수록 베토벤의 초인적 노력과 영웅성이 부각되는 전기비평의 허술함을 공박한다. 지은이는 이런 '인생극장'류의 해석보다, 음악을 향한 베토벤의 지고한 노력을 한마디로 설명해 줄 수 있는 단어로 오로지 **소명**을 꼽는다.

└ 소리 잃은 음악: 베토벤과 바버라 이야기　로빈 월리스 지음
홍한결 옮김　마티　2020

2020   MAR

1   2   3   4   5   6   7
8   9   10 11 12 13 14
15 16 17 18 19 20 21
22 23 24 25 26 27 28
29 (30) 31

한국에서 거의 처음 시도되는 가사 비평이라는 소개 문구가 책의 앞날개에 적혀 있을 만큼, 지금껏 한국 대중가요 속 가사 비평은 비평가에 의해 진지하게 다뤄져 본 적이 없다. 실제로 그동안 여러 필자들이 한국의 대중가요를 거론하는 자리에서 간간이 가사에 대한 촌평을 곁들이도 했지만, 한 권의 책을 통째 가사 비평에 바친 책은 아직까지 없었다. 그러나 출판사의 소개가 대체로 약간의 과장을 포함하듯, 가사 비평은 이 책과 어울리지 않는다. 서문에 밝혔듯이, 지은이는 번뜩이는 가사 한 줄의 아포리즘을 건지려고 했다.

지은이는 문학과 음악이 한 몸이 되었다고 생각하는 서른아홉 곡의 대중가요 가사를 고른 뒤, 거기에 자신의 감상과 이해를 돕는 사회적 맥락을 덧붙였다. 선정한 *39곡* 가운데 가장 오래된 곡은 이오시프 이바노비치의 '도나우강의 잔물결'에 윤심덕이 가사를 붙인 '사의 찬미'*(1926)* 이고, 가장 최근의 곡은 혁오의 '톰보이'*(2017)* 다. 유행가 가사에 비친 근대 한국인의 삶을 두 노래만 갖고 비교해보라면 그야말로 달라진 것이 없어 보인다. 눈물로 된 이 세상이/ 나 죽으면 고만일까/ [⋯]/ 삶에 열중한 가련한 인생아/ 너는 칼우에 춤추는 자도다*('사의 찬미')*. 젊은 우리 나이테는 잘 보이지 않고/ 찬란

259

한 빛에 눈이 멀어 꺼져 가는데('톰보이'). 두 노래는 한국인의 염세관을 보여주는 듯하지만, 싸이가 곡과 가사를 쓴 '챔피언'(2002)은 그런 성급한 일반화를 비웃는다. **진정 즐길 줄 아는 여러분이/ […]/ 인생을 즐기는 네가 챔피언.**

    '세계의 명화'나 '꼭 보아야 할 영화 100선' 유의 책, 또는 정평으로 이름난 필자가 쓴 서평 모음집 따위를 손에 넣으면, 누구라도 자신이 가장 좋아하는 작품이 나오는 장부터 찾아 읽게 된다(없으면 실망을 넘어, 아예 그 책을 쓴 사람의 안목마저 불신하게 된다!). 『이 한 줄의 가사』도 예외가 아니어서, 나는 하덕규가 곡을 쓰고 노랫말을 붙인 '가시나무'부터 찾아보았다. **네 속엔 내가 너무도 많아/ 당신의 쉴 곳 없네.** 조성모가 다시 불러 공전의 히트를 기록한 이 노래는 그야말로 명품 사랑 노래였는데, 이영애와 김석훈이 출연한 조잡하고 폭력적이며 코믹했던 뮤직비디오가 그 노래의 이미지를 완전히 망가트렸던 적이 있다(이제는 보는 사람도 얼마 없을 테니 천만다행이다). 사랑 노래라고 했지만, 원래 이 노래는 연가가 아니라 CCM(*Contemporary Christian Music*: 기독교 대중음악)이다. 노래 속 '당신'은 이성이 아니라 절대자(신)를 가리킨다.

    장르야 어떻든 '가시나무'를 처음 들었던 순간, 이 노래의 첫 두 구절이 스무 살 무렵의 우상에게로 나를 데려다주었다. 1980년 중반, 앤 차터스의 『나는 죽음을 선택했다: 사랑과 혁명의 시인 마야코프스키』를 읽고, 나는 단박에 블라디미르 마야콥스키(1893~1930)의 시와 머리 스타일(까까

머리)을 흉내냈다. 책 속에 있는 그의 사진을 오려 책상 앞에 붙였고, 사진 아래의 여백에 그의 시구를 적었다. **나에게 나는 너무도 작아서/ 나는 자꾸 나를 떠나가려 하네.** 마야콥스키의 시구에는 갑갑하기 짝이 없는 세상으로부터 탈출하고픈 (뒤엎고 싶은) 젊은 날의 낭만주의적 열정이 불타고 있는데, 청춘의 무모한 열정이 어느 정도 식고 나서야 하덕규처럼 나를 성찰하게 된다.

'가시나무'는 특별했지만, 거의 대부분의 대중가요는 남녀의 사랑을 노래한다. 교양계층의 일부는 사랑 타령으로 도배된 대중가요에 질색이지만, 한자 문화권에서 시의 원류로 숭앙되는 『시경』에 실린 많은 시도 실은 사랑을 읊고 있으며, 거기엔 낯 뜨거운 남녀상열지사가 섞여 있다. 『시경』의 후예들인 현대의 젊은 시인들이라고 이와 다를까? 대중가요에서 사랑이 차지하고 있는 해악은 사랑에 대한 상투적인 인식과 표현이지, 사랑 그 자체가 아니다. 그런 뜻에서 지은이는 산울림의 '둘이서'와 '아마 늦은 여름이었을 거야'를 아낌없이 예찬한다.

산울림은 '게임 체인저'였다. 기존 음악 판을 뒤엎고, 자신들이 주도하는 새로운 질서를 만들어 세상을 지배했다. 그들의 데뷔 앨범은 벼락 같았다. 사랑의 감정이 상투성에서 벗어나기 위해, 한국 대중음악은 산울림이 등장할 때까지 기다려야 했다. 그들은 감성의 혁명가였다. 그들 음악에서 아마추어리즘을 읽어내는 건 부질없다. 미국에서 너바나가 나오기 12년 전 한국 땅에서 이미 얼터너티브 록이 시작되었다는 사실만으로도 그들은 충분히 역사적이다. 산울림은 '내 마음에 주단을 깔고'의 한 대목처럼, 한마디 말이 노래가 되고 시가 되는 경지를 이루었다. 비유하자면 그들이 대중가요에서 이룩한 성취는 1960년대에 김승옥이 한국문학에서 이룩한 감수성의 혁명에 버금간다.

대중가요의 팔 할 이상이 사랑 타령인 것은 맞지만, 그렇다고 대중가요가 한입으로 사랑만 노래하고 있지는 않다 (팔 할은 전수 조사 끝에 나온 수치가 아니라, 그냥 '많다'라는 것을 나타내는 수사다). 그것을 대표하는 장르가 바로 저항가요(민중가요)인데, 대중가요는 지하가 아닌 지상의 음악이므로, 대중가요 가사에 저항성과 민중성을 담기 위해서는 검열을 피하기 위한 강도 높은 탁마가 필요했다. 그러나 80년대의 독재정권은 학생운동가 출신인 김민기가 만든 곡은 물론, 운동권과 무관했던 송창식의 '고래사냥'과 '왜 불러' 같은 노래마저 금지하여 저항가요가 되게 했다.

김민기가 작사·작곡하여 송창식에게 준 '강변에서'(1976)를 처음 들었을 때 소름이 끼쳤다(이 노래를 몰래 음미하는 내가 마치 '빨치산'처럼 느껴졌다). 한국 가요사에 열여섯 살 난 '공순이'가 갑자기 난입한 이 광경은 무어라 형언하기 힘들다. 그런데 이 노래의 '공돌이' 버전이 시나위의 '크게 라디오를 켜고'(1986)라고 한다면 당신은 웃을 텐가. 피곤이 몰아치는 기나긴 오후 지나/ 집으로 달려가는 마음은 어떠한가라는 가사 속에 공장 노동자를 암시하는 단어는 없다. 하지만 쇳물을 들이킨 듯 포효하는, 그러면서도 넉넉한 낙천성이 뒷받침된 임재범의 반골적인 목소리는 공장 노동자의 퇴근을 노래하고 있지 결코 샐러리맨의 퇴근을 노래하고 있지 않다. 대중가요는 당대의 사회와 문화를 반영할 뿐 아니라, 음악 장르와 젠더의 관습 또한 정직하게 반영한다. 헤비메탈은 남성 근육노동자의 노래이며, '크게 라디오를 켜고'의 가사는 그와 같은 장르와 젠더의 관습에 따라 해석되어야 한다(아쉽게도 지은이는 이 노래를 누락했다).

파도와 바닷물은 구분할 수 없는 하나이며, 무용수의 춤과 몸 역시 구분할 수 없는 하나이다. 마찬가지로 노래와 노랫말도 구분할 수 없는 하나다. 하므로 밥 딜런에게 노벨문학상을 수여한 스웨덴 한림원은 하나인 것을 둘로 나누는 만용을 부린 것이다. 즉, 분리할 수 없는 밥 딜런의 노래에서 노랫말만 똑 떼어내 문학상을 준 것이다. 그렇지 않고 기타를 든 음유시인에게 상을 주었다고 한다면 시대착오적이다. 현대시 역사에서 음악과 시가 이혼한 지는 오래되었다(이 때문에 랩이 새삼 주목 받고 있기는 하지만). 여기서 밥 딜런의 가사가 문학적으로 뛰어난가, 아닌가를 따지는 것은 우스개다. 지은이 역시 **만우절 거짓말**이라는 말로 밥 딜런의 노벨문학상 수상에 의문을 제기하고 있다.

└ 이 한 줄의 가사   이주엽 지음   열린책들   2020
└ 나는 죽음을 선택했다: 사랑과 혁명의 시인 마야코프스키
   앤 차터스, 새뮤얼 차터스 지음   신동란 옮김   까치   1985

2020　　　APR

1　2　3　4
5　6　7　8　9　10　11
12　13　14　15　16　17　18
19　20　21　22　23　24　25
26　27　28　(29)　30

지은이와 그의 직업에 관한 호기심 때문에 『가난 사파리: 하층계급은 왜 분노하는가』를 읽었다. 표지 앞날개에 적힌 대런 맥가비의 약력을 보자. 래퍼 로키(Loki)로 알려진 작가이자 칼럼니스트, 활동가. 1984년에 태어나 스코틀랜드 글래스고 남부의 폴록에서 자랐다. 스코틀랜드경찰 폭력감소반의 첫 상주 래퍼로 일했고, 반사회적 행동과 가난의 근본 원인을 추적하는 스코틀랜드 BBC 라디오 프로그램을 진행하기도 했다. 그의 첫 책 『가난 사파리』는 2018년 영국에서 가장 탁월한 정치적 글쓰기에 수여하는 오웰 상을 받았다.

　래퍼이자 작가인 대런 맥가비는 한때 교도소와 소년원에 수감된 청소년들에게 랩을 가르쳐주는 워크숍을 진행하기도 했다. 이 책을 읽게 된 것은 낯선 래퍼에 대한 호기심도 컸지만 그보다는 비행청소년들에게 교화수단으로 랩을 가르친다는 스코틀랜드경찰의 발상과 랩 교육을 받은 비행청소년들의 변화에 관심이 있어서였다. 그러나 기대와 달리 이 책은 애초의 호기심과 전혀 다른 방향으로 흘러갔다. 이 책은 스코틀랜드의 이름난 빈민가인 폴록에서 자란 지은이가 작성한 가난에 대한 보고서이지, 랩 음악에 대한 책이 아니다.

지은이는 일찍 이혼을 하고 혼자 사는 알코올중독자 어머니 밑에서 유소년기를 보냈다. 그가 자란 빈민가에는 알코올중독, 약물 남용, 일상적인 폭력, 도둑과 강도가 들끓었다. 또 그가 다닌 학교는 학생들이 패싸움을 하며 서로 추격전을 벌이는 반(半)무법지대였다. 조롱과 폭력이 만연한 학교에서는 개인의 안전을 위해 오히려 자신의 총명함을 숨겨야 했다. 그러다 보면 똑똑했던 학생조차 점차 학습부진아가 되거나 일탈에 무감각해져 갔다. 빈곤은 말 그대로 물질적 결핍을 뜻하지만 빈민계층을 지배하는 것은 물질적 빈곤보다 정신적 위축이다.

정서적 스트레스의 존재는, 가난 경험에서 가장 간과되는 한 가지 측면이다. 하지만 스트레스는 흔히 부실한 식사, 중독, 정신건강 문제, 만성 건강 문제로 이어질 수 있는 생활방식의 선택과 행동에 기름을 끼얹는 기관실이다. 스트레스 상황 자체가 어째서 편식, 흡연, 도박, 폭음, 약물 오용, 이러저러한 공격적이고 폭력적인 문화의 한 요인인지 고려하지 않은 채 빈곤 지역 사람들의 행동에 대해 추단하려 드는 건 이상해 보인다. 하층계급의 삶을 잘 모르는 사람들은 이런 판에 박인 행동이 이해하기 어려워 보일지 모른다. 가난한 사회 상황에서 살아가는 사람들, 어쩌면 공격적이거나 학대하는 하위문화 속에서 성장하는 사람들에게, 스트레스는 사람을 온통 소진시키는 것이다.

빈민을 소진시키는 정서적 스트레스는 가정과 사회에서 인정받지 못하는 데서 오는 자긍심 상실에서 비롯한다. 정신적 위축을 가져오는 자긍심 상실은 열악한 의식주와 빈약한 문화생활을 떼어 놓고 설명할 수 없지만, 물질적 빈곤이나 문화적 결핍이 원인의 전부가 아니라는 사실은 매우 미묘하다. 지은이는 빈민들이 떨쳐버리지 못하는 정신적 위축의 근본적인 원인으로 그들의 발언권 부재를 지적한다. 즉 빈민들은 제도가 우리에게 불리하게 만들어지고 거기에 저항하거나 도전하는 모든 시도는 헛되다고 믿는다. 우리의 삶에 영향을 미치는 결정이 이곳이 아닌 다른 곳에 있는 다른 사람들에 의해 이뤄진다고 생각한다. 이 다른 사람들이 의도적으로 우리에게 실상을 숨기려 한다고 생각한다. 우리가 우리 삶과 관련해 이뤄지는 논의에 참여하지 못하고 배제된다고 여긴다. 많은 지역 사람들에게 이런 믿음이 깊숙이 박혀 있고, 여기에는 그럴 만한 매우 타당한 이유가 있다.

자본주의와 산업사회의 필연적인 파생물인 빈민 지역은, 빈민 지역을 현대화하고 정비하려는 빈곤 사업을 창출한다. 그런데 지은이가 지켜본 대개의 빈곤사업은 겉으로만 자율적인 기관에 의해 수행되는 것 같지만, 실제로는 중앙정부를 대행한다. 그 결과 빈곤 지역은 빈곤을 벗어나게 되는 것이 아니라, 도리어 '사파리'(safari)처럼 보존되는 역설을 맞게 된다.

이런 방식으로 굴러가는 프로젝트는 지역 주민들이 공유하는 열망을 알려 하기보다 지역사회에 필요한 걸 미리 정해놓고 나서 주민들이 그 방향으로 가도록 몰아넣거나 조종하거나 강제한다. 사실상 빈곤 지역에서 이뤄지는 많은 사업에서 지역 주민들의 필요만큼이나 중요한 건 그 사업을 가능하게 하는 조직의 목표와 목적이다. 그런데 특히 그 목표가 지역의 자급자족을 장려하는 것인 경우는 드물다. 오히려 그 반대다. 이들 사업 조직의 관여와 개입

이 외부 자원과 전문지식에 의존하는 정도를 드높여, 이 부문의 역할을 차츰 줄이는 게 아니라 영구화한다.

중앙정부의 재정 지원을 따낸 빈곤사업가는 지역사회가 무엇을 원하는지와 무관하게 중앙정부의 목표를 대행하는 것으로 어마어마한 돈을 버는 것과 동시에, 정치계에 진입할 때 필요한 유리한 경력을 쌓는다. 그러기 위해서 가난은 뿌리 뽑혀야 하는 게 아니라, 하나의 사회 문제로 계속 남아 있어야 한다. 빈곤을 유무형의 사업 기회로 여기는 이들에게 가난한 사람들은 자본의 한 형태로 취급된다. 지은이는 이런 역설적인 상황을 '가난 사파리'라고 부르면서, 빈곤 지역의 문제 해결은 그 지역의 공동체로부터 나와야 한다고 강조한다.

대런 맥가비는 영국에서 꽤 유명한 래퍼이지만, 이 책은 자신의 음악 활동에 대해서는 아무런 언급을 하지 않는다. 대신, 빈곤계층에게 래퍼가 절실하게 필요한 이유와 특히 비행 청소년에게 랩을 가르쳐야 할 이유가 여러 군데에 암시되어 있다. 빈민계층을 지배하는 것이 정서적 스트레스와 정신적 위축이라면, 모든 걸 토해내면서 트라우마를 떨쳐내고, 자존감을 높이는 게 빈곤 지역 청소년들이 갖지 못하는 자기 신뢰감과 회복 탄력성을 키우는 열쇠가 된다. 이럴 때, 전통적인 교양 교육은 독서와 글쓰기를 권장하지만, 문해력이 부족한 빈곤계층의 청소년들에게는 랩이 훨씬 효과적이다. 랩의 특징인 스웨그(swag: 자랑질)는 그들이 정신적 위축을 떨치는 기술이며, 랩이 애용하는 거친 표현과 욕설은 그들 세계

의 또래에게 말을 걸기 위한 **밑밥**이다. 이 세계에서는 **아름다**
워라고 말하면 배척당하고*(게이로 놀림받고)*, **존나 아름다워**
라고 해야 무시받지 않는다. 빈민계층의 이런 언어 관습이
랩의 관행이 되었다.

└ 가난 사파리: 하층계급은 왜 분노하는가   대런 맥가비 지음
  김영선 옮김   돌베개   2020

2020   MAY

					1	2
3	4	5	6	7	8	9
10	11	12	13	14	15	16
17	18	19	20	21	22	23
24	25	26	27	28	29	㉚
31						

코로나 사태는 정치·경제·사회 등 여러 분야에서 확립되어온 기준을 뒤엎고 새로운 기준을 창출하고 있다는 점에서, 일종의 사회개혁을 일으키고 있다고 할 수 있다. 한 예로, 단군 이래 처음으로 시행된 긴급재난지원금을 보면 지지부진했던 기본소득 논의를 좀 활성화시킬 수 있지 않을까.

코로나 사태는 주제 사라마구의 『눈먼 자들의 도시』, 가브리엘 가르시아 마르케스의 『콜레라 시대의 사랑』과 같은, 재난을 주제로 한 몇몇 소설을 주목하게 하거나 베스트셀러로 만들었다. 그 가운데 알베르 카뮈의 『페스트』가 가장 많은 판매고를 올렸는데, 특히 이 작품에는 페스트와 같은 한계상황과 마주했을 때 볼 수 있는 세 가지 인간형이 잘 묘사되어 있어 자주 언론에 오르내렸다. 논술고사의 모범답안을 연상시키기는 하지만, 그 세 가지 인간형은 ①도피형(랑베르 기자) ②초월형(파늘루 신부) ③저항형(리외 의사, 타루)이다.

페스트로 봉쇄된 도시에서 암거래로 돈을 버는 코타르는 그 어느 유형에도 들지 않는 인물이다. 이웃의 한계상황을 이용해 사욕을 채우는 이런 인물을 굳이 명명하면 ④재난 이용형이다. 정부와 지자체가 지급한 긴급재난지원금이 사용 지역과 기한이 정해져 있는 것을 이용하여 생필품 가격을 슬그머니 올린 업자들이 여기에 속할 것이다. 하지만 소규모업자들의 얌체 짓보다 더 뻔뻔한 재난 이용형은 아시아나항공과 대한항공과 같은 대기업이다. 두 항공사는 코로나 사태로 인한 경영 악화를 핑계로 각기 1조 7000억과 1조 2000억이나 되는 긴급지원급을 수혜했다. 이들이 타낸 국가지원금은 기획재정부가 온갖 난색과 생색을 부리며 국민 전체에게 지원했던 3조 원이라는 액수와 맞먹는다. 대체 대한민국은 누구의 것이며, 대한민국 국민은 누구를 위해 세금을 내는가? 조금 과장하자면, 코타르의 다른 이름은 쇼크 독트린(*Shock Doctrine*: 대참사를 이용해 실시되는 과격한 시장 원리주의 개혁)이다.

고작 흥밋거리에 지나지 않지만, 사르트르의 『구토』에는 빌리 할리데이와 엘라 피츠제럴드를 비롯한 여러 명의 재즈 디바가 불렀던 '멀지 않아서'(*Some Of These Days*)라는 재즈곡이 나온다: 그렇다면 『페스트』에도 재즈곡이 나올까? 이 질문에는 카뮈로 박사학위를 딴 카뮈 전공자보다 재즈 애호가가 더 잘 대답할 수 있다. 『페스트』에는 1928년 루이 암스트롱이 취입해 유명해진 작자 미상의 구전 블루스 '세인트 제임스 인퍼머리'(*Saint James Infirmary*)가 두 번이나 나온다.

김화영이 번역한 『페스트』 212~213쪽을 보면, 페스트로 사람이 떼로 죽어가는 위급한 상황에서, 오랑 시의 젊은이들은 여전히 클럽을 드나들었나보다. **테이블에는 멋쟁이 청**

년들이 앉아 있었는데, 그들이 주고받는 이야기는 알아들을 수 없었지만, 말소리는 높은 곳에 올려놓은 축음기에서 쏟아져 나오는 '세인트 제임스 인퍼머리'의 박자 속으로 휩쓸려 들고 있었다. 이런 풍경은 '사회적 거리두기'가 엄격히 요청되는 사태 속에서도 클럽을 순례하는 오늘의 젊은이들을 떠올린다.

『지붕 위의 기병』은 장 지오노가 *1946*년부터 쓰기 시작해 *1951*년 발표한 장편소설로, 코로나 시대에 이 작품이 다시 발견되지 못해 안타깝다. *1832*년 여름 콜레라가 창궐했던 프로방스 지역을 무대로 한 이 소설에서 지오노는 리외 의사나 타루와 비슷한 제③형의 인물 앙젤로를 주인공으로 내세워, 한계상황에서도 얼마든지 고귀해질 수 있는 인간을 탐구했다. 이탈리아 독립을 위해 투쟁하는 스물다섯 살 난 카르보나리(Carbonari) 당원 앙젤로는 오스트리아 스파이 쉬바르츠 남작을 결투 끝에 죽이고 프랑스로 도주한다. 국경을 넘자마자 콜레라와 맞닥뜨린 앙젤로는 한 마을과 도시의 주민이 몰살당하는 아비규환의 복판에서 콜레라와 싸우는 젊은 의사를 만난다. 일명 '불쌍한 작은 프랑스인'으로 불리는 그는 환자를 돌보는 중에 죽고, 앙젤로는 용기와 희생에 바탕한 젊은 의사의 절대적 이타심에 감명을 받는다. 이후 앙젤로는 또 다른 마을에서 콜레라로 죽은 환자의 시체를 씻어 주는 늙은 수녀를 만난다. 이름이 나오지 않는 이 수녀는 거리에 버려진 콜레라 환자의 시체를 깨끗하게 씻는 일을 자신의 의무라고 생각한다. 그녀는 말한다. 그들이 허벅지에 똥이 묻은 채 일어날 때, 주님 앞에서 내가 어떤 얼굴이겠어? 주님이 내게 말씀하실 거다. '너는 거기 있었고, 이 일을 알고 있었다. 왜 이들을 씻겨주지 않았는가?' 하고. 나는 청소부야. 난 내 일을 하는 거지.

절대적 이타심의 반대편에 재앙을 틈타 자신의 이기적인 욕심을 채우려는 천박한 족속과 전염병 때문에 발광 상태에 이른 군중의 공포가 있다. 천박한 족속은 고작 돈을 갈취하지만, 공포에 이성을 빼앗긴 군중은 마을을 찾아온 이방인을 '샘에 독을 타는 자'로 몰아 죽인다. 지오노는 1832년 프로방스 지역을 휩쓴 콜레라를 통해 막 끝난 지난 전쟁에 대해 이런 말을 하고 싶었던 것이다. 콜레라가 그렇게 쉽사리 번지고, 동료들이 말하듯 '격렬한 전염성'을 갖고 있는 건, 계속되는 죽음의 현존 앞에서 콜레라가 모든 사람 내부에 있는 예의 타고난 이기주의를 강화시키기 때문입니다. 사람들은 문자 그대로 이기주의로 죽는 거요.

이 소설에서 가장 인상적인 대목이라면, 앙젤로가 어느 종교집회에서 신부의 말에 휴대용 오르간으로 묵묵히 반주를 넣는 한 여자를 보며 떠올린 생각일 것이다. 단순한 사람들은 바로 이와 같은 결과에 이르는 거야. 수녀와 나는 어쩌면, 저기서 모든 성인들에게 기도를 간구하고 있는 사람들의 아버지나 어머니, 형제, 남편이나 아내의 시체를 손수 씻겨 주고, 부활을 대비해 주었을지도 모른다. 그러나 저들이 옳다. 이 방법이 훨씬 쉬운 거다. 이건 당연히 어떤 비결이 될 거다. 정치에 있어서도, 이와 비슷한 것을 발견해야 할 거다. 아직 없다면 만들어 내야 한다.

우리 모두가 재난에 저항하는 제③형의 인물이 될 수도

없지만, 재난에 저항한다고 해서 반드시 그들과 같이 영웅적인 행동을 해야 하는 것도 아니다. 묵묵히 반주를 넣은 반주자처럼 자기 맡은 자리에서 일상을 유지하는 것이야말로 재난을 물리치는 것이다.

ㄴ 눈먼 자들의 도시 주제 사라마구 지음 정영목 옮김 해냄 1998
ㄴ 콜레라 시대의 사랑 가브리엘 가르시아 마르케스 지음 송병선 옮김 민음사 2004
ㄴ 페스트 알베르 카뮈 지음 김화영 옮김 책세상 1998
ㄴ 구토 장 폴 사르트르 지음 방곤 옮김 문예출판사 1999
ㄴ 지붕 위의 기병 장 지오노 지음 문예출판사 1995

2020   JUN

            1   2   3   4   5   6
7   8   9   10 11 12 13
14 15 16 17 18 19 20
21 22 23 24 25 26 27
28 (29) 30

지은이가 각기 다르고 소재도 다른 세 권의 책을 읽으며 공통의 화제를 찾았다. 김미지의『누가 하이카라 여성을 데리고 사누』, 소래섭의『에로 그로 넌센스』, 이승원의『소리가 만들어낸 근대의 풍경』이 바로 그 세 권이고 공통점은 한국의 근대 초기 풍속을 주제로 삼고 있다는 점이다. 셋 모두 한국문학 전공자들인 이들은 기존의 문학 연구가 작가와 작품, 그리고 민족과 민중(계급)과 같은 거대 이념에 매몰되어 있었던 것과 달리, 특정한 시대와 특정한 사회의 생활양식이나 습속을 모아 과거의 현실을 재구성(재현)하려고 한다. 이때 이들이 참조하는 문서는 기존의 문학 연구자들이 핵심으로 삼았던 문학 작품이 아니라 그 시대의 신문、잡지다. 세 권의 책에는 문학 작품이 간간이 참조되어 있지만, 이 책에 등장하는 문학 작품은 국문학 연구자의 알리바이에 지나지 않는다. 이 독후감에서는 당대의 풍속에서 대중음악이 수용된 모습들을 중점적으로 살펴보기로 한다.

　한국에서 여성이 학생이라는 신분으로 학교 교육을 받기 시작한 것은 구한말인 1886년 이화학당이 설립되고 나서이고, 국가 정책상으로는 1908년에 조선교육령과 함께 여자교육령(관립고등여학교령)이 선포되면서부터다. 국가에 쓸모 있는 인재를 양성하려는 목적으로 여자에게 근대 교육

274

을 받을 수 있게 법으로 보장했으나, '여자들은 많이 가르쳐 봐야 소용없다', '딸은 많이 가르치면 버린다'라는 전근대적인 상식은 완고하기만 했다. 때문에 이화학당이 최초로 문을 열었을 때 입학하려는 학생이 없어서 선교사들이 고아를 데려다가 학생으로 삼을 정도였다. 여학생 수가 늘어나기 시작한 것은 *1919*년 3·1운동 이후로, 이 시기에 향학열이 특히 높아졌던 것은 교육을 통한 조선의 개조라는 공감대가 형성됨으로써 교육 운동과 교육단체 설립이 활발해진 것과 관련이 있다.

아무리 시대가 바뀌었다지만(*1910*년 조선은 일본에 합병됨으로써 국권을 상실했다), 그 시절의 여학생은 '조신하게 있다가 시집을 가는 것이 최상'이라는 여성에 대한 당대의 고정관념을 깨트린 존재다. 그만큼 희귀했던데다가 머리 스타일과 복장은 물론 그들의 사고나 문화가 일반 여성과 달랐기에, 여학생은 항상 계도나 관찰 또는 비난의 대상으로 주목받았다. 여학생에게 덧씌워진 대표적인 이미지는 '자유연애의 선구자'였는데, 김미지에 따르면, 숫자가 얼마 되지 않은 여학생의 풍기가 커다란 사회 문제가 된 것은 신문·잡지의 선정주의 탓이다. 막 형성된 잡지 시장은 **소위 '여학생'이라는 기호가 좋은 상품**이라는 것을 알아차리고 **무책임한 폭로**를 일삼았다.

*1930*년대 들어서면 '레코드 홍수' 사태가 일어나, 전 조선에 *300*개가 넘는 크고 작은 레코드점에서 매달 *1000~2000*장의 레코드가 팔려나갔다. 그런 가운데 여학생

275

들은 고급음악보다 '저급한 음악'을 밥 먹듯 한다는 비난을 들었다. 박노아라는 당대의 문화평론가는 『신여성』 1931년 6월호에 기고한 「여학생의 취미 검토」라는 글에서 신여성으로서 여학생이 피아노 하나 칠 줄 모르고 브람스 자장가 하나도 못 부른다면 수치라고 말했다. 고급음악은 서양의 고전음악이고, 저급한 음악은 창가(唱歌: 유행가)였다. 여학생이 유행가를 좋아하는 것이 사회 문제인 이유는 음악이란 청소년의 성정을 순화시키고 덕성을 길러주는 교화 수단이어야 하는데, 유행가는 오히려 소년 소녀들을 타락시키고 망칠 수 있다는 발상에서였다.

1929년 10월 24일 뉴욕 월가의 주가가 폭락하면서 시작된 대공황은 1939년까지 여파가 이어졌다. 하지만 대공황이 터지기 앞서 일본에서는 '에로 그로 넌센스'라는 기괴한 풍조가 유행했다. 색정을 뜻하는 에로티시즘(Eroticism), 기괴함을 뜻하는 그로테스크(Grotesque), 무의미를 뜻하는 넌센스(Nonsense)가 합성된 이 열풍에는 도시인의 감각적 쾌락과 불안정한 정치·경제에 대한 대중의 도피 심리가 뒤섞여 있다. 무척 흥미롭게도 이 열풍의 배음에 재즈가 있다. 제1차 세계대전 이후 도시 문화는 국제적 동시대성을 띠었는데, '에로 그로 넌센스'는 미국의 재즈나 댄스와 같은 대중문화가 간토대지진 이후 문화의 대중화가 진행되던 일본에 영향을 주면서 생겨난 말이었다. 재즈가 흐르는 카페나 바에서 일하는 여급과 같은 새로운 직업도 '에로'라고 불렀다.

1920년대 중반 일본에서 유행한 이 풍조는 1930년대에 이르러 조선 땅에 도착했는데, 쾌락·엽기·현실 도피가 어

우러진 이 풍조는 당대의 많은 문화평론가들에게 비판을 받았다. 재차 흥미롭게도, 북학학인(北學學人)이라는 필명을 쓴 필자는 『삼천리』 1935년 11월호에 실은 「세계 각국의 신문계 총관」이라는 논설에서 '에로'를 팔아먹는 황색 언론의 작태를 '재즈주의'라고 부른다. 아래는 소래섭의 논평이다.

'에로 그로 넌센스'는 저급, 비열, 음미(淫靡)한 재즈의 유행에 따라 발전되었다는 것이다. 이처럼 당대의 지식인들뿐만 아니라 최근의 연구 또한, '에로 그로 넌센스'는 미국에서 재즈와 함께 대중문화가 형성되고 자본주의의 성 상품화가 본격화되는 현상이 전 세계적으로 파급되면서 생겨난 결과라고 지적하고 있다. 최근의 연구를 아직 보지 못했으나, 재즈가 당대에 폄하당한 이유도 연구해 보아야 한다. 원인은 1930년대의 스윙 재즈가 아직 백인에 의해 순화되지 않은 흑인성과 육체성(원초성·관능성)을 강력하게 내뿜는 춤음악이었기 때문이다. 여기에 대해서는 경성의 춤바람을 잘 묘사하고 있는 이승원의 책 65~70쪽에 웬만큼 해명되어 있다. 재즈와 춤바람은 망국의 국민에게 어울리지 않는 퇴폐 풍조였을 뿐 아니라, 일본이 전시 체제에 들어가면서 재즈는 적성국의 음악이 되었다. 하지만 이런 해명이 아무리 그럴듯하더라도, 교양인들은 결코 춤을 위해 작곡된 빈 왈츠를 저급·비열·음미한 음악이라고 말하지 않는다.

태초에 '말씀'이 있었다고 하지만, 근대에는 '소리'가 있다. 이승원의 잠언을 증폭하자면, 말씀은 성스러우며 내면에 있는 무엇이지만, 소리는 잡스러우며 외부로부터 들려온다. 문명개화는 대포 소리, 기차 소리, 뱃고동 소리, 라디오 소리, 유성기(축음기) 소리, 전화벨 소리, 시계 소리와 함께 조용한 은자의 나라에 상륙했다. 이런 소리들은 야만의 완곡한 표현인 자연에서는 결코 들을 수 없는 것이었다. 덧붙이자면, 방금 나열한 것들처럼 실제로 소리를 내지는 못하지만, 1920~1930년대를 '잡지의 시대'라고 부르게 만든 인쇄 매체도 근대에 와서야 생겨난 소리다. 하지만 인쇄 매체가 아무리 요란해도 라디오를 따라올 수는 없었다.

경성방송국이 시험 방송을 거쳐 1927년 2월 16일 정식으로 개국하자, 라디오 방송은 '낮에는 신문이고 밤에는 유성기'가 되어 대중의 관심을 독차지했다. 라디오 프로그램은 크게 음악·연예·교양·보도 뉴스로 구성되었는데, 음악 프로그램은 한국 음악 중에서도 유행가와 판소리 그리고 잡가가 대다수를 차지했다. 그래서 **한국 민요만 틀어 지겹다**는 청취자의 불만이 나오기도 했다. 소래섭이 말했던 것처럼, **새로운 매체 속에 전통적 내용이 담기는 현상은** 1930년대 중반까지 지속되었다. 라디오 수신기는 기종에 따라 10원에서 1000원까지 다양했지만, 1920~1930년대 조선인 노동자의 월급이 1원에서 22원을 맴돌았으니 라디오는 부자들의 전유물이었다. 라디오 수신기가 이처럼 귀했기 때문에, 수완 좋은 이발소·목욕탕·식당·주점의 주인들은 손님을 꾀기 위해 비싼 라디오를 경쟁하듯이 구입해서 가게에 들여 놓았다.

└ 누가 하이카라 여성을 데리고 사누: 여학생과 연애   김미지 지음

살림   2005
└ 에로 그로 넌센스: 근대적 자극의 탄생   소래섭 지음   살림 2005
└ 소리가 만들어낸 근대의 풍경   이승원 지음   살림   2005

279

2020   JUL

		1	2	3	4
5	6	7	8	9	10	11
12	13	14	15	16	17	18
19	20	21	22	23	24	25
26	27	28	(29)	30	31

맬컴 리틀은 *1925*년 네브래스카주 오마하시에서 태어났다. 아버지 얼 리틀은 흑인 침례교회의 순회목사인 동시에 마커스 가비*(1887~1940)*의 추종자였다. 마커스 가비는 자메이카 세인트앤스베이에서 태어났는데, 자메이카는 아프리카에서 납치해 온 흑인 노예들을 아메리카 대륙으로 공급하는 노예무역의 중심지였다. 열네 살 때 정규교육을 중단한 그는 독학과 남미 대륙 여행을 통해 흑인의 비참한 현실과 지위에 대한 문제의식을 갖게 되었다. *1912*년 영국 런던에서 부커 *T.* 워싱턴의 자서전『노예의 굴레를 벗고』*(1901)*를 읽고 흑인 인권과 지위를 위해 싸울 것을 결심한다. *1914*년 *8*월 *1*일, 그는 뉴욕시 할렘에 세계흑인진보연합*(UNIA, Universal Negro Improvement Association)*을 세웠다.

마커스 가비가 미국에서 추방된 뒤 자메이카에서 펼친 '아프리카로 돌아가자'라는 운동은 많은 흑인 젊은이들에게 영감을 주어 라스타파리아니즘*(Rastafarianism)* 운동을 일으켰다. 라스타파리아니즘은 당시 에티오피아의 황제였던 하일레 셀라시에 *1*세*(집권 1930~74)*의 본명인 라스 타파리 마콘넨*(Ras tafari Makonnen)*에서 유래한 명칭으로, 셀라시에 *1*세는 국제연맹을 통해 흑인들의 자유와 평등을 공론화했다. 그런 행동은 아메리카 대륙에 흩어져 있던 수많은 흑인들을 감화시켜 기독교와 흑인 토속신앙이 결합된 라스타파리아니즘을 만들었다. 레게의 전설 밥 말리(1945~1981)는 그의 노래로 라스타파리아니즘을 표현했다.

어머니인 루이스 리틀이 맬컴을 임신했을 때, 각종 총기로 무장한 한 떼의 KKK단이 말을 타고 몰려와 얼 리틀의 집을 포위했다. 이들 '선량한 백인 기독교도들'은 역시 선량한 흑인 기독교들에게 흑인의 권리와 지위 향상을 퍼트리는 마을의 말썽꾼을 더 이상 두고 볼 수 없었던 것이다. 맬컴의 부모는 그들의 네 번째 아이를 낳은 뒤, 밀워키를 거쳐 미시간주 랜싱으로 이사했다. 얼 리틀은 그곳에서도 흑인의 자유·독립·자존을 주제로 설교를 했고, 이번에는 KKK처럼 흰 장의(長衣)가 아닌 검은 장의를 입은 백인 인종차별 단체 흑의단(黑衣團)의 위협을 받았다. 맬컴이 네 살이던 1929년 흑의단이 몰려와 집에 총질을 하고 방화를 했다. 이 때문에 맬컴의 집안은 이스트 랜싱으로 다시 이사를 했다. 하지만 얼 리틀은 결국 흑의단에게 살해당한 뒤 자살을 한 것처럼 전차 선로 위에 버려졌다. 맬컴이 여섯 살 때의 일이다.

서른네 살에 혼자가 된 루이스 리틀은 새로운 남자를 만났으나, 1년가량 집 안을 드나들던 새 남자는 여덟 명이나 되는 과부의 아이들을 먹여야 하는 책임을 감당하지 못하고 발길을 끊었다. 그 사건은 루이스에게 커다란 충격을 주었고, 복지부서 직원들에 의해 여덟 명의 아이들은 뿔뿔이 흩어져 새로운 위탁 부모를 만났다. 루이스는 맬컴이 열두 살이 되었을 무렵 정신이 완전히 무너져 내려 주립정신병원에 수용되어 26년간 그곳에 머물렀다.

맬컴은 열세 살 때 프로 권투 선수가 되기 위한 첫 번째 관문에서 탈락하고, 불량한 행동으로 학교에서 퇴학당했다. 다행히도 그는 한 상급학교에 7학년으로 재입학하여 열심히 공부했으나 8학년으로 정규 교육을 끝마치게 된다. 학업을 마친 맬컴은 일자리를 찾아 이복 누이가 사는 보스턴의 록스베리로 이사한다. 그가 처음 한 일은 '쇼티'라는 동향 친구가 소개해 준 로즐랜드 볼룸(무도장)의 화장실 옆에서 구두를 닦는 거였다. 선참에게 구두 닦는 법을 배우기 위해 처음 출근한 날, 그는 레코드로만 들었던 베니 굿맨의 생연주를 들었고, 마이크 앞에서 노래를 부르는 페기 리의 모습을 직접 보았다. 그뿐이 아니다.

내 구두닦이 걸상에 앉은 사람 중에는 듀크 엘링턴, 카운트 베이시, 라이오넬 햄턴, 쿠티 윌리엄스, 지미 런스포드 등이 있었다. 듀크 악단의 위대한 알토 색소폰 주자 조니 호지스—그는 쇼티의 우상이었다—는 아직도 내게 구두 닦은 값을 빚지고 있다. 열여섯 살이 채 되지 않았던 맬컴은 구두를 닦으면서 소니 그리어, 지미 러싱, 레스터 영, 해리 에디슨, 버디 테이트, 돈 바이어스, 디키 웰즈, 벅 클라이턴과 이야기하는 즐거움을 가졌다.

맬컴은 명민하고 뭐든 배우는 것이 빨랐다. 미시간에서 온 시골뜨기는 구두닦이를 때려치우고, 뉴욕으로 진출해서 힙스터(멋쟁이)와 허슬러(사기꾼)을 합친 청춘을 만끽했다. 그는 이 시절에 디지 길레스피, 빌리 엑스타인, 빌리 홀리데이, 엘라 피츠제럴드, 다이나 워싱턴, 아넷 콥, 일리노이 자켓, 덱스트 고든, 엘빈 헤이즈, 조 뉴먼, 조지 젠킨스, 제이 맥션, 레이 낸스의 음악에 맞추어 린디 합(Lindy Hop)을 추거나 그들과 친교를 맺었다. 열일곱 살이 된 *1942*년, 그는 음악인들에게 대마초를 파는 **거칠고 난폭한 청년**이 되어 있었고 앞으로 강도질과 도둑질을 밥 먹듯 하게 될 것이었다.

이상은 알렉스 헤일리가 대신 쓴 맬컴의 자서전 『말콤 엑스』의 상권을 요약한 것이다. 그의 삶을 ①유소년기 ②청년기 – 할렘 시절 ③감옥 체험 ④'이슬람 민족'의 활동가 ⑤독자적인 활동기로 나눌 수 있다면, 앞의 이야기는 ①과 ②에 해당한다. 이 이야기에서 '블라인드' 처리된 것이 '쇼티'와의 우정이다. 본명 없이 애칭으로만 등장하는 그는 랜싱에서 고등학교 *1*학년을 중퇴하고 록스베리로 이사를 온, 맬컴보다 열 살가량 많은 고향 선배다. 그는 당구장에서 일을 하면서 재즈 연주자가 되기 위해 색소폰을 배웠고, 마침내 자신의 악단을 갖게 됐다.

점점 **악의 생활** 속으로 빠져들었던 맬컴은 쇼티를 꼬드겨 절도단을 만들었고, 범죄가 발각되어 두 사람 모두 *10*년형을 받았다. *1946*년 맬컴이 스물한 살을 채우지 않았을 때였다. 두 사람은 꼬박 *7*년의 감옥살이를 한 끝에 가석방되었다. 그사이에 맬컴은 일라이자 무함마드의 '이슬람 민족' 운동을 받아들여 흑인 무슬림이 되었고, 감옥에서 음악공부를 계속했던 쇼티는 석방이 되고나서 자신의 곡을 연주하는 악단을 만들었다. 본명을 한 번도 쓰지 않아 '꼬마 쇼티'가 누군지 도무지 알 수가 없다.

└ 말컴 엑스   알렉스 헤일리 지음   심대환 옮김   창작과비평사
  ₁978

2020   AUG

						1
2	3	4	5	6	7	8
9	10	11	12	13	14	15
16	17	18	19	20	21	22
23	24	25	26	27	(28)	29
30	31					

송욱 *(1925~1980)* 의 시구로 유명한 **회사 같은 사회**라는 희언도 있는 만큼, 회사와 사회, 사회와 회사는 구분하기 어렵다. 그러한 일체 속에서, 회사인이면서 사회인인 소시민은 권태와 굴종으로 일생을 보낸다. 프랑수아즈 사강의 『드러눕는 개』의 주인공 조르주 게레가 그렇다.

스물일곱 살 난 독신남 게레는 작은 소도시 *(카르벵)* 에 있는 상송 탄광회사 회계과에서 *4*년째 근무 중이다. 본인의 고백에 따르면 그는 스물일곱 살이 되도록 학교에서건 집에서건 공장에서건 한 번도 존경받아 본 적이 없었다. 굴욕을 당하는 데에 익숙해져 있는 그에게 직장 상사인 모샹은 언제나 되풀이되는 굴욕을 안겼다. 예컨대 모샹은 퇴근 *10*분 전에 사무실에 나타나 부하 직원인 게레에게 서류를 요구하고, 시간에 맞춰 서류를 그의 방으로 가져가면 이미 퇴근하고 없는 식이다. 모샹은 갑질 하는 나쁜 상사가 분명하지만, 그 또한 상사와 부하가 서로를 증오하도록 만들어진 회사의 수족에 지나지 않는다.

평범한 직장인이 누릴 수 있는 즐거움은 한정되어 있다. 게레는 회사 근처에 있는 '레 트르와 나비르' *(*'배 세 척' 이라는 뜻*)* 라는 카페에서 항상 똑같은 사람들과 잡담을 하거나 게임을 한다. 그에게는 스물두 살 난 애인 니콜이 있는

데, 게레가 담뱃불을 붙일 때 갱 영화의 주인공인 험프리 보가트를 흉내 내는 것처럼, 그녀의 방에는 로버트 레드퍼드의 커다란 사진이 붙어 있다. 영화는 평범한 회사원이 회사에서 당하는 굴욕을 위안해 주고 변화 없는 일상에 일탈과 환상을 선사한다.

직장인의 가장 큰 서사는 승진이다. 이들은 진급을 꿈꾸는 한편, 로또를 사서 가슴 깊숙이 간직한다. 그런데 게레는 진급도 복권도 아닌, 전혀 예상하지 못했던 계기로 인생 역전을 맞이하게 된다. 회사에서 퇴근해 하숙집으로 돌아가던 어느 날 저녁, 담배를 피우기 위해 멈춰선 광재(鑛滓: 광석을 제련한 후에 남은 찌꺼기) 무더기 속에서 보석이 가득 들어 있는 주머니를 발견한 것이다. 그는 땀에 젖어 떨고 있었다. 그러나 저 아래 납작하게 보이는 작은 마을, 자신의 발견물, 자신의 현재의 팔자를 전혀 모른 채 그대로 있는 마을을 보자, 그는 승리감을 맛보았고 기쁨이 폭발해서 그는 태양을 향해 한껏 기지개를 켰으나 정말 그에게는 어울리지 않는 제스처였다. 나는 부자다! 나, 게레는 부자다!

이튿날 도심에 있는 보석상을 찾아간 게레는 자신이 주운 보석 주머니에서 가장 작은 보석을 시험 삼아 감정해 보았는데, 그것은 무려 천만 프랑이나 값이 나갔다. 보석상을 나온 게레는 카메라 가게를 비롯한 여러 일용품 상점의 진열대 앞에 발을 멈추고 구경을 하다가, 마지막에는 여행사에 들어가 여러 종의 관광 안내서를 얻어 하숙집으로 돌아온다. 그는 주머니에서 번쩍이는 보석을 꺼내어 손바닥에 놓고 오랫동안 이리저리 굴려 보았다. 그리고 여행사에서 구한 관광 안내서를 펴서 **몸을 구부려 해변, 야자수, 양지바른 호텔들의 사진을 들여다보았다.** 이 대목이 암시하는 것은 간명하면서도 노골적이다. 이제 그는 영화밖에 대리 충족할 수 없었던 탈출을 실현할 수 있게 된 것이다.

신문의 사건 기사를 통해 게레는 자신이 습득한 보석 주머니가 살인 사건과 연관되어 있다는 것을 알게 된다. 살인범은 보석 주머니의 주인인 벨기에인을 열일곱 번이나 칼로 난자한 다음, 약 *800*만(신[新])프랑의 보석이 든 주머니를 챙겨 사라졌다. 한편, 게레의 비밀은 방 청소를 하던 하숙집 주인 비롱 아주머니에게 하루 만에 들키게 된다. 게레는 비롱 아주머니가 자신을 살인범으로 오해하는 것을 즐기게 되고, 한때 마르세유 암흑가의 보스와 살기도 했던 비롱 아주머니는 살인을 저지른 게레에게서 자신의 젊은 시절을 다시 느낀다. 비밀로 엮인 두 사람은 사랑에 빠지게 되고, 이곳 생활을 청산하고 세네갈로 가기로 약속한다.

『드러눕는 개』는 흑백필름으로 만들어진 아주 오래된 프랑스 범죄 영화를 떠올리게 하는데, 사강에게 범죄 소설은 결코 낯선 장르가 아니다. 이를테면 사강이 서른세 살 때 쓴 『마음의 파수꾼』이 그런데, 따지고 보면 그녀가 열여덟 살 때 쓴 첫 작품 『슬픔이여 안녕』도 그렇다. 열일곱 살 난 세실이 막 새엄마가 되려고 하는 안느를 파멸시키는 과정을 보라.

사강이 첫 소설을 내기 한 해 전인 *1953*년, 엘비스 프레슬리가 그의 첫 레코드를 취입했다. 그리고 *1960*년도에 비틀스라는 이름의 *4*인조 그룹이 정식으로 출범했다. 하지만 사강은 그녀가 젊은 시절 생제르맹 데 프레에 있는 지하 술집을 전전하면서 들었던 재즈 이외의 음악에는 귀를 빼앗기지 않았다. 물론 그녀의 소설에는 클래식을 비롯한 아주 다양한 음악이 출몰하지만, 사강에게 가장 친숙한 장르는 재즈였다. 이 작품 『드러눕는 개』에서도 왕년에 마르세유 암흑가에서 유명했던 비롱 아주머니는 **재즈 멜로디를 휘파람으**로 불곤 한다.

젊은 남자가 어머니뻘의 여자와 사랑에 빠지는 일이 흔치는 않고 게다가 이 젊은 남자가 막 로또에 당첨되었다면 더더욱 유지되기 어려운 설정일 것이다. 그런데도 게레가 마리아라는 애칭으로 부르며 비롱 아주머니를 사랑하게 된 이유는 그가 갈구했던 인정 욕망을 채워 주었기 때문이다. 마리아는 게레에게 말한다. 어느 날 당신은 반항했어. 안 그래? 당신은 다른 사람들, 광재무더기, 법률에게 '빌어먹을'이라고 했어. 그리고 사람을 죽였어…… 적어도 한 번은 그랬어…… 비롱 아주머니의 이 목소리에서 『이방인』의 주인공 뫼르소가 느껴진다면, 그것은 사강이 그 시절의 포스트모더니즘이나 다름없었던 실존주의의 세례를 착실히 받았기 때문일 것이다. 진범이 잡히자 비롱 아주머니는 게레에 대한 존경을 거두고, 보석을 처분하기 위해 접선한 마르세유의 옛 남자 질베르(보스의 부하)와 함께 떠난다. 이 작품이 발표되고 나서 영화 제작 소식이 있었지만, 영화가 완성되었는지는 확인하지 못했다.

└   드러눕는 개   프랑수아즈 사강 지음   김현태 옮김   은애 ┆1980

2020   SEP

		1	2	3	4	5
6	7	8	9	10	11	12
13	14	15	16	17	18	19
20	21	22	23	(24)	25	26
27	28	29	30			

한사람이 세상에 태어나 무엇이 됐든 간에 하나의 악기를 잘 다룰 줄 알게 될 확률은 얼마나 될까? 어느 연구에 의하면 악기를 시작한 사람의 50퍼센트는 석 달 만에 포기하고, 반년가량이 지나면 30퍼센트가 그만두고, 1년이 지날 즈음에는 10퍼센트가 또 그만둔다고 한다. 이 글을 읽는 분들 가운데 어떤 악기라도 하나를 연주할 줄 안다면 끝까지 살아남은 10퍼센트다. 모차르트와 베토벤 등 많은 음악 천재들은 유아기를 겨우 벗어난 나이부터 악기를 연주했다. 그런데 그들처럼 타고난 음악적 재능이 없는 일반인이 직장에서 은퇴할 나이가 되어 악기를 배우는 것은 가능할까?

『오후의 기타』를 쓴 김종구는 쉰두 살이 된 해 봄(2009년 3월)부터 기타를 배우기 시작했다. 그의 할머니는 손자의 중학교 졸업 선물로 기타를 사주었다. 때는 바야흐로 한국 포크 음악의 전성기였고, 당시 대학생이었던 친형의 친구들 중에는 기타를 잘 치는 이들이 있었다. 그러나 아무도 자상하게 기타를 가르쳐주지 않았다. 세계적으로 이름난 기타리스트 중에는 **어린 시절에 형이 치다 싫증을 내고 내팽개친 기타를 갖고 놀다가 대가가 되었다**는 식의 신화를 가진 이들도 있건만, 그에게는 혼자서 기타를 연마할 재능이 없었다.

대학을 졸업한 그는 『연합뉴스』에서 근무하다가 1988

년『한겨레』창간 작업에 합류했다. 그 후 줄곧 이 신문사에서 일하며 편집국장과 논설위원을 거쳐 마지막엔 편집인으로 퇴사를 했다. 기자를 천직으로 알고 살아왔던 그는 신문사 편집국장으로 있던 2008년 초가을, 광화문 세종문화회관 부근에 있는 '풍금'이라는 카페에 우연히 들르게 되면서 십 대 때 코드 몇 개만 익히고 까맣게 잊었던 기타를 다시 배워 보겠다는 결심을 한다. 조그만 건물 3층에 있는, 열 명만 들어가도 꽉 차는 조그만 카페에는 풍금 대신 기타가 두어 대 놓여 있었고, 40대 이상의 중년층이 대부분이었던 손님들이 번갈아 가며 보통이 아닌 기타와 노래 솜씨를 들려주었다. 지은이는 편집국장 임기가 끝난 이듬해, 기타를 배우고자 종합 음악학원에 등록했다. 인생을 하루로 치면 해가 설핏 기울기 시작한 해거름에 기타를 배우기 시작한 셈이다. 늦은 오후의 고즈넉한 햇살 아래서 기타의 선율에 빠지는 삶은 행복하고 즐거웠다.『오후의 기타』라는 책의 제목은 거기서 나왔다.

지은이 스스로 '아마추어 기타리스트가 쓴 클래식 기타 에세이'라고 말하고 있는 이 책은, 지은이가 10년째 기타를 배우며 새삼 깨달은 음악의 즐거움과 악기 연마의 비방을 담고 있다. 음악이 주는 즐거움이 문장에 배어 있고, 시간과 몸을 바쳐 터득한 깨달음이 곳곳에 묻어 있다. 그러나 무엇보다도 이 책의 미덕은, 어려서부터 악기 하나를 터득해 보겠다는 로망을 가졌으나 생활에 쫓겨 실천하지 못했다가, 장년이 되어 가로늦게 악기를 배우려는 사람들에게 용기를 준다는 점이다.

현존하는 세계 정상급 클래식 기타리스트들의 대부분

은 어릴 적부터 뛰어난 재능을 보였다. 이들의 프로필은 대략 세 살 때 기타에 입문, 열한 살에 첫 연주회, 열네 살에 국제 기타 콩쿠르 우승, 열다섯 살에 첫 음반 발표 등으로 정리된다. 클래식 기타 분야만 아니라, 클래식 음악 전 분야에서는 얼마나 일찍 시작하느냐가 관건이다. 중학교 때 클래식 기타를 시작해 정상급에 오른 국내의 한 프로 기타리스트는 언론 인터뷰에서 이렇게 말했다. 콩쿠르에 나가면 아주 어릴 적에 배운 친구들에 비해 기술적으로는 내가 도저히 뛰어넘을 수 없는 벽을 느낄 때가 있다. 이런 경우 기술의 완벽함보다는 자신만의 곡 해석으로 그 벽을 극복해야 하는데, 자신만의 곡 해석 또한 테크닉을 완성하는 것만큼 어렵다.

　나이가 들면 이미 배운 지식과 기술에 더욱 정통하게 되지만, 새로운 것을 배우는 능력은 퇴화한다. 지능도 지능이지만 기타 교습의 가장 큰 난관은 나이가 들면서 손가락의 유연성이 떨어지는 것이다. 기타를 잘 치려면 우선 손가락과 손가락 사이가 최대한 벌려져야 한다. 그래야 지판을 제대로 짚을 수 있다. 이것이 '영토 확장'(extension)이라면 다른 하나는 '독립'(finger independence)이다. 각각의 손가락이 다른 손가락에 영향을 받지 않고 독립적이어야 한다. 손가락이 날쌔고 활발하게 움직이지 않으면 기타를 제대로 칠 수 없다. 그런데 나이가 들어서 기타를 배우면 아무래도 근육이 굳어져서 애를 먹게 된다. 아무리 기를 써서 손가락을 벌려봐도 지판이 제대로 짚어지지 않는다.

　앞서 나왔지만, 많은 사람이 악기에 도전하지만 중도에서 그만두는 커다란 이유는 빨리 실력이 늘지 않는다는 조급증 때문이다. 지은이가 기타 레슨을 2년쯤 했을 때였다.

기타 실력의 발전이 더디게 느껴지면서 회의가 몰려왔다. '나는 클래식 기타를 하기에는 재능이 없고 나이도 너무 늦은 것 아닌가.' 지은이는 독학은 이런 회의에 쉽게 무너진다면서, 개인 교습을 받으면 중도에 포기하는 일이 적다고 한다. 만약 코드를 잡고 노래 반주를 할 정도의 실력을 목표로 한다면 독학으로 얼마든지 가능하다. 동호회나 문화센터 등에서 배우는 것도 괜찮다. 하지만 그런 방식으로는 클래식 기타를 정통으로 배우는 데는 한계가 있다는 게 내 지론이다.

클래식 기타를 배우려고 마음먹은 사람들은 어서 배워서 「로망스」, 「카바티나」, 「알함브라 궁전의 추억」을 연주하는 자신의 모습을 꿈꾼다. 그런데 초보용이라고 잘못 알려져 있는 「로망스」는 세계적인 프로 기타리스트들도 프레이징이나 아티큘레이션을 제대로 살려서 연주하기가 어려운 곡이라고 하며, 지은이는 지금까지 모신 세 명의 선생에게서 8년째 「카바티나」를 배우고 있다. 「알함브라 궁전의 추억」은 누군가가 클래식 기타를 배우고 있다고 하면 만나는 주변인마다 한번 해보라고 청하는 곡 가운데 하나인데, 10년째 교습을 받는 지은이는 아직도 이 곡을 제대로 못 친다고 한다. 이 책을 쓰는 것을 애초 망설였던 이유 중의 하나도 알함브라 때문이었다. 알함브라를 능숙하게 연주하지 못하면 클래식 기타에 대해 말할 자격이 없다고 생각한다. 그만큼 알함브라는 아마추어의 실력을 가늠하는 척도 같은 곡이다.

악보를 외우고 나서는 악보를 다시 보지 않는 습관을 가진 지은이에게 기타리스트 오승국은 한 번 암보를 하고 나서 그 다음부터 악보를 보지 않고 계속 연습을 하면, 박자는 물론 음까지 틀리는 경우가 생긴다고 주의를 주었다. 이 대목은 악기와 상관없는 인문학자들에게도 굉장히 중요하다. 말하자면, 옛 어르신들의 공자왈, 맹자왈은 많은 부분 기억에 의지하고 있는 암보인데, 기억은 자기 편한 대로 공자, 맹자를 왜곡시킨다. 이들은 그것을 힘들게 외웠기에, 좀체 자신의 기억은 물론 최초의 해석마저 바꾸려고 하지 않는다. 공자·맹자가 아니라 칸트나 헤겔을 '왈'하는 사람들도 대부분 한번 외운 것을 바꾸지 않고 평생 써먹는다. 자신의 기억이 틀렸거나, 자구는 같되 해석이 최신 연구에 의해 완전히 바뀌었다는 것은 상상도 하려고 들지 않는다. 음악이든 인문학이든 암보에 의지하지 말고, '악보/책'을 옆에 놓고, 계속 보고 심득해야 한다.

└ 오후의 기타　김종구 지음　필라북스　2019

2020 OCT

1 2 3
4 5 6 7 8 9 10
11 12 13 14 15 16 17
18 19 20 21 22 23 24
25 26 27 28 (29) 30 31

1913년 일본 효고현 다카라즈카시에서 창단한 다카라즈카 소녀가극단에 대한 연구서 『정치의 가극화, 가극의 정치화』를 읽었다. 소녀가극단은 한국인에게 매우 생소한 대중음악 장르인데, 알고 나면 이 장르가 1990년대 말부터 열풍을 일으킨 한국의 걸그룹 현상과 교묘하게 연결된다.

다카라즈카 소녀가극단의 효시인 다카라즈카 창가대를 창단한 사람은 오늘날 일본 굴지의 대기업으로 손꼽히는 한큐그룹의 창시자 고바야시 이치조(小林一三)다. 철도회사를 운영했던 그는 한큐 다카라즈카 노선의 침체를 극복하기 위해 역사 근처에 다카라즈카 온천장을 세워 철도 이용객의 증가를 꾀했다. 이때 관광객 유치와 수익 창출을 위해 만 10세부터 14세 소녀 16명을 모집하여 창가대를 꾸몄다. 소녀 창가대가 신선한 볼거리로 온천 방문객들에게 큰 인기를 얻어 관람객이 온천 입장객을 넘어설 정도가 되자 고바야시는 소녀가극의 양식적·상업적 성공을 위해 스태프들을 전문화하고 전용극장을 마련하는 등 근대적인 공연 시스템을 만든다.

소녀가극단이 원용한 공연 양식의 원류는 프랑스에서 시작된 '레뷰'(revue)다. 레뷰는 춤과 노래를 기본으로 촌

극과 시사풍자가 버무려진 버라이어티 쇼를 일컫는데, 이와 유사한 뮤지컬과 달리 극을 구성하는 줄거리가 분명하지 않다는 차이점이 있다. 다카라즈카 소녀가극단이 *1918*년 첫 도쿄 공연에서 호평을 받자, 고바야시는 *1919*년 다카라즈카 음악학교를 설립해 소녀가극을 더욱 조직적으로 양성하기 시작한다. 높은 경쟁률을 뚫고 음악학교에 입학한 학생들은 2년 동안 **맑게, 바르게, 아름답게**라는 교훈 아래 전원 기숙 생활을 하며 엄격한 생활지도와 함께 일본과 서양의 성악, 기악, 무용 등 무대 위에서 필요한 기술을 익히게 된다.

다카라즈카 소녀가극단의 성공은 소녀가극 붐을 일으켰다. 당장 쇼치쿠 소녀가극단이 창단되는 등, 일본 전역에 소녀가극을 표방하는 극단이 *40*여 개나 새로 생겼다. **1910년대부터 태평양전쟁 전 시기를 바야흐로 '소녀의 시대'라거나 '소녀가극의 시대'라 평해도 무방할 것이다.** 다카라즈카 소녀가극단의 이와 같은 성공은 가부키를 넘어선 신국민극을 창안해야겠다는 고바야시의 집념과 대중의 욕망을 간파한 그의 섬세하고 날카로운 사업 감각이 큰 몫을 했지만, 그 성공은 근대 국가로 진입하려는 일본의 국가적 현안과 밀접히 연루되어 있다.

일본의 전근대 사회에서 결혼하지 않은 미성숙한 여자를 지칭하는 단어가 무스메(娘)였다면 소녀는 근대적 개념이다. 전자가 신체적 특성에 따라 구분되는 생물학적 존재로서의 미혼 여성을 통칭하는 데 반해 후자는 국가에 의해 조직되고 사회화된 존재를 특정한다. 즉 소녀란 메이지 시대 여성을 국민화하고자 한 국가적 의지를 반영하는 특수한 개념이며, 여기에 중요한 기제로 작용한 것이 공교육 제도의 실행이다.

근대 공교육 제도로부터 탄생한 소녀는 대중매체 특히 잡지를 통해 구체적인 이미지를 얻어 가기 시작했다. 1900년대 초반 일본 대중문화에는 소녀 이미지가 흘러넘쳤다. 소녀잡지·소녀소설·소녀만화 등은 소녀의 기표와 이미지가 활용된 대표적인 사례이다. 다카라즈카 소녀가극은 당시 유행하던 소녀 이미지를 차용함으로써 전례 없을 정도로 큰 상업적 성공을 거둔 또 하나의 대표적인 사례이다. 소녀가극은 추상적인 소녀 이미지에 구체적인 물질성을 주입하여 무대라는 공감각적인 공간 속에 올려놓았다. 이로써 주로 문학적인 장르 속에서 평면적인 이미지만으로 소비되었던 소녀 이미지는 소녀 배우의 신체를 통해 구체화되었으며, 이에 따라 소녀가극은 소녀 이미지가 활용된 근대 도시의 새로운 스펙터클로 자리매김하게 된다.

소녀가극이라는 양식이 생기기 이전에 무대에서 소녀들의 연기를 구경한다는 것은 단순한 스펙터클 그 이상의 의미를 지닌다. 메이지 이전에는 일본에서 여자들이 무대 위에 선다는 것은 철저히 금기시되는 일이었다. 가부키에서 여성을 연기하는 남성 배우 온나가타(女形)가 존재하는 이유다. 이런 사정을 감안하면 소녀 배우가 무대 위에 등장했다는 것은 매우 획기적인 사건이다. 그러나 이런 변화에도 불구하고 소녀가극은 **여성을 배제해온 연극사의 내적 모순을 타개하지 못했다.** 오히려 다카라즈카 소녀가극의 특징적인 연극 양식인 오토코야쿠(男役: 남자 역할을 하는 여배우)는 일본 사회의 가부장적 젠더규범을 더욱 강화했다는 부정적인 평가를 받고 있다.

　고바야시가 새로운 국민극에 열정을 쏟았던 원래의 취지는 대중들의 예술적 취향을 선도하겠다는 것이었으나 1930년대 후반 일제가 총동원체제로 전환되고 그 자신이 상공대신이라는 국가적 중책을 맡으면서, 다카라즈카 소녀가극단은 일본 정신의 정수를 육성하고 일본 국민의 약진을 도모한다는 국가주의적 과제를 떠안은 제국주의 프로파간다(정치선전) 기관으로 바뀐다. 지은이는 이 책에서 다카라즈카 소녀가극단이 제작한 추축국 시리즈와 대동아공영시리즈 등 여덟 편의 국책선전극을 분석하고 있다.

　예술은 사회를 반영한다는 입장을 대변하고, 예술과 정치의 관계를 모색한다는 점에서 이 책은 이미 숱하게 나와 있는 프로파간다 연구의 자장 속에 있다. 이 책에서 눈여겨 보아야 할 논의는 소녀를 다양한 역사의 기억들을 기록하고 있는 텍스트 또는 아카이브 측면에서 면밀히 검토될 필요가 있는 문제적 장소로 파악하는 대목이다. 다카라즈카 소녀가극이 일제의 국책선전에 유용했던 것은 소녀들에게 표백되어 있는 탈정치화된 소녀의 이미지가 있었기 때문이다. 순백하다고 여겨지는 소녀는 그 자체로 정치적으로 확장될 수 있는 가능성을 내포하고 있는 동시에 이데올로기 선전의 뛰어난 매개물이 된다. 다카라즈카 소녀가극단의 신체가 제국주의 이데올로기가 작동하는 장소였다면, 한국의 걸그룹으로 대표되는 동아시아 소녀의 신체는 시장 확장의 자본주의 혹은 문화제국주의 이데올로기가 작동하는 장소다. 백 년 가까운 시간을 넘어 두 소녀 집단은 '소녀라는 장소'에서 함께 만난다.

└ 정치의 가극화, 가극의 정치화   배묘정 지음   소나무   2019

2020　　　NOV

1　2　3　4　5　6　7
8　9　10　11　12　13　14
15　16　17　18　19　20　21
22　23　24　25　26　27　㉘
29　30

음악팬에게 특별한 행복을 안겨주는 『상페의 음악』. 장 자크 상페는 유머 작가 르네 고시니와 함께 작업한 『꼬마 니콜라』(1959)의 성공 이후, 혼자서 『얼굴 빨개지는 아이』(1969), 『인생은 단순한 균형의 문제』(1977), 『속 깊은 이성 친구』(1991), 『자전거를 못 타는 아이』(1995), 『각별한 마음』(2007) 등의 그림-이야기책을 펴냈다. 가느다란 선과 담담한 채색으로 인간 내면의 고독을 재치 있고 유쾌하게 잡아내는 그는 프랑스만 아니라 세계 여러 나라에서 많은 독자를 거느리고 있다. 하지만 『상페의 음악』은 그림-이야기책이 아니라, 자신이 좋아하는 음악을 주제로 프랑스의 언론인 마르크 르파르팡티와 나눈 대담집이다.

　1932년 프랑스 보르도에서 태어난 상페는 라디오와 레코드, 그리고 영화가 대중문화의 모든 것이던 시대에 태어났다. 어린아이였을 때부터 나는 라디오를 탐사하며 시간을 보냈습니다. 라디오를 통해서 들은 게 엄청 많지만, 특히 레이 벤투라에 푹 빠졌죠. 단언컨대 레이 벤투라는 나의 인생을 구원해 주었습니다! 아시다시피 상당히 복잡한 어린 시절을 보낸 관계로 나는 무슨 일이 닥치든, 그러니까 부모님이 부부 싸움을 벌여도 '이런 건 중요하지 않아, 다음 주엔 레이 벤투라가 라디오에 나올 거니까' 라고 생각했죠. 그러고 나면 그 복잡한 집안 분위기를 견뎌낼 힘이

298

생기곤 했습니다.

상페의 복잡하고 힘들었던 어린 시절은 그의 또 다른 대담집 『상뻬의 어린 시절』에도 언급된다. 하지만 음악팬들이라면 다섯 살이나 여섯 살이던 상페가 라디오에서 '행복해지기 위해서는 무엇을 기다린단 말인가?'(Qu'est-ce qu'on attend pour être heureux?)라는 곡을 처음 듣고 행복 그 자체를 느꼈다는 대목에서, 도대체 레이 벤투라(1908~1979)가 누군지 더 궁금해질 것이다. 파리에서 태어난 유대계 프랑스인이었던 벤투라는 재즈 피아니스트와 밴드 리더로 1930년대에 프랑스의 재즈 대중화를 선도했다. 유튜브에서 찾아 들은 그의 많은 히트곡은 그 시절의 스윙 재즈를 바탕으로 한 코믹송(comic song)처럼 들린다. 코믹송은 물론 아니지만, 엘라 피츠제럴드와 루이 암스트롱이 함께 부른 '뺨과 뺨을 맞대고'(Cheek to Cheek)의 분위기를 떠올리면 된다.

부모님이 잠자리에 든 밤 10~11시 무렵부터 라디오를 켜고 주파수를 이리저리 돌려가며 세계 각국의 음악을 모두 들었다던 그는, 노엘 시부스(1909~1994: 레이 벤투라 악단에서 바이올린을 연주하다가 트럼펫 연주자로 변신한 뒤 파리 재즈 오케스트라를 지휘했다), 샤를 트레네(1913~2001: 재즈의 요소를 샹송에 도입한 샹송 가수이자 작곡가), 에메 바렐리(Aime Barélli, 1917~1995: 재즈 트럼펫 연주자이면서 보컬리스트)와 같은 프랑스 재즈 음악에 제일 먼저 반했다.

십 대 초반에 상페가 라디오에서 처음 듣고 놀라 자빠

299

진 음악이 또 있다. 상송 파스칼 프랑수아*(1924~1970)*가 연주한 드뷔시의 「달빛」*(Claire de Lune)*과 미국 방송을 통해 듣게 된 듀크 엘링턴의 'A선 열차를 타자'*(Take the A Train)*. 상페가 나에게 가장 위대한 3인은 드뷔시·라벨·듀크 엘링턴이라고 말하자 대담자는 혹시 듀크 엘링턴 대신 에릭 사티가 들어가야 하지 않느냐고 반문한다. 그러자 그는 꽤 격정적으로 클래식 음악이다, 아니다 같은 구분은 없습니다! 드뷔시는 클래식 음악이 아니라 그냥 음악입니다! 마찬가지로, 엘링턴과 라벨 사이엔 아무런 차별도 있을 수 없습니다라고 대답한다. 상페는 드뷔시가 프랑스 음악의 정수라고 믿으며, 듀크 엘링턴이 재즈의 모든 걸 발명하고, 모든 걸 집대성했다고 말한다.

레이 벤투라에게 온통 마음을 빼앗긴 채, 파리로 올라가 벤투라 악단의 멤버가 되겠다는 열망을 불태웠던 소년은 안타깝게도 음악가가 되지 못했다. 가난했기 때문에 악기를 살 수 없었고, 정작 파리로 올라가서는 월세를 내기 위해 빠른 속도로 삽화를 그려야 했다. 난 음악에서와 마찬가지로 그림에 있어서도 문맹이나 다름없었으므로 무턱대고 그림에 달려들었고, 그러자니 다른 건 제쳐 둘 수밖에 없었습니다.

상페는 좋은 음악과 나쁜 음악을 '유쾌*(경쾌)*하냐, 아니냐'로 나눈다. 그의 설명에 따르면, *2*차 세계대전이 일어나기 전까지는 많은 사람들이 경쾌한 곡들을 썼다. 끔찍한 *1914*년 전쟁을 겪고 난 끝에 얻은 교훈이었죠. 작곡가, 배우, 작가들이 그때 겪은 참담한 불안감에서 벗어나 비로소 얼마간 삶의 경쾌함을 되찾아가는 중이었으니까요. 그러다가 다시 세계대전이 터

졌고, 이후의 세계는 문화·예술에서 영영 경쾌함을 되찾지 못했다. 어느 날부턴가 이데올로기라는 것이 끼어들더니 사람들에게 심각해지라고, 진지해져야 한다고 부추겼죠.

재즈 팬 중에도 재즈는 멜랑콜리의 음악이라고 여기는 사람들이 있다. 반면 상페는 재즈가 흥겨운 음악이며, 멜랑콜리의 이면에는 항상 다소간 유쾌함 깃들어 있다고 주장한다. 그에게 듀크 엘링턴은 유쾌한 재즈의 대문자나 같으며, 그가 세상을 떠난 뒤로 재즈는 끝났다. 미국의 로큰롤은 파렴치함 그 자체이며 그것의 영향을 받은 60년대 프랑스 대중음악 예예(yé-yé)는 자신의 취향이 아니었다고 말하는 상페는, 유소년 또는 청소년 시절의 음악적 기호가 평생 유지된다는 흔한 속설을 입증해주는 듯하다.

바흐의 선율이 경이롭고 아름다우며 완벽하지만 그의 노랫말은 유쾌(경쾌)하지 않았다고 타박하는 상페의 음악 취향은, 그러나 값진 예술관을 담고 있다. 그는 **경쾌함은 어리석음과 정반대**라면서, 히틀러나 스탈린 같은 독재자들은 한없이 무겁고 둔하면서 잔인했다고 말한다. 경쾌하고 유머러스한 정신은 세계를 선의로 보려는 의지와 능력을 나타낸다. 이 대담집에서 상페는 아무리해도 자신의 피아노 연주에 '스윙'을 불어 넣지 못했다고 한탄하고 있지만, 그의 그림은 얼마나 유쾌하고 유머러스한가!

└ 상페의 음악 장 자크 상페 지음 양영란 옮김 미메시스 2020

2020   DEC

		1	2	3	4	5
6	7	8	9	10	11	12
13	14	15	16	17	18	19
20	21	22	23	24	25	26
27	28	(29)	30	31		

랩을 시와 비교하는 논의는 흔하다. 애덤 브래들리의 『힙합의 시학』도 그 논의에 뛰어든 책인데, 지은이는 랩의 시학적 특질을 밝히는 것을 넘어, 랩을 사망한 현대시를 부활시키고 있는 새로운 현대시로 자리매김한다. **랩은 새로운 세대의 음악이지만 동시에 고전적인 시이기도 하다.** 시와 랩을 동일시할 수 있는 가장 큰 이유는 둘 다 언어로 메시지를 전달하고 있기 때문이지만, 언어로 메시지를 전달하는 것은 시만이 아니다. 예컨대 소설이나 에세이도 전달할 메시지를 갖고 있다. 그렇지만 아무도 랩을 소설이나 에세이와 동일시하지는 않는다.

랩을 그 많은 언어 예술 가운데 굳이 시와 동일시하게 된 데에는, 시가 원래 언어보다는 리듬으로부터 생겨났기 때문이다. 보통 언어가 먼저 있고 그 다음에 시가 읊어졌다고 생각하기 쉽지만, 하버드 대학에서 영문학 박사학위를 받고 콜로라도 대학 영문과 교수로 재직 중인 지은이는 고대 조상들은 언어가 생기기 이전에 신음이나 탄성 같은 것을 이용하여 시 비슷한 것을 읊었다고 말한다. 다시 말해, 시는 언어가 아닌 리듬에서 탄생했다.

랩뿐만이 아니라 대개의 대중음악은 리듬에 가사를 실어 나르며, 어떤 가사들은 시와 똑같은 대접을 받는다. *2016*

년 노벨문학상을 수상한 밥 딜런을 들먹이지 않더라도 전 세계에는 음유시인이라고 불리는 숱한 대중가수가 있다. 하지만 리듬이라는 절대적인 공통요소만 고려할 때, 랩은 그어느 대중음악의 가사보다 더 시에 가깝다. 간단히 말해, 랩구절은 음악 속에 알맞게 갖춰진 리듬 형식의 산물이다. 어빙 벌린, 존 레넌, 스티비 원더 등 위대한 팝 작사가들은 가사를 쓸 때리듬뿐 아니라 멜로디와 화성에도 신경을 쓴다. 그러나 엠시[*MIC Checker* 혹은 *MIC Controller*의 약자를 *MC*라고 하는데, 힙합 씬에서는 래퍼를 칭한다]들은 이러한 가사를 쓸 때 기본적으로 비트만을 염두에 둔다. 이 근본적인 차이는 엠시들이 대부분의 싱어송라이터와 달리 시인과 닮아 있음을 보여준다. 시인들처럼 래퍼들역시 마음속에 비트를 품고 가사를 적는다. 여백을 긍정하고 비트와 보조를 맞추는 랩의 특성은 언어의 시적 정체성을 중시한다.

랩이 있기 전에, 아프리카 이주민은 소외된 자신들의 삶을 표현하는 다양한 구술 전통을 갖고 있었다. 랩의 특징으로 인정되는 모욕주기, 허세, 달변, 잘난 척, 말장난과 같은 기술은 흑인들이 일상생활에서 사용해온 구두 표현의 연장이다. 랩은 박자에 맞춰 말하기 시작한 뒤에야 겨우 생겨났다는 것을 명심해야 한다. 이를테면 위대한 복서이자 '링 위의 시인' 혹은 '떠벌이'로 불렸던 무하마드 알리는 힙합이 탄생하기전에 이미 빼어난 라임과 워드플레이를 선보인 인물이지만 사실그는 박자에 대고 말을 읊은 적이 한 번도 없었다. 랩이 미국 흑인의 구전 전통에 가장 놀랄 만한 기여를 한 것은, 아니 실제로 미국문화 전체에 기여한 것은 이러한 리듬의 섬세함이다. 랩은 박자를겉으로 표현했고, 문학을 리듬에 실었다.

랩은 두 대의 턴테이블과 하나의 마이크로 출발했다. *1970*년대 중반, 파티의 흥을 끌어올릴 새로운 방법을 찾던 뉴욕의 디제이들은 노래 사이에 또 다른 노래를 즉흥적으로 연주하기 시작했고, 디제이가 음악을 트는 동안 래퍼가 진행자로서 보조역할을 맡아 여흥구를 지르거나 간단한 가사를 흥얼거리는 것에서 랩이 탄생했다. 초기의 랩은 힙합의 선구자 디제이 할리우드(*D.J. Hollywood*)의 그것처럼 리듬에 맞춰 라임을 이루는 가사만 있으면 족했고, 때로는 자장가처럼 읽혔다. 하지만 위대한 예술은 발명과 개선으로 이루어진다. 랩의 초기 히트작은 아직 발명 중에 있는 랩의 시학을 보여주었고, 그것은 지금까지도 형태의 근간을 이루고 있다. 슈거힐 갱(*Sugarhill Gang*)의 「래퍼스 디라이트」(*Rapper's delight*, *1979*)가 좋은 예다.

랩의 시작은 보잘것없었으나 끝은 창대했다. 이미 많은 이들이 그 이유를 분석한바 지은이의 설명도 크게 다르지 않다. 랩은 그간 미국에서 소외받아온 불경하고 자기주장 강한 흑인들에게 비로소 '목소리'를 안겨주었는데, 곧이어 이 양식은 억압받는 모든 이들에게 퍼져나갔다. 사우스 브롱크스 출신의 전설적인 래퍼 케이알에스-원(*Krs-One*)이 말한다. 랩은 현실에서 억압받던 창의적인 젊은이들이 선택한 마지막 수단이었다.

랩을 현대의 시라고 떠받드는 지은이에게 랩 가사에 넘쳐나는 성차별, 동성애 혐오, 폭력 예찬은 설명하기 난처하다. 여자 친구가 노터리어스 비아이지(*Notorious BIG*)의 새 앨범 「레디 투 다이」(*Ready to die*, *1994*)를 듣고 있는 지은이에게 애덤, 넌 이걸 왜 좋아해?라고 추궁하자 그는, 비기가 뭘 말하는지 대신 어떻게 말하는지에 주목하기 때문이야. 그리고 그건 그냥 가사일 뿐이라고!라는 대답밖에 하지 못한다. 랩 가사가 표출하는 온갖 폭력성을 '정치적 올바름'으로 단죄하기는 쉽다. 그래서 지은이는 이런 부분에는 제재를 가해야 한다라고 말하면서도, 랩이 '길거리의 언어'이며, '금기 표현' 역시 랩에서는 중요하다라고 말한다.

랩 가사를 지탱하는 잘난 척(swag)과 래퍼들의 설전(signifying)은 랩이 일인칭, 곧 '나'에 집착하는 음악이라는 특성과 몇 세기를 거쳐 흑인들의 표현 문화가 설전을 통해 발전해왔다는 역사가 있기 때문이다. 또 랩에서는 직유가 은유보다 수적으로 우월하다는 가설도 유용하다. 은유는 내재적 형태이므로 오해의 소지가 있으며 주체(래퍼)로부터 주의를 다른 데로 돌린다. 그런 오해를 차단하기 위해 래퍼는 은유보다 직유를 선호하는데, 바로 이 때문에 랩 가사는 더욱 위협적이고 융통성 없이 들린다. 그러나 힙합 문화 속의 여러 폭력성은 미국 사회에서 자리를 찾지 못한 흑인 남성의 무기력함과 연관되어 있으며, 이 때문에 래퍼들이 종종 자연인으로서의 자신과 다른 대체적 자아를 통해 훨씬 더 '센' 목소리를 낸다는 것에 주의해야 한다.

랩은 시 문학을 대신할 수 있을까? 지은이는 현대시가 퇴조한 까닭으로 리듬 요소의 약화를 꼽는다. 자유시를 쓰는 많은 시인 역시 여전히 리듬을 고민하며 자신의 시에 리듬 요소를 불어 넣기는 하지만, 규칙적인 운율 패턴을 외면하고 때로는 라임도 거부하면서 시는 대중성을 상당히 잃어버리게 되었다는 것이다. 여기에 현대시가 추상과 관념의 영역에 깊숙이 빠져든 것을 보태야 한다. 영국의 시인이자 소설가, 극작가 에이드리언 미첼*(Adrian Mitchell)*은 이렇게 말했다. 대부분의 사람들이 시를 외면한다. 대부분의 시가 사람들을 외면하기 때문이다.

ㄴ 힙합의 시학   애덤 브래들리 지음   김경주, 김봉현 옮김
   글항아리   2017

니콜라스 페그의 『더 컴플리트 데이비드 보위』를 읽고 글을 쓰기 전에, 긴장을 풀려고 알랭 디스테르의 『록의 시대 – 저항과 실험의 카타르시스』를 펼쳐 봤다. 이 책의 지은이는 데이비드 보위*(1947~2016)*를 한마디로 압축했다. *70년대 글램 록의 중심 인물.* 이런 규정이 보위를 설명하는 가장 적당한 답을 골라야 하는 사지선다형 문제에서는 오답이 될 리 없지만, 보위에게 한 권의 책을 헌정한 바 있는 사이먼 크리츨리는 『데이비드 보위: 그의 영향』에서 인간의 정체성을 규정하려는 시도를 경계하라고 말한다.

한 인생의 통일성은 그 사람이 들려줄 수 있는 자기 이야기의 일관성에 있다. 이것은 사람들이 항상 하는 일이다. 회고록이라는 개념 뒤에 있는 것은 바로, 거짓말이다. 문예창작 교과 과정이라는 끔찍한 시궁창의 세계가 먹여 살리는 출판 산업의 그나마 남은 것에서 큰 덩어리인 회고록의 존재 이유란 그런 것이다.

1972년 7월 6일, 보위는 BBC의 인기 프로그램 「톱 오브 더 팝스」에 출연해 '스타맨'(Starman)을 불렀고, 열두 살 먹은 크리츨리는 충격을 받았다. 서점이나 도서관에서 바로 그때부터 **인생이 시작됐다**고 말하는 미래의 철학 교수가 쓴 『믿음 없는 믿음의 정치: 정치와 종교에 실망한 이들을 위한 삶의 철학』, 『유럽 대륙철학』, 『죽은 철학자들의 서: 기이하

고 우스꽝스러우며 숭고한 철학적 죽음의 연대기』를 만나 볼 수 있다.

크리츨리는 회고록(전기)을 가리켜 출판 산업과 문예 창작과 졸업생을 먹여 살리는 끔찍한 시궁창이라고 말했지만, 표준적인 단행본 크기인 16cm×22cm보다 큰 18cm×24cm 판형에 색인까지 합쳐 무려 940쪽이나 되는『더 컴플리트 데이비드 보위』는 결코 그런 조롱을 들을 책이 아니다. 두둔하려는 게 아니다. 지은이는 통합예술가였던 보위가 남긴 음악·공연·영상(비디오)·극과 영화·미술·전시·집필의 목록을 정리하고, 낱낱의 작업 과정과 결과를 취재하고 기록했을 뿐 아니라, 다른 음악가의 커버와 광고나 드라마의 배경음악으로 쓰인 것까지 세심하게 챙겼다. 이것은 '팬심'으로 완성된 '보위 백과사전'이다. 2000년도에 초판이 나온 책이 7판까지 나오게 된 사정이야말로, 이 책이 새로운 정보가 추가될 때마다 개정판을 내는 사전의 끈질긴 전통을 이어받고 있다는 증거다.

도합 12장으로 구성된 이 책에서 가장 많은 분량을 차지하고 있는 제1장은 보위가 발표한 곡을 연대기 순서가 아닌 알파벳순으로 한 곡도 빠짐없이 기술하고 있다. 가슴이 뛰는 걸 느끼며 내가 가장 먼저 찾아본 것은 '모던 러브'(Modern Love)다. 이 노래는 레오 카락스의 영화「나쁜 피」에서 가장 인상적인 장면으로 꼽히는 알렉스의 질주 장면에 나온다. 그런데 보위의 베스트곡인데도 불구하고 이 항목은 꽤 간략하다. 이상한 것은 보위의 오리지널 레코딩은 영화「어드벤처랜드」(2009),「핫 텁 타임머신」(2010),「그의 시선」(2014)에 삽입되었다라는 언급까지 해놓고도 이 노래가 「나쁜 피」에 삽입되었던 사실 자체가 나오지 않는다는 점이다. 솔직히 말하면, 내가 아는 보위의 노래는 이것밖에 없는데….

모든 사전의 항목이 그렇듯, 이 책에서도 어느 노래는 한두 줄로 지나가기도 하지만 어느 노래는 몇 쪽을 가뿐하게 넘긴다. 대표적인 것이 '애쉬스 투 애쉬스'(Ashes to Ashes), '블랙 스타'(Blackstar), '히어로스'(Heroes), '렛츠 댄스'(Let's Dance), '라이프 온 마스?'(Life On Mars?), '오! 유 프리티 씽스'(Oh! You Pretty Things), '스페이스 오디티;'(Space Oddity), '웨어 아 위 나우'(Where Are We Now)이다. 이 긴 항목들만 모아 읽어도 보위의 삶과 예술을 대략 살펴볼 수 있을 정도다.

이 책은 보위의 팬들이 기념 삼아 간직해야 하는 기념물이다. 그런 본래의 뜻에 비추자면, 이 책을 완독하느냐 마느냐는 본말이 아니다. 게다가 사전은 원래 읽기 위한 책이 아니라 찾아보는 책이 아니던가. 크리츨리에게 인생의 출발 신호를 주었다는 '스타맨'을 유튜브를 통해 들으면서, 그 노래를 소개하고 있는 쪽을 찾아 읽었다. 이 곡은 1969년에 발표한 '스페이스 오디티'로 인기를 얻었지만 '원 히트 원더'(one-hit wonder) 가수가 될 뻔한 보위를 스타덤에 올려놓은 곡이다. 보위는 이 곡을 통해 우주에 버려졌던 '스페이스 오디티'의 톰 소령이 자신(보위)의 모습으로 귀환했음을 알린다. 자신을 외계인으로 극화하는 작업이 시작된 것이다.

보위는 많은 양의 문학·미술·영화를 흡수했으며, 다양한 음악 장르로부터 영향을 받았다. 이런 광대한 문화 체험은 그를 매너리즘에 빠지는 대신 항상 새로운 것을 시도하는 탈주의 예술가로 만들었다. 그는 외계인과 도시인이라는 두 개의 정체성을 가진 도플갱어로 사고하는 것에서 즐거움을 느꼈으며, 노래 속에 습관처럼 동성애 코드를 심어놓아 '게이 아이콘'으로 숭앙받았다. 그를 광대, **정신병동 환자**, 우주인이라고 부르는 것은 그의 정체성을 한정하는 것이 아니라, 더욱 풍요롭게 하는 것이리라.

사전이라면 건조한 기술 이상을 떠올리기 힘들다. 하지만 지은이의 비평적 감식안의 취재력이 뒷받침된 이 책은 보위가 활동했던 *1960*년대 말부터 *2000*년대 초반까지의 생생한 대중음악 현장으로 독자를 데려다준다. 보위가 워낙 전방위 예술가였기 때문에 대중음악만 아니라 뉴욕과 런던, 그리고 유럽에서 일어난 여러 장르의 예술 운동과 인적 관계를 관찰할 수 있었던 것은 덤이다. 세 명의 번역자에게 감사의 말을 전하고 싶다.

ㄴ 더 컴플리트 데이비드 보위　니콜라스 페그 지음　이경준, 김두완, 곽승찬 옮김　그책　2020

ㄴ 데이비드 보위: 그의 영향　사이먼 크리츨리 지음　조동섭 옮김 클레마지크　2017

```
2021            MAR

    (1)  2   3   4   5   6
7   8   9   10  11  12  13
14  15  16  17  18  19  20
21  22  23  24  25  26  27
28  29  30  31
```

모든 종말은 극적으로 오지 않는다. *T.S.* 엘리엇의 시 '텅 빈 사람들'의 첫 연과 마지막 연 전체를 보자. 우리들은 텅 빈 사람들/ 우리들은 짚으로 채워진 사람들/ 짚으로 채워진 머리를/ 서로 기대고 있는. 아!/ 우리들이 모여 수군대지만/ 그 메마른 목소리는/ 소리도 없고 의미도 없다.// 이것이 이 세상 종말의 방식/ 이것이 이 세상 종말의 방식/ 이것이 이 세상 종말의 방식/ 팡 소리가 아니라 훌쩍훌쩍 울면서(여기 인용한 이창배 번역은 '팡'이지만, 번역본마다 이 의성어는 가지각색으로 번역되었다).

『레트로 마니아: 과거에 중독된 대중문화』에서 사이먼 레이놀즈는 팝이 갑작스럽게, 극적인 선언을 통해 종말을 맞는 것이 아니라 점진적 쇠퇴를 맞는다고 말한다. 엘리엇의 시구처럼 모든 종말은 시부저기 내 발밑을 허문다.

『레트로 마니아』의 첫 구절은 이렇게 시작한다. 바야흐로 팝이 레트로에 환장하고 기념행사에 열광하는 시대다. 밴드 재결성과 재결합 순회공연, 헌정 앨범과 박스 세트, 기념 페스티벌과 명반 라이브 공연 등등으로, 왕년의 음악은 해가 갈수록 융숭한 대접을 받는 듯하다. 혹시 우리 음악 문화의 미래를 가장 크게 위협하는 건⋯ 자신의 과거가 아닐까? 지나치게 비관적인 말인지도 모른다. 그러나 내가 상상하는 각본은 대재앙이 아니라 점진적 쇠퇴에 가깝다. 팝은 그렇게 종말을 맞는다. '빵' 소리가 아니라 네 번째 장까지 트는 법이 없는 박스 세트와 함께.

이 책이 나온 2011년, 영국과 미국의 대중음악계는 온통 레트로 천지였다. 한때 팝의 신진대사는 에너지로 넘쳤고, 그랬기에 60년대의 사이키델릭과 70년대의 포스트 펑크, 80년대의 힙합, 90년대 레이브처럼 미래로 솟구치는 시대 감각을 창조할 수 있었다. 2000년대는 다르다. 2000년대가 진행할수록 앞으로 나아가는 감각은 점점 엷어졌다. 2000년대 들어 팝은 아카이브에 저장된 기억이나 묵은 스타일을 빨아먹는 레트로 록과 같은 과거로 북적이게 되었다. 2000년대는 자신에 충실하기보다 지난 여러 시대가 동시에 펼쳐지는 시대가 됐다. 이런 팝 시간의 동시성은 역사를 지워버리는 한편, 현재 자체의 독자성과 감수성을 좀먹는다.

21세기 첫 10년은 미래로 넘어가는 문턱이 아니라 '재' 시대였다. 2000년대는 접두사 '재-'(再, re-)가 지배했다. 재탕, 재발매, 재가공, 재연의 시대이자 끝없는 재조명의 시대였다. 해마다 기념행사가 넘쳤고, 그에 맞춰 평전, 회고록, 록 다큐멘터리, 전기영화, 특집호가 나왔다. 그런가 하면 재결합한 밴드는 계좌를 충전하거나 더 부풀리려고 재결성(폴리스, 레드 제플린, 픽시스 등등 끝이 없다)하거나 음반 활동을 재개(스투지스, 스로빙그리슬, 디보, 플리트우드 맥, 마이 블러디, 밸런타인 등등)했다. 늙은 음악과 음악인만 아카이브 자료나 갱생한 모습으로 되돌아온 게 아니다. *2000년대는 맹렬한 재활용시대이기도 했다. 흘러간 장르는 재탕 또는 재해석 됐고, 빈티지 음원은 재처리되거나 재조합됐다. 젊은 밴드의 팽팽한 피부와 상기된 볼 뒤에는 그윽하게 늙은 아이디어의 회색 살이 있었다.*

레트로*(retro)*의 사전적 의미는 ①재유행 ②복고풍의 ③소급하는, 이다. 하지만 이 단순한 단어의 문화적 의미는 매우 복잡하다. 문화라는 자장 속에서 저 단어는 음악, 의상, 디자인 등에서 페스티시*(pastiche)*와 인용을 통해 의식적·창의적으로 표현된 지난 시대의 양식에 대한 찬양 혹은 재현을 뜻한다. 엄밀히 말해 레트로는 예술애호가, 감식가, 수집가 등의 거의 학문적인 지식과 날카로운 아이러니 감각을 갖춘 사람의 몫이다. 그러나 오늘날 레트로는 훨씬 넓은 의미에서, 비교적 최근에 흘러간 대중문화라면 뭐든지 가리키는 말이 됐다.

레트로와 역사주의는 구분되어야 한다. 역사주의는 훨씬 오래전을 돌아보는 반면*(예컨대 빅토리아 시대)*, 레트로는 살아 있는 기억에서 유행한 스타일을 개작하고 개조한다. 다시 말해 역사주의는 학술적 접근을 통해서만 소급 가능하다면 레트로는 나의 십 대 시절의 기억만으로도 재현과 주목이 가능하다. *2011년 MBC*에서 방송한 「나는 가수다」, *2015년에 tvN*이 방영한 드라마 「응답하라 *1988*」이 그랬다.

1980년대 중반부터 영국과 미국의 주요 음악잡지와 신문에 음악평론을 썼던 지은이는, 자신이 가장 기민하고 의식적인 팬으로 지냈던 지난 세기 말을 회상하면서 팝과 록에서 예술적 독창성을 향한 요구가 조금씩, 그러나 꾸준히

사라지기 시작한 때가 *1977*년 이후부터라고 말한다. 이때만 해도 케이트 부시·폴리스·보위·피터 가브리엘 같은 아티스트가 전혀 들어보지 못한 음악을 만들겠다는 욕심을 보이곤 했다. 그러나 *80*년대 중반부터는 전에 많이 들어본 음악을 만들겠다는, 나아가 그런 음악을 완벽하게 마지막 디테일까지 정확하게 만들겠다는 충동이 점점 완강히 대두했다. 그 계보는 지저스 앤드 메리체인·스페이스맨*3*·프라이멀 스크림에서 시작해 레니 크래비츠·블랙 크로스·오아시스를 거쳐 화이트 스트라이프스·인터폴·골드프랩으로 이어진다. 이들의 강점은 **모방할 만한 양식을 큐레이션 하는 솜씨**에 있다.

영국과 미국의 대중음악계에서 '큐레이터' 아무개라는 유행어가 침투하기 시작한 것은 *2000*년대 초부터다. 지은이는 이 용어가 유행을 선도하는 최신 음악가들이 미술관·갤러리가 교류하는 일이 늘면서 미술계에서 흘러들어온 관행이라고 말한다. 큐레이터는 박물관이나 미술관에서 자료의 수집, 보존, 관리, 전시, 조사, 연구, 홍보 및 기타 이와 관련되는 전문적 사항을 담당하는 사람이다. 음악인들이 '큐레이팅'처럼 고상한 용어를 쓰는 유행은 미술관 운영이나 전시 기획에 필요한 기술이 밴드의 음악을 형성하는 데에도 적용된다는 생각을 함축한다. 미술계에서는 큐레이터의 위상이 꾸준히 격상해서 스타 큐레이터가 생긴 지 오래다. 이 현상이 대중음악계로 들어오면서 큐레이터는 크리에이티브*(creative)*를 대체하거나 그보다 더 중요한 창작 행위가 되었다.

창조보다 선별과 수집이 더 중요한 창작행위가 되어버린 현재의 상황은 현대인이 노스텔지어에 매달리지 않으면 안 될 만큼 텅 비어 있기 때문이다. 하지만 21세기의 노스텔지어는 아이러니하게도 과거의 정보와 자료를 언제든지 손쉽게 복원할 수 있는 디지털 문화와 연관되어 있다. 디지털 기술과 인터넷이 결합한 덕분에 아티스트는 더 멀고 넓은 곳에서 영향과 원재료를 거둘 수 있을 뿐 아니라, 시간적으로도 더 멀리 거슬러 갈 수 있다. 아날로그 시대의 일상은 (새 소식과 신보 발매를 기다려야 했으므로) 천천히 움직였지만, 문화 전반은 전진하는 듯했다. 디지털시대의 일상은 극도로 가속화해서 거의 즉시성(다운로드, 끊임없는 페이지 갱신, 신경질적인 훑어보기)을 띠게 됐지만, 거시적 수준에서 문화는 정체되고 교착한 것처럼 느껴진다. 우리는 이처럼 속도와 정지가 모순적으로 결합한 상황에 처해 있다. 레트로 붐은 알랭 바디우가 현대 문화의 특징으로 꼽은 '과열된 불임증'을 닮았다.

└ 레트로 마니아: 과거에 중독된 대중문화   사이먼 레이놀즈 지음
    최성민 옮김   작업실유령   2017

315

2021   MAR

     1   2   3   4   5   6
7   8   9 10 11 12 13
14 15 16 17 18 19 20
21 22 23 24 25 26 27
28 29 (30) 31

미국 작가 가운데 단편소설을 가장 많이 쓴 작가는 F. 스콧 피츠제럴드(1896~1940)다. 그는 잡지에 쓴 단편소설이 꽤 모이면, 그중 마음에 드는 걸 추려 단편집을 냈다. 그래서 출간한 것이 고작 네 권의 단편집이었으니, 한 권당 열두 편의 작품을 실었다고 계산해도 그가 쓴 160여 편의 단편소설 가운데 3분의 2가 버려진 셈이 된다. 피츠제럴드는 자기 관리가 허술한 알코올중독자였지만, 책을 낼 때만큼은 자신에 대해 꽤나 엄격했다.

『피츠제럴드 단편선』을 옮긴 영문학자 김욱동은 그가 쓴 작품에는 옥석이 뒤섞여 있고, 대부분의 작품은 김빠진 맥주처럼 싱겁고 진부하기 짝이 없지만 160여 편의 작품 가운데서 줄잡아 열대여섯 편은 미국 문학은 말할 것도 없고 세계 문학에 내놓아도 손색이 없을 만큼 아주 훌륭하다라고 상찬했다. 독자들은 이 선집과 더불어 피츠제럴드의 첫 번째 단편집을 고스란히 옮긴 『말괄량이 아가씨와 철학자들』그리고 두 번째 단편집을 옮긴 『벤자민 버튼의 시간은 거꾸로 간다』에 실린 총 스물여섯 작품을 통해 그것을 확인할 수 있다(딱 두 편이 중복된다).

단편집들에 실려 있는 작품 가운데서 단연 눈길을 끄는 것은 1922년 『메트로폴리탄 매거진』 12월호에 발표된 「겨울 꿈」이다. 이 작품의 무대는 피츠제럴드의 고향인 미네소타 주 세인트폴 근처에 있는 화이트베어 호수 마을이다(작가는 이름을 '블랙베어'로 고쳤다). 열네 살 난 덱스터 그린은 그곳의 식품상회 아들로 용돈을 벌기 위해 근처 골프장에서 캐디를 하고 있었다. 인기 있는 캐디였던 그는 어느 날 골프를 치러 온 열한 살짜리 소녀를 본 순간, 아르바이트를 그만둘 결심을 한다. 소녀는 그 지역에서 이름난 부자의 딸 주디 존스였다. 그녀를 본 순간 그에게는 꿈이 생겼다. 그녀를 신부로 맞이하기 위해서는 성공을 해야 했는데, 장편과 단편을 포함한 피츠제럴드의 모든 소설 속에서 성공의 공식은 다름 아닌 부자가 되는 것이다.

야망을 품은 소년은 억척같이 노력해서 동부의 명문 대학을 졸업한다. 이후 고향으로 돌아와 그 지역에서 제일 큰 세탁소 체인점을 세운 그는, 스물넷에 **북서부 지방에서 내 또래 어느 누구보다도 돈을 많이 벌고 있습니다**라고 뻐길 정도가 되었다. 그제서야 그는 주디와 사귈 수 있는 자격을 얻게 되는데, 그의 꿈을 지배하는 주디는 어떤 여성인가? 그녀는 **난 누구보다도 예뻐요. 그런데 왜 행복할 수 없나요?**라고 말하는 여자다. 노골적으로 부를 추종하는 그녀가 뭇 남성을 다루는 방식은 키스를 미끼로 여러 남자를 애태우며 서로 경쟁시키는 것이다. **주디는 자신이 원하는 것이 무엇이든 간에 자신의 매력을 아낌없이 활용하여 좇았다. 그녀가 하는 어떤 일에서도 정신적인 측면은 아주 조금밖에 없었던 것이다.**

1918년 3월 미국은 연합군으로 1차 세계대전에 참전하게 된다. 그동안 주디를 연모했던 덱스터는 그녀를 근본적으로 변화시킬 힘이 자신에게 없다는 것을 알고 장교가 되기 위해 고향을 떠난다. 전쟁이 끝난 뒤 뉴욕에 자리를 잡은 그는 서른두 살 나이에 너무나 큰 성공을 거두어 이제 그가 넘어서지 못할 장벽이란 없을 정도가 된다. 하지만 그에게는 무엇인가가 사라져버렸다(무라카미 하루키의 주된 모티프가 피츠제럴드에게서 왔다는 것을 알게 해준다).

피츠제럴드는 이 작품을 좀더 확장하여 세 번째 장편소설 『위대한 개츠비』(1925)를 썼다. 그런데 알고 보면 『위대한 개츠비』뿐 아니라, 피츠제럴드의 많은 작품이 「겨울 꿈」에서 선보인 주제와 플롯을 되풀이한다. 피츠제럴드는 아버지가 사업에 실패하여 실업자가 된 변변치 못한 집안에서 자랐는데, 열여덟 살 때 시카고 최상류층 가문의 딸인 두 살 연하의 기네브라 킹에게 차였다. 이후, 육군 소위 시절 주 대법관 판사의 딸 젤다 세이어와 약혼까지 했으나, 미래가 보이지 않는다는 이유로 약혼녀에게 파혼당했다. 이 두 번의 경험이 그의 트라우마가 되었다. 1933년에 발표한 수필에서 그는 이렇게 말했다. 우리 작가들은 대부분 똑같은 이야기를 되풀이한다. 우리는 삶에서 감동적인 경험을 두세 가지 겪게 된다. 그러고 나서 우리는 작가로서의 기술을 배운다. 우리는 두세 가지 이야기를 아마 열 번, 독자들이 들으려고 하는 한 어쩌면 백 번이라도 되풀이해서 말한다. 물론 이야기할 때마다 새롭게 변장하면서 말이다.

미국 문학사에서 피츠제럴드는 항상 '재즈 시대' 혹은 '광란의 20년대'와 연관되어 설명된다. 까닭은 1920년에 출간했던 첫 단편집에 실린 「베르니스 단발을 하다」에서 그가 일찌감치 그 용어를 사용했던 데다가, *1923*년에 나온 두 번째 단편집의 원제가 바로 『재즈 시대의 이야기들』(*Tales of the Jazz Age*)이기 때문이다. 미국사는 *1919*년 *5*월 *1*일 노동절 폭동부터 월스트리트 주가 대폭락이 일어난 *1929*년 *10*월 *24*일까지를 재즈 시대라고 한다. 미국은 *1921~1928*년까지 *8*년간 연속적인 경제 성장을 이루었으며, 미국 가정의 *60*퍼센트가 연간 *1500*달러를 웃도는 소득을 올렸다.

하지만 피츠제럴드가 재즈 시대를 대표하는 작가가 된 것은 그가 작품과 표제에 그런 용어를 처음으로 사용했기 때문이 결코 아니다. 그러지 않았더라도 그는 재즈 시대를 대표하는 작가로 불렸을 것이다. 당대의 광고업자였던 브루스 바턴은 *1925*년에 예수를 기업가이자 광고업자라고 주장한 『아무도 모르는 남자』(*The Man Nobody Knows*)를 출판해 큰 성공을 거두었다. 그는 이 책에서 **예수는 신입 사원 열두 명을 고용하고, 그들과 함께 세계를 지배하게 될 조직을 건설했**다라고 썼다. 자유로운 사업을 통해 지상낙원을 창조할 수 있다면 사업은 종교이다. 이런 시대정신을 간파한 피츠제럴드는 성공의 공식을 좇는 내성적인 청년과 풍요를 뒤좇는 말괄량이 여성을 등장시켜, 물질과 이상으로 찢긴 인간관계와 성공의 뒤꼍에 웅크린 순수했던 꿈의 상실을 묘사한다.

'재즈 시대'가 시작하는 것과 함께 피츠제럴드는 미국에서 최고로 비싼 원고료를 받은 작가가 되었다. 하지만 재즈 시대를 대표하는 작가라는 명칭이 무색하게 그가 재즈를 좋아했다거나 진지하게 음미했다는 흔적을 그의 삶이나 작품 어디에서도 찾아볼 수 없다. 그의 단편집에 나온 여러 작품을 찬찬히 살펴보면, 그는 재즈를 춤에 부속된 반주 또는 '춤 문화'로만 인식했지, 음악으로는 대접하지 않은 기색이 뚜렷하다. 그렇다고 해서 그를 질책할 것인가. *1920*년대 초부터 향후 *10*년 동안 유행한 스윙재즈는 춤을 추기 위한 음악이었지, 연주회용 음악이 아니었다.

└ 피츠제럴드 단편선 F. 스콧 피츠제럴드 지음 김욱동 옮김 민음사 2005

└ 말괄량이 아가씨와 철학자들: 재즈 시대의 젊은이들 F. 스콧 피츠제럴드 지음 박경서 옮김 아테네 2013

2021   APR

         1   2   3
4   5   6 (7) 8   9 10
11 12 13 14 15 16 17
18 19 20 21 22 23 24
25 26 27 28 29 30

주인공의 이름 '레코스케'는 *Record* 의 'Reco'에 일본 남성 이름에 흔히 사용되는 '스케'(助)를 어미로 붙인 것으로, '레코드 수집가' 혹은 '레코드판에 미친 사람' 정도의 뜻이다. 만화『레코스케』의 작가인 모토 히데야스는 레코스케를 주인공으로 삼은 만화를 *20*년째 그리고 있으며, 이번에 번역된 것은 레코스케를 주인공으로 삼은 세 번째 책이다. 첫 번째 단행본과 두 번째 단행본이 나온 *2001*년과 *2007*년 무렵만 해도 *LP* 시대는 완전히 끝났다고 여겨졌으나, 레코스케를 주인공으로 삼은 세 번째 책이 나온 *2020*년에는 전 세계적으로 *LP* 붐이 돌아왔다.

주인공 레코스케는 흔히 말하는 '비틀마니아'인데, 비틀스 멤버 중에서도 독특하게도 조지 해리슨 마니아다. 세상 모든 마니아가 그렇듯이 이 분도 보통 중증이 아니다. 비틀스의 해산 원인에는 여러 가지가 있겠지만, 조지의 음악적인 성장도 커다란 포인트라고 생각해. 자신을 갖기 시작한 조지가 폴에게 맞서면서 비틀스는 뿔뿔이 흩어진 거야. 요컨대 극단적으로 말하면 비틀스는 조지의 음악적 재능을 꽃피우게 만든, 그것만을 위해 존재한 그룹이었다고 난 생각해.

「리볼버」(*Revolver*, *1966*)냐, 「서전트 페퍼스 론리 하츠 클럽 밴드」(*Sgt. Pepper's Lonely Hearts Club Band*,

1967)냐. 비틀스 팬들이 각축하는 흔한 난제 가운데 하나다. 두 앨범이 나왔던 당대에는 비틀스 앨범 가운데 「서전트 페퍼스…」가 최고였지만, 최근 20년 동안 「리볼버」에 대한 평가가 자꾸 올라가더니 이제는 인기가 역전된 느낌이다. 두 앨범 모두 사이키델릭에 기반하지만, 레코스케의 입을 빌린 모토 히데야스는 전자보다 후자가 더 높은 점수를 받게 된 까닭을 앨범 재킷에서 찾는다. 같은 사이키델릭이라도 「리볼버」는 흑백과 같은 느낌을 전해주고 「서전트 페퍼스…」가 컬러풀하게 느껴지는 것은 앨범 재킷에서 온 선입견이라는 것이다. 「서전트 페퍼스…」는 재킷이 컬러가 되어 진화한 것처럼 들리지만, 콘셉트를 제외하면 곡 자체가 「리볼버」를 능가했는지 의심스러워. 실은 「리볼버」가 비틀스 사이키델릭의 최정점이고 「서전트 페퍼스…」는 이미 내리막이었어. 이런 해석은 비틀스 팬들이 원하는 서사가 아니다. 안 돼!! 「서전트 페퍼스…」가 최고 걸작이 아니라면!! 「서전트 페퍼스…」가 정점으로, 그 후 인간 관계가 뒤얽혀 작품의 완성도가 약해져 가는 것이 아름다운 비틀스 스토리잖아!!

어느 날 레코스케는 양면에 '마이 스위트 로드'(My Sweet Load), '이즌트 잇 어 피티'(Isn't It A Pity)가 실려 있는 여러 나라의 7인치 음반이 중고 음반점에 입고된 것을 보고 나는 오늘과 같은 날을 위해 살아왔는지도 모른다라고 기뻐한다. 독일·영국·미국·프랑스·이탈리아·덴마크·앙골라…에서 발매된 이 음반들은 재킷의 디자인만 다를 뿐 똑같은 노래가 담겨 있다. 그런데도 레코스케는 10만 엔(100만 원)을 들여 그 음반을 다 사버린다. 음반 가게를 나오는 즉시, 그와 동행했던 여자 친구는 곧바로 그를 버리고 사라져버린다. 그 자신이 조지 해리슨 마니아이자 음반 수집가인 이 만화의 저자는 절대 여자 친구에게 '음반 덕후'라는 것을 보여주지 말라고 당부한다.

좋아하는 음반을 사기 위해 단번에 100만 원이나 되는 거금을 질렀으니 레코스케는 벤틀리나 포르쉐를 갖고 있는 부자일까? 최근에 좋은 음식을 먹지 못해 몸에 힘이 없습니다라고 말하는 것으로 보아, 고기를 사 먹기 위해 아끼던 음반 중 하나를 골라 중고음반점에 되파는 것으로 보아, 중고 음반점 주인에게 신약 인체 실험 아르바이트를 하느라 열 시간 감금되었다가 나왔어요라고 말하는 것으로 보아, 그리고 바겐세일을 하는 중고 음반점으로 뛰어가면서 바겐세일에 오는 사람들은 부자들이 아니거든이라고 자백하는 것으로 보아 그는 결코 부자가 아니다. 조지 해리슨 마니아는 먹는 것과 입는 것을 모두 동결하고 오로지 음반에만 돈을 쓸 뿐이다. 주변에서는 이 사실을 모르기 때문에 마니아가 어마어마한 부자로 보이는 착시가 생긴다.

이 만화에 나오는 한 엄청난 부자는 돈을 물 쓰듯 하면서 음반만이 아니라 세상에 있는 비틀스 관련 아이템을 모두 사들이고 있다. 그는 자신의 집을 방문한 레코스케와 그 친구들에게 집 거실의 한 벽을 가리키며 이렇게 말한다. 이 벽은 캐번 클럽의 벽돌이 팔리고 있을 때 하나하나 사 모아서 쌓아 올린 겁니다. 그가 입고 입는 있는 옷은 무려 「서전트 페퍼스…」 앨범 재킷에서 링고 스타가 입고 있었던 유니폼 진품이다.

비틀스는 계속 진화해 나가던 팀이라 어디를 잘라도 과도기였다는 역설을 생각하면, 비틀스 음반을 수집 아이템으로 정하는 것은 나의 전 재산을 헌납하고 신용불량자가 되는 지름길이다. 그런 점에서 레코스케가 비틀스를 포기하고 조지 해리슨 마니아가 된 것은 그의 경제 상황에 알맞은 퍽 현명한 결정이다. 음반 수집광들의 광기가 경제 결정론을 훌쩍 뛰어넘기는 하지만, 한정된 자금을 갖고 애태우는 컬렉터에게는 선택과 집중이 중요하다. 그런 선택과 집중이 결정된 사후에, 요컨대 극단적으로 말하면 비틀스는 조지의 음악적 재능을 꽃피우게 만든, 그것만을 위해 존재한 그룹이었다고 난 생각해와 같은 합리화 언설이 개발된다.

음반 마니아들의 수집은 음반만으로 끝나지 않는다. 영화 팸플릿이나 포스터 등의 관련 아이템으로 확장하는 경우도 있지만, 많은 음반 매니아들은 음반을 수집하면서 해당 아티스트에 대한 지식을 넓혀가게 된다. 조지 해리슨 음반을 모으다 보면 인도 음악에 대해 더 알고 싶어지고, 요가나 명상에 대해서도 파고들게 되고, 마지막엔 그것이 서양으로 건너와 뉴에이지 문화 전반에 끼친 방대한 영향을 탐구하게 될지도 모른다. 그렇게 되는 이유는 음반을 사기 위해 자신의 돈과 시간과 열정을 오롯이 바쳤기 때문이다. 무료로 온라인 음악 서비스를 듣는 사람들에게는 그런 동기 따위가 생겨날 리 없다. 음반 수집가는 음반을 매개 삼아 그 방면의 전문 지식을 쌓아 가는 전문가가 된다.

아이튠즈와 같은 스트리밍 서비스는 *LP* 시절, 음악과 함께 했던 고유의 이미지를 삭제한다. *LP* 시절에는 특히나 좋아하는 앨범을 들을 때마다 앨범 재킷이 동시에 머릿속에 떠오르곤 했고, 앨범 재킷의 이미지는 음악의 일부였다. 인터넷으로 음악을 골라 듣거나 음원을 살 때는 이미지가 따라오지 않는다. 레코스케의 여자 친구인 또 다른 음반 수집가 '레코걸'(Reco＋Girl)은 그와 달리 좀 더 음악적으로 생각한다. 온라인 음악 서비스는 재킷의 이미지로 인한 방해를 받지 않으니까 노래의 본질에 더 가까이 다가갈 수 있지 않을까? 그보다 문제는 스트리밍 서비스로 음악을 골라 듣게 되면서 앨범이 원래 하나의 개념을 가진 창작물이었다는 사실이 분해되고 마는 사태다. 레코스케는 무인도에 갈 때 가져가고 싶은 딱 한 장의 '무인도 음반'으로 조지 해리슨의 솔로 유작 「브레인워시드」(Brainwashed, 2002)를 꼽았다. 그런데 음반 수집가의 문제는 정작 무인도에 가서야 발생한다. **음반을 사지 않는 인생… 지루하네.**

└ 레코스케 모토 히데야스 지음 한경식 옮김 안나푸르나
   2020

2021   APR

               1   2   3
4   5   6   7   8   9 10
11 12 13 14 15 16 17
18 (19) 20 21 22 23 24
25 26 27 28 29 30

읽다가 도중에 책을 덮었다. 파스칼 키냐르의 『음악 혐오』였다. 키냐르는 영화로 더 유명한 『세상의 모든 아침』의 원작자다. 17세기 중반 프랑스의 작곡가이자 비올라 다감바 연주자였던 생트 콜롱브와 마랭 마레를 주인공 삼았던 이 소설에서, (음악가 집안에서 태어났던 데다가 자칫 파이프오르간 연주자가 될 뻔하기도 했던 키냐르 자신의 정의이기도 하겠고) 음악을 이렇게 정의한다. **언어가 버린 자들이 물 마시는 곳.** 키냐르는 이 작품을 발표했던 1991년 앞뒤로 작가 생활과 음악 기관과 음악제 임원을 병행하며 활발히 활동했다. 1996년 갑작스러운 혈관파열로 죽음의 문턱까지 갔다가 가까스로 귀환했는데 『음악 혐오』는 이즈음 집필했다.

독서를 포기하게 만든 대목은 책 제목과 같은 제목을 가진 제7장의 첫머리였다. 음악은 모든 예술 중에서, 1933년부터 1945년에 이르기까지 독일인에 의해 자행된 유대인 학살에 협력한 유일한 예술이다. 나치 강제수용소에 징발된 유일한 예술 장르다. 그 무엇보다도, 음악이 수용소의 조직화와 굶주림과 빈곤과 노역과 고통과 굴욕, 그리고 죽음에 일조할 수 있었던 유일한 예술임을 강조해야 할 것이다. 절멸수용소를 다룬 소설이나 영화에

326

늘 음악이 등장하는 것을 보아왔지만 난데없이 튀어나온 저 대목은 망치와 같았다.

키냐르가 던진 충격은 테오도르 아도르노의 **아우슈비츠 이후에 서정시를 쓰는 것이 가능한가?**라는 널리 알려진 힐난을 곧바로 떠올리게 했다. 그가 말한 서정시는 문자 그대로의 서정시만 아니라 예술 일반을 가리키는 것이므로 당연히 음악도 포함된다. 하지만 절멸수용소에서 600만 희생자를 가스실로 보내는 데 피를 묻혔던 유일한 예술이 음악이라면, 이제 아도르노의 은유는 **아우슈비츠 이후에 음악을 연주하거나 듣는 것이 가능한가?**라는 정확한 사실로 수정되어야 한다. 음악은 언어(이데올로기)가 희박하다는 오래된 오해 덕분에 자신의 급소를 지금까지 잘도 숨겨왔다. 그러나 알고 보면, 음악은 언어가 없기 때문에 더욱 쉽고 효과적으로 권력이 동원하는 수단이 된다. 책을 덮고 아우슈비츠와 음악에 관한 자료를 검색하다가 이경분의 『수용소와 음악』이 출간된 것을 보았다.

2차 세계대전 중에 나치가 체코에 세운 테레지엔슈타트와 폴란드에 세운 아우슈비츠 수용소에는 음악이 흘러 넘쳤다. 국제적십자의 사찰에 대비해야 했던 테레지엔슈타트의 경우 위장과 선전에 필요했기 때문에 수용자들의 음악 활동이 권장되었다. 하지만 오로지 죽이기 위해 만들어진 아우슈비츠에서도 세 개의 구역으로 나누어진 수용소 사령관들은 경쟁하듯 오케스트라를 육성했다. 4년 반 동안 대략 110만~150만 명이 살해되었다고 추산되는 아우슈비츠에는 최대 일곱 개의 오케스트라가 운용되었고, 가장 규모가 큰 중앙 수용소 오케스트라는 단원이 150명이나 되었다.

수용소를 책임진 SS(친위대) 장교와 이들의 음악 애호는 어울리지 않는 조합이 아니다. 나치 엘리트는 사회적으로 적응하지 못하는 열외자도, 정신적으로 모자라는 사디스트도, 인간에게 증오를 품은 하층계급 출신도 아니었다. 유대인을 절멸시키는 데 앞장선 나치 고위층은 대학을 졸업한 고학력자와 교양 있는 집안 출신이 많았고, SS 중에는 야망 넘치는 젊은 박사들과 기술 관료가 있었다. 문화예술로 교양을 치장해온 이들에게 아우슈비츠는 유럽 전역에서 연행된 우수한 음악가들을 무료로 착취할 수 있게 해주었다.

히틀러는 독일 고전음악에서 게르만 민족의 우수성을 확신했다. 하지만 아우슈비츠의 SS가 선호했던 음악이 모두 독일 고전음악은 아니었다. 이들은 수용소 오케스트라에 세미클래식, 가벼운 오페라타, 유행가, 영화 히트곡, 댄스곡은 물론이고 나치가 공식 금지한 재즈를 연주시켰다. **나치 엘리트들이 중요하게 선전했던 '음악의 독일성'이나 '독일 민족의 음악성' 등의 구호는 대중음악이 대세였던 아우슈비츠의 일상에서 그리 부각되지 못했다. 음악은 프로파간다보다 실질적으로 활용되어야 했다.**

아우슈비츠에서는 여러 가지 기능적인 이유로 쉴 새 없이 음악이 연주되었다. 먼저 열병식을 하거나 수용자들을 일터로 보내거나 복귀시킬 때 행진곡이 필요했고, 새로운 수용자가 입소할 때도 그들의 긴장을 풀어줄 음악이 있어야 했다. 탈출 시도자나 규율 위반자는 가스실로 보내지 않고 공개 처형을 했는데, 이때 오케스트라와 합창단은 희생자를 비웃기 위해 흥겨운 유행가를 조롱조로 연주해야 했다. 예컨대 설운도의 '다함께 차차차' 같은 것을. **내일은 내일 또다시 새로운 바람이 불 거야/ 근심을 털어놓고 다함께 차차차/ 슬픔을 묻어놓고 다함께 차차차/ 잊자 잊자 오늘만은/ 미련을 버리자/ 울지 말고 그저 그렇게/ 차차차 차차차···.** SS가 저런 야비한 주문을 한 이유는 자기기만을 통해 죄책감과 살인의 심각함을 날려버리고 싶어서였다.

수용소의 음악은 살인자를 정신적으로 마취시키는 역할을 했다. 아우슈비츠의 고위 간부였던 요제프 멩겔레와 한스 프랑크가 가스실로 갈 희생자를 선별하는 작업이 끝나면 슈만의 「트로이메라이」(*Träumerei*)를 청해 듣고 감동하여 눈물을 보인 것도 이런 맥락에서였다. **아우슈비츠에서는 가해자 스스로 희생자의 연주에서 위로를 얻고 기분을 전환하는 셈이었다.**

오케스트라 단원에게는 작업이 면제되었고 더 나은 식단이 제공되었다. 아무런 선택지가 없었던 그들에게는 최상의 연주만이 그들의 생명줄이었다. 그렇다면 갖가지 상황에서 강제로 음악을 듣지 않을 수 없었던 수용자들의 반응은 어땠을까.

『죽음의 수용소에서』로 잘 알려져 있는 아우슈비츠 생존자 빅터 프랭클은 음악을 들으며 살아야겠다는 희망을 다진 반면,『이것이 인간인가』라는 아우슈비츠 체험기를 남기고 자살한 프리모 레비는 그 경험을 지옥같이 끔찍한 고문이라고 말한다. 이처럼 상반된 태도는 두 사람의 낙관주의와 비관주의를 대변하지 않는다. 진실은 수용소 소장의 명령으로 성탄절 전날 여성 병동의 환자들에게 음악을 들려주었던 시몬 락스의 증언에 있다. 초반에는 모든 여성들이 감동의 눈물을 흘렸고 특히 폴란드 여자들은 음악이 울음소리에 묻힐 정도로 오열했다. 그러나 두 번째 연주가 시작되자 눈물은 비명으로 이어졌다. *그만! 그만! 여기서 나가! 꺼져! 조용히 죽게 내버려 둬!*

음악은 언어가 없는 장소인 것처럼 보이지만, 세상의 온갖 언어가 깃들 수 있는 장소이기도 하다.

└ 음악 혐오   파스칼 키냐르 지음   김유진 옮김   프란츠   2017
└ 수용소와 음악   이경분 지음   성균관대학교출판부   2021
└ 죽음의 수용소에서   빅터 프랭클 지음   이시형 옮김   청아출판사   2020
└ 이것이 인간인가   프리모 레비 지음   이현경 옮김   돌베개   2007

2021   APR

                        1   2   3
    4   5   6   7   8   9   10
    11 12 13 14 15 16 17
    18 19 20 21 22 23 24
    25 26 27 28 29 (30)

19 40년대 비밥 운동이 시작되면서 뉴올리언스라는 기원에 직접 닿아 있던 핫재즈, 곧 스윙재즈의 열기는 차갑게 식기 시작한다. 그러나 루이 암스트롱*(1901~1971)*의 인기는 식을 줄 몰랐고 대중적 인기는 도리어 꾸준히 치솟았다. 방송국과 연예 산업은 *1950*년대에도 여전히 그를 원했고 미 국무성은 암스트롱을 미국의 문화 선전 대사로 삼았다. 암스트롱의 대중적 인기는 그처럼 높았으나 젊고 열광적인 재즈 팬과 많은 평론가들은 더 이상 그의 공연에 참석하거나 음반을 사지 않았다.

암스트롱이 *1950~60*년대에 쌓았던 대중적 명성은 그가 *1920~30*년 사이에 쌓았던 음악적 명성을 모호하게 만들었다. 이 시절의 젊은 재즈 음악인들은 연예인의 꼬리표를 떼어내고 얼마나 힙하고 쿨해 보이는가가 목표였다. 이를테면 마일스 데이비스는 청중들에게 등을 보이고 연주함으로써 자신은 관객 따위에 신경 쓰지 않는다는 초연함을 과시했다. 암스트롱은 재즈 뮤지션들이 예술가연하는 새로운 시대 풍조에 아랑곳하지 않았다. 바로 이 때문에 *1964*년 암스트롱이 '헬로, 돌리'*(Hello, Dolly)*로 비틀스의 '쉬 러브스 유'*(She Loves You)*를 빌보드 싱글차트 *1*위 자리에서 밀어냈을 때, 재즈계는 애증이 교차했다. 이 기록은 프랭크 시나트라를 제외한다면 록 이전 시대의 음악인이 정상을 차지한 마지막 기록이다.

미국에서 *1988*년 초간되고 *2001*년 개정판이 나온 『루이 암스트롱: 흑인·연예인·예술가·천재』에서 지은이 게리 기딘스는 근 *40*년이나 암스트롱은 재즈 비평가들과 재즈 순수주의자들에게 멸시당했다고 말한다. 그는 **팝 넘버를 연주한다는 이유로, 스윙 밴드의 반주에 연주한다는 이유로, 대중 스타들과 출현한다는 이유로, 스탠더드가 된 레퍼토리를 고수한다는 이유로, 유랑극단의 스타일을 사용한다는 이유로, 너저분한 농담을 한다는 이유로, 우스꽝스러운 표정을 짓는다는 이유로, 관객들을 즐겁게 해준다는 이유로 비난을 들었다.** 게리 기든스의 암스트롱 전기는 이런 비난에 적극적으로 맞선다.

뉴올리언스의 제인 앨리는 폭력과 악행으로 신음하는 구역이었으며 공공연히 '전쟁터'라고 불렸다. 암스트롱의 아버지는 루이가 태어나자 가족을 이곳에 버려두고 혼자 떠났다. 어머니는 루이가 다섯 살 때까지 매춘부로 일했으며 이후에는 세탁부로 일하면서 새 남편을 맞았다. 크리올 *(creole*: 스페인 혹은 프랑스계 사람과 아메리카계 사람 사이에서 태어난 후손*)*의 본거지인 뉴올리언스에서 암스트롱과 같은 '흑흑인'*(Black Blacks)*은 크리올보다 더 낮은 최하위 계층이었다. **모두가 흑흑인들을 괴롭혔다. 심지어 흑인들도 그랬다.**

암스트롱은 일곱 살 때부터 고물과 석탄을 팔았고 팁을 받고 묘지를 청소하거나 훔친 신문과 버린 음식을 팔아 푼돈을 벌었다. 그 시절, 러시아에서 이주해 온 카르노프스키

일가가 암스트롱 가족의 이웃이 되었다. 이 선량한 유대인 가족은 굶주리는 암스트롱 가족을 도와줬고 카르노프스키 부인은 루이에게 러시아 자장가를 가르쳐 주었다. 암스트롱은 *1969*년의 회고록에서 **마음에서 우러나오는 노래를 나에게 심어 준 것은 유대인 가족**이라고 말했다. 음악이 흔전만전이었던 뉴올리언스에서 태어난 암스트롱의 회고라기에는 믿기 힘든 고백이다.

열한 살 때 루이는 친구들과 양철판과 하모니카 등으로 연주하는 사중창단 '노래하는 바보들'(*Singing Fools*)을 만들어 돈벌이에 나섰다. 친구들은 그가 양철 나팔로 들려주는 연주를 좋아했다. 같은 회고록에 따르면 이때 **내 영혼에 음악이 들어왔다**고 한다. *1912*년 루이는 선술집 밖으로 나와 관중을 불러 모으는 악사들의 음악에 홀려 학교를 중퇴했다. 그 악사들 가운데 조 올리버는 루이의 영웅이었다. 그러던 중 루이가 소년원에 가게 되는 불상사가 생겼다. *1913*년 *1*월 *1*일 새벽, 친구들과 함께 새해를 기념하러 나왔다가 급박한 사태에 휘말려 양아버지의 *38*구경 리볼버를 공중으로 발사한 것이다. 루이는 늘 코넷을 익히고 싶어 했는데, 아이러니하게도 소년원에서 코넷을 배울 수 있었다.

*1918*년 *1*차 세계대전이 끝났을 때, 암스트롱은 고작 열일곱이란 나이에 뉴올리언스의 많은 음악인들이 경탄하는 코넷 연주자가 되었다. 스물한 살인 *1922*년, 그의 스승이자 영웅이던 킹 올리버로부터 시카고로 오라는 전보를 받고 당대 최고였던 킹 올리버의 크리올 재즈 밴드의 단원이 되었다. 크리올 재즈 밴드의 단원으로 있으면서 암스트롱은 음

반 녹음만을 위해 존재했던 세 개의 악단(핫파이브·핫세븐·사보이 볼륨 파이브)을 통해 그의 혼이나 같은 주요 음반을 녹음했다. 이 시절의 일화로, 암스트롱이 핫파이브와 함께 「히비 지비스」(Heebie Jeebies, 1926)를 취입하다가 가사를 기억할 수 없어 다급하게 구사한 것이 스캣싱잉(scat-singing)의 시작이라는 속설 등이 있다. 그랬던 그는 플레처 핸더슨의 요청을 받고 뉴욕으로 가게 되는데, 암스트롱이 뉴욕에 도착했던 1929년은 재즈 역사상 가장 역동적인 시기로 뉴올리언스 지역의 정통 음악이었던 딕시랜드가 새로운 재즈로 탈바꿈을 시작하던 때였다. 이 시기에 암스트롱은 딕시랜드의 두 박자(two beat) 리듬을 폐기하고 네 박자(four beat) 리듬의 스윙을 도입했으며, 스윙 밴드에 솔로와 즉흥을 정착시켰다.

게리 기딘스는 암스트롱을 **미국의 바흐**라고 말한다. 하지만 제프리 C. 워드와 함께 쓴 『재즈 선언』에서 윈턴 마설리스는 미처 암스트롱의 진가를 발견하지 못하고 아주 오랫동안 그를 '트럼펫을 든 엉클 톰'으로 무시했었다고 고백한다. 엉클 톰은 백인의 비위를 맞추려는 흑인을 가리키는 모욕적인 용어이며, 이와 유사한 용어로 민스트럴 쇼(minstrel show: 19세기 말 20세기 초 미국에서 백인들이 흑인 분장을 하고 흑인을 희화화했던 악극)에서 멍청한 역할을 하는 흑인을 가리키는 올드 댄 터커(Old Dan Tucker)가 있다. 암스트롱은 민스트럴 쇼에서 많은 영향을 받았다.

jazz가 jass로 불릴 때부터 많은 악단의 연주자들은 관악기를 빙글빙글 돌리거나 연주를 하면서 리듬에 맞추어 스텝을 밟았다. 그리고 악단을 연주하는 지휘자들의 쇼맨십도 대단했다. 초창기는 물론이고 스윙 시대까지 오랫동안 재즈 음악인은 연예인이었다. 민스트럴풍의 유머 전통을 즐겼던 암스트롱에게 익살은 흑인 공동체의 흥을 돋우는 한편 백인의 인종차별에 대한 반어적인 풍자였다(비록 정교하지는 못했을지라도). 반유대주의자들이 '유대인은 돈밖에 모른다'라고 멸시할 때, 유대인들이 '예, 그러면 우리가 고리대금업자가 되어 당신들을 지배해 드리지요'라고 응대했듯이, 암스트롱의 광대짓에는 그런 반어적인 의미가 있었다. 그러나 40년대 말에 이르러 흑인 대중과 젊은 재즈 음악인들은 암스트롱의 그런 무대 매너를 불편하게 느끼기 시작했다. 사람들은 암스트롱을 향해 연예인과 예술인 가운데 양자택일 할 것을 요구했다. 암스트롱은 그런 마니교도적인 요구에 신경 쓰지 않았다. 그는 연예인이자 예술가였다.

ㄴ 루이 암스트롱: 흑인·연예인·예술가·천재   게리 기딘스 지음
    황덕호 옮김   포노   2021
ㄴ 재즈 선언   윈턴 마설리스, 제프리 C. 워드 지음   황덕호 옮김
    포노   2018

2021   JUN

        1   2   3   4   5
6   7   8   9 10 11 12
13 14 15 16 17 18 19
20 21 22 23 24 25 26
27 28 29 ㉚

'예술가곡'은 시와 음악의 결합으로 탄생한 제3의 예술이다. 예술가곡은 좋은 시와 좋은 음악의 결합이라는 요구를 내부에 간직하고 있다. 김미애는 한국 가곡의 역사를 짚어본 『한국 예술가곡: 시와 음악의 만남』에서 예술 가곡의 특성을 이렇게 말한다. 예술 음악이란 연주가가 작곡가의 의도를 최대한으로 연구하여 작곡가의 의도에 따라 충실하게 연주하는 악곡을 뜻한다. 연주자가 악곡을 마음대로 변화시켜 연주하면 안 된다는 뜻이다. 이런 의미에서 예술 가곡을 연주하는 이는 시와 음악의 어울림을 잘 연구해야 하며, 나아가서 해당 악곡이 태어나게 된 역사까지도 이해하고 있어야 하는 것이 바람직하다. 예술 가곡 연주시에 작곡가의 허락 없이 반주 등을 임의로 편곡하여 연주하는 이들은 옳지 못하다.

조선시대 헌종 때의 실학자 이규경이 『오주연문장전산고』(五洲衍文長箋散稿)에 최초로 서양음악의 기초 이론을 소개한 바 있으나, 서양음악이 한국에 실질적으로 유입되기 시작한 시기는 1884년 전후다. 아젠펠러는 1885년에 배재학당을, 스크랜턴과 언더우드는 1886년에 각기 이화학당과 경신학교를 설립했다. 이들 선교사들은 한국 최초로 근대 교육을 실시하면서 음악을 '창가'(唱歌)라는 교과목으로 학과에 포함시켰다. 이로써 창가는 한국에 전통적으로 내려오던 시조、잡가、가사 등의 전통적인 형식이나 음률에서 벗어나 서양식 악곡 형식과 함께 서양식 창법으로 부르는 노래를 뜻하게 된다.

창가의 발생 시기인 *1886*년경부터 예술 가곡으로 변환하던 *1920*경까지는 다음의 네 단계를 밟았다. ⑦창가의 발생*(1886~1990*년경*)*. 개신교 학교의 교과 과정에 '창가'라는 교과목으로 찬송가 및 외국의 민요를 비롯한 서양의 노래를 한국어로 번역하여 불렀다. ②변환기*(1890~1910*년경*)*. 기존의 찬송가 선율에 노랫말만 세속적인 내용으로 지어 불렀다. 구한말의 민족적인 슬픔, 독립 정신이 주류를 이루었다. ③창작기*(1905~1910*년 전후*)*: 기존의 곡에서 선율을 차용하여 사용하던 데에서 탈피하여 악곡을 창작하기 시작했다. 한국 최초의 음악 교사 김인식이 *1905*년에 작곡한 '학도가'는 우리나라 근대 가곡의 효시이며, *1908*년 최남선이 작사한 '철도가'와 *1910*년 안창호가 작사한 작곡가 미상의 '거국가'*(去國歌)*가 이 시기의 대표적 창가다. ④분화기*(1920*년대*)*: *1910*년을 전후로 작곡되기 시작한 창가가 *1920*년대를 넘으면서 예술 가곡, 동요, 유행가로 분화되었다.

*1920*년대 초중반, 홍난파, 박태준, 현제명, 김세형 등이 동시에 활약하면서 예술 가곡이 처음으로 등장했다. 이들은 *20*대 초반에 각기 그들의 초기 대표작인 '봉선화', '동무생각, 고향생각', '야상'*(夜想)*을 작곡했다. 이 노래들은 찬송가 및 외국 민요의 영향이 짙다. 이런 특징은 네 사람이 어린 시절에 기독교 계통의 교육 기관이나 선교사들로부터 서양 음악을 접하게 되었으며, 일본이나 미국으로 유학을 다녀왔던 배경 때

문이다.

1930년대에는 채동선, 이흥렬, 김동진, 나운영 등 한국 최고의 서정 작곡가들이 합세하고, 1940년대에는 김성태, 임원식의 낭만적인 작품도 합류한다. 조두남은 1930년대에 씩씩한 기상으로 독립투사의 영혼을 달랜 '선구자'를 발표했고, 1940년대에는 '새타령'·'접동새' 같이 한국 고유의 소리를 찾는 시도를 했다. 1945년 전후에 작곡된 윤이상의 초기 가곡들에서도 민요적인 율동과 색채가 가득하다. 이들은 1950년대 이후에 한국 고유 가락을 의식적으로 찾는 움직임을 본격화한다. 지은이는 1930~40년대를 한국 예술 가곡의 성숙기로 본다.

1950~60년대 예술 가곡은 몇 개의 특성으로 모아진다. 첫째, 변훈의 '떠나가는 배'처럼, 6·25전쟁으로 인해 민족의 애환이 깃든 애조 띤 가락의 가곡이 널리 불렸다. 둘째, 윤용하의 '보리밭', 최영섭의 '그리운 금강산', 장일남의 '비목', 김순애의 '그대 있음에' 등과 같은 개인적 정서를 노래하거나 분단된 북녘 땅을 그리워하는 서정적인 가곡이 활발하게 작곡되었다. 셋째, 1950년대 초반부터 한국의 가락을 찾으려는 의식적 노력이 두드러졌다. 변훈의 '명태'는 중간부에 장타령을 삽입했고, 정회갑의 '입맞춤'은 판소리 선율과 해학을, 백병동의 '빠알간 석류'는 한국적 정감을 응용했다.

1970년대 이후에는 무조주의·음렬주의·아방가르드 기법을 적용한 현대적 기법의 가곡이 나왔는데, 이 때문에 예술 가곡은 대중의 기호와 멀어졌다. 지은이는 1980~90년대를 거치면서 예술 가곡이 작곡자와 수용자 양편으로부터 모두 고립되어 가고 있는 현상을 우려한다. 예술 가곡이 온 국민의 애창곡이 되어야 할 필요는 없으나, 예술 가곡이 애창되기보다는 중·고등학교의 음악 교육 또는 성악가들의 음악회용 음악으로 축소되어 가고 있다는 것이다.

가곡이라는 준말로 더 널리 알려진 예술 가곡에서 시는 음악을 빛내기 위해서 추가된 요소가 아니며 음악 또한 시의 장식품으로 등장하는 것이 아니다. 작곡가는 시를 자신이 이해한 대로 음악을 통하여 주관적으로 표현한다. 이때 시는 시로서 독립적으로 존재하는 것이 아니라 노랫말로서 존재하며 음악 또한 독립적인 것이 아니고 노랫말의 감각에 따라 민감하게 반응하는 가락으로서 이들 둘은 함께 존재한다. 문학과 음악이 만남으로써 완전히 새로운 예술 객체인 '歌曲'이 탄생하게 되는 것이다.

'독일예술가곡'(deutsche klavierlied)에는 단어 속에 피아노를 가리키는 '클라비어'(Klavier)가 들어가 있듯이 성악가의 노래를 오로지 피아노 반주로만 뒷받침한다. 이런 장르가 생겨난 것은 대중이 음악에 훈련되어 있었고(교회의 영향이라고 생각된다), 피아노가 있는 가정이 흔했기 때문이리라. 반면 그런 환경이 마련되지 못한 한국에서 예술 가곡은 학창 시절에 잠시 접해본 박래품이었다. 이런 때문에 한국의 가곡은 독일예술가곡과는 조금 다른 방식으로 대중화 되었다. 한국의 예술 가곡은 오랫동안 오케스트라 반주를 선호했고 대중들도 그런 관행을 즐겁게 받아들였다. 비유하자면, 오케스트라 반주 일색이었던 한국의 가곡은 KBS 열린음악회에 나온 심수봉을 라이벌로 삼았다. 한국 예

술 가곡은 피아노 반주자와 전문 성악가 사이의 더 긴밀한
협업이 필요하고, 거기에 필요한 기술을 축적해야 한다. 우
리도 디트리히 피셔 디스카우와 제럴드 무어와 같은 단짝을
보고 싶고, 그들이 만든 명반을 듣고 싶다.

└ 한국 예술 가곡: 시와 음악의 만남   김미애 지음   시와시학사
  1996

2021   JUL

                 1   2   3
4   5   6   7   8   9   10
11 12 13 14 15 16 17
18 19 20 21 22 23 24
25 (26) 27 28 29 30 31

문학평론 가운데서도 시 평론이 특기인 유성호는, 오래 전부터 '시인 조용필'이라는 의외로운 제목으로 그의 노래와 인생을 풀어보려는 생각을 했다고 한다. 이 구상은, 조용필의 노래를 음악적으로 분석하지 않고(못하고), 그의 노래가 더없이 살갑고 첨예하며 문제적인 당대의 '시'(詩)였음을 이야기 해보려는 것이다.

지은이의 포부는 조용필이 부른 노래를 '시'로, 노래로 대중의 마음을 울렸던 조용필을 '시인'으로 예찬하는 것이 다. 이때 모범 답안은 밥 딜런이다. 1980년대 내내 나는 '밥 딜런'을 상상했다. 1960년대 한복판에서 정치적 메시지를 지향 하는 곡을 간결하고 함축적인 노랫말에 담아 불렀던 밥 딜런이 '시인/가수'의 경계선을 흔연하게 지워갔다면 지은이 는 우리에게는 조용필이 있음을 상기하고 싶다고 말한다. 이러 한 포부에는 의심쩍은 데가 있다. 그의 말을 더 들어보자. 밥 딜런에게 1960년대는 조용필에게 1980년대였다. 물론 조용필은 우리나라 저항가요의 맥을 잇는 가수가 아니다. 어쩌면 그 줄기는 한대수, 김민기, 정태춘, 양희은, 안치환 등으로 이어져야 할 것이 다. 하지만 우리는, 저항가요 브랜드가 아니면서, 폭넓은 음역(音域)을 가졌으면서, 1980년대라는 한 시대를 일종의 저항 음악으로 구현한 이가 어쩌면 조용필이 아니었을까 생각해본다.

1970~80년대에 대중들의 인기를 얻었던 가수들의 노래에서 간혹 발견되는 이른바 '메시지'가 조용필 노래에는 특별히 없다. 조용필은 신중현·김민기·송창식·한대수·정태춘·하덕규 등이 간혹 들려주었던 시대적 질고를 전혀 노래하지 않았다. 조용필은 간혹 고전적이고('한오백년'·'간양록'), 인생론적이고('친구여'·'킬리만자로의 표범'·'바람이 전하는 말'), 원형적이었지만('고추잠자리'·'생명'), 대중의 심금을 울린 대부분의 노래는 사랑 노래였다. 박노해의 『노동의 새벽』에 실려 있는 두 편의 시에 조용필의 이름이 나오지만, 그 이름이 노동자의 친구로 호명된 것이 아니라는 것은 시 전공자인 지은이가 더 잘 알 것이다. 그런데도 지은이는 조용필의 노래를 가리켜 저항가요가 아니면서 일종의 저항 음악을 구현했다고 주장한다.

조용필의 노래 전체를 통틀어 기원(origin)이 되는 노래는 단연 '돌아와요 부산항에'다. 1975년 솔로로 전향한 조용필의 첫 번째 히트곡이다. 그러나 지은이는 조용필의 존재론적 '원적'(original domicile)은 3집 앨범 「미워, 미워, 미워」(1981)와 4집 「못 찾겠다 꾀꼬리」(1982)에 실려 있는 '고추잠자리'와 '못 찾겠다 꾀꼬리'라고 주장한다. 원적이란 숱한 원심력과 다양성에도 불구하고 결국 되돌아오게 되는 귀환 지점, 다시 말해 매우 다양한 노래 속에서도 **조용필다움'으로서의 귀속처**를 뜻한다.

서정시를 서정시답게 하는 회상의 원리를 내장한 '고추잠자리'와 '못 찾겠다 꾀꼬리'에는 순수와 동경을 꿈꾸었던 어린 시절이 불려 나온다. 그런데 이 두 노래가 발표되었던 당시는 광주민주화운동의 실상이 어느 정도 알려지기 시작한 때였다. 전자는 가을빛 물든 언덕에 맴맴 도는 '고추잠자리'를 통해, 온몸의 가성을 써서 올리는 음색을 통해, 폭력으로 훼손된 현실에서 존재하지 않는 어떤 꿈의 세계를 들려주었다. 또 후자에서는 막막하고 거대한 폭력의 세계에서 이젠 다 커버렸는데도 여전히 술래가 되어 찾고 있는 어떤 세계를, 찾을 때도 되었고 보일 때도 되었는데 찾아지지 않는 어떤 세계를 한없이 그리워하는 모습을 통해 광주의 비극을 도드라지게 한다. 이런 해석이 자의적이라는 것은 두말할 필요도 없지만, 4집의 타이틀곡 '못 찾겠다 꾀꼬리'에 이어진 두 번째 곡 '생명'이 광주학살에 대한 분노와 진혼을 담고 있다는 조용필의 증언은 지은이의 해석을 그럴듯하게 꾸며준다.

밥 딜런이 싱어송라이터였던 데 반해, 조용필은 대부분의 노랫말을 전문 작사가에게 받았다. 앞서 나온 '고추잠자리'와 '못 찾겠다 꾀꼬리'는 김순곤 작사, '생명'은 영화감독 홍상수의 어머니로 더 유명한 전옥숙이 쓴 가사다. 이런 지적이 있을 줄 알고 지은이는 미리 궁색한 대답을 준비해 놓았다. 누군가 춤과 춤꾼을 분리할 수 없다고 한 바 있거니와, 조용필 노래에서 어떻게 노랫말과 가수를 떼어낼 수 있겠는가? 그래서 우리는 그의 노래의 작가(作家)가 작사가인지 작곡가인지 아니면 노래를 부르는 조용필인지 알 수 없게 된다. 그는 언제나 자신의 노래의 최종 텍스트였고, 텍스트의 창안자로서 '시인 조용필'이라는 비유적 명명을 얻고도 남음이 있을 것이다. 궤변이다. 조용필이 시인이 아니더라도 위대하기에 더욱 그렇다.

조용필은 20세기 후반, 한국의 대중문화계가 낳은 최대의 스타다. 그런데도 그에 대한 평전은 고작 네다섯 종에 불과하다. 한국 최초의 '슈퍼스타'인 조용필의 위상에 비하면 출간 종수가 너무 적다. 그 가운데서 가장 빼어난 책은 홍호표의 『조용필의 노래, 맹자의 마음』이다. 이 책 역시 조용필의 음악을 가사 중심으로 분석하고 있는데, 지은이는 이것을 한계가 아니라 동아시아의 문사적 전통이라고 강변한다. 예컨대 공자는 정(鄭)나라 음악의 음란함을 미워한다고 했지만, 그 나라의 멜로디나 리듬은 전하지 않는다는 것이다.

스타는 한 곡의 히트만으로도 될 수 있지만, 단발성 히트가 아니라 장기간 히트곡을 내면서 국민가수 또는 가왕으로 존재하려면 매니지먼트 전략과 홍보 전술의 차원을 넘어서는 무엇이 있어야 한다. 그것이 무엇일까? 지은이는 가수와 대중이 본질적으로 '하나'라는 점을 깨닫는 것이라고 말한다. 따라서 '큰 노래'와 '큰 가수'는 조장(助長)할 수 없고, 민심이 알아내는 것이라 할 수 있다. 결국 노래는 공급자가 만들어 히트할 수 있는 것이 아니라 대중이 '함께 느껴야' 히트한다는 결론에 이른다.

슈퍼스타는 맹자의 천인합일(天人合一) 사상을 노래로 실현한 사람이며, 노래를 통해 맹자가 말하는 왕도(王道) 실현을 이룬 사람이다. 이런 예술관이 모더니즘의 이상이나 작가주의 정신과 동떨어진 것은 분명하지만, 슈퍼스타 현상을 설명하는 유용하다. 지은이는 조용필이 노래한 가사는 모두 순선(純善: 인의예지)과 순정(純情: 사랑하는 마음)에서 흘러나온 것이며, 과욕이나 무리가 드러난 노래는 '자존심'과 '단발머리' 등 극히 일부에 불과하다고 말한다.

└   문학으로 읽는 조용필   유성호 지음   작가   2021
└   조용필의 노래, 맹자의 마음   홍호표 지음   동아일보사   2008

2021   AUG

1   2   3   4   5   6   7
8   9   10   11   12   13   14
15   16   17   18   19   20   21
22   23   24   25   26   27   28
29   ㉚   31

20대 독신 직장 여성의 성공과 사랑을 전면에 내세운 소설을 칙릿(*chick-lit*)이라고 한다. 칙릿은 젊은 여성을 뜻하는 칙(*chick*)과 문학(*literature*)의 합성어다. 이것의 남성판이 래드릿(*lad-lit*) 혹은 딕릿(*dick-lit*)이다. *lad*는 '사내아이'를 뜻하는 말이니 *chick*과 크게 용법이 다르지 않다. 그런데 *dick*은 좀 복합적이다. 이 단어는 ① 페니스를 가리키는 속어로 왕성하게 사용되지만, ②'얼간이、아무것도 아님、쓸모없음、빈둥거리다'라는 뜻으로도 활용된다. 칙릿의 여주인공들이 승부욕과 활기를 갖춘 반면, 래드릿의 남자주인공 대부분은 사회부적응자다. 딕릿에는 ①이 없다.

레이철 조이스의 『뮤직숍』은 전형적인 래드릿이다. 주인공 프랭크는 도시 재개발 구역인 유니티스트리트에서 *14*년째 작은 음반 가게를 하고 있다. 그가 처음 음반 가게를 차렸을 때는 *LP*의 전성기였지만, 이 소설의 시간적 무대가 되는 *1988*년은 *CD*가 막 생산되기 시작했을 때다. *LP*에서 *CD*로의 전환이 음악 애호가나 소비자의 환호 속에 순조롭게 이루어졌을 것 같지만, 이 소설을 보면 그 일은 마치 노동자들의 파업을 진압하는 것처럼 폭력적이었다. 대형 음반사들

346

은 *LP*만을 고집하면서 자신의 가게에 끝내 CD를 들여 놓지 않았던 프랭크와 같은 저항자들을 길들이기 위해 여러 가지 강압 수단을 썼다. 그들은 CD를 팔지 않으려는 음반 가게에는 홍보용 티셔츠, 포스터, 공연 티켓, 음반 끼워 주기 등등의 판촉 이벤트를 일절 제공하지 않았다.

*LP*를 고집했던 음반 가게들이 하나둘씩 무릎을 꿇었다. 대형 음반사들이 점점 새 앨범을 CD로만 출시함으로써 프랭크와 같은 저항자들은 신기술이라는 대세를 따르거나 가게 문을 닫을 수밖에 없었다. 그래서 CD가 최후의 승자가 되었을까? 아니다. *1990*년대 초반 CD에 밀려 생산이 끊기다시피 했던 *LP* 생산과 수요가 되살아나기 시작했고, 현재는 CD가 고사할 지경에 이르렀다.

LP 소리가 좋은 줄은 알지만 오랫동안 CD에 익숙해져 버린 사람에게는 *LP*를 작동시키는 일은 번거롭다. 하지만 **음악의 맛을 제대로 음미하려면 엘피판으로 들어야죠**라고 말하는 프랭크와 같은 사람들에게는 번거로움마저도 감미롭다. **나는 눈으로 보고, 손으로 만질 수 있는 음악이 좋아요. 엘피판은 세심하게 신경 써 주어야 깊고 그윽한 음질로 보답하죠. 우리의 삶에 음악이 없다면 얼마나 삭막할까요. 삶을 축복해 주는 음악을 들으려면 기꺼이 그 정도 수고쯤은 감수해야죠.** *LP* 붐을 타고 『라이선스*LP* 연대기』, 『*LP*로 듣는 클래식』, 『레코드의 비밀』, 『대중가요 *LP* 가이드북』 같은 책이 연이어 나오는 중이다.

CD에 맞서 *LP* 음반을 지키려고 분투하는 프랭크의 모습과 그가 유니티스트리트 상가의 여러 입주자들을 규합하여 이 지역을 재개발하려는 부동산 업자와 싸우는 모습은 동전의 양면이다. 그는 기술과 이윤이 지배하는 현실에 대항하여 쓰러져 가는 인간적 세계를 지키려고 한다. 그런 뜻에서 그는 사회부적응자고 몽상가며 이상주의자다. 두 개의 전선에서 패배한 그는 한때 노숙자 신분으로 추락하게 된다. 그러나 래드릿은 그처럼 잔혹한 장르가 아니다. 프랭크는 이 소설의 결말에 이르러 '해피 엔드'를 되찾게 된다.

프랭크의 음반 가게는 단순히 음반만 파는 가게가 아니었다. 음반 가게에는 언제나 손님들이 많았다. 프랭크는 울화가 치밀어 맘껏 소리를 지르고 싶거나 눈물을 펑펑 흘리며 하소연하고 싶은 사연이 있는 사람들의 말을 귀 기울여 들어주고, 기꺼이 어깨를 빌려주었다. 음반 가게를 찾는 단골손님들 중에는 거식증을 앓는 여자, 미혼모, 남편의 가정 폭력에 시달리는 아내도 있었다. 프랭크는 그런 사람들의 말을 들어주는 한편 위안이 되는 음악을 찾아주기 위해 애썼다. 프랭크는 음악치료사 역할을 겸했다.

그가 음악을 듣는 방식, 사람들에게 음악을 들려주는 방식, 그리고 가게에 음반을 진열하는 방식은 독특했다. 그는 바흐의 「브란덴부르크 협주곡」 옆에 비치 보이스의 「펫 사운즈」를, 비발디의 「사계」 곁에 데이비드 보위의 「지기 스타더스트」를, *ABC*의 「더 렉시콘 오브 러브」, 존 콜트레인의 「어 러브 슈프림」을 나란히 비치해 놓았다. 그는 사람들에게 베버의 「현을 위한 아다지오」에 이어 데프 레퍼트를, 쇼스타코비치에 이어 마일스 데이비스의 「비치스 브루」를 들려주었고, 빌 에반스의 「왈츠 포 더비」와 힐데가르트 폰 빙엔의 찬송가 음반, 푸치니의 「토스카」와 제임스 브라운,

레드 제플린 음반을 함께 챙겨 주었다. 장르에 구애받지 않고 음악의 본질과 즐거움을 찾는 것. 이것은 어머니 페그가 아들 프랭크에게 물려준 유산이다.

어느 날 마흔 살 난 독신인 프랭크 앞에 일사 브로우크만이라는 여자가 나타난다. 이제 서른 살인 그녀는 '녹색 코트'를 입고 '녹색 핸드백'을 들었으며, 항상 장갑을 끼고 있다. 그녀는 손가락 관절염으로 바이올린 연주를 접은 베를린 필하모닉 소속 바이올리니스트다. 그녀는 음악을 그만두게 된 충격으로 음악을 멀리했다가, 프랭크의 음반 가게에 우연히 들르게 되면서 다시 음악을 듣게 된다. 브로우크만은 자신에게 음악을 되찾아준 프랭크에게 구혼을 하지만 그는 그녀의 구혼을 거절한다. **나는 사랑을 못 해요.**

사랑을 믿지 않았던 페그는 아들이 어릴 때부터 **사랑을 멀리**하라고 가르쳤다. 대신 어머니는 '바닷가 하얀 집'에서 아들에게 음악의 즐거움을 가르쳐 주었다. 아버지 없이 자란 프랭크는 어머니가 바닷가 저택으로 데려온 여러 남자들에게서 아버지를 찾으려고 노력했다. 어린 아들이 가졌을 법한 오이디푸스 콤플렉스는 교란되었다(나의 적은 누구인가?). 게다가 어머니는 아들의 첫사랑을 방해했다. 그 결과 프랭크는 ⓘ이 없는 남자가 되었다. 브로우크만은 프랭크가 고착되어 있는 백색 기억을 녹색으로 물들일 수 있을까? 평범한 래드릿이지만 ⓘ 없는 남자의 심리를 감상할 수 있는 세부가 가득하다.

ㄴ 뮤직숍 레이철 조이스 지음 조동섭 옮김 밝은세상 2021

└ 라이선스 LP 연대기: 비틀스에서 딥 퍼플까지, 퀸에서 너바나까지
　 윤준호, 윤상철, 김주희 지음　서해문집　2021
└ LP로 듣는 클래식　유재후 지음　등　2020
└ 레코드의 비밀: 클래식 LP 제대로 듣기　곽영호 지음　앨피
　 2016
└ 대중가요 LP 가이드북　최규성 지음　안나푸르나　2014

2021   SEP

                     1   2   3   4
    5   6   7   8   9   10   11
   12   13   14   15   16   17   18
   19   20   21   22   23   24   25
   26   27   28 (29) 30

너 아직도 피아노 치니? 버지니아 로이드가 고등학교 졸업 20주년 동창회에 갔을 때 그녀가 받은 질문은 이것이 유일했다. 그녀는 동창생들이 원하는 요약 보고와 간결한 답변 대신 『피아노 앞의 여자들』이란 책을 썼다. 동창회는 나를 크게 동요시켰다. 내가 동창들이 기억하는 만큼 좋은 피아니스트였다면 왜 직업 피아니스트가 되지 못했을까? 지은이는 대학교에 진학하면서 피아노와 결별하고 영문학을 택했으며, 졸업하고 출판 편집자가 되었다.

　클래식 분야의 직업 연주자 뒤에는 하나같이 극성스러운 부모가 있고, 둘 가운데 한 명은 연주자 경력을 중도에 포기한 이력이 흔하다. 거기다가 부모들이 재력까지 갖추었다면 그들의 자식은 십중팔구 직업 연주자가 되는 교육을 받게 된다. 하지만 버지니아의 양친 가운데는 음악가를 소망했던 사람이 없었고 재력과도 거리가 멀었다. 아버지는 날마다 동틀 때 일어나 날이 저물 때까지 건설 현장에서 일을 했던 '블루 칼라'였는데, 전축을 통해 늘 음악을 들었다. 아버지가 제일 좋아하는 음악은 스윙재즈 전성기의 빅밴드였다. 넬슨 리들, 토미 도시와 지미 도시 형제가 일요일 아침에 자주 우리를 위해 연주했다. 오페라풍 창법은 물에 빠진 고양이 노래에 비견

될지 몰라도, 엘라 피츠제럴드의 스캣 창법은 천재성으로 간주되었다. 나는 베니 굿맨이 듀크 앨링턴을 연주하는 것은 들었어도, 모차르트 클라리넷 콘체르토를 연주하는 것은 듣지 못했다.

지은이가 여섯 살 때인 *1976*년, 아버지는 오스트랄라시아 순회공연 중인 자크 루시에 트리오의 연주회 표를 샀고, 딸은 처음으로 라이브 재즈 콘서트를 감상했다. 라디오로는 이미 들어 봤지만 그날 밤 콘서트에서 들은 바흐 연주는 신비로움 자체였다. 트리오라는 게 무슨 뜻인지 알고 있었음에도, 그 넓은 무대에 겨우 세 명의 음악가들만 있다는 것은 거의 믿기 힘들 정도였다. 어떻게 했는지는 몰라도, 그들은 소리의 온전한 세상을 창조했다. 음악가들이 땀을 흘리거나 옆에 둔 물잔에 손을 뻗는 광경 또한 나를 놀라게 만들었다. 이 남자들은 나에게 마치 신처럼 보였기 때문이다. 그들이 땀이 나고 목마름을 느낀다는 사실은 해방적이었다. 이는 내가 자라면 그들처럼 연주할 수 있을지도 모른다는 희망을 주었다.

버지니아의 부모는 딸이 연주회에 갔다 온 이후로 장난감 피아노에 몰두하는 모습을 보고 일곱 살 때 피아노를 사주었다. 아버지와 함께 피아노 전시장에 간 그녀는 스테인웨이·뵈젠도르퍼·가와이·빌스 피아노를 지나 마음에 드는 적갈색 야마하 피아노 앞에 앉았다. 시험 삼아 뭔가 연주해보라는 아버지의 말에 그녀는 초보자용 악보집에 나오는 것 가운데 외우고 있던 멜로디를 쳐보았다. 손가락이 꼬여 음을 잘못 연주한 그녀는 *아얏! 잘못 눌렀어!* 하며 그 멜로디를 다시 연주했다. 그러자 아버지 옆에 딱 들러붙어 있던 판매원이 이렇게 말했다. 중요한 것은 이 아이가 자신이 실수했다는 사실을 안다는 것입니다. 아버지는 판매원의 말을 딸의 조숙한 재능에 대한 칭찬으로 해석했고, 곧바로 그 피아노를 샀다. 노벨 판촉상이 있다면 저 판매원의 것이다.

절대음감마저 지녔던 지은이는 초견 연주에 뛰어나다 보니 열 살 때부터 인근의 바이올리니스트, 가수, 플루티스트 들의 단골 반주자가 되었다. 그녀는 교회와 지역 사회의 행사장, 교내 연주회의 스타였고 피아노 덕분에 학교에서 **제일 쿨한 여자애들**의 박해에서 면제되는 덤도 얻었다. 하지만 행운은 거기까지였다. **경쟁을 혐오했던** 그녀의 성격도 원인이지만, 부모에게는 딸을 피아니스트로 만들겠다는 열망도 재력도 없었다. 일례로 그녀는 열두 살 때 처음으로 피아노 경연 대회에 나갔는데, 그녀의 복장은 연주회 예복을 차려입고 나온 다른 소녀들과 전혀 달랐다. 바지, 반소매 면 티셔츠, 갈색 단화. 그녀의 피아노 선생이 보기에 제자의 옷차림은 **음악 경력의 주요 장애물**이었다. 하지만 이 모든 이유는 아직 핵심에 다다르지 못했다.

볼프강 아마데우스 모차르트에게는 그보다 네 살 많은 마리아 안나 모차르트라는 누나가 있었다. 이들의 아버지인 레오폴트는 안나가 세 살 때부터 피아노를 가르쳤고, 안나가 열두 살이 되었을 때 그녀가 유럽 최고의 피아니스트들 중 하나라고 선언했다. 안나와 모차르트는 매니저인 아버지와 함께 유럽 순회공연을 다녔다. 하지만 레오폴트는 **성인 여성이 대중 앞에서 공연하는 것은 수치스러운 일**이라고 생각했고, *1769년 12월* 이탈리아 공연을 하러 떠나면서 딸을 집에 남겨 두었다. 마차가 떠나자 그녀는 흐느끼며 쓰러졌다. 이후 그녀는, 두 번이나 아내와 사별하고 다섯 아이를 둔 판사와 결혼해 세 명의 아이를 낳아 기르며 피아노 교사 노릇을 했다.

1777년 10월, 모차르트는 자신에게 깊은 인상을 준 수제 피아노 업자 요한 슈타인을 만나기 위해 바이에른 선제후국의 도시 아우크스부르크를 방문했다. 이때 슈타인은 대중공연에 익숙했던 자신의 딸 나네테에게 모차르트 앞에서 피아노 연주를 해 보라고 시켰다. 모차르트는 아버지 레오폴트에게 보낸 편지에 그 **아이는 여덟 살이고 천재성을 갖고 있죠**라고 썼다. 하지만 그녀 역시 모차르트의 누나처럼 직업 연주자가 되지 못했다. 아버지의 사업을 이어 받은 나네테는 1794년, 수제가 아닌 대량 생산을 목표로 하는 최초의 피아노 공장들 가운데 하나를 운영했다. 19세기 중반부터 피아노가 대량 생산되면서 악보 출판이 성장하고 피아노 교사의 수효가 급증했다. 음악에 재능이 있는 여성들은 **음악계의 새로운 최하층 계급을 창출했으니** 그들이 바로 그 시기의 서양 소설에 빈번하게 등장하는 **개인 피아노 교사**다.

피아노의 대량 생산과 판매가 악보 출판을 번성시키자 **즉흥연주는 공연에서 사라지고, 표기된 음악에 대한 문자 그대로의 신봉이 이를 대체했다.** 오늘날에는 바흐를 천재적 작곡가로 알지만 18세기 전반에는 특출한 즉흥연주가로 여겨졌다. 자크 루시에가 **바흐의 작품들을 재즈 즉흥연주의 기초로 사용한** 것은 놀랄 일이 아니다. 순수하게 즉흥연주인 피아노 솔로 공연으로 명성을 쌓은 키스 재럿은 즉흥연주를 체계적으로 배제해온 클래식 음악계의 반대편에 있다. 지은이는 십 대 시절 반주자로 활동할 때부터 즉흥연주를 좋아했다는 것을 뒤늦게야 알게 되었다. 하지만 당시의 재즈 밴드들 중 어디에도 여성 피아니스트는 없었고, 심지어 **아버지의 레코드 수집품의 밴드들에서도 여성 피아니스트는 한 명도 없었다.**

서른여섯 살 때 시드니에서 뉴욕으로 이사를 한 지은이는 뉴욕에서 재즈 워크숍에 참여했고, 마침내 재즈 밴드의 피아노 연주자가 되었다.

└ 피아노 앞의 여자들 　버지니아 로이드 지음 　정은지 옮김
　앨리스 　2019

2021   OCT

					1	2
3	4	5	6	7	8	9
10	11	12	13	14	15	16
17	18	19	20	21	22	23
24	25	26	27	28	29	(30)
31						

*12*84년, 현 독일 중북부 니더작센주에 위치한 하멜른이란 도시에서 발생한 '피리 부는 사나이와 어린이 실종 사건'은 그림 형제가 수집·정리한 『독일 설화집』(1816)에 실려 전 세계로 퍼져나갔다. 하지만 저 사건은 그림 형제가 설화집을 내기 이전부터 독일 전역에 퍼져 있었고, 사건 발생 이후 수수께끼를 풀기 위한 노력이 끊인 적이 없었다. 이 사건을 언급하거나 연구한 인물 가운데는 마르틴 루터(1483~1546)와 라이프니츠(1646~1716)도 있다.

아베 긴야의 『하멜른의 피리 부는 사나이』는 이 사건을 기록한 가장 오래된 자료로 세 가지를 거론한다. 하멜른에서 가장 오래된 마르그리트 교회의 유리그림과 거기에 붙은 설명문(1300년경), 하멜른의 교회에서 사용된 미사서 표제지에 붉은 잉크로 쓰인 라틴어 시(1384년경), 뤼네부르크 수서본(1430~1450년경). 가장 오래된 두 자료는 아주 간단한 두 가지 사실만을 알려준다. ①1284년 6월 26일 '요한과 바울의 날'에 ②하멜른 시내에서 130여 명이 어린이가 사라졌다.

앞선 두 자료보다 약 60~150년 뒤에 기록된 마지막 자료는 위의 사실에 다음과 같은 살을 붙였다. **서른 살 정도로 보이는 젊은 남자가 베저 문에서 다리를 건너 시 안으로 들어섰다.**

잘생긴 얼굴에 멋진 옷을 걸치고 있는 그를 보고 사람들은 입을 쩍 벌렸다. 남자는 묘하게 생긴 은피리를 불며 거리를 걸었다. 그러자 그 피리 소리를 들은 어린이 130명이 그 남자를 따라나섰다가 동문을 지나 칼바리오 또는 처형장 부근에 이르러 갑자기 모습을 감추었다. 아이들이 어디로 갔는지 아무도 본 사람이 없었다. 부모들은 거리를 뛰어다니며 아이들을 찾았지만 허사였다. 앞의 두 자료에는 없고 뤼네부르크 수서본에만 나타나는 ③이 있으니, 바로 '피리 부는 사나이'의 존재다.

민담·동화·신화·전설·역사는 모두 이야기로 구성되어 있지만, 민담·동화·신화가 허구인 반면, 전설·역사는 사실로부터 시작한다. 전설과 역사의 차이는 전자가 문서화되지 않았다면 역사는 문서화된 기록이라는 점이다. 그런데 전설은 또 하나의 이야기라고 볼 수 있는 소문과 매우 비슷한 공통점을 갖고 있다. 시간이 흐를수록 이야기가 단순해지거나 풍부해진다는 것이다. 독자들은 이 법칙 가운데 이야기에 살이 붙는 경우를 확인했다. 하멜른의 어린이 실종 사건을 기록한 최초의 두 문서는 ①과 ②만 적고 있으나, 그보다 훨씬 뒤에 나온 뤼네부르크 수서본에서는 ③이 덧붙여졌다.

사건이 일어난 때와 근접한 기록일수록 사실성이 더욱 높다고 보는 것이 일반적이다. 하지만 오히려 시간이 흐를수록 새로운 증거와 연구 노력에 의해 최초에는 알 수 없었던 사건의 전모가 밝혀질 수도 있지 않느냐라는 논리적 반론도 있을 수 있다. 그렇다면 하멜른에서 벌어진 이 사건의 경우, 어린이를 유괴한 장본인이 피리 부는 악사였다는 훗날의 발견에는 얼마만큼의 신빙성이 있을까?

　중세에는 오늘날의 아이돌 연습생만큼 많은 유랑악사들이 있었다. 이들의 기원에 대해서는 여러 가지 설이 있는데, 그 가운데 하나로 고대 로마의 배우·마술사·곡예사가 꼽힌다. 로마가 패망하자 모든 도시의 극장이 소실되어 일자리를 잃은 이들이 시골 마을이나 게르만 부족 진영에서 연극을 상연하다가, 언어의 장벽을 쉽게 넘을 수 있는 악사로 변신했다는 것이다. 중세에는 여흥이라고 해봤자 가무밖에 없었기 때문에 유랑악사의 인기도 높았을 법하지만, 정주를 기본으로 삼았던 농경사회는 유랑생활을 하는 이들을 두려워하며 멸시했다. 게다가 유랑악사는 교회로부터도 배척받았다. 카를로 긴즈부르그의 『마녀와 베난단티의 밤의 전투』가 훌륭히 설명하듯이, 중세 유럽은 도시·지배층과 농촌·민중이 서로 다른 신앙을 믿는 이중 구조였다. 교회는 유랑악사를 이교 신앙을 품은 채 서민들에게 이교 문화를 전달하는 무당으로 보았다.

　지은이는 하멜른의 어린이 실종 사건에 유랑악사는 거의 아무런 관계가 없다면서 그럼에도 그 사건이 후일에 '하멜른의 피리 부는 사나이'의 전설로 알려지기에 이른 것은 유랑악사가 사회적으로 소외된 존재였기 때문이라고 말한다. 유대인과 유랑예인은 교회나 사회의 차별받는 천민이자 악행의 상징으로, 모든 불행한 사건의 책임을 전가시키는 대상이었다는 것이다.

　뤼네부르크 수서본보다 110년이나 더 늦게 쓰인 『짐메른 백작 연대기』(1565년경)는 시간이 흐르면서 원본이 과장되게 부풀어 오르는 소문의 법칙을 실감하게 해준다. 이 연대기에 따르면, 하멜른 시에 쥐가 들끓자 쥐를 퇴치해 주겠다는 낯선 남자가 나타나고, 남자의 제안에 귀가 솔깃해진 시민들은 쥐를 물리쳐주면 보수를 주겠다고 약속한다. 남자가 피리를 불며 도시의 모든 쥐를 모아 가까운 산에 매장하였으나, 시민들은 약속한 보수를 주지 않았다. 그러자 남자는 피리 소리로 도시 안의 어린이들을 꾀어 산속으로 사라지고 말았다. 『짐메른 백작 연대기』에서 최초로 ④'쥐 사냥꾼'이라는 모티브가 등장해 '피리 부는 사나이'와 결합된다. 이런 결합에는 당시 '시민'이라고 불렸던 지배층에 대한 하층 민중들의 조롱이 반영되어 있다. 연대기를 쓴 귀족 출신 저자는 자신도 의식하지 못한 채 글을 쓸 줄 모르는 민중의 도구가 되어, 길거리에 떠도는 민중의 이야기를 역사로 남겼던 것이다.

이것으로 피리 부는 사나이에 대한 소문은 완성되었을까. 나카야마 시치리의 추리소설 『하멜른의 유괴마』는 2013년 일본에서 일어났던 자궁경부암 백신 부작용 사고가 큰 줄기다. 하멜른의 피리 부는 사나이 모티브를 살짝 활용한 작가는 등장인물을 내세워 앞서 나온 하멜른 전설의 세 가지 설을 복기한다. 그런 다음, 새로운 설을 소개한다. **피리 부는 사나이란 정신 질환을 앓던 소아성애자였다. 그는 하멜른에서 아동 130명을 유괴해 자신의 비뚤어진 욕구를 충족했다.** 나카야마 시치리는 하멜른 전설에 나오는 피리 부는 사나이에 ⑤소아성애자라는 성격을 새롭게 부여했다. 이것도 좀 있으면 전설의 일부가 되겠지.

ㄴ 하멜른의 피리 부는 사나이 아베 긴야 지음   양억관 옮김
　　　한길사   2008
ㄴ 마녀와 베난단티의 밤의 전투 카를로 긴즈부르그 지음   조한욱
　　　옮김   길   2004

2021 　　NOV

　　　1　2　3　4　5　6
7　8　9　10　11　12　13
14　15　16　17　(18)　19　20
21　22　23　24　25　26　27
28　29　30

아일랜드의 독립운동가이자 언론인이었던 *T. P.* 오코너
는 *1888*년 런던에서 『스타』를 창간하고 편집장을 맡
았다. 그는 조지 버나드 쇼에게 정치부 기자를 맡겼다. 그러
자 레닌보다 *14*년 먼저 마르크스를 읽었다고 자부하던 쇼는
기회만 생겼다 하면 기사에 사회주의를 설파했다. 그것이
마땅치 않았던 편집장이 쇼를 쫓아내려고 하자, 일자리가
아쉬웠던 그는 문예란으로 옮겨 일주일에 두 번 음악 관련
기사를 쓰겠다고 제안했다. 쇼는 *1889*년부터 *2*년 동안 『스
타』에 음악평을 썼고, 자리를 『월드』로 옮겨 *1894*년 *8*월까
지 고정적으로 음악평을 썼다. 이때 쓴 음악평은 몇 권의 책
이 될 정도인데 『쇼, 음악을 말하다』가 그 가운데서 중요한
것을 모았다.

　　쇼는 아일랜드 더블린에서 태어났다. 아버지는 귀족 가
문에서 태어난 낙천적인 알코올중독자였고(이 영향으로 쇼
는 평생 술을 입에도 대지 않았다), 어머니는 곡물 사업으
로 돈을 번 집안의 딸이었다. 쇼의 아버지는 술에 취하지 않
은 날이 없었고, 그 때문에 어머니는 음악을 도피처로 삼았
다. 노래를 잘했던 어머니는 조지 존 밴덜러 리라는 미혼 남
성에게 성악을 배우기 시작했다. 리는 음악 교습뿐 아니라
콘서트 기획자이자 아마추어 오케스트라의 지휘자로도 활

동했다. 솔로 가수(메조소프라노)가 된 쇼의 어머니는 리의 조수로 그의 업무를 도우다가, 마지막엔 가족을 모두 데리고 리의 집으로 합쳤다. 평전『버나드 쇼: 지성의 연대기』의 한 대목을 보자. 그의 어머니와 그녀의 스승 리의 동업은 그의 삶에 지대한 영향을 미쳤다. 집 안에서 오페라, 콘체르토, 오라토리오가 끊임없이 연주되다 보니 쇼는 열다섯 살이 되기도 전에 헨델에서 베르디, 구노에 이르는 대가들의 곡을 거의 외우다시피 했고 그러한 곡들을 처음부터 끝까지 휘파람이나 노래로 따라 부를 수 있었다. 쇼가 가장 사랑한 음악가는 모차르트였다. 그는 오페라 「돈 조반니」를 통해 어떻게 하면 진지하면서도 따분하지 않게 글을 쓸 수 있을지를 배웠다. 어린 시절 리에게서 받은 음악교육은 훗날 쇼의 자산이 되었다.

쇼를 문예란을 내쫓은 편집장은 음악 평론이라면 읽기도 힘들뿐더러, 읽더라도 알기 힘든 용어들이 난무하는 글이라고 생각했다. 그래서 쉽게 써야만 한다는 조건을 내걸었고, 쇼는 귀가 들리지 않는 사람도 능히 읽을 수 있는 음악 평론을 쓰겠다고 약속했다. 그는 음악 평론에 어울리는 필명을 찾다가 외국 이름처럼 들리는 '코르노 디 바세토'(corno di bassetto)로 결정했다. 코르노 디 바세토는 '바셋 호른'으로 불리는 악기의 이탈리아 이름이다. 모차르트는 이 악기를 위해 클라리넷 협주곡(KV622)을 작곡했으며, 「레퀴엠」 도입부에도 이 악기가 나온다.

『쇼, 음악을 말하다』는 1889~1894년 동안 영국에서 열린 각종 음악회의 현장 비평을 담고 있다. 이례적이라면 1894년 바이로이트 축제에 참관하고 쓴 두 편의 글인데, 바

그녀 연구서를 내기도 한 열광적인 바그너 추종자인 지은이가 바이로이트 축제를 참관하지 않았다면 오히려 그것이 더 이례적일 것이다. 쇼는 바그너를 비평하는 사람들이 첫걸음부터 헛방을 치는 이유를 이렇게 말한다. **대성당을 '개혁된 채석장'이라고 부를 수 없듯이 음악극은 이제 더 이상 '개혁된 오페라'가 아니었다. 새로운 형태의 예술을 마치 옛것의 개정판인 양 여기는 것부터가 잘못이라는 말이다.**

지금으로부터 약 130년 전에 열렸던 음악회의 현장 비평에서 흥미를 느끼기란 쉬운 일이 아니다. 그때는 푸르트벵글러나 카라얀도 없었고, 파블로 카잘스·마리아 칼라스·마르타 아르헤리치도 없었다. 이 책에 나오는 지휘자와 연주자·성악가의 이름은 모두 낯설뿐더러, 음원을 만날 수 있는 연주자라고는 폴란드의 피아니스트 파데레프스키가 유일한 듯하다.

주목할 것은 음악 자체가 아니라 쇼의 현장 비평에 번뜩이는 예술론이다. 그는 모차르트 서거 100주기를 맞이하여 쓴 글에서, 모차르트가 천재였다는 속설을 거부한다. 그는 하나의 시류가 시작되는 지점이 아니라 그것이 발전하는 끝물에 우리 세상에 왔다. 다시 말해 모차르트는 하이든이 교향곡이라는 실질을 담을 수 있는 거푸집을 만든 뒤에 교향곡 39번을 썼으며, 선견지명이 있었던 글루크가 오페라 작곡가로서 목표치가 보이는 곳까지 모차르트를 안내했기에 「돈 조반니」를 쓸 수 있었다. 이런 평은 모차르트를 은근히 깎아내리는 것 같지만 실상은 그렇지 않다. **무릇 예술에서 가장 큰 성공은 본인이 속한 혈통의 시원(始原)이 아니라 마감자가 되는 것**

이다. 그 누구라도 시작은 간단히 할 수 있다. 정작 어려운 일은 더 이상 개선할 수 없는 상태로 끌어올린 뒤 마침표를 찍는 것이다.

베토벤 서거 100주기에 쓴 글에서 쇼는 모차르트가 반바지를 입은 궁정 하인에 가까웠다면, 베토벤은 상퀼로트, 즉 '반바지(culotte)를 입지 않은(sans)' 과격파 공화주의자였다면서, 혁명은 18세기와 19세기를 갈라놓았고 베토벤을 하이든과 모차르트로부터 떨어뜨려 놓았다라고 말한다. 그보다 더 재미난 것은 베토벤이 보기에 모차르트는 하이든보다 더 나쁜 작곡가였다라고 말하는 대목이다. 베토벤에게 모차르트는 장인(匠人) 중의 장인이었지만, 모차르트가 가진 융통성 있는 도덕관념은 역겹고 혐오스러웠다. 도덕률을 우습게 봤고 미덕뿐만 아니라 악덕에도 마술 같은 음악을 붙였기 때문이다. 모차르트로부터 19세기 음악의 모든 가능성을 엿보았음에도 베토벤이 그를 배격할 수밖에 없었던 것은 상퀼로트적 청교도 정신 때문이었다. 이런 고지식함 때문에 베토벤은 「피델리오」라는 단 한 편의 무거운 오페라밖에 남겨 놓지 못했다. 베토벤은 극작가가 되지 못했다. 대신 그의 음악은 당대의 어떤 작곡가도 흉내 낼 수 없는 불온한 힘으로 가득 찼다.

쇼의 비평은 주관적이면서 입법비평(立法批評)의 성격이 강하다. 내 평론 글에 담긴 개인적 감정을 지적하며 마치 내가 경범죄라도 저지른 인사인 양 목소리를 높인 독자들이 있었다. 하지만 그들은 모른다. 개인적 감정을 배제하고 쓴 평론은 읽을 가치가 없는 평론이라는 점을. 좋은 예술 혹은 나쁜 예술을 개인적 차원의 문제로 만드는 능력, 바로 그것이 평론가에게 요구되는 자질이다.

└ 쇼, 음악을 말하다   조지 버나스 쇼 지음   이석호 옮김   포노
   2021
└ 버나드 쇼: 지성의 연대기   헤스케드 피어슨 지음   김지연 옮김
   뗀데데로   2016

2021   DEC

                    1   2   3   4
  5   6   7   8   9 10 11
 12 13 14 15 16 17 18
 19 20 21 22 23 24 25
 26 27 28 (29) 30 31

미래가 점점 다가올수록 우리에게 기시감을 안겨주는 조지 오웰의 『1984』를 꺼냈다. 이 작품은 1949년에 출간됐는데, 세계 최초로 텔레비전이 공개된 것은 1939년 4월 30일 뉴욕 세계 박람회에서였다. 오웰은 텔레비전의 발명을 무색하게 만드는 '텔레스크린'을 내놓았다. 텔레비전은 방송을 내보내기만 하지만, 텔레스크린은 쌍방향으로 되어 있어 그것이 설치된 곳의 소리와 영상을 중앙 통제소로 전송한다. 오웰은 CCTV를 발명했던 것이다.

『1984』에는 영사(英社、Ingsoc)라는 당과 빅브라더라는 인물이 다스리는 일당 독재 국가 오세아니아가 나온다. 이 나라의 인구는 3억 명인데, 이들은 세 계급으로 나누어져 있다. 최상층에 전체 인구의 2퍼센트를 차지하는 내부당원(특별 계층)이 있는데, 이들의 숫자는 600만 명으로 제한되어 있다. 그 아래에 외부당원(일반 당원)이 있는데, 내부당원이 국가의 두뇌라면 외부당원은 수족이다. 외부당원 밑에는 '프롤'이라고 약칭되는 비당원, 즉 대중이 있는데, 그들은 인구의 85퍼센트를 차지한다. 민주주의 국가에서 대중이 존중받는 이유는 그들이 유권자이기 때문이다. 선거가 아니라면 지배층은 형식적으로조차 대중에게 아부할 일이 없다.

오세아니아와 같은 전체주의 국가에는 선거가 없으니

대중을 관리할 필요도 없다. 영사는 프롤이 맡겨진 노동에 충실하기만 하면 무엇을 하든 관여치 않는다. 영사는 프롤을 교육시키지 않으며, 산아제한을 지도하지도 않는다. 프롤이 무지하면 할수록, 또 많은 자녀로 인해 가난이라는 조건에 허덕일수록 지배하기 좋다. 죽게 만들고 살도록 내버려두는 것이 아니라, 살게 만들고 죽도록 내버려두는 것이다. 프롤은 향수를 쓸 수 있고, 간통과 이혼을 할 수 있고, 종교도 가질 수 있다. 다만 이들은 맥주만 마실 수 있다. 진은 외부당원이 되어야 마실 수 있고, 와인은 오로지 내부당원만 마실 수 있다.

영사의 감시 대상은 *15퍼센트*의 내·외부당원이다. 프롤에게 허용되었던 것이 당원에게는 모두 금지다. 게다가 이들의 거주 구역과 가정에는 프롤의 거주 구역과 가정에는 없는 텔레스크린이 설치되어 있어서, *24시간* 동안 감시와 통제를 받는다. 아침 *7시 15분*이 되면 기상 호루라기 소리와 함께 체조 방송이 나오고, 조금이라도 꾀를 피우면 금세 체조 강사의 불호령이 떨어진다. 심장의 박동마저 감지해내는 정교한 텔레스크린은 감시도 하지만, 정부의 선전도 쉬지 않고 쏟아낸다. 이때, 부적절한 표정*(예컨대 적국과의 전투에서 크게 이겼다는 발표를 하는데 믿지 못하겠다는 듯 황당해하는 표정)*을 지으면 '표정죄'로 처벌된다.

빅브라더가 당원을 통제하고 세뇌하는 여러 가지 기술은 이 소설이 나온 지 *70년*이 훨씬 넘도록 빛이 바래지 않고 있다. 예컨대 '*2분간 증오*' 같은 것이 그렇다. 모든 공무원이 정기적으로 수행해야 하는 *2분간 증오*는 종교화된 정치 의례, 또는 정치화된 심령 부흥회를 닮았다. 이 엄중한 의례 때, 윈스턴 스미스는 적국의 원수인 골드스타인에 대한 적의를 줄리아에게 전이하게 된다. 윈스턴은 애써 증오를 스크린에 비친 얼굴에서 자기 뒤에 있는 검은 머리 여자에게 전가했다. 선명하고도 아름다운 환상이 그의 머리를 스쳐갔다. 그는 고무 곤봉으로 그녀를 죽도록 때리고 싶었다. 그는 그녀를 벌거벗겨 말뚝에 묶어놓고 성 세바스찬처럼 화살로 마구 쏘고 싶은 충동을 느꼈다. 그는 그녀를 욕보이고 오르가슴의 순간에 그녀의 숨통을 끊어버리고 싶었다. 국가의 통제가 만들어낸 이 끔찍한 전이로부터 예상치 않은 사랑이 싹튼다.

이 소설에서 가장 기괴한 설정은 영사가 당원을 통제하기 위해 성과 사랑을 박멸하려고 하는 것이다. 영사는 남녀 당원이 사랑하는 관계라는 것이 드러나면 결혼에 필요한 승인을 해주지 않았다. 사랑이나 성적 충동은 개개인에게 자유와 자율의 감각을 일깨워 국가의 세뇌와 명령을 등한시하게 된다. 영사의 고위 간부인 오브라이언은 이렇게 말한다. 성적 충동이라는 것은 결국 근절될 것일세. 출산은 배급 카드를 갱신하는 일처럼 연례행사로 전락하게 되는 거지. 우리는 오르가슴마저도 없앨 거야. 이를 위해 우리의 신경과 전문의들이 지금도 열심히 연구에 매진하고 있다네. 결혼은 출산을 하기 위한 수단이어야만 한다.

오세아니아에서는 당원이 공책이나 필기구(펜)를 소유하는 것도, 일기를 쓰는 것도 중대한 범죄다. 당국에 발각되면 죽음을 면치 못하거나 최소한 25년간 강제노동수용소에서 썩어야 한다. 모든 기록은 오로지 국가만이 남길 수 있기 때문이다. 흥미로운 점은, 이 독재 국가에서는 기록국의 직원들이 글을 쓸 때 '말하기쓰기'라 불리는 받아쓰기 기기를 사용한다는 것이다. 필기구가 금지되는 이유는 개인이 펜을 잡는 순간, 인간의 자율성이 증대되기 때문이다(학생들이 수업 시간에 교과서나 공책 귀퉁이에 연필로 낙서를 끄적이는 사례를 떠올려보라!) 인간의 자율성이 상상으로 치닫게 되면 더 많은 자유를 바라게 된다!

우리는 이제 빅브라더가 당원들에게 혼자 노래 부르는 것을 금지한 이유와 오세아니아에서 옛 동요들을 모조리 사라진 이유를 알게 된다. 홀로 노래 부르는 일은 개인의 내면으로 침잠하는 행위이며 사적인 감정을 배양하는 행위다. 인간의 내면과 감정마저 당과 국가로 흡수하려는 독재 국가가 그것을 좋아할 리 없다. 독재자들은 합창을 좋아한다. 옛 동화를 없애려고 하는 것은 옛 동화, 그리고 많은 노래가 실은 역사이기 때문이다. 예를 들어, 어느 통치자가 조선시대 말기의 동학농민전쟁과 전봉준에 관한 역사를 공식 교과서에서 지워버리고 싶더라도, **새야 새야 파랑새야 녹두밭에 앉지 마라**라는 구전 민요가 남아 있는 한 그의 시도는 성공하지 못한다. 이런 이유로 빅브라더는 오세아니아 이전의 유토피아의 흔적이 남아 있는 옛 동요들을 금지시켰다.

이토록 철저한 통제 국가에서 윈스턴은 **희망이 있다면 그것은 프롤들에게 있다, 미래는 프롤들에게 있다**라고 거듭 확신한다. 그들에게서 혁명이 일어날 것이라는 말이다. 하지만 이 소설에는 프롤 출신의 주인공이 아예 나오지 않을 뿐 아니라, 프롤 계급에 대한 묘사도 썩 긍정적이지 않다. 윈스턴은 무슨 근거로 그런 기대를 품었을까. 아주 가녀린 단서가 있다. 윈스턴과 줄리아는 프롤 구역에 있는 어느 골동품 가게 2층을 자신들의 밀회 장소로 이용했는데, 그들이 그곳에서 밀애를 나눌 때마다, 아이들의 기저귀를 빨랫줄에 널며 쾌활하게 노래하는 프롤 여성이 있었다. 194쪽, 198쪽, 271쪽, 293쪽에서 그녀는 혼자서 노래한다. 프롤에게만 허용된 것이 하나 더 있다. **새는 노래를 불렀고, 프롤들도 노래를 불렀다. 그러나 당은 노래를 부르지 않았다.** 희망과 미래는 노래하는 사람들에게만 있다는 오웰의 턱없는 근거를 믿어도 좋을까.

└ 1984 조지 오웰 지음 이기한 옮김 펭귄클래식코리아 2009

2022   JAN

1
2   3   4   5   6   7   8
9   10   11   12   13   14   15
16   17   18   19   20   21   22
23   24   25   26   (27)   28   29
30   31

학자들은 본래성이라는 기준으로 민요와 대중음악을 양단한다. 예컨대 *19*세기 독일 낭만주의자들은 한 민족 전체가 천재성을 발휘한 유기적·집단적 창작물이 민요라고 생각했다. 민족이라는 본래성에서 태어난 민속음악은 시간을 버티고 살아내며 그 민족의 흥망과 성쇠를 같이한다. 반면 대중음악은 의도적으로 제작된 산업발명품이다. 이런 이분법은 대중음악에 지나지 않는 케이팝에 본래성이 있느냐고 묻는 것을 쓸모없게 한다. 현대 자동차와 삼성 휴대전화는 한국의 수출 효자상품이지만, 한국에 자동차와 휴대전화를 만드는 전통이 있었다고는 아무도 말하지 않는다.

대중 문화산업이 한국보다 더 융성한데도 불구하고 컨트리·블루스·로큰롤·재즈·힙합에는 미국인의 영혼이 담겨 있다고 한다. 하므로 질문은 다시 시작되어야 한다. 케이팝에 본래성, 다시 말해 한국적인 것이 있는가?『케이팝: 대한민국 대중음악과 문화기억상실증과 경제 혁신』이라는 논쟁적인 책을 출간한 존 리는 "음악에는 국경이 없을지 몰라도, 대중음악은 특정 국가 음악일 때가 많다"라고 말하면서도, 케이팝이 그런지에 대해서는 극도로 회의적이다.

존 리는 '케이팝에 한국적인 것이 있는가?'라는 질문이 착각을 유도한다고 말한다. 저 질문은 한국의 가요계를 신구로 나누고 케이팝을 가능하게 한 서태지와 아이들이 등장하기 이전, 즉 1992년 이전의 한국 가요는 '한국적이었을거'라는 착각을 불러일으킨다는 것이다. 하지만 1885년 미국 개신교 선교단이 들어오고, 1920년대 중반부터 일본을 통해 본격적으로 유행가가 인기를 얻으면서 한반도에서 천 년 동안 구축된 고유한 소리풍경(soundscape)은 사라졌다. 찬송가와 창가가 보급되면서 한국인은 고유의 5음계를 버리고 서양의 7음계를 받아들였다. 이처럼 음악이 뿌리부터 바뀌었는데도 한국인들은 저런 억지스러운 질문을 좋아한다.

한민족이 오랫동안 가꾸어 온 조선 시대의 소리풍경은 이러했다. 유교, 지배층 음악에서 가장 중요한 범주는 정악(정통음악)이었다. 지식인들은 여러 세대에 걸쳐 음악 교육을 필수 양반 교육 과정에 집어넣었다. 예술 음악도 권력의 소리인 지배층 음악이었다. 정악과 지배층 음악 전반에 존재하는 아폴론적 미덕과는 반대로 형식과 지성보다 표현과 감정을 중시하는 디오니소스적 특징이 민속음악(민중음악)을 지배했다. 지배층인 양반들이 정악을 통해 자기 수양을 했다면, 평민들은 정악보다 더 다양한 장르의 민속음악을 즐겼다. 지금은 상상할 수 없지만 그 시절에는 신분과 음악이 사회 조직상 일치했지만, 현재는 신분고하와 상관없이 노래방에서 똑같은 노래를 부른다. 오히려 부르는 노래가 달라지는 기준은 세대다.

조선 시대의 소리풍경과 당대의 유럽 고전음악은 다른 게 있다. 유럽 낭만주의 자율음악 또는 절대음악 개념과는 반대로 한국 전통음악은 국가 제례 음악이든 농경 축제용 농악이든 사회문화 배경과 얽히고설킨 상태였다. 조용히 사색하며 유럽 고전음악을 듣는 종교에 가까운 행위, 이야기나 춤을 곁들이지 않은 음악 연주, 배경에 매이지 않은 자율음악 개념 같은 관행과 사상이 국악에는 하나도 없었다. 정교한 악보가 있는 양반음악조차도 즉흥에 기반했다.

악보에 기반한 '음악'이라는 개념은 서양 음악이 도입되면서부터 생겨났다. 음악이라는 한국어가 원래 양악(洋樂) 즉, 서양 음악과 동의어라는 사실이 이를 입증한다. 농경 생활이 쇠퇴하면서 농악이 사라졌듯, 유교 제례음악과 유교식 사회질서도 함께 쇠퇴했다. 대한민국 현대인에게 한국 전통음악은 낯선 소리풍경이다. 현대 한국인의 삶에는 리듬앤블루스와 레게, 벨칸토 오페라와 피아노 소나타가 포함되어 있다. 반대로 국악은 상상 속 박물관이며 그마저도 잘 갈 일이 없는 것이다. 젊은 국악인들이 서양 소리풍경에 젖은 한국인들의 취향에 맞게 바꾸어놓는 작업으로 인기몰이를 하기도 하지만 그 정도로는 파열된 소리풍경을 복구할 수 없다.

한국 전통의 소리풍경은 일제 지배를 받던 시절에 이어 해방이 되고 미국 대중문화가 들어오면서 다시 한번 크게 바뀌었다. 해방 직후 나온 가수들은 대부분 대놓고 모방을 했고, 이름부터 모방으로 시작했다. 1945년 이전 미국 대중음악을 잘 아는 조선인은 거의 없었을 터다. 그러나 1960년대 대한민국 도시인 중에는 팻 분이나 패티 페이지, 도리스 데이, 냇 킹 콜 등을 대충이라도 아는 사람이 꽤 있었다. 휘황찬란한 미국 대중음악계에 빠져 빅밴드 재즈나 가슴 아픈 발라드를 듣는 청년들도 있었다.

달라진 것은 소리풍경만이 아니다. 지은이는 유교가 대한민국에서 살아남아 번성했다면 케이팝은 불가능했을 거라면서 케이팝은 유교 계율을 거의 전부 깨뜨린다라고 말한다. 유교가 엄존했다면 케이팝 가수들은 매춘부나 불가촉천민 취급을 받았을 것이므로 선뜻 노래를 하겠다고 나서는 사람이 없었을 것이다. 옷과 춤은 단정하게 하고(맨살을 드러내거나 성적 암시가 있는 동작을 하지 말고) 부모님이 주신 얼굴과 몸에 손을 대서도(성형수술을 해서도) 안 되었을 테고 말이다. 케이팝 주요 주제에 속하는 연애도 유교 도덕에 반하는 개념이며, 전통을 벗어난 현대 한국인들이 하는 사랑 이야기는 유교 전통이 가하는 구속과 정반대이다. 케이팝은 한국의 모든 전통과 절연하고서야 가능했다. 이 책은 한국인들이 케이팝만 아니라 사회·경제·정치·교육·문화 등 모든 분야에서 한국적인 것과 연을 대고 있다는 착각 속에 살고 있다고 꼬집고 있다.

지은이는 케이팝에 붙은 '케이'(K)는 한국 문화나 전통보다 오히려 『자본론』과 더 밀접한 관계가 있다면서, 케이팝은 소비자를 만족시키려는 대한민국 문화 산업이 낳은 결과물이다. 여기에 문화나 미학, 정치 또는 철학 안건은 없으며, 관련된 어떠한 포부도 없다. 최소한 의도 면에서 케이팝은 예술이나 미, 숭고함, 초월을 추구하지 않는다. 케이팝이 하는 일은 그저 사업에 불과하다고 말한다. 똑같은 문화산업이면서도 컨트리·블루스·로큰롤·재즈·힙합이 본래성의 음악인 것은 수출 지향성 산업인 케이팝의 특수성에 비추어보아야 해답이 나온다. 컨트리·블루스·로큰롤·재즈·힙합이 전 세계로 퍼진 것은 맞지만, 그 음악이 자신이 태어난 땅을 떠난 적은 없다. 애초에 케이팝은 제이팝 따라잡기로 시작했지만, 왜 제이팝이 세계무대에서 빛을 보지 못했나. 이 책 187쪽과 213쪽에 지은이의 설

374

명이 있다.

└ 케이팝: 대한민국 대중음악과 문화 기억상실증과 경제 혁신   존 리
지음   김혜진 옮김   오인규 감수   소명출판   2019

2022   MAR

             1   2   3   4   5
6   7   8   9   10 11 12
13   14 15 16 17 18 19
20   21 22 23 24 25 26
27   28 (29) 30 31

한때 영국과 미국에서는 '쿨'(Cool)이라는 개념 없이는 그 어떤 문화 현상도 설명하지 못하던 시기가 있었다. 특히 1950년대부터 1990년대까지 쿨의 위세는 대단했다. 그 시절은 초등학교 운동장에서부터 대학의 강의실에 이르기까지 '좋다', '근사하다', '패션이 멋지다'라는 의미로 쿨을 들먹였다. 하지만 이 단어가 단순하게 '좋다'를 뜻하지 않는다는 것에 유의해야 한다. 소문자 cool이 백포도주를 숙성하기에 좋은 온도를 가리킨다면, 대문자 Cool은 **공식적 가치에 진지하게 맞서는 대안적 가치의 집합개념**이기 때문이다.

『세대를 가로지르는 반역의 정신 cool』은 20세기 중반부터 약 50년 동안 청년 문화의 핵을 이루었던 쿨을 비판적으로 고찰한다. 결론을 앞질러 말하면, 서아프리카의 고대 문명에서부터 이어져 내려온 쿨은 대처가 영국 수상이 되고(1979), 레이건이 미국 대통령이 되면서(1981)부터 시작된 신자유주의 시대에 사망을 선고받았다.

많은 연구자들은 쿨이 20세기 중반에 미국의 대중문화에 의해 재창조된 개념이기는 하지만, 그 기원은 아프리카에 있다는 것을 지지한다. 예를 들어 미술사가인 로버트 패리스 톰프슨은 1979년과 1984년에 잇달아 낸 두 권의 저서에서, 서아프리카에 최초의 도시 국가를 건설했던 요루바와 이그보 문명의 핵심 가치였던 '이투투'(itutu)라는 개념이 쿨의 기원이라고 말한다. 이투투는 유머와 유희를 토대로 친화력 있고 정다운 성격, 싸움과 분쟁을 해소하는 능력, 관대하고 우아한 자질이다. 이투투는 겉으로 보이는 아름다움보다는 내적인 인격에 더 가치를 두며 신성한 가치와 접선하려고 한다.

콜럼버스의 신대륙 발견과 노예무역은 이투투를 미국에 옮겨 심었다. 미국으로 팔려 간 아프리카 흑인들은 오늘날 쿨이라고 지칭되는 것과 똑같은 태도를 통해 영혼의 존엄성을 보호하려고 했다. 흑인들은 농장 주인의 가혹한 지배를 견뎌내기 위해 비밀스럽게 공유되는 그들만의 냉소와 방어 의식을 가다듬었다. **노예들은 백인 지주 앞에서 복종에 대한 희화화와 역설적 악역이라는 쿨한 가면을 씀으로써 그들이 느꼈던 모욕과 분노, 고된 육체적 처벌을 전복하려는 직설적인 감정을 감추었다.** 흑인은 백인의 인종차별과 박해로부터 자존심을 지키는 수단으로 비순응과 거리두기라는 쿨의 태도를 양식화하고 내면화했다.

쿨과 유사한 태도를 백인 문화에서는 찾아볼 수 없다고 말하는 것은 공정하지 못하다. 그 가운데 하나가 르세상스 시기 이탈리아 귀족에게 두드러지게 나타났던 스프레차투라(sprezzatura)이다. '비난하다, 경멸하다'라는 어원을 가진 스프레차투라는 어려운 일을 수행하는 데 드는 노력을 노련하게 숨겨서 하나도 어렵지 않은 것처럼 행동하는 고상한 태도를 일컫는다. 자신의 외향적 성공을 우습게 여기는 이런 태도는 역으로 자신의 내면(자아)을 소중하게 여긴다. 훗날 스프레차투차는 영국의 귀족들에게 영향을 주어 나르시시즘과 냉담함, 위트와 쾌락주의가 혼합된 개성을 낳는다.

19세기에 태어난 낭만주의도 쿨과 유사하다. 이상 세계 (유토피아)를 추구하면서 속악한 현실을 거부했던 낭만주의자들은 비순응과 거리 두기라는 쿨의 핵심을 공유한다. 19세기 낭만주의자들의 이런 특질은 1960~1970년대의 히피들에게서 다시 구현되지만, 서구 사회 전체에 현대적 쿨의 주요 주제와 행동 양식의 씨앗을 뿌린 것은 1차 세계대전이다. 1차 세계대전은 복종과 자기부정이란 19세기의 잔재를 파괴했고, 부르주아지와 기성세대에 대한 조롱과 공격을 감행했다. 히피 이전에 다다이스트가 있었고, 1960년대의 반문화가 있기 전에 1차 대전 후의 아방가르드가 있었던 것이다. 1차 대전을 겪은 젊은 세대에 의해 쿨의 씨앗이 뿌려졌으나, 30~40년이 지난 후에야 그 효과를 볼 수 있었던 것은 그 기간에 공산주의와 파시즘이 청년들을 현혹시켰기 때문이다.

1999년 3월에 세계 최대의 의류 브랜드이자 카우보이와 십 대에게 청바지를 조달하던 샌프란시스코의 리바이스사가 미국 공장 절반을 휴업한다고 발표했다. 공식적인 이유는 판매 부진(1990~1998년 리바이스사의 시장점유율은 반으로 줄었다)이지만, 정작 심각한 이유는 리바이스 청바지가 더 이상 쿨하지 않게 된 것이다. 리바이스의 쿨한 이미지는 푸른 천으로 직조된 청바지에서 나온 것이 아니라, 청바지가 노동자 계급과 연관되어 있는 의상이어서였다. 다시 말해 *1950~1960*년대 중산층 아이들에게 회색 플란넬이 아닌 푸른 데님은 부모세대에 대한 반역을 뜻했다. 하지만 세월이 흘러 가장 성공한 사람들이 입는 유니폼이 청바지가 되자 그 아랫세대는 청바지를 그냥 입지 않고 구멍을 뚫거나 찢어서 입는 것으로 반발을 표시했다.

리바이스 청바지의 사례는 쿨의 핵심이 철저히 세대론적이라고 말해준다. 나이가 들면 더 이상 쿨해질 수 없다. 바로 여기서 쿨의 역사는 곧 음악의 역사라고 말할 수 있게 된다.

음악이 세대 사이에 문화 투쟁이 벌어지는 최전선이기 때문이다. 실제로 재즈를 빼고 나면 미국에서 쿨이 형성되고 확산된 역사가 사라지고 만다. 재즈 뮤지션들은 백인 청중에게 뜨거운 음악을 선사했지만, 무대 밖에서는 쿨한 인생을 살았다(무대에서는 광대 행세를 한 루이 암스트롱이 그랬다). *1940*년대에 출현한 비밥은 앞 세대와 완전히 절연하는 스타일을 선보였고, 마일스 데이비스가 *1949*년에 발표한 앨범「쿨의 탄생」(*Birth of the Cool*)은 비밥에 반기를 들면서 새로운 청중을 규합했다. 젊은 세대는 재즈(*1950*년대), 록(*1960*년대), 펑크(*1970*년대)를 영접하면서 **'진짜' 쿨한 것은 자신들만이 이해하는 순수하고 본질적인 어떤 것**이라고 믿었다.

쿨은 기성의 것에 비순응적인 태도이며 자기 자신은 물론 그 어떤 사회적 행동주의와도 거리를 둔다. 예를 들자면 *1960*년대 후반 미국의 반문화 참여자들은 체 게바라에 대해 열광했지만, 반역의 상징인 체의 개인성에 대한 열광이었지 사회주의 혁명에 대한 것이 아니었다. 오히려 쿨에 침윤된 세대는 탈정치적이고 개인적이 된 때문에 복지를 축소하고 경쟁을 권장하는 신자유주의 이데올로기에 효과적인 저항을 하지 못했다. **쿨은 경제적·사회적 자유방임주의 모두를 포용함으로써, 그리고 도덕주의나 '가족주의 가치관'이 아닌 정부의 감시와 간섭에 대한 극우파의 불신을 공유함으로써 자유주의적 선택을 지지했다.** 이 책의 지은이들은 앞 세대가 잃어버린 위반과 반항의 쿨 정신이 힙합 문화에서 되살아나고 있다고 본다.

└ 세대를 가로지르는 반역의 정신 cool   데이비드 로빈스, 딕 파운틴 지음   이동연 옮김   사람과책   2003

2022   APR

| | | | | 1 | 2 |
3 | 4 | 5 | 6 | 7 | 8 | 9
10 | 11 | 12 | 13 | 14 | 15 | 16
17 | 18 | (19) | 20 | 21 | 22 | 23
24 | 25 | 26 | 27 | 28 | 29 | 30

무려 *24*인의 저자가 케이팝의 역사를 기술하기 위해 한 권의 책에 모였다. *1992~2020*년 사이에 발표된 케이팝을 대상으로 *100*곡의 명곡을 선정하고 순위를 매기는 일에 참여했던 필자들은 선정된 곡마다 정성 들여 리뷰를 썼다.

이 책의 의미를 찾으라면, 순위별로 목차를 만들지 않고 노래가 발표된 시간순으로 *100*곡을 소개한 것을 꼽을 수 있다. 바로 그 때문에 서태지와 아이들의 '난 알아요'*(1992. 3. 23)*는 대중음악 평론가, 음악방송 관계자, 음악산업 관계자들로 이루어진 *35*명의 선정위원으로부터 *21*위라는 순위를 얻었으나 이 책의 제일 첫머리에 나온다. 반대로 방탄소년단의 '*Dynamite*'*(2020. 8. 24)*는 그들의 곡으로 순위에 오른 다섯 곡 가운데 가장 높은 *5*위에 올랐으나 이 책의 가장 마지막을 장식한다. 이런 배열은 독자들이 순위에 관심을 빼앗기기보다, 케이팝의 진화 과정과 연결고리를 정교하게 재구성하고 조감할 수 있게 해준다.

지금까지 한국의 대중음악은 '가요'*(歌謠)*라는 보통 명사로 자신을 나타냈다. 이미자·나훈아·신중현·조용필·산울림은 가요다. '대중음악＝가요'였다. 하지만 서태지와 아이들이 등장하면서 대중음악은 가요와 가요로 묶이지 않는 또 다른 대중음악으로 분화했다. '난 알아요' 이후 모든 게 바뀌었다. 이들의 영향력은 30여 년이 흐른 지금까지도 살아 있다. 오늘날 케이팝 중심의 음악 시장은 사실상 이들로부터 비롯되었다고 해도 무방하다. '난 알아요'를 기점으로 가요 팬의 세대 분리가 이루어졌다. 이들의 음악과 춤에서는 가요 팬들이 그토록 선망하던 본고장의 느낌이 났다. 서태지는 멜로디가 아닌 랩을 중심으로 곡을 구성해 우리말로 하는 랩도 그럴듯하다는 걸 몸소 증명했다. 훗날 세계인을 들었다 놨다 하게 될 케이팝은 그렇게 태어났다. 케이팝의 신화는 이 노래에서 시작되었다. (정민재)

서태지와 아이들 이전의 가요는 어른과 아이가 함께 들었다. 그때는 대중음악이 한 국가 안에 혼재하는 세대와 세대를 통합하는 공통 매체였다. 하지만 대중미디어가 발달하고 청소년이 구매력을 갖추기 시작하면서 세대를 통합해온 대중음악은 오히려 세대와 세대를 가르는 절단선이 된다. 미국은 이런 과정을 우리보다 먼저 경험했다. 엘비스 프레슬리가 나오면서 프랭크 시나트라와 패티 페이지를 함께 듣는 균질한 청중은 사라졌다. 부모들이 자녀가 무슨 음악을 듣는지 신경을 곤두세우며 검열을 하기 시작한 것도 이때부터다. 서태지 신드롬이 경제적 풍요를 바탕으로 소비를 지향했던 X세대의 탄생과 맞물려 있다는 사실은 대중음악과 사회·경제의 긴밀한 연관을 보여준다.

'난 알아요'에는 케이팝의 지향점과 특징이 모두 들어 있다. 일반 대중이 랩이 무엇인지도 모르던 시절에 서태지는 멜로디가 아닌 랩을 중심으로 곡을 구성했는데, 100대 명

곡으로 선정된 대부분의 곡은 어떤 식으로든 랩을 수용하고
있다. 또한 이 노래는 케이팝을 댄스 음악 일변도로 이끄는
데 커다란 역할을 한데다가 양현석과 이주노의 격렬한 브레
이크 댄스는 케이팝하면 떠올리게 되는 퍼포먼스의 힘을 미
리 보여준다.

많은 이들이 지적하듯이 케이팝은 **트랜드를 선도하는 화
려한 사운드**(황선업)와 여러 가지 사운드를 말도 안 되는 방
식으로 붙여 놓는 **어이없는 접합**(정구원)을 표나게 내세운
다. 케이팝의 음악적 방법론은 다양한 정서와 순간을 조합
해 한꺼번에 전달하는 **한편의 뮤지컬**(미묘)과도 같다. 이런
여러 설명 가운데 단연 눈에 띄는 것은 **케이팝은 과잉이 미덕
이 되는 장르다**(김윤하)라는 말이다. 전 세계 각국의 대중음
악 가운데 케이팝만큼 혼종을 내세우거나 과잉된 것은 없
다. 케이팝이 혼종과 과잉의 미학으로 발전하게 된 것과 한
국이 세계에서 가장 강도 높은 성과 사회라는 것 사이에도
어떤 연관이 있지 않을까.

전 세계 각국에서 사랑받아온 자국의 대중가요는 모두
자기 것이 아닌 것을 배척하는 강한 면역학적 기제를 갖고
있다. 꽤 오래전인 *1981*년, 한국에서 독학으로 컨트리뮤직
을 공부한 이정명(미국 예명 *Jimmy Lee Jones*)이 컨트리뮤
직의 본고장인 미국 내슈빌에서 열리는 팝 페스티발(*Music
city song festival: Nashville pop festival*)에 '심슨 부인의
늦바람'(*Mrs. Simpson's Late Love*)을 출품해 작곡상을 받

았다. 상을 받으러 미국으로 간 그가 음반 취입을 마치고 돌아왔을 때, 국내의 모든 언론이 그를 소개했다. 내가 본 한 텔레비전 프로그램에서 사회자가 그에게 **컨트리뮤직에 우리 것도 섞으면 좋지 않느냐고 슬며시** 물었다. 그러자 **그래 봤는데, 관계자들이 컨트리뮤직 아닌 것을 정확하게 잡아 내더라**는 답변이 돌아왔다.

나는 그 장면을 인상 깊게 기억하고 있는데, 인터넷 검색을 하다가 우연히, 누군가가 세광출판사에서 발행하는 월간 『빌보드 팝송』 1982년 어느 호에 실려 있는 이정명과의 대담 기사를 사진으로 찍어 올려놓은 것을 보았다. 거기에 내가 기억하는 것과 비슷한 말이 나왔다. **그들은 우리 리듬을 정확히 감지해내기 때문에 우리 리듬을 조금씩 가미시켜 전파해 보자라고 생각한 나머지 그런 곡을 출품한다면 100퍼센트 탈락됩니다. 철저히 '버터 냄새'를 풍겨야 됩니다. 그들은 철저히 자신들의 음악을 고수하려 하기 때문이지요.** 이런 사정은 샹송도, 파두도, 엔카도 예외가 아닐 것이며, 잡탕처럼 보이는 로큰롤조차도 과잉을 주무기로 하지는 않는다.

존 리는 『케이팝: 대한민국 대중음악과 문화 기억상실증과 경제 혁신』에서 케이팝을 자동차나 휴대폰과 같은 한국의 수출 상품이라고 본다. 물론 케이팝은 자동차나 휴대폰과는 다른 문화 상품이지만, 수출에 목매단다는 점에서는 자동차나 휴대폰과 다를 게 없다. 케이팝이 전 세계의 트렌드를 몽땅 주워 모은 혼종과 과잉의 미학을 택하게 된 비밀이 여기 있다. 『케이팝의 역사, 100번의 웨이브』는 선정된 노래가 성취한 세계화와 해외 진출 성적을 깨알같이 기록하고 있는데, 자국의 대중가요를 평가하면서 해외 진출 성적을 과시하는 것이 여간 코믹하지 않다. 빌보드 차트를 오르내리는 케이팝보다 들고양이들의 '마음이 약해서', 김흥국의 '호랑나비', 신신애의 '세상은 요지경' 같이 국경 밖으로 나가지 못한 가요가 훨씬 낫다. 거기에 땅과 들러붙은 내 몸이 있고 흥이 있고 삶이 있다.

└ 케이팝의 역사, 100번의 웨이브   이정수 외 23인   안온북스
   2022
└ 케이팝   존 리 지음   김혜진 옮김   오인규 감수   소명출판
   2019

2022   APR

						1	2
3	4	5	6	7	8	9	
10	11	12	13	14	15	16	
17	18	19	20	21	22	23	
24	25	26	27	28	29	30	

나라마다 국가(國歌)가 있다. 하지만 국가는 진지한 저술의 주제가 되지 못한다. 세계인들이 다른 나라의 국가를 귀동냥 할 수 있는 기회는 올림픽 시상식 때나 월드컵 경기 때가 고작이다. 요식 행위에 지나지 않는 그 짧은 순간(국제 축구 연맹은 국가가 90초 이내로 연주되도록 규정하고 있다), 관객들은 스마트폰을 보거나 단전을 피우면서 어서 그 시간이 지나가기를 바란다. 하지만 다른 나라의 국가가 아니라 자국의 국가에 대해서라면 모두가 애정을 갖는 것은 물론이고 존중하고 있지 않을까. 영국의 저널리스트 알렉스 마셜이 쓴 『국가로 듣는 세계사』를 보면 전혀 뜻밖의 사실을 알게 된다.

세계 최초의 국가는 현재의 네덜란드 국가이기도 한 '헷 빌헬뮈스'(Het Wilhelmus)이다. 번역하면 '빌렘 공'인 이 노래는 1570년 전후에 작곡됐다. 당시 네덜란드는 스페인 국왕 펠리페 2세의 치하에 있었다. 그는 네덜란드의 무역상과 상인들로부터 세금을 거두어들이는 것에 만족하지 못하고 네덜란드인들에게 가톨릭교 신자가 되라고 명령했다. 이에 대한 네덜란드인의 폭동이 독립 전쟁으로 이어졌다. 반란의 주동자는 빌럼 공(William of Orange)이었는데, 무려 15절이나 되는 이 노래의 가사는 무기를 들라고 선동

하지도, 스페인 놈들을 물리치자고 부추기지도 않는다. 구구절절 스페인 왕에게/ 나는 항상 충성했다네라고 아부하는 이 노래는 선생님 앞에서 변명을 짜내는 절박한 학생을 떠올린다. 그런데도 네덜란드인들은 10년 가까이 이 노래를 부르며 외국의 지배자들과 싸웠고, 결국은 세계 최초의 국민 국가를 건설했다.

'헷 빌헬뮈스'가 만들어지고 나서 150년도 더 흐른 뒤, 오늘날의 영국 국가인 '신이여 국왕 폐하를 구하소서'(God Save the King)가 만들어졌다. 이 노래는 네덜란드의 상황과 완전히 정반대 이유로 탄생했다. 1745년, 영국의 조지 2세는 가톨릭 신앙의 부활을 꾀하다가 명예혁명으로 왕위를 박탈당한 제임스 2세의 손자 찰스 에드워드 스튜어트의 반란에 직면했다. 이때 왕실 병력 대부분이 해외에 나가 있어 대응이 쉽지 않았는데, 모자란 병력을 대신한 것이 런던에서 만들어져 영국 전체로 빠르게 퍼져나간 저 노래다. 작가미상의 이 짧고 단순한 노래는 왕의 인기를 높이는 것으로 반란군을 저지했다.

나폴레옹 전쟁(1792~1815)이 끝나면서, 유럽에서는 독립운동과 민족국가 건설이 대세가 되었다. 국민 국가들이 부상하면서, 국가(國歌)는 사람들에게 소속감을 느끼게 하고, 국민성을 규정하고, 국가적 목표를 설정하며, 어떤 언어를 사용할지 정하는 중요한 장치가 됐다. 이는 나라의 또 다른 상징인 국기나 문장이 할 수 없는 국가만이 가진 역할이다.

네덜란드와 영국의 사례가 보여주듯 국가는 전쟁 중에 만들어져 삽시간에 국가 전역으로 퍼지며 위기에 몰린 국민에 일체감과 정체성을 부여한다. 미국 국가 '성조기'*(The Star-Spangled Banner)*가 그런 경우다. 이 노래는 미국이 영국으로부터 독립을 쟁취하고 난 36년 뒤, 신생국가인 미국이 영국의 간섭을 빌미로 선전포고를 하면서 시작된 *1812년 전쟁(일명 미영전쟁, 1812~1814)* 때 만들어졌다. 영국군 함대에 포로로 억류되어 있던 메릴랜드 출신의 변호사 프랜시스 스콧 키는 영국의 오래된 술자리용 노래에서 선정적인 가사를 빼고 애국적인 가사를 대신 써넣었는데, 이 노래가 훗날 국가가 되는 영예를 누리게 된다.

많은 국가가 독립 전쟁이나 내전 중에 생겨난 때문에 국가의 가사는 폭력적이고 호전적이다. 왕정과 공화정 사이에 벌어진 내전 시에 생겨난 프랑스 국가 '라 마르세예즈'*(La Marseillaise)*는 **무장하라 시민들이여!/ 그들의 불순한 피로/ 우리의 밭고랑을 적시자**라는 끔찍한 가사를 갖고 있는데, 가장 최근에 제정된 국가라고 할 수 있는 이슬람 국가 *IS*의 '다울랏 알이슬람 까맛'*(Dawlat al-Islam Qamat)*도 이 전통을 잇고 있다. **이슬람 국가는 신실한 자의 지하드로 세워졌다/ 순교자의 피로써가 아니면 승리는 돌아오지 않으리.**

극우는 예외지만 프랑스 사람 대부분은 '라 마르세예즈'를 싫어해서 **차라리 없는 게 낫다**고 말할 정도다. 지은이가 이 책에서 파고든 흥미로운 지점이 여기다. 흔히 국가는 국민을 단합시킨다고 하지만 분열시키기도 한다. *250년* 동안 내려온 구 왕정과 *2005년* 공화국 정권을 세운 마오이스트 사이의 알력이 끝나지 않은 네팔의 사례는 그렇게 심각하지 않지만, 인종 간의 세력 다툼이 여전한 코소보와 보스니아 헤르체고비나는 국가가 도리어 화합을 헤치는 경우다. 코소보에서는 그런 부작용을 없애기 위해 아예 가사 없는 국가를 사용하고 있으며, 복잡한 인종(보스니아계·크로아티아계·세르비아계)과 종교(무슬림·가톨릭·정교회)를 가진 보스니아 헤르체고비나 역시 모두가 만족할 가사를 채택하지 못하고 있다. 또 일본은 제국주의 시대의 '기미가요'를 사용하는 문제를 놓고 보수와 진보가 격돌하고 있다. 1989년 일본 교육위원회가 모든 입학식과 졸업식에서 반드시 '기미가요'를 연주하고 국기 게양을 해야 한다는 지침을 내어놓은 뒤, 그 지침을 따르지 않는다는 이유로 해고되거나 살해 협박을 받는 교사가 셀 수 없을 정도다.

오래전에 만들어진 국가일수록 제국주의·인종주의·(종교적) 근본주의·남성 중심의 성차별주의와 같은 잔재를 담고 있다. 옛 국가는 세계화의 산물인 다문화·다인종으로 이루어진 현재의 국민을 화합시키기 힘들다. 예컨대 대다수 인도인과 파키스탄 이민자들에게 영국 국가 속의 신은 자신들이 믿는 신이 아니다. 이 때문에 국가 자체가 여러 나라에서 시민을 분열시키는 원인이 되고 있으며, 새로운 국가를 제정해야 한다는 요구에 직면하지 않은 나라가 드물다. 캐나다의 경우 여성 운동가들이「오 캐나다」에 나오는 **그대의 모든 아들의 마음에 샘솟네**라는 구절을 **우리 모두의 마음에 샘솟네**로 바꾸기 위해 수십 년이라는 시간을 바쳤다. 한국이라고 해서 문제가 없는 것은 아니다. 이해영은『안익태 케이스』에서 안익태의 친일 행적을 지적하며 비애국자의 애국가는 그 자체로 하나의 형용 모순이라고 말한다.

음악적 관점에서 국가는 크게 네 가지 유형으로 분류된다. 현재까지 가장 흔하게 들을 수 있는 국가는 찬송가 유형이다. 서구의 식민지를 경험한 아프리카 여러 나라들의 국가는 실제로 찬송가이거나 찬송가를 바탕으로 했다. 두 번째는 군대 행진곡 유형으로, 스탈린이 직접 곡조를 고른 구러시아의 국가가 대표적이다. 이 국가는 소련 해체와 함께 그 지위를 잃었다가 블라디미르 푸틴이 대통령이 되고 얼마 되지 않아서 다시 국가로 복권되었다. 세 번째 유형은 중동에서 흔히 볼 수 있는 팡파르 형이다. 요르단과 사우디아라비아의 국가는 30초도 채 되지 않는데, 이는 음악이 장려되기보다 묵인되는 대상에 불과한 이슬람의 정서를 반영한다. 마지막 유형은 남미의 오페라 형 국가이다. 생기 넘치고, 열정적이고, 호들갑스럽고, 유쾌하고, 과장되고, 장엄한 남미의 국가는 길이가 5~6분인데다가 가사 또한 대서사시처럼 나라와 민족 전체의 역사를 기술한다.

∟ 국가로 듣는 세계사 알렉스 마셜 지음 박미준 옮김 틈새책방 2021
∟ 안익태 케이스 이해영 지음 삼인 2019

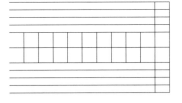

400

405

장정일은 *1962*년 경북 달성에서 출생했다.
*1984*년 무크지 『언어의 세계』에 시를 발표한 이래로
여러 장르의 글을 써왔다.

신악서총람

장정일 지음

초판 1쇄 인쇄 2022년 6월 10일
초판 1쇄 발행 2022년 6월 17일

ISBN 979-11-90853-27-9 (03800)

발행처 도서출판 마티
출판등록 2005년 4월 13일
등록번호 제2005-22호
발행인 정희경
편집 박정현, 서성진, 전은재
디자인 이기준

주소 서울시 마포구 잔다리로 127-1, 8층 (03997)
전화 02. 333. 3110
팩스 02. 333. 3169

이메일 matibook@naver.com
홈페이지 matibooks.com
인스타그램 matibooks
트위터 twitter.com/matibook
페이스북 facebook.com/matibooks